R.W.

HEYNE <

Er runzelte die Stirn, was seine Kopfschmerzen sofort verstärkte. Was genau wollte der Typ ihm sagen? Er konnte ihm in seinem derzeitigen Zustand nicht folgen.

»Versteh doch«, sagte Samuel eindringlich und fasste ihn an den Schultern. »Wir haben nun beide die Chance, ein neues Leben zu beginnen. Du hast von nun an wieder ein Dach über dem Kopf – ein Zuhause. Und ich werde für dich da sein und alles dafür tun, dass du clean bleibst.« Er trat zu einem Sideboard und strich mit den Fingern über daraufgestapelte psychologische Fachliteratur. »Die habe ich alle besorgt und schon drei von ihnen gelesen. Bei einem Ex-Junkie ist es mit dem kalten Entzug nicht getan. Ich muss dich auch mental wieder fit kriegen.«

Er ignorierte die Kopfschmerzen und runzelte abermals die Stirn. »Wieso willst du mir helfen?«

Samuel verzog den Mund und seufzte. »Weil wir durch das, was geschehen ist, Verbündete sind. Wir sind Freunde – Brüder.« Ein Lächeln brachte seine Augen zum Strahlen. »Wenn es dir besser geht, wirst du es sehen und verstehen. Und bis es so weit ist, habe ich zu deiner eigenen Sicherheit Vorsichtsmaßnahmen getroffen, damit du nichts Unüberlegtes und Dummes tust.« Er deutete zur Haustür. »Die Fenster und Türen sind alle verschlossen und können nur von mir geöffnet werden. Das ist noch ein Erbe meines Vaters, um meine Mutter von der Öffentlichkeit fernzuhalten.« Er ging zur Raummitte, streckte die Arme zur Seite aus und drehte sich im Kreis. »Das hier gehört jetzt alles mir. Das Haus, die Autos, das Immobilienimperium. Meine Mutter kann das Unternehmen in ihrer Verfassung nicht leiten und wird entmündigt. Und ich habe in wenigen Wochen meinen Schulabschluss in der Tasche. Die Firma bekomme ich auch von zu Hause aus gehändelt.«

Das klang tatsächlich nach einer Chance. Der Typ wollte ihn als seinen Freund, und wenn das bedeutete, dass er hier kostenfrei wohnen, essen und gesund werden konnte, würde er bereitwillig mitspielen. Zumindest so lange, bis er wieder bei Kräften war und seine Lage selbst einschätzen konnte. Mal schauen, wohin das führte. Jetzt brauchte er vor allem erst einmal eine Dusche.

19. KAPITEL

Anna zuckte zusammen und starrte hinaus. Ein Feuerball stieg auf. Wo bisher der Wohnwagen gestanden hatte, erkannte sie nur Trümmer. Flammen züngelten auf den nahen Bäumen, wo die Explosion sie in Brand gesteckt hatte. Die Pappbehausungen und wenigen Wertgegenstände der ehemaligen Bewohner wirbelten herum. Auf einigen tanzten ebenfalls Flammen, andere waren nur noch Asche.

»O Gott.« Anna schlug sich die Hand vor den Mund. Paige glitt mit dem Rücken die Wand hinab, verbarg ihr Gesicht in den Händen und schluchzte.

»Ich denke, damit wurde mein Standpunkt deutlich«, drang die verzerrte Stimme aus dem Hörer. »Und vergesst nicht, ich hätte Nick ebenfalls töten können. Warum habe ich das wohl nicht getan?«

Die Verbindung wurde unterbrochen.

Seine Worte trafen Anna mit voller Wucht, sie hastete zur Tür. Die zwei Agenten waren längst die Treppen hinabgerannt, an Hausbesetzern vorbei folgte sie ihnen nach draußen. Sie hielten ihre Waffen im Anschlag und näherten sich in geduckter Haltung den Schienen. Ungeachtet dessen hetzte sie an ihnen vorbei auf das Feuer zu. Heiße Luft schlug ihr entgegen.

Die Explosion hatte einen Teil der Streben des Vordachs der Lagerhalle zerfetzt, es war eingestürzt. Davor lag eine Person mit dem Gesicht nach unten auf dem Boden.

»Nick!«

Anna rannte zu ihm. Ihr Fuß knickte seitlich auf dem Schotter weg, sie taumelte. Überall wurde gerufen, in der Ferne erklangen die näher kommenden Sirenen der Feuerwehrwagen.

»Nick.« Sie sackte neben ihm auf die Knie.

Stöhnend richtete er sich auf. »Was … ist passiert? Mike!«

Mit ihrer Hilfe kam er taumelnd auf die Beine und wirkte, abgesehen von ein paar Schrammen, unverletzt. Mit geweiteten Augen sah er zu der Stelle, an der der Wohnwagen gestanden hatte. Zwischen den Flammen waren verkohlte Leichen zu erahnen. Sein Gesicht war rußverschmiert, das Entsetzen darin eingemeißelt.

Anna starrte ebenfalls auf den brennenden Trümmerhaufen. Mike war fort. Der Mann, der mit ihr gemeinsam nach Detroit geflogen war, der ihnen von Anfang an den Rücken freigehalten hatte und dessen Freundin sich ein Kind mit ihm wünschte, eine Familie mit ihm hatte gründen wollen.

Sie sah sein freundliches Lächeln, den sanften Blick.

Nick beugte sich zur Seite und übergab sich. Als er wieder aufblickte, war sein Gesicht tränennass. »Was zum Teufel ist hier los?!«

»Er hat angerufen«, flüsterte sie und musste nicht erst sagen, wer. »Er war bereits hier, bevor das FBI alles abgeriegelt hat. Und brachte eine Bombe unter dem Wohnwagen an. Er hat mir fünfzehn Minuten gegeben, dich rauszuholen.« Die Worte sprudelten aus ihr heraus. »Hätte ich etwas gesagt, hätte er sofort gezündet.«

In diesem Moment traf das ein, was sie befürchtet hatte. In Nicks Augen erkannte sie die Anklage, den unausgesprochenen Vorwurf. Er gab ihr die Schuld.

»Ich konnte doch nichts anderes tun«, verteidigte sie sich halbherzig.

Er nickte.

Als sie die Hand nach ihm ausstreckte, wich er zurück. »Ich muss mit jemandem sprechen.«

»Mit wem?«

»Irgendwem!«, schrie er, bevor er sein Gesicht in den Handflächen verbarg. »Ich habe keine Ahnung. Offiziell war keiner von uns beiden hier. Es gibt niemanden, der nach dieser Sache noch mit uns spricht.«

Annas Magen verkrampfte. Sie hatte Nick zwar gerettet, aber die anderen Agenten sterben lassen. Es spielte keine Rolle, dass sie in einer unmöglichen Situation eine Entscheidung hatte treffen müssen.

»Wo ist Paige?«, fragte Nick, und jedes Wort schien ihn enorme Kraft zu kosten. »Wir müssen mit ihr reden.«

»Sie ist im Abrisshaus zurückgeblieben«, erwiderte sie.

Nick überquerte vor ihr die Gleise. Er lief zügig, dennoch merkte sie ihm an, dass er Schmerzen hatte. Als sie das Gebäude erreichten, hielt er kurz inne und rang nach Luft. Dann stieg er neben ihr im Treppenhaus die Stufen hinauf.

Paige saß zusammengekrümmt auf dem Fußboden an der Wand und starrte ins Nichts. Bei ihrem Eintreten zuckte sie zusammen, entspannte aber kurz darauf wieder.

»Hat irgendjemand außer euch beiden den Anruf von Isaa... dem Unbekannten mitbekommen?«, fragte Nick.

»Was?« Paige blinzelte.

»Wir haben keine Zeit«, haspelte Nick. »In Kürze werden uns sehr viele Menschen sehr viele Fragen stellen.«

»Niemand«, sagte Anna. »Hier im Raum waren lediglich Paige und ich.«

»Gut. Kein Wort zu irgendwem.« Nicks Stimme bekam einen kalten, rationalen Ton. »Du steckst dein Smartphone in die Tasche und holst es nicht mehr raus, Paige. Du hast es nicht benutzt!«

»Aber warum?«, fragte Anna.

»Weil das FBI die nächsten Tage wie gelähmt sein wird«, erklärte er. »Es werden Köpfe rollen, das Team muss neu zusammengestellt werden.« Er schluckte, und für einen Augenblick blitzte purer Schmerz in seinen Augen auf, bevor er sich wieder unter Kontrolle hatte. »Wir können uns jetzt nicht mit Bürokratie herumschlagen. Aus den Ermittlungen sind wir ohnehin raus. Wir werden nicht den Hauch einer Information erhalten. Ich will, dass Zane sich das Smartphone ansieht. Niemand sonst.«

Paige nickte stoisch. »Okay.«

»Ich bin aus dem Wohnwagen raus, weil Anna mir sagte, dass du ›Lampenfieber‹ hast und ich dir Mut zusprechen wollte. Das war's. Ein Zufall, nicht mehr.«

Nick wischte sich fahrig über die rußverschmierte Stirn, hinterließ mit dem Finger eine Spur. Als er dabei eine Schramme berührte, sog er scharf die Luft zwischen den Zähnen ein.

»Du bist verletzt«, sagte Anna.

»Ich lebe«, gab er zurück.

Sie zuckte zusammen. Die Schärfe seiner Worte fühlte sich an wie ein Schlag. »Ich konnte nicht mehr tun.«

Nick schaute sie kurz an, seine Schultern sackten herab. »Ich weiß. Gib mir einfach ein bisschen Zeit. Ich kann nicht … Mike ist …«

Sie ignorierte alles andere und zog ihn in eine Umarmung, durchbrach die Barriere aus Abstand, die er so sorgfältig errichtet hatte. Zuerst hingen seine Arme einfach herab, dann umschlang er sie ebenfalls. Seine Muskeln spannten sich an, aus der Umarmung wurde eine Umklammerung. Niemand besaß unendlich viel Kraft.

Irgendwann löste er sich langsam. »Ich muss da raus und versuchen zu helfen. Außerdem werden die Agenten, die bei euch waren, das nächstgelegene FBI-Büro informieren.«

Sie waren offiziell zwar nicht hier, doch bis das schlimmste Chaos beseitigt war, würde Nick dort draußen mitmischen. Anna hätte es genauso getan, wenn das ihre Redaktion gewesen wäre, ihre Freunde.

»Geh schon.« Sie löste sich von ihm.

»Ruf Zane an und gib ihm Bescheid«, bat Nick. »Er soll alles vorbereiten.«

Damit war er aus der Tür.

Anna wandte sich Paige zu. »Bist du einigermaßen okay?«

Sie verzog den Mund. »Wie könnte ich das sein? Da draußen ist eine Bombe hochgegangen, Menschen sind gestorben. Und warum das alles?« Zum ersten Mal verwandelte sich ihre Lethargie in Ärger. »Nick hat einen Namen angedeutet. Kennt ihr den Unbekannten etwa?«

»Nein«, stellte Anna klar. »Kurz bevor wir hierherkamen, konnten wir ein paar Unterlagen einsehen, in denen ein Hinweis zu finden war – ein Name. Wir gehen davon aus, dass er es ist. Bisher gibt es aber noch keine Beweise.«

Paige runzelte die Stirn. »Wieso habt ihr nichts gesagt?«

Anna hockte sich neben sie. »Es hätte nichts geändert, das weißt du. Wir müssen uns jetzt darum kümmern, dass nicht noch mehr schiefgeht.« Sie legte ihre Hand bestärkend auf Paiges Schulter. »Bleib stark.«

»Aber … was ist mit Sandra? Randy ist tot. Ist sie es jetzt auch? Und Paul? Du hast ihm Pauls Namen genannt.«

Anna unterdrückte Schmerz und Mitleid. »Das FBI wird alles geben und deine anderen Schützlinge in Sicherheit bringen.«

»Ich bin gestern schon mit einem der Agenten die Liste durchgegangen«, erklärte Paige und rieb sich müde die Augen. »Er hat mich extra dafür angerufen. Die waren ja nicht alle hier in dieser ›Kartonstadt‹. Einige konnte ich unterbringen. Wieder andere haben einen Job und schlafen in Auffanghäusern. Das hier ist nur ein Ausschnitt von allem.«

»Und was hat das FBI gesagt?«

»Der Agent hat mir versichert, dass jeder Einzelne abgeholt und sie alle zusammen in ein Safe House gebracht werden, damit keinem etwas zustoßen kann«, erklärte Paige.

»Ich muss kurz mit Zane telefonieren, und dann bekommen wir hoffentlich weitere Informationen von Nick«, sagte Anna. »Ruf du den Agenten an, erzähl ihm, was passiert ist, und frag nach, ob alles in Ordnung ist.«

»Gute Idee.« Paige zog ihr Smartphone hervor.

Anna verließ den Raum, eilte die Stufen hinab und stellte sich vor das Gebäude. Die Feuerwehr war mittlerweile dabei, die Sekundärbrände zu löschen. Eine Absperrung war von der Polizei errichtet worden, die Spurensicherung bahnte sich bereits ihren Weg. Hinter dem gelben Band sah Anna bereits erste Vertreter der Presse. Nachrichtensprecher bauten sich mit dem Sonnenaufgang und dem Feuer im Hintergrund vor ihren Kameras auf. In einer Stadt wie dieser waren binnen wenigen Minuten alle zur Stelle.

Nick stand bei einem Mann des SWAT-Teams.

»Dann ist die Büchse der Pandora wohl offen«, flüsterte sie, zog sich wieder ins Gebäude zurück und wählte Zanes Nummer.

Er nahm bereits nach dem ersten Klingeln ab. »Sag mir, dass das, was ich gerade in den Nachrichten sehe, nicht stimmt.«

»Ich fürchte, das ist es.« Sie schloss die Augen. »Mike ist tot.«

Sie gab ihm eine Zusammenfassung der Ereignisse, beginnend mit Popes Anruf bis zur Explosion der Bombe. Danach herrschte für einige Sekunden Stille.

»Das darf doch alles nicht wahr sein«, flüsterte Zane. »Weißt du schon, wie viele FBI-Agenten getötet wurden?«

»Im Wohnwagen waren Mike und zwei andere«, erwiderte sie. »Allerdings weiß ich nicht, ob die Agenten, die sich zwischen den Pappbehausungen versteckt hielten, auch etwas abbekommen haben. Hier herrscht gerade das absolute Chaos.«

»Moment, da stimmt was nicht«, warf Zane ein. »Hier im Fernsehen sehe ich, dass zwei weitere Gebäude in eurem Umkreis abgesperrt werden.«

Zane beschrieb ihr exakt den Standort. Von Annas Position aus waren sie nicht zu erkennen, die Häuser lagen auf der anderen Seite des Bahnhofsgebäudes. Sie wusste allerdings, dass auch dort Teams Stellung bezogen hatten.

»Es gab aber doch nur diese Explosion«, sagte sie. »Oder etwa nicht?« Ihr schnürte sich der Magen zu.

Falls Pope sie von Anfang an beobachtet hatte, wusste er vermutlich genau, wo die Agenten positioniert worden waren.

»Da betreten Leute in kompletter Schutzmontur die

Gebäude«, sagte Zane. »Anna, das ist nicht die Spusi. Die gehören zum Kampfmittelräumdienst.«

Schlagartig wurde ihr eiskalt. Seit Detroit wussten sie, dass Isaak Pope Zugriff auf Nervengifte gehabt hatte. Er hatte Natalie und Roger vergiftet. Aber nicht alle mussten gespritzt werden. Bei manchen reichte es bereits aus, wenn eine Oberfläche damit bestrichen wurde. Das Nervengift Nowitschok in England war ein solches gewesen.

Die Stille dehnte sich aus.

»Ich glaube«, sagte Zane irgendwann, »er hat hier weitaus mehr getan, als lediglich eine Bombe hochzujagen. Die war eher eine Nachricht für euch.« Seine Stimme wurde leiser. »Wie bei Lynette. So platziert, dass der Schock uns übermannt. Aber wenn er das Statement auch auf das FBI ausweiten wollte, hat er garantiert noch tiefer in seine Trickkiste gegriffen.«

Anna schwindelte bei den Implikationen, die sich daraus ergaben. Pope hatte jahrelang ein Netzwerk errichtet, das so viele unterschiedliche Personen mit einschloss. Wie sie nun wussten, sogar eine blinde Frau, die verdammt gut mit ihrem Blindenstock umgehen konnte. Durch Roger hatte er Nervengift erhalten, durch Ted Hall alles über Abläufe innerhalb des Militärs erfahren. Doktor Falsi war für Obduktionen zuständig gewesen und hatte nicht nur Dinge verschleiern können, er hatte ebenfalls Wissen geliefert.

Sie hatten bisher überhaupt nicht in Betracht gezogen, dass jedes von Popes Werkzeugen ihm Informationen lieferte, Wissen und Zugriff.

Welche Waffen besaß er noch?

»Ich kann hier nicht weg«, sagte Anna. »Wenn ich das Gebäude verlasse, bin ich auf jedem Fernsehbildschirm. Sag mir, was du siehst.«

»Nicht viel«, gestand Zane. »Es ist alles abgesperrt, in zwei der Häuser sind gerade die Jungs und Mädels vom Kampfmittelräumdienst unterwegs. Homeland Security ist ebenfalls angekommen.«

»Wo ist denn das FBI?«, fragte Zane nach einer kurzen Pause.

»Das nächstgelegene Büro muss erst neue Leute herschicken«, erklärte Anna. »Das geht nicht so leicht. Hier war ja einiges versammelt. Im Wohnwagen saß Mike, bei den Teams in den Gebäuden waren jeweils zwei Special Agents aus dem hiesigen Büro.«

»Von denen dürfte nicht viel übrig sein«, sagte Zane. »Vermutlich haben es nur die geschafft, die bei den Kartons waren und weit genug weg von der Explosion.«

Anna begriff, dass Isaak Pope jedes Maß verloren hatte. Anfänglich war er ruhig und besonnen vorgegangen. Hatte Roger angegriffen und parallel dazu Nick und sie. Er hatte Natalie gelenkt, Hall benutzt und Falsi.

Doch jetzt, wo seine chirurgische Präzision mehrfach versagt hatte, fuhr er die schweren Geschütze auf. Er versetzte die gesamte Öffentlichkeit in Angst, führte allen die Machtlosigkeit der Behörden vor Augen. Bedauerlicherweise mit Erfolg.

»Bereitest du bitte alles dafür vor, Paiges Smartphone

auszulesen«, bat sie. »Wir brauchen die Metadaten jedes Gesprächs. Ehrlich gesagt glaube ich kaum, dass dabei etwas herauskommt, aber wir müssen es versuchen.«

»Alles klar.«

»Ich danke dir. Sobald wir hier fertig sind – was vermutlich noch eine ganze Weile dauert –, kommen wir zurück.«

»Ich verfolge weiter die Nachrichten«, sagte Zane. »Bis später.« Er legte auf.

Langsam stieg sie die Treppenstufen wieder hinauf und setzte sich neben Paige auf den Boden, die nervös mit den Füßen wippte und unablässig auf der Nagelhaut ihres Daumens kaute.

»Was ist los?«, fragte Anna, obwohl sie von Hiobsbotschaften eigentlich genug hatte.

»Ich erreiche den Agenten nicht.«

Das wunderte Anna nicht. »Das FBI hat heute einen schweren Schlag erlitten. In deren Büros geht es gerade drunter und drüber. Wir dürfen nicht gleich vom Schlimmsten ausgehen. Er wird dich zurückrufen. Wenn das FBI deine Schützlinge abgeholt hat, sind sie garantiert sicher.«

»Ich habe extra jeden Einzelnen kontaktiert und ihnen gesagt, dass sie mitgehen sollen, dass sie in Sicherheit gebracht werden«, sagte Paige. »Falls ihnen etwas passiert ist, verzeihe ich mir das nie.«

»Okay, beruhige dich.« Anna ergriff ihre Hand und drückte sie. »Nick kann in dem Fall garantiert weiterhelfen.«

Sie zog ihr Smartphone aus der Tasche. »Gib mir den

Namen und die Nummer des zuständigen Agenten, dann schicke ich ihm alles rüber.«

»Agent Pope. Die Nummer lautet …«

Anna starrte ihre Freundin an. Sie hörte die Zahlenfolge nicht, stattdessen hallte der Name Pope unentwegt in ihrem Kopf wider.

20. KAPITEL

Noch vor einer Stunde war Nick überzeugt gewesen, dass es bald vorbei sein würde. Jetzt zerbrach einfach alles um ihn herum. Er stand inmitten des Chaos und konnte nur zusehen.

Die Agenten von Homeland Security schwärmten aus. Eine gewichtig dreinschauende Frau kam auf ihn zu.

»Sie sind Nick Coleman?«, fragte sie.

»Richtig.« Er wusste nicht einmal, was er sonst sagen sollte. Woher kannte sie ihn?

»Mike Cohen hatte für den Notfall den Einsatzplan bei uns hinterlegt, falls etwas schiefgeht«, sagte sie mit Bedauern in der Stimme. »Er hat vorausschauend agiert.«

»Wie ist der Stand der Dinge?«

Überall leuchtete Blaulicht, Cops waren stationiert, die Feuerwehr tat ihre Arbeit.

»Ich bin Rebecca North. Sie sollten sich von einem Arzt untersuchen lassen«, erklärte sie.

»Bei der nächsten Gelegenheit«, versprach er. »Bitte, sagen Sie mir alles.«

»Wir haben bisher drei Tote durch die Bombenexplosion«, sagte North. »Dazu kommen vierzehn Schützen des SWAT-Teams in den beiden Häusern und dort stationierte Agenten.«

»Wie bitte?« Nick konnte nicht anders, als zu starren.

»Nervengift«, erklärte sie. »Wir untersuchen gerade alles. Einstweilen kann niemand hinein.«

Sie hatte die Worte bedauernd ausgesprochen, aber doch viel zu leichthin für die Wucht dessen, was geschehen war. Alle Agenten, das gesamte SWAT-Team, Mike.

Es war ein Albtraum. So musste es sein. Pope hatte Verbindungen, er war schlau, aber er konnte doch kaum allmächtig sein. Er hätte exakt wissen müssen, wo jeder Einzelne stationiert war.

Nick gab sich die Antwort selbst. So schwer war es nicht. Wenn er die generellen Abläufe innerhalb einer Ordnungsbehörde kannte, brauchte er nicht viel zu tun. Verborgene Überwachungskameras ringsum. Ihm musste sofort aufgefallen sein, dass Nick Paige aufgesucht hatte. Danach war es lediglich eine Sache der Vorbereitung gewesen.

Das Nervengift, die Bombe. Und warten. Ein simpler Knopfdruck, ein Lachen, und das Spiel ging einfach weiter.

»Es war meine Schuld«, sagte er leise.

Im ersten Augenblick hatte ihn eine unbändige Wut auf Anna erfasst. Sie hätte Mike retten können, ein Wort, ein Hinweis. Aber so schnell die Wut gekommen war, so schnell war sie verschwunden. Er kannte das Spiel doch längst. Pope wollte sie entzweien, spielte mit ihren Gefühlen und verschob die Linien. Anna hatte alles gegeben, um ihn aus diesem Wohnwagen zu bekommen. Sogar Paige hatte geholfen.

»Haben Sie die Bombe gezündet?«, fragte North.

»Was?« Erst jetzt realisierte Nick, dass er laut gesprochen hatte. »Natürlich nicht.«

»Das Nervengift angebracht?«

Er begriff, worauf sie hinauswollte. »Nein.«

»Dann tragen Sie auch keine Schuld. Punkt. Es ist ganz simpel, und ich weiß, dass Sie in Ihrer Ausbildung auf eine solche Situation vorbereitet wurden. Die Schuld, überlebt zu haben, kann einen Menschen zerfressen. Sie sind ein Agent, der nach bestem Wissen und Gewissen gehandelt hat.« Sie atmete schwer ein und wieder aus. »Wir haben alle schon Kollegen verloren, Freunde. In einem Fall ist das tatsächlich auch mal wegen eines Fehlers geschehen, den ich gemacht habe. Ich habe die Wahl gehabt, ob ich weitermache oder mich zu Tode saufe. Verstanden?«

»Verstanden.«

Sie lächelte, wenn auch nur für einen winzigen Moment. »Dann gehe ich jetzt wieder an die Arbeit. Dieser ganze Mist ist noch immer nicht zu überblicken.«

»Das hiesige FBI-Büro wird sicher bald Hilfe schicken.« Er rieb sich die müden Augen. »Oder Washington direkt. Noriss …«

North stoppte in der Bewegung. »Agent Coleman, Ihnen ist vielleicht noch nicht klar, was hier passiert ist. Ich meine, die Auswirkungen dieser Sache. Natürlich galt mein erster Anruf Washington, als ich hierherfuhr. Special

Agent Noriss musste sich vor seinem Chef dafür verantworten, dass der Fall nach den Ereignissen in Chicago zwischenzeitlich geschlossen worden war. Was hier geschehen ist, hat sein berufliches Schicksal besiegelt. Innerhalb der nächsten Stunde wird eine andere Person die Leitung übernehmen, die Ressourcen bündeln und die Jagd auf den Unbekannten aufnehmen.«

»Das ist vielleicht besser so«, sagte Nick leise.

Er hatte Noriss nie gemocht, und mit etwas Glück kam jetzt neue Bewegung in die ganze Sache.

»Sie sollten noch wissen, dass niemand vom FBI kommen wird«, sagte North.

»Bitte was?«

Sie blickte prüfend zu ihren Leuten, doch einstweilen schien sich hier die für einen Katastrophenfall typische Eigendynamik zu entwickeln. Es wurde schlicht nach Protokoll gehandelt.

»Agent Coleman, das ist jetzt nicht offiziell, und Sie haben das nicht von mir.« Sie wartete, bis er durch ein Nicken signalisiert hatte, das zu akzeptieren. »Das FBI bekam kurz nach der Explosion ein Video zugespielt, in dem der Unbekannte erklärt, dass weitere Bomben platziert wurden. In New York. Dort hat man vor wenigen Minuten zwei Leichen mit Namensschildern gefunden. Randy und Sandra, Nachnamen nicht aktenkundig. Das FBI konzentriert die Ressourcen auf die dortige Untersuchung. Hier vor Ort bin ich mit meinem Team dafür zuständig, Spuren auszuwerten und alles aufzuklären.«

»Soll das ein Witz sein?«

»Denken Sie logisch«, bat North. »Wir wissen, dass der Unbekannte bisher den Ort seiner Taten direkt danach verlassen hat. Nach Chicago kam Detroit. Er kehrte hierher zurück, attackierte Miss Simpson, und jetzt scheint er ein neues Ziel zu haben. Niemand will den gleichen Fehler zweimal machen. Nachdem er in Chicago zugeschlagen hatte, gingen alle davon aus, er sei tot. Danach tauchte er in Detroit auf. Glauben Sie wirklich, dass man jetzt weiter hier sitzen will, während er das nächste Spiel in New York eröffnet?«

Konnte das tatsächlich der Fall sein?

North ging davon, und Nicks Gedanken fuhren beständig Karussell. Hatte Pope sie alle ins Visier genommen, weil Anna, Zane und er seiner ersten Attacke entkommen waren? Begann es wegen eines Artikels von Anna oder einer Verhaftung von ihm? Was war mit Roger? Hatte er ihn nur gebraucht, um an das Gift zu gelangen? Natalie und Annas Entführung lag bereits drei Jahre zurück. Wie passte das zusammen? Und jetzt Paige. Falls Pope tatsächlich in New York zuschlug, fragte Nick sich unweigerlich, nach welchem Muster er vorging. Wo lag das verbindende Glied? Was verband die Werkzeuge? Was ihre Ziele? Wer stand noch auf der Liste des Mörders? Er hätte alles gegeben, um sich mit Lynette zu besprechen.

Und mit Mike.

Bevor der lodernde Schmerz von einem Gefühl am Rand seiner Wahrnehmung zu etwas wurde, das ihn vollkommen vereinnahmte, drängte er ihn zurück.

Hier konnte er nichts mehr tun, vermutlich würde in Kürze ein Agent der Homeland Security oder der hiesigen Polizei ihre Aussagen aufnehmen. Danach würde man sie höflich vom Gelände bitten.

Er fühlte sich müde. Mittlerweile fuhren die ersten Arbeiter in ihre Büros und erfuhren aus dem Radio oder dem Fernsehen, was hier geschehen war.

Als Nick bei Paige und Anna im Abrisshaus ankam, herrschte eine seltsame Stille. Während Paige ihr Gesicht in den Handflächen verborgen hielt und schluchzte, war Anna kreidebleich.

»Was ist los?«, fragte er.

»Paige hat mit dem FBI telefoniert, um sich der Sicherheit ihrer Schützlinge zu versichern. Sie wurden alle in ein Safe House gebracht.«

»Okay. Schön, dass die wenigen Ressourcen auch mal dafür verwendet wurden.«

»Von einem Agent Pope«, erklärte Anna.

Nick erstarrte. »Grundgütiger.«

»Er hat mich angerufen«, sagte Paige und richtete ihren tränenverschleierten Blick auf ihn. »Nannte seinen Namen, seine Dienstnummer – ich wäre doch nie auf die Idee gekommen, das infrage zu stellen. Du warst gerade zwei Stunden weg, und er sagte, dass sie aufgrund der Informationen von Agent Coleman schnell handeln müssten.«

»Wir haben testweise bei drei Familien angerufen, bei denen Paiges Schützlinge untergebracht worden sind«, erklärte Anna. »Sie sind zu einem Mann in den Lieferwagen gestiegen, der sich als FBI-Agent ausgegeben hat. Da Paige zuvor angekündigt hatte, dass sie abgeholt werden, sind natürlich alle mitgefahren.«

Nick stand kurz davor, hysterisch loszulachen. Das konnte doch einfach nicht wahr sein. Das war krank. Falsch. »Sie sind alle weg?«

»Und ich habe sie ausgeliefert.« Paige wirkte verzweifelt und verstört.

Bei Roger war Popes Ansatz gewesen, dessen Leben zu gefährden. Auf diese Art war es ihm gelungen, den alten Freund selbst zum Mörder zu machen. Eine perfide, grauenvolle Art, die Seele eines Menschen zu zerstören. Im Falle von Paige ging es um die Hoffnung, die sie für ihre Schützlinge in sich trug. Er nahm ihr diese und konfrontierte sie mit der Schuld, ihre Leben zerstört zu haben.

Gleichzeitig entriss er Nick seinen besten Freund und versuchte, einen Keil zwischen Anna und ihn zu treiben. Und mit Lynette hatte er die Person ausgelöscht, die seine Psychospiele am ehesten erkannt und womöglich unterbunden hätte.

Er hatte das Gefühl, einem übergroßen Gegner gegenüberzustehen. Einem Empire State Building, zu dessen Füßen sie herumrannten und von unten verzweifelt versuchten, seine gewaltige Größe in Gänze wahrzunehmen. Ein aussichtsloses Unterfangen.

»Was sollen wir tun?«, fragte Anna.

Er setzte sie darüber in Kenntnis, was das FBI plante. Dass auch Sandra neben Randy tot aufgefunden wurde, verschwieg er einstweilen. Paige würde einen weiteren Schlag gerade nicht verkraften.

»New York«, echote sie. »Das ist doch lächerlich. Dieser Irre hat gerade alle meine Schützlinge entführt. Da haut er doch nicht ab nach New York. Außerdem hätte er doch niemals alle über die Staatsgrenze den ganzen Weg dorthin gebracht. Randy und Sandra vielleicht, da waren ihm noch nicht alle auf den Fersen, aber keine Wagenladung mit obdachlosen jungen Männern und Frauen. Es muss ihn nur ein einziger Streifenpolizist anhalten, und die Sache ist durch.«

Nick bekam seine Gedanken langsam wieder in eine halbwegs geordnete Reihenfolge. Gleichzeitig spürte er die Müdigkeit, jetzt, wo das Adrenalin allmählich nachließ. Er hatte nicht geschlafen und wusste überhaupt nicht, wie er aus diesem negativen Gedankenkarussell wieder ausbrechen sollte. »Ich denke auch nicht, dass er weg ist. Das hier richtet sich gegen uns.«

»Dann sagen wir dieser Frau einfach alles«, sagte Paige. »Dieser Rebecca North. Wir haben den Namen Pope.«

»Und er hat Geiseln«, erklärte Nick. »Selbst wenn wir alles offenlegen, wird sich das FBI nicht von der Fährte in New York abbringen lassen. Das können die gar nicht. Falls sie das tun und es sich am Ende herausstellt, dass noch jemand deshalb starb, wird es nur schlimmer. Die Presse rennt jetzt dorthin, alle Agenten werden zusammengetrommelt, die Taskforce aufgerüstet. Sie geben Chicago ja nicht auf, hier übernimmt einfach Homeland.«

»Er spielt auf uns allen wie auf einer Klaviatur«, sagte Anna leise. »Trotzdem haben wir seinen Namen.«

»Das ist aber auch schon alles.« Nick lehnte sich mit der Schulter gegen die Wand. »Und er weiß, dass wir ihn kennen.«

»Wie kommst du darauf?« Anna wirkte verblüfft.

»Er hätte ihn Paige gegenüber nicht genannt, wenn er nicht genau wüsste, dass wir ihm auf der Spur sind«, sagte Nick. »Irgendwie hat er es bemerkt. Damit macht er uns deutlich, dass wir auch mit Namen keine Chance gegen ihn und seine Psychospielchen haben.«

»Wir müssen herausfinden, wo er sich befindet«, sagte Anna. »Wenn es uns gelingt, ein Bild von ihm in die Finger zu bekommen, wird Winston keine Sekunde zögern, es auf die Titelseite zu nehmen. Dann kennt ganz Amerika sein Gesicht. Was er auch tut, er könnte sich nicht mehr verstecken.«

Nick ging zum Fenster und sah nachdenklich hinaus. Zwei Agents von Homeland kamen näher. »Es geht los.« Er zog sein Smartphone hervor. »Sie werden uns einzeln befragen.«

»Wen rufst du an?«, fragte Anna.

»Das hier wird uns die nächsten Stunden beschäftigen. Ich will, dass Amelia es von mir erfährt. Das mit Mike. Umgekehrt hätte ich auch gewollt, dass er es dir sagt und du es nicht aus dem Fernsehen erfährst oder von jemand Fremdem.«

Er ließ Anna und Paige zurück, trat ins Treppenhaus und wählte die Nummer.

»Hallo?«, erklang Amelias Stimme.

»Hier ist Nick.« Er sank auf eine der Stufen, sah den ausgebrannten Wohnwagen und den abgedeckten Körper seines besten Freundes im Geiste vor sich. »Ich muss mit dir reden.«

21. KAPITEL

9 Jahre zuvor

Es war befreiend, dass Samuel nicht da war. Er verließ das Haus lediglich für Einkäufe und zum Spazierengehen. Letzteres auch nur dann, wenn selbst ihm ihr ständiges Zusammensein zu viel wurde.

Er saß derweil im Arbeitszimmer am Schreibtisch und signierte neue Mietverträge, die das Büro aus Washington in der Cloud hochgeladen hatte. Samuels Unterschrift war schon lange kein Thema mehr. Seit sein Meister ihm einen Großteil der Verantwortung übertragen hatte, schmiss er das Immobilienunternehmen so gut wie allein.

Samuels Plan, die Firma seines Vaters nach dem Schulabschluss weiterzuführen, war nicht ganz aufgegangen. Er tat sich schwer mit den Arbeitsabläufen, war mit der Verwaltung und den Finanzen überfordert. Es wäre nur eine Frage der Zeit gewesen, bis ihn der Aufsichtsrat unter den gegebenen Umständen ausgeschlossen hätte.

Er selbst kam das erste Mal ein halbes Jahr nach seiner Entgiftung ins Spiel, als sie eine Videokonferenz einberufen hatten, bei der Samuel sich den drängenden Fragen stellen sollte. Allein die Vorstellung hatte ihn in totale

Panik versetzt. Er traute es sich nicht zu, sich vor anderen zu behaupten, war sich sicher, dass sie ihn gemeinschaftlich fertigmachen wollten, fühlte sich einer Videoschalte keinesfalls gewachsen. Und so bat er ihn, für ihn einzuspringen und sich für ihn auszugeben.

Anfänglich hatte er bezweifelt, dass das funktionieren würde. Doch da durch Samuels Unsicherheit auch seine Geldquelle und Aussicht auf ein komfortables Leben dahin gewesen wären, hatte er die Herausforderung angenommen und sich den Frauen und Männern des Aufsichtsrates als Samuel verkauft. Und das hatte zu seiner eigenen Überraschung tatsächlich funktioniert, da sie den Sohn ihres verstorbenen CEOs nie zuvor zu Gesicht bekommen hatten.

Samuels Vater hatte sich für seinen Sohn geschämt und ihn von seinen Geschäftspartnern ferngehalten. Und an der Beerdigung hatte Samuel nicht teilgenommen, da er seinen Vater ja blutüberströmt, mit zerschmettertem Kopf vorgefunden und noch zu sehr unter Schock gestanden hatte. Daher hatten sie ihm nicht nur die Rolle des Unternehmenserben abgenommen, sondern ihm auch ein Vierteljahr Einarbeitungszeit zugesagt, um seine Kompetenz doch noch unter Beweis zu stellen.

Seither präsentierte er sich als Samuel Bishop, hatte sich nicht nur dessen Frisur, sondern auch den Gang und seine Gestik zu eigen gemacht. Seinen Wissensdurst stillte er schon immer mit Büchern, zumindest war es in der Zeit, in der die Drogen sein Leben noch nicht bestimmt hatten, so gewesen. Ob in der Highschool oder im Alltag – nie hatte er sich mit dem Status quo zufriedengegeben, hatte scheinbare Selbstverständlichkeiten hinterfragt und nach neuen Lösungen gesucht. Also klemmte er sich hinter die Unternehmensbücher und studierte das Prozedere, wofür Samuel ihm dankbar war.

Es machte ihm Spaß, sich autodidaktisch neues Wissen anzueignen. Und als er einmal damit begonnen hatte, konnte er nicht genug davon bekommen. Beinahe täglich klingelte der Postbote und brachte neue Buchsendungen. Neben denen zu Unternehmensführung, Rechnungswesen und Management auch über Psychologie und die Verhaltensweisen des Menschen, für die Samuel sich ebenfalls interessierte.

Ihnen war beiden bewusst, dass sein körperlicher Entzug zwar gelungen, aber ein Rückfall bei fehlender psychischer Aufarbeitung sehr wahrscheinlich war. Samuel wollte ihn dabei unterstützen, sah in ihm seinen einzigen Freund. Doch er würde auch selbst alles dafür tun, sich mental auf die Welt da draußen vorzubereiten, bevor er dieses Haus eines Tages verlassen und sich ihr wieder stellen würde.

Sein Wissen und Selbstbewusstsein wuchsen mit jedem Tag. Das Vertrauen des Aufsichtsrates hatte er schnell gewonnen, und heute, nach vier Jahren, lief das Unternehmen besser als je zuvor. Mittlerweile war er ein Profi darin geworden, benötigte Dokumente detailgetreu zu fälschen. Wozu wertvolle Zeit auf Studienjahre verschwenden, wenn man sich den Abschluss selbst erarbeiten konnte? Er packte etwas an, und es gelang, wobei er sich nie auf seinem Erfolg ausruhte. Hatte er ein Ziel erreicht, setzte er sich gleich das nächste, und je mehr Zeit verging, desto ausgeklügelter wurden seine Zukunftspläne.

»Wo ist mein Sohn?«, lallte es von der Tür.

»Interessiert dich das wirklich? Es ist ein Wunder, dass du seine Abwesenheit überhaupt bemerkst.« Er drehte sich mit dem Schreibtischstuhl zu Samuels Mutter um und runzelte über ihren Anblick die Stirn. Die Frau sah mindestens zehn Jahre älter aus, als sie tatsächlich war. Das dunkelblonde, lange Haar hing strähnig herab und war vom ständigen Liegen verfilzt. Ihr Geruch nach Schweiß und Alkohol nahm sofort den ganzen Raum ein. Sie widerte ihn an. Gerade auch weil sie ihn an seinen eigenen Absturz erinnerte. Und zugleich führte sie ihm täglich vor Augen, wie er nie wieder sein wollte.

»Du bist Gift für meinen Sohn«, stammelte sie, taumelte auf ihn zu und zeigte mit dem Finger auf ihn. »Hältst ihn dir als Laufburschen, als wärst du hier der Herr im Haus.«

»Und du?«, fragte er. »Du hast dich doch nur aus deinem Bett bequemt, um nachzuschauen, ob er deinen Schnapsvorrat aufgefüllt hat.«

Die Tage, an denen sie mit Wein über die Runden gekommen war, waren längst vorbei. Inzwischen brauchte sie Hochprozentiges, um ihren Pegel zu halten.

Sie tat, als würde sie ihm vor die Füße spucken. »Du kannst mir nichts vormachen. Ich weiß, dass du mit dem Tod meines Mannes zu tun hast.«

Er vermied es, die Augen zu verdrehen. Sie hing ihm

ständig damit in den Ohren. Dass er nach dem Tod ihres Gatten plötzlich hier aufgetaucht war, sich bei ihnen eingenistet hatte und ihren Sohn manipulierte.

Er lehnte sich zurück und verschränkte die Arme vor der Brust. »Du weißt gar nichts. Hättest du am Todestag deines Mannes nicht mal wieder besoffen geschlafen, hättest du das alles vielleicht verhindern können.«

Sie knirschte mit den Zähnen. Trotz ihres vernebelten Verstandes stürzte sie sich auf den Schreibtisch und schnappte sich das Telefon.

Samuel und er hatten es so eingerichtet, dass sich alle Kommunikationsmöglichkeiten des Hauses in diesem Raum befanden, und sie hielten ihn stets verschlossen, wenn keiner von ihnen sich darin aufhielt.

»Du gehst mir auf die Nerven«, stieß er aus und riss es ihr wieder aus der Hand.

Sie schluchzte auf. Als es im nächsten Moment an der Haustür klingelte, hastete sie stolpernd aus dem Zimmer.

Er folgte ihr umgehend, holte sie im Foyer ein, bekam sie am Ärmel ihres Nachthemdes zu fassen und riss sie zurück, bevor sie den Knopf der Gegensprechanlage drücken konnte.

Sie schlug um sich und warf ihm zusammenhanglose Schimpfwörter an den Kopf. Nur kurz spähte er aus dem Fenster, sah den Paketboten am Eingangstor warten und stieß sie dann Richtung Treppe.

»Du solltest dich wieder ins Bett legen und es zukünftig auch nicht mehr verlassen.«

Sie zappelte wie ein Fisch, glitt ihm aus den Fingern. Er ignorierte das erneute Klingeln, packte beherzt zu und schob sie vor sich die Stufen hinauf.

»Ich werde dich drankriegen«, zischte sie. Oben angekommen, wandte sie sich zu ihm um. »Du kannst mich nicht ständig überwachen«, presste sie zwischen zusammengebissenen Zähnen hervor, Spucketröpfchen benetzten sein Gesicht. Ihr Blick triefte vor Hass.

Er verengte die Augen. »Vielleicht hast du recht.« Auch er stieg die oberste Stufe hinauf und trat neben sie. »Wie viele Versuche wird es wohl brauchen, bis du dir in deinem alkoholisierten Zustand bei einem Treppensturz das Genick brichst?«, mutmaßte er und versetzte ihr im selben Augenblick einen kräftigen Stoß.

Ihr Schrei verebbte, als ihr Körper nach unten segelte und zum ersten Mal aufschlug. Ein dumpfer Schlag, ein Knacken. Dann überschlug sie sich auf den letzten Stufen hinab und blieb am Fuß der Treppe liegen.

Er legte den Kopf schräg, betrachtete von oben ihre reglose Gestalt und wartete, ohne genau sagen zu können, worauf. Dass sich Panik in ihm ausbreitete? Mitleid? Entsetzen? Doch er fühlte nichts.

Leider hörte er sie noch röcheln. Er seufzte und stieg die Treppe hinab. Unten angekommen, kniete er sich neben sie, strich ihr Haarsträhnen aus dem Gesicht und begutachtete die Platzwunde auf ihrer Stirn. Mit dem Daumen öffnete er eins ihrer geschlossenen Lider. Sie schien ihn nicht wahrzunehmen, doch er roch noch ihren stinkenden Atem.

»Wie es scheint, reicht ein Versuch nicht aus«, sagte er, hob ihren schlaffen Körper auf seine Arme und trug sie die Treppe wieder hinauf. »Beim zweiten Mal geben wir uns mehr Mühe, damit wir es hinter uns haben, bevor Samuel nach Hause kommt.« Seine Mundwinkel umspielte ein Lächeln. »Mach dir keine Sorgen, ich werde mich gut um deinen Sohn kümmern.«

22. KAPITEL

»Anna …«

Von allen Seiten drang ein metallisches Flüstern an ihre Ohren. Doch sie konnte nicht sehen, wer ihren Namen wie eine mantraartige Beschwörung wiedergab. Sie war umgeben von dichtem Nebel.

»Anna …«

Zitternd schlang sie die Arme um ihren Körper, hielt sich zusammen, als würde sie sonst auseinanderbrechen. Sie fror.

Nun hörte sie ihren Namen hinter sich, spürte einen heißen Atemzug in ihrem Nacken und erschauderte.

Sie riss ihren Kopf herum, wirbelte dabei den Nebel auf. Der Dunst wich vor ihr zurück und gab den Blick auf eine Tür frei, die sich wie von Geisterhand öffnete.

Ihr offenbarte sich der Kellerraum, in dem sie mit Harris' Leiche eingesperrt gewesen war. Er saß dort gefesselt auf dem Stuhl, umgeben von seiner eigenen Blutlache und den Exkrementen.

Sie wandte sich hastig ab. Doch da war plötzlich eine weitere Tür, die sich unmittelbar vor ihr öffnete, und sie sah die Badewanne mit dem toten Detective Johnson.

Anna sackte auf die Knie, kniff die Augen zusammen. Doch

in ihrem Geiste sah sie noch mehr Türen vor sich. Hinter einer lag Natalie leichenblass und seelenlos in ihrem Krankenbett. Eine andere führte zu Rogers Freund Alec, erwürgt in seiner Wohnung. Und es ging weiter … Rogers Nachbarin Sandy, aufgebahrt in einem Leichensack auf einer Rolltrage vor ihrem Haus. Roger, mit starren, leeren Augen auf dem Boden des Aquariumgebäudes. Lynette, mit einer Messerklinge im Bauch auf dem Hotelteppich. Mike, in Flammen stehend.

Sie hörte das widerwärtige verzerrte Lachen, keuchte auf. Die Augen weiterhin zugekniffen, hielt sie sich auch die Ohren zu. Vergeblich. Der Hall drang bis zu ihren Eingeweiden vor und brachte ihren Körper zum Beben.

»Lass uns weiterspielen, Anna. Es ist noch lange nicht vorbei.«

Sie schreckte hoch und stieß dabei mit Zane zusammen, der auf ihrer Bettkante saß und sie offenbar wach gerüttelt hatte.

»Autsch.« Er rieb sich die Stirn, und sie hielt die ihre.

»Tut mir leid«, presste sie hervor und massierte sich nun die Schläfen.

»Dich wachzukriegen ist schwerer, als ein Murmeltier aus dem Winterschlaf zu holen. Du hast Geräusche von dir gegeben, als würdest du mit einem Dämon kämpfen.« Er stand auf und ging in den Hauptraum.

»Irgendwie hab ich das auch.« In ihrem Traum waren ihr bei Weitem nicht alle seine Opfer erschienen. Nur die, die sie mit eigenen Augen gesehen hatte.

Sie raffte sich auf und folgte ihm. Der Boden schwankte leicht, Wellen schwappten hörbar gegen die Außenwände. Sie hatte permanent den Geruch von feuchtem Holz in der Nase.

Nick lag mit angewinkelten Beinen auf der Eckbank und schlief. Er hatte Paige sein Bett überlassen und eigentlich nicht vorgehabt, sich hinzulegen. Nachdem sie einzeln befragt worden waren und ein Arzt Nick vor Ort untersucht hatte, waren sie erst am späten Vormittag am Hausboot angekommen. Paige hatte vor Müdigkeit kaum noch die Augen aufhalten können und war trotz der Sorgen, Trauer und Schuldgefühle schnell eingeschlafen.

Anna warf einen Blick auf ihre Armbanduhr. Seither waren sechs Stunden vergangen.

»Ein Wunder, dass er dich nicht gehört hat«, sagte Zane und deutete auf Nick. »Er hat noch länger bei mir gesessen. Erst vor ungefähr zwei Stunden sind ihm die Augen zugefallen.«

»Und du brauchst mal wieder keinen Schlaf?«, flüsterte sie, ging auf Zehenspitzen zum Tisch und setzte sich vorsichtig neben Nick auf die Eckbank, um ihn nicht zu wecken.

Zane saß auf dem Stuhl. Er deutete auf zwei leere Dosen Energydrinks und zuckte mit den Schultern. »Ich hab mich in der vergangenen Nacht mal für drei Stündchen ausgeloggt.« Er flüsterte ebenfalls und bekam einen glasigen Blick. »Da war *es* noch nicht passiert.«

Sie presste die Lippen zusammen, schluckte. Vor ein

paar Stunden waren sie noch voller Hoffnung gewesen. Sie hatten es nicht kommen sehen. Mike und sie hatten nicht ahnen können, dass er den Sonnenaufgang nicht mehr erleben würde.

Zane seufzte. »Wenigstens eine gute Nachricht habe ich für euch.« Er drehte seinen Laptop so, dass sie den Bildschirm sehen konnte. »Ich bin die kompletten Akten von Lynette durchgegangen, ein ums andere Mal, und hab was gefunden.«

Anna hob hoffnungsvoll die Augenbrauen. »Bitte ein Bild von Isaak Pope, damit Winston ihn auf der Titelseite der *Tribune* anprangern kann. Und ich liefere ihm noch heute einen Artikel, durch den ich ihm die Öffentlichkeit auf den Hals jage und er sich nicht mehr so leicht verstecken kann.«

Zane verzog bedauernd den Mund. »Leider nein.«

»Wäre ja auch zu schön gewesen«, säuselte Nick und setzte sich träge auf.

»Sorry, wir wollten dich nicht wecken«, sagte Anna und rückte etwas zur Seite, damit er neben ihr Platz fand.

»Und mich nicht an dem, was Zane herausgefunden hat, teilhaben lassen? Das hätte ich euch echt übel genommen.« Er streckte sich und begutachtete die leeren Tassen auf dem Tisch. »Gibt es noch Kaffee?«

»Nein, aber Koffein ist eine gute Idee«, erwiderte Zane.

»Ich setze frischen auf«, sagte Nick, stieg hinter Annas Rücken über die Eckbank hinweg, ging zu der winzigen Küchenzeile, gab eine Filtertüte in die Kaffeemaschine und mehrere Teelöffel voll Kaffeepulver hinein.

»Spann uns nicht länger auf die Folter«, sagte sie, an Zane gewandt.

»Ich habe im Internet nichts Nennenswertes mehr über Isaak Pope herausfinden können. Es ist, als wäre er ein Geist. Aber Lynette hat anscheinend ihre Kontakte zum Militär spielen lassen.« Er deutete auf das Display und scrollte durch eine Liste. »Zumindest hat sie ein paar Adressen aufgeschrieben, die sie mit Isaak Pope in Verbindung brachte.«

Nick schaltete die Kaffeemaschine ein und setzte sich wieder zu ihnen. Er gähnte und wischte sich mit der Hand übers Gesicht.

»In den letzten Stunden habe ich mir Satellitenaufnahmen angesehen und sie alle überprüft.« Er warf den Kopf in den Nacken und nahm einen tiefen Atemzug.

Der Duft des Kaffees erfüllte allmählich den Raum, und Anna bemerkte unvermittelt ihr Magenknurren.

Zane erging es anscheinend ähnlich. Er stand auf, nahm Milch aus dem Kühlschrank und eine Cornflakespackung aus dem Regal. »Das war echt frustrierend«, fuhr er gleichzeitig fort. »Entweder gibt es die Adressen gar nicht, oder die Mieter haben ständig gewechselt.«

Während Anna ihm lauschte, besorgte sie Schüsseln, die Zane und Nick augenblicklich mit den Cornflakes füllten. »Also hast du zwar die Adressen gefunden, aber nichts damit anfangen können?«, hakte sie nach und begann, den frisch gebrühten Kaffee in die Tassen zu gießen.

Zane schnappte sich die erste, sog den Dampf ein und

nippte vorsichtig daran. »Kann man so nicht sagen.« Er lächelte verschmitzt. »Eine Adresse erscheint mir als vielversprechende Spur.«

Nick verschluckte sich an den Cornflakes und hustete.

»Habt ihr für mich auch eine Schüssel?« Paige erschien in der Tür und lehnte sich gegen den Rahmen. Ihre kurzen Haare standen in alle Richtungen, die Augen waren vom Weinen gerötet.

»Welche Adresse? Sag mir jetzt bitte nicht, dass sie uns irgendwo nach Alaska führt«, flehte Nick und deutete gleichzeitig zu der letzten sauberen Schüssel im Regal.

»Du wirst lachen, eine der Adressen stammt wirklich von dort.« Zane stand auf und bot Paige seinen Stuhl an. »Aber die, bei der sich eine Praxis finden lässt, liegt in Schaumburg. Dahin brauchen wir von hier aus nur etwa eine Stunde.«

»Könnt ihr mich mal aufklären?« Paige sah sie der Reihe nach an.

Zane fasste alles noch einmal für sie zusammen, und nachdem sie gegessen hatten, war sie die Erste, die ihre Straßenschuhe anzog. Ihre Bewegungen wirkten fahrig. Als Paige schließlich an der Tür auf sie wartete, knaupelte sie an ihren Fingernägeln. Die Sorge um ihre Schützlinge war allgegenwärtig.

Nick streifte sich einen dicken Pullover über. Seine Jacke war momentan verdreckt und mit Ruß überzogen.

»Das lass ich mir auch nicht entgehen«, sagte Zane und klappte den Laptop zu.

Sie waren nun völlig auf sich allein gestellt. Keine Taskforce stand mehr hinter ihnen. Das FBI ermittelte in New York, sie waren in Chicago zurückgeblieben. Mit Mikes Tod hatte Pope sie auseinandergerissen. Mit ihnen hatte er eigene Pläne, die sie immer noch nicht nachvollziehen konnten. Warum hatte er es so fanatisch auf sie abgesehen?

»Bist du okay?«

Nick war in der Tür stehen geblieben und wartete auf Anna. Ihr Zögern war ihm nicht entgangen. Zane und Paige hatten das Hausboot inzwischen verlassen.

Sie nickte, nahm ihren Mantel vom Haken und machte sich daran, ihnen zu folgen. Das ungute Bauchgefühl schien sich dauerhaft in ihr eingenistet zu haben.

Da Paige später in ihre Wohnung wollte, fuhr Anna mit ihrem eigenen Auto, heftete sich jedoch an die Stoßstange ihrer Freundin. Der Himmel, die Häuserfassaden, der Asphalt, die kahlen Bäume – alles wirkte passend zu Annas Stimmung: grau und trostlos.

Nick und sie tauschten immer wieder Blicke. Solange Isaak Pope die Regeln vorgab und sie es nicht schafften, das Zepter an sich zu reißen, waren sie sich beide bewusst, dass ihre Zukunft in seinen Händen lag.

Nach mehr als einer Stunde kam ihr Ziel in Sichtweite. Sie bogen in eine ruhige Nebenstraße ein, an deren Ende sich ein zweistöckiger, vornehmer Backsteinbau erhob. Ein schmiedeeiserner Zaun grenzte das Grundstück ein, das Tor stand offen.

Anna parkte auf einer der hinter dem Haus befindlichen Stellflächen, Paige neben ihnen. Falls es hier wirklich eine Praxis gab, war für die Anonymität der Klienten gut gesorgt.

Sie stiegen aus und liefen auf die Eingangstreppe zu. Es gab kein Schild, das auf einen Psychologen hinwies. Die Fenster waren mit Vorhängen zugezogen.

Zane ging als Erster die Stufen hinauf und drehte am Türknauf. Verschlossen.

Nick drängte ihn beiseite und zückte sein Taschenmesser. »Wenn das nicht funktioniert, müssen wir durch ein Fenster«, sagte er und machte sich am Schloss zu schaffen.

Anna sah sich um und erwartete, dass sie jeden Moment von jemandem bei dem Einbruch ertappt wurden. Doch bis auf ihren Leihwagen und Paiges Auto war der Parkplatz leer, und Nachbarn gab es nicht, da sich das Grundstück am Ende einer Sackgasse befand. Hinter ihnen wuchs ein Dickicht aus Büschen.

»Dann wollen wir mal«, sagte Nick, als die Tür sich mit einem Knacken öffnete.

»Lernt ihr das beim FBI, oder hast du da deine eigenen Erfahrungen gemacht?«, fragte Zane und folgte ihm hinein.

Da Anna als Letzte das Haus betrat, konnte sie seine Antwort nicht verstehen.

Sie durchschritten einen mit dunklem Parkett verlegten Flur, der in einen großzügigen Warteraum mündete. Die Wände waren weiß und lila gestrichen, wobei sich die

Farbgebung bei den Fenstervorhängen fortsetzte. Durch den dichten Stoff drang nur gedämpftes Tageslicht herein. Es gab keine einzige Zimmerpflanze. Außer einer schwarzen Kunstledercouch in der Raummitte und zwei dazugehörigen Sesseln waren alle übrigen Möbel mit Laken bedeckt. Warum ausgerechnet die Sitzgelegenheiten ausgespart wurden, erkannte Anna beim genaueren Hinsehen.

Paige stieß neben ihr die Luft aus, sie dagegen hielt den Atem an. Auf der Couch lag ein Foto von Nick, daneben eins, auf dem sie abgelichtet war. Zanes Abbild fand sich auf einem der Sessel, das von Paige auf dem anderen. Die Plätze waren für sie reserviert. Er hatte gewusst, dass sie kommen würden.

Nick fluchte und rüttelte am Knauf einer angrenzenden Tür, die jedoch verriegelt war. Erneut zückte er sein Taschenmesser.

Anna riss inzwischen ein Laken von einer Kommode und öffnete die Schubladen, die alle leer waren. Zane und Paige schlossen sich ihr an, nahmen sich ein Möbelstück nach dem anderen vor. Aber es schien, als wären sie allesamt nur Ausstellungsstücke ohne jeglichen Inhalt.

»Anna!«, rief Nick aus dem Nebenraum. Sie hatte noch gar nicht bemerkt, dass er sich Zugang verschafft hatte. Seiner kratzenden Stimme war anzuhören, dass etwas nicht stimmte.

Zane schlüpfte noch vor ihr durch die halb geöffnete Tür.

Das musste das Therapiezimmer sein. An einer Wand

stand eine Chaiselongue, daneben ein hochlehniger Herrensessel. Vor dem großen Fenster, das ebenfalls ein Vorhang verdunkelte, stand ein massiver Schreibtisch. Die Tischlampe leuchtete, wobei sie nicht wusste, ob Nick sie eingeschaltet hatte oder ihr Schein der nächsten Inszenierung diente.

Auf dem Tisch waren unzählige Bilder ausgebreitet, manche lagen auch ringsherum auf dem Boden.

»Aber …«, stammelte Paige. »Das verstehe ich nicht.«

Anna trat zögerlich näher, nahm ein Foto auf und genauer in Augenschein. Ein See war darauf zu sehen, mit dem sie im ersten Moment nichts anfangen konnte. Doch auf dem nächsten Bild erkannte sie Holzhütten, die ihr bekannt vorkamen.

»Das ist das Sommercamp, in dem wir zu Highschoolzeiten mit unserer Klasse waren«, sagte Nick.

»Könnt ihr etwas damit anfangen?«, fragte Zane und erntete ratlose Blicke.

23. KAPITEL

Nick betrachtete das Foto von dem See, das auf den ersten Blick den Eindruck eines Idylls erweckte. Das Wasser kräuselte sich sanft im Wind, die Bäume am Ufer trugen grüne Blätter, das Schilf neigte sich leicht.

»Das kann unmöglich sein«, flüsterte er.

»Samuel«, sagte Anna und starrte auf ein Foto in ihrer Hand.

Ihr Gesicht war kreidebleich. Sie ließ ihren Blick über die Bilder gleiten, die überall im Raum verstreut lagen. Genau wie damals, als der angebliche Harris Fotografien von Anna auf dem Hausdach gegenüber ihrer Wohnung verteilt hatte.

»Das ist fünfzehn Jahre her«, sagte Nick.

Seine Gefühle verselbstständigten sich, Erinnerungsfetzen wirbelten durcheinander. Es durfte nicht sein! Hatten sie all das vor so langer Zeit ausgelöst?

»Kann mich mal jemand aufklären?« Zane durchstreifte das Zimmer und besah sich die Bilder. »Da ist immer wieder dieser See, mal im Sommer, mal im Winter, mal im Herbst. Und dann diese Sommercamp-Häuschen.«

Paige zitterte. Sie tastete nach einem der Sessel und sank hinein. »Nein, bitte nicht.«

»Es gab damals einen Jungen in meiner Nachbarschaft«, erklärte Anna. »Samuel Bishop. Er war ein introvertierter Kerl, hat damals im Camp vor einer Lehrerin Roger verpetzt. Worum ging es da noch?« Sie blickte fragend zu Paige.

Diese knabberte an ihren Fingernägeln und wirkte wie ein Wildtier, das gerade vom Jäger in eine Ecke gedrängt worden war. »Er hat ein wenig Gras vertickt.«

»Bitte was?!«, entfuhr es Nick. »Ich dachte, da ging es darum, dass Roger geraucht hat!«

»Stimmt ja auch.« Sie zuckte mit den Schultern. »Nur war es eben keine Zigarette.«

Bei dem Gedanken schoss heiße Wut in Nick empor. Er hatte sich sowieso dafür geschämt, Samuel damals diesen Schreck eingejagt zu haben. Und nun erfuhren sie, dass Roger gedealt hatte.

»Das hättest du uns sagen müssen, Paige.« Anna wirkte ebenfalls überrascht, wofür Nick dankbar war. Sie hatte es also auch nicht gewusst.

»Wir waren jung, verdammt noch mal.«

»Auf jeden Fall habe ich ihn an einem Abend im Feriencamp zum See gelockt«, erklärte Anna Zane. »Roger wollte ihm unter vier Augen die Leviten lesen, Nick und ich sind gegangen, bevor er begonnen hat.«

Nick kam ein schrecklicher Verdacht. »Paige, was habt ihr getan, Roger und du?!«

»Rog war ziemlich sauer«, erklärte sie. »Sein alter Herr hat damals nicht umsonst dafür gesorgt, dass er nach der

Highschool zügig nach Detroit musste. Er hatte von der Sache erfahren.«

»Paige«, sagte Nick mit deutlichem Ärger in der Stimme.

»Herrgott, wir haben gewartet, bis ihr beiden außer Sichtweite wart, und den Plan dann angepasst. Roger war klar, dass ihr dabei nicht mitmacht, deshalb haben wir euch nur gesagt, dass wir ihm einen Schrecken einjagen wollen. Aber nachdem ihr gegangen seid, haben wir ihm die Klamotten abgenommen und ihn dann nackt in ein Boot gesetzt. Der auffrischende Wind hat das Boot auf den See getrieben. Wir hatten ja keine Ahnung, dass daraus ein Sturm wird. Er war so eingeschüchtert, dass er nur gezittert hat, es gab keine Gegenwehr.« Sie strich sich fahrig eine Strähne aus der Stirn. »Dass er uns verpetzt hat, hat mir zu Hause auch Probleme verursacht.«

Ihre Worte schlugen ein wie eine Bombe. Für einen Augenblick war Nick sprachlos.

»What the f…« Zane starrte fassungslos auf Paige. »Ich habe auch ordentlich Mobbing abbekommen, als ich mich als schwul geoutet habe. Von Lehrern *und* Klassenkameraden! Das war schon heftig. Aber jemanden nackt in ein Boot zu setzen, seid ihr noch ganz dicht?!«

Anna trat an einen Beistelltisch heran, auf dem eine Box mit Taschentüchern stand. Vermutlich für Klienten, die von ihren Gefühlen übermannt wurden. Ihr Blick war auf eines der Bilder gerichtet. »Samuel konnte nicht schwimmen.«

Paige blickte ruckartig auf. »Was?«

»Er hatte einen ziemlich üblen Vater«, erklärte sie. »Der starb einige Jahre später bei einem Raubüberfall. Ich habe mich ab und an mit Samuel im Schulbus unterhalten, und er hat davon erzählt, dass sein Dad ihn als Kind in einen See geworfen hat, damit er schwimmen lernt. Einfach so. Ein echter Mann würde schließlich von alleine herausfinden, wie man nicht untergeht. Hat nicht so richtig funktioniert.«

»Das muss ja wirklich alle Ängste aufgewirbelt haben, die ein Mensch nur haben kann«, flüsterte Zane. »Allein die Demütigung, jemanden nackt in ein Boot zu setzen. Aber das …«

»Wie konntet ihr nur so etwas tun?!«, brüllte Nick.

Die Wut in seinem Inneren war ein Ausdruck all dessen, was sie in den letzten Wochen durchgemacht hatten. So viele Tote, so viel Angst und zerstörte Existenzen. Wie in einem Blitzlichtgewitter sah er den Metalltisch im Obduktionssaal, Zane, der wegen des Gifts in seinem Organismus zitterte. Er sah den verfluchten Wohnwagen in die Luft gehen. Er spürte so viel Wut, dass er kaum atmen konnte.

»Wir waren jung, verdammt!« Paige sprang auf, offensichtlich nicht länger dazu bereit, die Angeklagte zu spielen.

Ungewollt verpasste sie dabei dem Beistelltisch einen leichten Stoß. Die Tempobox fiel zu Boden.

»Wir haben doch niemanden getötet! Ja, es war schrecklich, aber solche Dinge passieren, wenn man jung ist. Wir waren doch gar nicht in der Lage, die Konsequenzen abzuschätzen. Was glaubt ihr, warum ich versuche, es besser zu machen und anderen zu helfen? Wenn Samuel heute vor mir stünde, würde ich mich bei ihm entschuldigen.«

Nick atmete langsam ein und wieder aus, rieb sich die müden Augen. Der wenige Schlaf hatte ihn kaum erholt, sein Gesicht war von einem dichten Dreitagebart bedeckt. »Du hast recht. Was auch immer damals geschehen ist, es rechtfertigt niemals den Tod eines Menschen, geschweige denn so vieler Unschuldiger.«

»Er muss völlig zerbrochen sein«, sagte Anna. »Samuel war schüchtern, er hatte soziale Ängste, hat sich eingeigelt. Jeder Schultag war eine Herausforderung, das hat man gemerkt. Damals konnte ich das natürlich nicht benennen, erst später. Sein Dad starb noch vor seinem Highschoolabschluss, seine Mom vier Jahre danach.«

»Wie?«, fragte Zane.

»Ich weiß das selbst nur aus der Zeitung«, erwiderte sie. »Aber sie ist wohl betrunken die Treppe heruntergefallen. Ihre Alkoholsucht war in der Nachbarschaft ein offenes Geheimnis.«

»Was erklärt, warum Samuel den Lehrern erzählt hat, dass Roger dealt.« Nick sank in den Stuhl des Psychologen. »Er wurde zu Hause mit den Folgen der Sucht konfrontiert und wollte etwas dagegen unternehmen.«

Zu all der Wut gesellte sich jetzt noch der Hauch von Schuld, der unter der Schicht aus Hass beständig wuchs. Hatten sie mit einem einzigen Fehler all das ausgelöst?

Anna und er hatten nicht einmal gewusst, was genau geschehen war. Trotzdem trugen sie natürlich auch eine Mitschuld. Anna hatte Samuel zum See gelockt, er hatte bei ihnen gestanden, um seine Solidarität zu Roger zu demonstrieren. Sie hatten Rogers und Paiges Attacke in ihrer Grausamkeit erst möglich gemacht.

»Wissen wir sonst noch etwas über Samuel?«, fragte Nick. »Ich bin kurz nach der Highschool weg, aber du hast doch sicher mehr mitbekommen, oder?«

»Ich fürchte, nein«, erwiderte Anna. »Sein Dad hatte das Immobilienunternehmen der Großeltern übernommen. Altes Geld. Er konnte es aufbauen und hat recht konservativ gewirtschaftet. In der Wirtschaftskrise gingen ja viele pleite, der Wohnungsmarkt ist eingebrochen.«

Und hatte die ganze Welt mit in den Abgrund gezogen. Banken waren kollabiert, Volkswirtschaften beinahe zusammengebrochen. Mehrere europäische Länder hatten unterstützt werden müssen.

»Zu dem Zeitpunkt war aber Samuel schon am Ruder?«, fragte Nick.

»Soweit ich weiß, ja«, sagte Anna. »Und der Firma ging es danach noch besser. Ein Kollege hat damals über den Wohnungsmarkt in Chicago geschrieben und diverse Unternehmen porträtiert. Ich erinnere mich daran, dass Samuel damals als einer der Gewinner der Krise genannt wurde. Er kaufte billig Immobilien auf. Nachdem der Markt sich wieder gefangen hatte, sahnte er richtig ab.«

Nick starrte auf das Bildermeer und nickte langsam. Die

letzten Wochen hatten sie sich gefragt, wie »Pope« so viele Werkzeuge im Land hatte erschaffen können. Jetzt hatten sie die Erklärung. Isaak Pope war Samuel Bishop. Er führte ein Doppelleben, und da er Immobilen in ganz Amerika besaß, war es ein Leichtes, überall auf- und wieder abzutauchen. Er musste keine Mietverträge unterschreiben, konnte über Briefkastenfirmen ein Geflecht aufbauen, das es unmöglich machte, den wahren Eigentümer auszumachen.

»Das war's«, erklärte Anna. »Mehr kann ich dir nicht sagen. Da müssten wir recherchieren. Aber ehrlich gesagt …« Sie seufzte.

»… werden wir kaum etwas finden«, ergänzte Zane. »Wenn er so erpicht darauf war, all seine Informationen geheim zu halten, wird er kaum Spuren hinterlassen haben. Die Leute denken immer, dass automatisch jeder im Internet auftaucht. Aber falls Samuel sich niemals irgendwo ein Social-Media-Profil eingerichtet hat und auch nicht in der Öffentlichkeit als Samuel unterwegs war, werden wir keine aktuellen Bilder finden. Das ist ihm ja auch als Pope gelungen.«

Nick erinnerte sich nur dunkel an den schüchternen Jungen von damals. Er selbst hatte ihn niemals verbal oder physisch drangsaliert, aber eben auch nichts dagegen getan, dass er angegangen wurde. »Dann durchsuchen wir weiter das Haus. Vielleicht finden wir etwas.«

»Dir ist aber schon klar, dass Samuel wusste, dass wir kommen«, erklärte Zane. »Die Bilder hier überall beweisen das.«

»Ist jetzt auch nicht wirklich schwer«, warf Paige ein. »Er scheint doch alles zu wissen. Dass Nick bei mir war, dass die FBI-Agenten die Umgebung des Bahnhofs überwachten. Er denkt ständig voraus und bereitet sich vor.«

Leider konnte ihr Nick da nur zustimmen. »Spätestens als Anna von Rogers Vater die Militärakte erhalten hat, war ihm klar, dass wir irgendwann hier auftauchen.« Er fühlte sich müde wie selten zuvor. »Es war lediglich eine Frage der Zeit.«

Anna ging langsam zur Tür. »Falls wir hier also noch etwas finden, will er, dass wir das tun. Brotkrumen auf dem Weg, damit wir exakt das tun, was er plant.«

»Dann schlage ich vor, wir geben der Polizei einen Tipp«, sagte Paige.

»Dass wir ein leer stehendes Haus gefunden haben, in dem Bilder eines Sees rumliegen?«, fragte Nick. »Ich versichere dir, das wird keinen Großeinsatz auslösen.«

Paige vibrierte förmlich unter einer Mischung aus Müdigkeit und Tatendrang. »Aber wir *müssen* etwas tun. Er hat verdammt noch mal alle meine Schützlinge! Und Randy hat er bereits umgebracht.«

Und Sandra … War jetzt der richtige Augenblick, es Paige zu sagen? Nick entschied sich dagegen. Sie musste gerade schon genug einstecken.

»Ich wage zu behaupten, dass es eher kontraproduktiv ist, die Polizei hinzuzuziehen«, sagte Anna. »Wir haben gesehen, wohin das führt, und außerdem sind wir hier eingebrochen. Machen wir uns darüber Gedanken, sobald wir hier fertig sind.«

Zane blieb in der Praxis sitzen, machte mit seinem Smartphone Bilder und sammelte alle ein, die herumlagen. Danach würde er den Raum gründlich durchsuchen. Paige widmete sich dem Erdgeschoss, Anna und Nick stiegen die Holztreppe nach oben.

Es war ein schönes Haus, wie Nick unweigerlich feststellen musste. Am Ende der Straße gelegen, bot die Südfront einen Ausblick auf Büsche und Bäume. Kaum zu glauben, dass hier Samuel als Isaak Pope Klienten empfangen hatte, um sie zu manipulieren und zu Werkzeugen zu machen.

»Alles okay?«, fragte Anna.

»Nicht einmal ansatzweise«, gab Nick zurück.

Er konnte kaum in Worte fassen, was er fühlte. Es war einfach zu viel. Eine Welle, die alles auf ihrem Weg überrollte. Etwas in seinem Inneren war taub geworden, er spürte seine Regungen nicht mehr richtig. Bei jedem Schritt hatte er das Gefühl, über eine Glasfläche zu balancieren, auf der Risse sich immer weiter verästelten. Ein falscher Schritt und sie krachten von Scherben umgeben in die Tiefe. In eine Dunkelheit, die sie einfach verschlingen würde.

»In einem hat Paige recht«, sagte er. »Wir müssen unsere Vermutung dem FBI mitteilen. Zumindest das. Damit irgendjemand Bescheid weiß, wer vermutlich der Schuldige an alldem ist. Er darf sich nicht weiter verstecken können.«

»Keine Sorge«, gab Anna zurück und drückte seinen

Arm. »Wenn wir wieder auf dem Hausboot sind, schreibe ich eine Mail an Winston. Er soll die Recherchemaschine der Redaktion anwerfen, damit die mal alles durchleuchten, was es über die Bishops herauszufinden gibt. Das sollen sie dann auch dem FBI übermitteln. Wenn die Presse dran ist, wirkt das oftmals wie ein Katalysator, du weißt schon ... Wir könnten es ja zuerst aufklären.«

Nick versuchte sich an einem Lächeln, doch es missglückte. »Gute Idee. Tut mir leid, ich ...«

Anna zog ihn in eine Umarmung. »Du musst nicht immer der Starke sein, das ist dir hoffentlich klar.«

»Ich will mich von diesem Mistkerl nicht kleinkriegen lassen.«

»Trotzdem. Ich bin da. Und trauern müssen wir alle.«

Sofort kamen die Bilder wieder hoch. Lynette. Mike. Er schob Anna sanft von sich. »Es gibt für alles eine Zeit.«

»Ich wollte nur, dass du es weißt.«

»Und dafür bin ich dir dankbar.« Er strich ihr über die Wange.

Vom Gang aus gingen vier Türen zu beiden Seiten ab. Dahinter lagen jedoch nur leere Räume. Erst ganz am Ende war etwas anders. Die Tür war mit Stahl verstärkt und besaß anstelle eines Schlüssellochs ein Codeschloss.

»Was soll das denn?« Nick runzelte die Stirn.

»Denkst du, er hat seine ›Werkzeuge‹ auch dadurch geformt, dass er sie weggesperrt hat?«

Unweigerlich schoss eine Woge der Angst in Nick empor. Wenn Samuel gewollt hatte, dass sie all das hier entdeckten, würden sie hinter dieser Tür nichts Gutes finden. Nick besaß keinerlei Kraftreserve mehr. Er griff trotzdem nach der Klinke, drückte sie wie auf Autopilot herab.

»Verschlossen.« Innerlich atmete er auf und ärgerte sich gleichzeitig über das Gefühl.

Anna starrte sehr lange auf das Schloss, bevor sie Nicks Hand sanft von der Klinke wegzog. Erst jetzt bemerkte er, dass er sie nicht bewegt hatte. »Er will, dass wir diesen Raum betreten.«

Sie tippte mit dem Finger eine Zahlenfolge ein, die Nick als ein Datum erkannte.

»Unser Geburtstag«, erklärte sie. »Er hat am gleichen Tag wie ich, deshalb konnte ich mir das merken.«

Es klickte, als die Verriegelung zurücksprang. Anna drückte die Klinke herab. Mit einem Quietschen öffnete sich die Tür.

Der Raum dahinter war leer, lediglich ein einfacher Tisch stand in der Mitte, davor ein Stuhl. Auf der Platte lag ein Blatt Papier, dessen zerschlissener Rand darauf schließen ließ, dass es aus einem Buch herausgerissen worden war. Im durch das schmale Fenster hereinfallenden Licht wirkte es geradezu kränklich gelb.

»Der Schmerz des Verrats hat sich tief in meine Seele gegraben, mein Magen war ein in Säure getauchter Klumpen, als es passiert ist«, las Nick laut vor.

»Das ist eine Tagebuchseite …«, flüsterte Anna.

Es waren verzweifelte Worte, mit denen Samuel vom schlimmsten Erlebnis seines Lebens berichtete.

24. KAPITEL

9 Jahre zuvor

»Ich kann noch immer nicht glauben, dass meine Mutter tot ist.«

Sie parkten auf der Friedhofstraße. Samuel saß auf dem Rücksitz und sah durch die getönte, regenbenetzte Autoscheibe hinüber zu dem Gemeinschaftsgrab, wo sie heute neben ihrem Mann und dessen Eltern, die einst bei einem Autounfall ums Leben kamen, beerdigt worden war.

»Sie war krank, Samuel. Tröste dich damit, dass der Tod eine Art Erlösung für sie war.«

Außer ihrem Sohn war Mrs. Bishop am Ende ihrer Tage nichts geblieben. Sie hatte keine Geschwister, ihre Eltern hatten den Kontakt abgebrochen, seit sie mit gerade einmal sechzehn Jahren mit ihrem ersten Freund durchgebrannt war. Ihre letzten beiden Freundinnen hatten sich mit der Zeit von ihr losgesagt, da sie in ihrer späteren Ehe zur Alkoholikerin wurde. Und obwohl sie mit ihrem Mann nie glücklich war, hatte sein Tod ihr schließlich gänzlich den Boden unter den Füßen weggezogen.

Er richtete den Rückspiegel, um Samuel auf der Rückbank beobachten zu können, und fragte sich zum hundertsten Mal, ob er wenigstens einmal in Betracht gezogen hatte, dass sie nicht allein die Treppe hinuntergestürzt war. Falls dem so war, ließ er es sich nicht anmerken. Ihm gegenüber hatte er die Schilderung des angeblichen Unfalls nie hinterfragt.

»Gerade einmal drei Leute sind gekommen«, flüsterte Samuel und sah wieder nach draußen, wo zwei Bestatter soeben Erde auf das Grab schaufelten.

Er wandte sich zu Samuel um und stützte den Ellenbogen auf die Rückenlehne. »Wir haben eine Beerdigung im Stillen gewollt. Stell dir vor, ich hätte hier heute jemanden aus meinem früheren Leben getroffen. Dann wäre vielleicht aufgeflogen, dass ich nicht du bin.«

Samuel nickte.

»Ich frage mich, woher die Nachbarn von der Beerdigung wussten.« Er drehte sich wieder nach vorn und startete den Motor.

»Die Shepherds und Mr. Jones haben bestimmt den Leichenwagen vor dem Haus gesehen und sich beim Friedhofswärter wegen des Beerdigungstermins erkundigt«, erwiderte Samuel.

Er atmete tief durch. »Dann können wir froh sein, dass ich bei denen als ›Samuel‹ durchgegangen bin, dank frisch gewachsenem Vollbart, gefärbten Haaren und Sonnenbrille, und du im Auto gewartet hast.«

Sie tauschten über den Rückspiegel Blicke.

»Die Sonnenbrille war sicherlich hilfreich«, entgegnete Samuel. »Wenn, dann sehe ich die auch immer nur von

Weitem durch die Streben des Zauns und hebe zum Gruß die Hand.«

»Also brauchen wir wegen denen keine Bedenken zu haben?«, hakte er vorsichtshalber noch mal nach.

Samuel schüttelte den Kopf. »Es ist gut, dass Anna ihren Vater nicht begleitet hat. Nach dem, was sie mir angetan hat, hätte ich sie nicht bei der Beerdigung meiner Mom dabeihaben wollen. Soviel ich weiß, hat ihre Mutter Krebs im Endstadium. Da hält sie sich vermutlich allein deshalb von Friedhöfen fern.«

Er trat einen Tick zu stark auf die Bremse. »Anna …? Die Tochter von Mr. Jones heißt Anna? Ist sie in deinem Alter?«

»Ja, kennst du sie?«

»Nur flüchtig«, antwortete er und bemühte sich, seine Aufmerksamkeit wieder auf den Straßenverkehr zu lenken. Doch einmal in seinen Gedanken, bekam er Anna nicht mehr aus dem Kopf. An dem Tag, an dem er sie zuletzt gesehen hatte, war er vollends abgestürzt – hatte alles verloren.

Er räusperte sich. »Was hat sie dir denn getan?«, fragte er so beiläufig wie möglich.

Dieses Mal erwiderte Samuel seinen Blick im Rückspiegel nicht, starrte stattdessen mit zusammengepressten Lippen aus dem Fenster.

»Sag schon. Raus mit der Sprache.«

Samuel schloss die Augen. »Ich habe ihr vertraut, und sie hat mich verraten. Aber ich will nicht darüber reden.

Ich will das endlich vergessen und nie mehr daran zurückdenken.«

Vielleicht war es kein Zufall, und das Schicksal hatte Samuel und ihn aus einem bestimmten Grund zusammengeführt.

Während der Rückfahrt versuchte er, mehr Informationen über Anna aus Samuel herauszukitzeln. Doch er blockte ab und sank auf der Rückbank immer weiter in sich zusammen. Es war, als würde ihm allein bei der Erinnerung jegliches Selbstwertgefühl abhandenkommen.

Zu Hause gab Samuel an, müde zu sein, und verzog sich sofort in sein Zimmer. Ob er wegen der zurückliegenden Beerdigung seiner Mutter Zeit für sich brauchte oder die Erinnerung an Anna Jones der Grund war, ließ sich schwer einschätzen.

Was es auch war, ihm sollte es recht sein. Er würde sich nicht ohne eine Antwort zufriedengeben. Wenn Samuel sie ihm nicht persönlich geben wollte, wusste er, wo er sie sich beschaffen konnte.

Bevor sie zum Friedhof aufgebrochen waren, hatte Samuel im Wohnzimmer gesessen und in seinem Tagebuch geschrieben. Er hatte es allerdings nicht bei sich getragen, als er ihn schließlich zum Aufbruch rief. Daher musste er es dort irgendwo zurückgelassen haben, statt es wie gewohnt in sein Zimmer zu bringen.

Zuerst nahm er sich die Couch vor und schaute unter die Kissen. Dann die Kommoden und Schränke. Fündig wurde er letztendlich hinter dem Vorhang auf dem Fensterbrett, wo Samuel das Büchlein zwischen einem Stapel Psychologiebüchern versteckt hatte.

Er setzte sich in den Sessel, von dem aus die Treppe im Foyer einzusehen war, und lauschte. Erst als er sicher war, dass Samuel sich weiterhin in seinem Zimmer abschottete, schlug er den Lederband auf und überflog die letzten Eintragungen.

Wie es schien, hatte Samuel ihn tatsächlich nie als Mörder seiner Mutter in Betracht gezogen. Im Gegenteil: Er beschrieb ihn als seinen einzig wahren Freund, der ihm in der schweren Zeit beistand, und betonte mehrfach, welch starkes Team sie waren. Samuel hatte ein schlechtes Gewissen gehabt, der Beerdigung nur aus dem Auto heraus beiwohnen zu können, es allerdings auch für das Beste gehalten. Er hatte Bedenken, dass jemand aus der Firma auftauchte, und wollte das Risiko nicht eingehen, dass Zweifel aufkämen und ihr Täuschungsmanöver auffliegen könnte. Dem Vorstand wäre er allein nicht gewachsen, dessen war er sich bewusst.

Er blätterte ganz nach vorn. Die Einträge hatten an Samuels sechzehntem Geburtstag begonnen, was darauf schließen ließ, dass das Tagebuch ein Geschenk gewesen war.

Seite um Seite überflog er die Notizen nach Anna Jones' Namen, der ihm kurz darauf zum ersten Mal ins Auge fiel. Samuel schwärmte von ihr, beschrieb, wie er sie im Garten beim Sonnen beobachtet hatte, wie hübsch er sie fand und wie nett sie ihn immer grüßte. Wenn ihre Freundin nicht dabei war, durfte er sich im Schulbus neben sie setzen. Das war allerdings vorbei, als sie anfing, mit Nick Coleman auszugehen, und er sie fortan mit seinem Auto abholte.

Aufgebracht zerknüllte er die Seite in seiner Faust. Samuel würde bemerken, dass er in seinem Tagebuch gelesen hatte. Aber das war ihm zunehmend egal. Er brannte darauf zu erfahren, wie es mit Anna weitergegangen war, und blätterte hastig nach vorne.

Samuel beschwerte sich darüber, dass sie ihn nicht mehr wahrnahm. Sie sah nur noch Nick, war über beide Ohren verliebt. Er war auch ein Junge aus reichem Hause, aber mit Nicks Coolness würde er es nie aufnehmen können. Dazu kam, dass Anna nun regelmäßig mit dessen Freunden abhing. Nick, Roger und Paige – die Clique, die Samuel ständig wegen seiner schüchternen Art mobbte und der Anna nun angehörte.

Er starrte auf die niedergeschriebenen Namen, kannte sie alle. Auch er hatte mit ihnen seine Erfahrungen gemacht, spürte, wie sich bei der Erinnerung Verbitterung wie ätzende Säure in seinen Adern ausbreitete.

Die Passage, in der Samuel ein Erlebnis im Sommercamp beschrieb, las er zweimal. Er biss sich so sehr auf die Innenwangen, dass er Blut schmeckte. Ein dummer Streich der vier hätte ihn beinahe das Leben gekostet.

»Was tust du da?!«, schrie Samuel, der mit wenigen Schritten bei ihm war und ihm das Tagebuch aus der Hand riss. Vor Wut schnaubend wich er vor ihm zurück, hielt es wie einen Schatz an seine Brust gedrückt und sah ihn anklagend an.

»Warum hast du das nicht gemeldet?«, fragte er und bemühte sich um eine ruhige Stimmlage.

Samuels Blick machte deutlich, dass er nicht wusste, was genau er meinte. Es gab viele Situationen, in denen sie ihn erniedrigt hatten.

»Der See … Das Boot«, ergänzte er.

Samuel riss die Augen auf, schluckte. »Das geht niemanden etwas an. Wenn andere davon erfahren hätten, wäre die Demütigung noch größer gewesen.« Er stockte. »Sie ist jetzt schon größer, weil du nun davon weißt.«

Er sprang auf. »Du wärst fast ertrunken, verdammt noch mal. Willst du ihnen das wirklich einfach durchgehen lassen?«

Samuel wandte ihm den Rücken zu und sah aus dem Fenster in den Garten hinaus. »Ich komme inzwischen damit klar.«

»Nein, das tust du ganz bestimmt nicht.« Er ging zu ihm, fasste ihn an der Schulter und drehte ihn wieder zu sich um. »Du warst unschuldig, und sie haben dich erniedrigt. Dein Tagebuch lügt nicht. Du warst völlig am Ende.«

Samuel strich sich Tränen aus den Augen. »Für sie war ich das perfekte Opfer, weil mein Vater mich zu Hause gedemütigt hat«, erwiderte er. »Das verstehe ich jetzt.« Er ging zum Fensterbrett und nahm den Stapel Bücher auf. »Ich habe mich tief in die psychologischen Mechanismen eingelesen. Das fachliche Wissen hilft mir dabei, alles aufzuarbeiten.«

Es fiel ihm schwer, ruhig zu bleiben. Alte Wunden

rissen auf, Verletzungen, die er verdrängt hatte, da er sowieso nicht dazu in der Lage gewesen wäre, sich seinen Problemen zu stellen. Doch nun, nach seiner Genesung, sah er sich dem gewachsen. Er war finanziell unabhängig und fühlte sich stärker als jemals zuvor. Nick, Anna, Roger und Paige … Welches Leben führten sie heute? Ob sie manchmal daran zurückdachten, was sie getan hatten? Sie waren mit allem durchgekommen, ohne Konsequenzen – nicht nur bei Samuel, auch bei ihm.

»Hast du eine Ahnung, was die heute so treiben?«, hakte er nach.

Samuel stellte die Bücher auf dem Tisch ab und zuckte mit den Achseln. »Die studieren alle. Ich glaube, Anna ist nicht mehr mit Nick zusammen. Der ist weggezogen.« Er seufzte. »Aber lass uns jetzt bitte nicht mehr über sie reden. Ich will das hinter mir lassen.« Er dehnte die Schultern. »Weißt du, vielleicht kann ich andere, die Ähnliches wie ich erlebt haben, unterstützen. Dir konnte ich immerhin auch helfen. Ich hab mir überlegt, Psychologie zu studieren und später eine Praxis zu eröffnen.«

Er betrachtete Samuel und runzelte die Stirn. »Die Zeit kannst du dir sparen. Ich bin inzwischen darin geübt, Dokumente zu fälschen. Da bekomme ich auch einen Uniabschluss für dich hin.«

Samuel kam mit strahlenden Augen auf ihn zu. »Das würdest du für mich tun?« Er begann, übereifrig im Zimmer auf und ab zu gehen. »Dann kann ich meine Erfahrungen nutzen, um anderen bei ihren Problemen zu helfen!«

»Das könntest du – wir – tatsächlich«, erwiderte er nach einem Zögern. Er überdachte die Möglichkeiten, die ihm als quasi neuer Eigentümer eines Millionenunternehmens gegeben waren. Die Immobilien brachten haufenweise Geld ein, und Reichtum verlieh Macht.

Er setzte sich wieder in den Sessel und beobachtete seinen Freund, der sich auf der Couch niedergelassen hatte und emsig in sein Tagebuch schrieb. Sein Blick glitt zu den Büchern auf dem Tisch. Auch er hatte sich psychologisch weitergebildet. Auf Samuel konnte er vorerst offenbar nicht zählen. Aber Nick, Anna, Roger und Paige durften ihr Leben nicht einfach ungestraft weiterleben. Samuel und er waren jetzt dazu in der Lage, sich zu rächen.

25. KAPITEL

Anna war mit Nick auf dem Weg zu Samuels früherem Zuhause. Da Zane es nicht erwarten konnte, sich an seinen PC zu setzen und weiterzurecherchieren, war er mit Paige gefahren. Sie wollte nur schnell ein paar Sachen aus ihrer Wohnung holen und dann vorübergehend mit zu ihnen ins Bootshaus ziehen.

Nick und Zane besprachen über die Freisprechanlage die nächsten Schritte. Anna hörte nur halbherzig zu, schaffte es nicht, sich zu konzentrieren. Ihr Gesicht spiegelte sich in der angelaufenen Autoscheibe. Sie kam sich vor wie eine Fremde.

Immer wieder tauchte Samuel als Teenager vor ihrem inneren Auge auf. Wie er sie im Schulbus musterte und verschämt den Blick senkte, wenn sie es bemerkte. Oder sie aus seinem Zimmerfenster heraus im Garten beobachtete, nicht ahnend, dass sie davon wusste. In der Schule war er ein Einzelgänger gewesen. Zumindest hatte sie ihn dort nie mit Freunden gesehen. Kam es mal zwischen ihnen im Bus oder durch den Zaun zu einem Gespräch, war er völlig eingeschüchtert. Erst mit der Zeit war er ihr gegenüber lockerer geworden und hatte ihr sogar von seinem cholerischen Vater berichtet, als sie diesen mal wieder schreien gehört hatte und Samuel darauf ansprach. Sie waren keine Freunde, aber eben Nachbarn. Sie hatte Mitleid für ihn empfunden, da er stets eine gewisse Einsamkeit und Traurigkeit ausgestrahlt hatte. Für sie war es nur schwer vorstellbar, dass der unscheinbare, schwächlich wirkende Junge von damals derjenige sein sollte, der ihnen das Leben jetzt zur Hölle machte – und dabei über Leichen ging.

Anna spürte den bitteren Geschmack von Galle in ihrer Kehle aufsteigen und schluckte dagegen an. Sie hatte Samuel zum See gelockt, weil sie ihm übel genommen hatte, dass er Roger wegen des Rauchens verpfiffen hatte. Sie hatte gewusst, wie viel Ärger ihren Freunden deshalb daheim drohte. Dass Roger in Wahrheit gedealt hatte, war ihr damals nicht klar gewesen.

Sie dachte, dass Roger ihm die Meinung sagen und ihn ein wenig einschüchtern wollte. Etwas schubsen und gängeln, davon war sie ausgegangen. Von dem, was er und Paige ihm an diesem Abend letztendlich antaten, hatte sie bis vor einer Stunde keine Ahnung gehabt. Sie fragte sich, wie sie reagiert hätte, wenn sie es damals mitbekommen hätte. Was, wenn sie nicht mit Nick weggegangen wäre? Hätte sie dann das alles, die ganzen Psychospiele und Morde, verhindern können?

»Wir waren Teenager, verdammt noch mal!« Nick schlug auf das Lenkrad.

Sie zuckte zusammen, sah ihn an. »Traust du ihm das

wirklich alles zu? Ich meine, er war so schwach und ängstlich und …«

»Das, was man in der Kindheit erlebt, prägt einen«, fiel er ihr ins Wort. »Aber er ist jetzt kein Kind mehr.«

Sie schloss die Augen und rieb sich die Stirn. »Und wenn wir uns irren? Ich meine, warum gibt er uns plötzlich mit den Bildern den entscheidenden Hinweis auf seine Identität?«

Nicks Kaumuskel zuckte. »Damit war doch eigentlich zu rechnen. Er hält die Zügel in der Hand und ist nicht bereit, sie abzugeben. Durch Halls Militärakte wusste er, dass wir ihm näher kommen. Also kommt er uns zuvor und bestimmt damit weiterhin die Regeln. Beim FBI herrscht sowieso Chaos, und falls wir unsere Infos weitergeben, bringt er Paiges Schützlinge um.«

»Wenn ihr mich fragt, ist der Typ schon lange nicht mehr als Samuel Bishop unterwegs«, meldete sich Zane über die Freisprechanlage wieder zu Wort. »Der führt nicht nur ein Doppelleben, sondern hat mehrere Identitäten.«

In diesem Moment vermisste Anna Lynette noch mehr. Sie könnten ihre Hilfe jetzt gut gebrauchen.

»Ich hab mir auf dem Smartphone gerade seine Immobilienfirma genauer angesehen«, sagte Zane. »Das ist ein millionenschweres Unternehmen. Die kaufen Altbauten, sanieren sie und geben sie dann wieder an den Meistbietenden ab. Dazu jede Menge Wohnhäuser, wo sie Mieten kassieren. Ich verwette meinen Arsch, dass da auch viel unter dem Radar läuft. Es ist echt schwierig, Namen von

Investoren zu ermitteln.« Er machte eine Pause und räusperte sich verheißungsvoll. »Auf eine Sache bin ich allerdings gestoßen. Ratet mal, welches Gebäude erst vor Kurzem über seine Firma veräußert wurde?«

Sie sahen sich an, konnten ihm keine Antwort geben.

»Das *Crystal*«, verkündete er einen Augenblick später.

»Die Bar, vor der Harris mich und Natalie entführt und in der Samuel mich im Keller gefangen gehalten hat«, flüsterte Anna. Ihren ganzen Körper überzog eine Gänsehaut.

Nick gab ein Geräusch von sich, das sich wie ein Knurren anhörte.

»Samuel Bishop war irgendwie schon immer ein Freak«, hörten sie Paige sagen.

Anna schüttelte den Kopf. »Nein, er war ein Opfer.«

»Und macht uns nun zu seinen«, erwiderte Nick. Er seufzte, beendete die Verbindung mit Zane und warf ihr einen kurzen Blick zu. »Du musst dich von dem alten Bild, das du von ihm hast, verabschieden.«

Sie atmete tief durch. Kopf und Bauch lieferten sich einen Wettstreit. Ihre Schuldgefühle wollten sie es nicht glauben lassen. Es würde bedeuten, dass sie für alles mitverantwortlich waren. Andererseits sprachen die Indizien für sich.

Gerade fuhren sie an ihrer alten Highschool vorbei, und sofort ploppten in ihrem Geist Erinnerungsfetzen auf. Lachende Schülergruppen auf dem Schulhof, in einer Ecke der einsame Samuel. So hatte sie ihn immer gesehen. Doch wer war er jetzt?

Zehn Minuten später erreichten sie die Straße, in der sie aufgewachsen war. Beim Anblick der Villa, in der sie mit ihren Eltern im ersten Stock zur Miete gewohnt hatte, spürte sie einen Stich im Herzen. Hier war ihre Mom gestorben. Obwohl ihr Dad zur Ablenkung viel mit ihr unternommen hatte, waren es die Tage, an denen es ihrer Mutter besonders schlecht gegangen war, an die sie sich vorrangig erinnerte. Als sie zwölf Jahre alt war, hatte ihre Mom die erste Krebsdiagnose erhalten, galt nach zwei harten Chemotherapien, in denen sie die Hälfte ihres Körpergewichts verlor, als geheilt. Jahre später war der Krebs zurückgekehrt. In diesem Haus hatte sie für immer die Augen geschlossen.

Nick parkte direkt davor und schenkte ihr ein zögerndes, sanftes Lächeln, erinnerte sich anscheinend auch an die Zeit, in der er sie hier immer abgeholt hatte.

»Möchtest du euren alten Vermietern ›Hallo‹ sagen?«

Sie schüttelte den Kopf. »Nein. Seit Mom gestorben ist, war ich nicht mehr hier, und dass Dad ausgezogen ist, liegt Jahre zurück.«

Sie stieg aus, realisierte kurz, dass ihr altes Zuhause mit den üppig gewachsenen Sträuchern, hoch aufragenden Bäumen und der neuen weißen Fassade verändert aussah, und wandte sich dann dem Grundstück zu, wegen dem sie eigentlich hergekommen waren.

Samuels Zuhause hob sich von den anderen Häusern der Siedlung deutlich ab. Es war größer und wirkte durch den Anbau, der hauptsächlich aus Glaswänden bestand, sehr modern. Die mannshohe Umzäunung zeugte ebenfalls von Wohlstand. Sie hielt Unbefugte ab, lud gleichzeitig aber zum Diebstahl ein. Dass Samuels Vater in den eigenen vier Wänden bei einem Raubüberfall getötet wurde, war eine weitere Tragödie in seinem Leben und hatte wahrscheinlich zusätzlich dazu beigetragen, dass er zu diesem Monster geworden war.

»Das Klingelschild ist abgeklebt«, stellte sie fest und blieb neben der Säule des Eingangstores stehen. In ihrem Magen breitete sich wieder dieses mulmige Gefühl aus, eine Mischung aus Übelkeit und Taubheit. Sie hatte keine Ahnung, was sie hier erwartete.

»Ich hatte sowieso nicht vor, freundlich zu klingeln«, sagte Nick und gab ihr und Samuels Geburtstagsdatum als Zahlenfolge in das Codeschloss ein, wie Anna es schon bei der Stahltür in der Praxis getan hatte.

Das Tor surrte und gewährte ihnen Zutritt auf das Grundstück, das sie bisher nur von der anderen Seite des Zauns durch die Streben gesehen hatte. Damals war der Vorgarten von einem Gärtner in Schuss gehalten worden. Heute war die Fläche von unbeschnittenen Pflanzen und Unkraut überwuchert.

Sie folgte Nick über den gepflasterten Platz und die geschwungene Treppe zur Veranda hinauf. Der Code funktionierte auch bei der weißen Eingangstür. Zane würde sie beide über ihre Handyortung im Auge behalten.

Schon im Foyer bemerkten sie die Leere, die sich auch in den angrenzenden Zimmern fortsetzte, in denen es keine Möbel oder sonstige Einrichtungsgegenstände gab. Ihre Schritte hallten an den kahlen Wänden wider. An Stellen mit dunklerer Farbgebung ließ sich erkennen, wo einst Bilder gehangen hatten. Es roch nach abgestandener Luft und Staub. Die seitlich neben den Fenstern herabfallenden Vorhänge erweckten zumindest von außen den Anschein, dass hier noch jemand wohnte.

»Das Haus ist sicherlich ein paar Millionen wert«, sagte Nick. »Das lässt man doch nicht einfach ungenutzt stehen. Schon gar nicht, wenn man eine Immobilienfirma besitzt und es aus erster Hand vermieten oder verkaufen kann.«

»Es ist sein Elternhaus«, erwiderte sie. »Wir sollten mal die Nachbarn befragen, wann Samuel ausgezogen ist. Einige kennen mich sicherlich noch. Wir können vorgeben, unseren alten Schulfreund besuchen zu wollen.«

Nick wischte mit dem Finger über den staubigen Kaminsims. »Vielleicht weiß dein Dad auch was.«

Sie nickte, zog ihr Smartphone aus der Manteltasche und wählte seine Nummer. Er nahm nach einmaligem Klingeln ab.

»Hey, Liebes. Wie schön, dass du dich meldest.«

»Hey, Dad. Ich hab gerade nur kurz Zeit und rufe dich heute Abend noch mal in Ruhe an. Wollte nur wissen, ob du zufällig weißt, wann unser ehemaliger Nachbar, Samuel Bishop, ausgezogen ist.«

»Hm … Lass mich mal überlegen.« Sie konnte förmlich vor sich sehen, wie er sich mit Daumen und Zeigefinger über das Kinn streichelte. »Das war wenige Monate nach der Beerdigung seiner Mutter. Der arme Kerl hat ja auch einige Schicksalsschläge einstecken müssen, hat Vater und Mutter durch entsetzliche Umstände verloren. Ich kann verstehen, dass er in dem Haus nicht mehr bleiben wollte.«

»Du weißt nicht zufällig, wo er hingezogen ist?«

»Nein, keine Ahnung. Warum willst du das denn wissen?«

»Danke, du hast mir echt weitergeholfen«, entgegnete sie, ohne auf seine Frage einzugehen. »Ich melde mich später wieder.«

»Ich setze Zane mal drauf an«, sagte Nick, nachdem sie aufgelegt hatte. »Aber ich bezweifle, dass sich Samuels Umzug nachverfolgen lässt. Dafür hat er sicherlich gesorgt.«

Während er Zane eine Nachricht tippte, ging Anna zurück ins Foyer und sah die Treppe hinauf. Ob es diese hier war, die Samuels Mutter zum Verhängnis wurde? Oder war es die Außentreppe gewesen?

Ihr Blick fiel auf die Tür, die mit großer Wahrscheinlichkeit in den Keller führte. Auch dort konnte sie gestolpert und umgekommen sein.

Sie machte einen Schritt vor und ging ihn gleich wieder zurück. Mit Kellern hatte sie keine guten Erfahrungen gemacht. Alles in ihr sträubte sich dagegen, sich dort umzusehen.

»Ich übernehme das«, sagte Nick, der neben sie getreten und ihrem Blick gefolgt war.

»Dann schaue ich mich inzwischen im Obergeschoss um«, erwiderte sie.

Er nickte ihr zu, drückte kurz ihre Hand und verschwand schließlich durch die Tür, die in den Keller führte.

Anna setzte einen Fuß auf die erste Stufe und hielt inne. Sie kniff die Augen zusammen, beugte sich hinab und betrachtete den Treppenläufer. Mit den Fingern strich sie über den roten Teppich, der stellenweise dunkle Flecken aufwies. Gut möglich, dass es sich dabei um altes Blut handelte.

Sie richtete sich auf, atmete tief durch und stieg die Stufen zum Obergeschoss hinauf. Zu beiden Seiten verlief ein Gang, von dem sie zuerst den linken wählte. Vor jeder Tür steigerte sich ihr Pulsschlag, doch dahinter erwartete sie immer nur ein leerer Raum.

Auf der rechten Seite verhielt es sich genauso – bis auf das letzte Zimmer, das komplett eingerichtet war. Hier bedeckte kein Staub die Dielen, der stockige Geruch fehlte. An einer Wand hing ein Baseballschläger in einer Halterung, daneben ein altes Poster der Chicago White Sox. Sie wettete darauf, dass es sich um Samuels Zimmer handelte.

Zuerst nahm sie sich den Holzschrank und die Kommode vor. Danach sah sie unters Bett und widmete sich schließlich dem Schreibtisch, dessen Schublade ebenfalls leer war.

Sie wollte sie schon wieder schließen, da fiel ihr auf, dass der Boden an einer Seite völlig zerkratzt war.

»Was haben wir denn hier?«, sagte sie zu sich selbst und

versuchte, die Platte herauszunehmen. Allerdings bekam Anna sie nicht zu fassen.

Tief durchatmend sah sie sich im Zimmer nach etwas Spitzem um und wurde bei einem in der Wand steckenden Nagel fündig. Sie bewegte ihn hin und her, bis er sich weit genug gelockert hatte und sie ihn herausziehen konnte. Nach einer Weile gelang es ihr, damit die Platte im Schubfach herauszuhebeln. Abrupt ließ sie sie fallen.

»Was …?« Sie stieß die Luft aus und starrte auf die Fotos, die in dem doppelten Boden verborgen gewesen waren. Ihr Blick wanderte zum Fenster, von wo aus er sie als junges Mädchen im Garten beobachtet haben musste. Dass er sie dabei auch fotografiert hatte, war ihr entgangen.

Nach kurzem Zögern nahm sie den Stapel Bilder zur Hand und sah sie durch. Auf allen war sie selbst zu sehen: auf dem Liegestuhl im Bikini, in der Schule auf dem Pausenhof, beim Sport, im Bus, beim Abhängen mit ihren Freunden … Er hatte sie regelrecht gestalkt, hatte die Bilder hier drinnen wie einen Schatz versteckt.

Wut stieg in ihr auf. Sie spürte ihr Blut heiß in ihrer Halsschlagader pochen.

Auf den Fotos mit ihren Freunden war Nicks Gesicht mit schwarzem Edding überschmiert oder das Bild an der Stelle zerrissen worden, wo er neben ihr gestanden hatte. War sie der Grund, warum er Nick ebenfalls so erbarmungslos verfolgte?

Sie schüttelte so heftig den Kopf, dass ihr schwindelig

wurde. Nein, er hatte es auch auf Roger und Paige abgesehen. Also war es mehr als Eifersucht. Hier ging es um das Erlebnis am See. Dafür wollte er Rache.

Hektisch atmend überprüfte sie, ob sich auf den Rückseiten der Fotos irgendwelche Hinweise befanden, und nahm weitere Bilder aus dem Schubfach. Da erblickte sie ein vergilbtes Blatt Papier, das ganz unten lag. An einer Seite war es ausgefranst. Es wurde aus einem Buch herausgerissen – wie der Tagebucheintrag, den sie in Isaak Popes aka Samuels Praxis gefunden hatten.

»Nick!« Sie rief nach ihm und sah fassungslos auf die Liste voller Namen.

Es dauerte nicht lange, da hörte sie seine Schritte näher kommen.

»Hast du was entdeckt?«, fragte er, als er Samuels Zimmer betrat, und betrachtete gleichzeitig das Papier in ihrer Hand.

Sie nickte und reichte es ihm. Während er die Worte las, trat sie an seine Seite und schlang die Arme um seine Mitte. Sie wollte ihm Halt geben und brauchte seinen.

Am Anfang der Liste stand ihr Name, darunter der von Roger. Er war durchgestrichen. Es folgte Paige, Nick bildete den Abschluss. Auf einer zweiten Seite gab es eine weitere Liste mit Namen.

»Das kann nicht sein«, flüsterte Nick.

An erster Stelle der Folgeliste stand Samuels Vater, an zweiter TJ – beide Namen ebenfalls mit schwarzem Edding durchgestrichen.

»Aber … Mein Bruder ist doch von Junkies niedergeschlagen worden.«

Er riss die Augen auf. Die Wahrheit war grausam. Sie sah ihm das Entsetzen an.

Es ging nicht um Drogen. Wie es schien, war Samuel auch TJs Mörder, hatte seinen Mord zumindest in Auftrag gegeben.

26. KAPITEL

3 Jahre zuvor

Er war stolz auf sich.

Bis zu diesem Punkt gekommen zu sein, war ein Wirklichkeit gewordener Traum. Sanftes Licht fiel durch das Fenster herein, tauchte die dunklen Möbel in einen goldenen Schimmer.

Die Hände des Mannes auf dem Besuchersessel zuckten. Sein Blick huschte unstet hin und her. Natürlich bemerkte er die kleinen Bereiche, in denen länger nicht mehr geputzt worden war. Das triggerte die Zwangsstörung.

»Das ist jetzt unsere zwölfte Sitzung«, begann er die wohldurchdachten Worte auszusprechen. »Du hast einen weiten Weg hinter dich gebracht.«

Längst hatte er die typische Distanz, die ein Psychologe gegenüber seinem Klienten einhielt, über Bord geworfen. Sie näherten sich dem Ziel. *Seinem* Ziel.

»Und ich bin dankbar«, sagte Edward Harris. »Sie … haben mir so sehr geholfen.« Kleine Schweißperlen traten auf seine Stirn.

»Wie läuft es in deinem neuen Job?«

»Gut.«

»Edward.« Er legte gerade ausreichend Vorwurf in seinen Tonfall, damit dieser zusammenzuckte.

»Sie sieht mich nicht.«

»Du sprichst von Anna Jones.« Er notierte eifrig etwas in seinem Buch, schrieb die Kausalkette nieder, die er anwendete, um sein Werkzeug weiter zu formen.

»Ich habe Ihre Ideen alle umgesetzt, Doktor Pope«, flüsterte Edward. »Jetzt putze ich da, wo sie Vorlesung hat. Sie hat mir zumindest einmal zugelächelt.«

Es war wichtig, dass das Gefälle eingehalten wurde. Während er Edward duzte, musste dieser ihn natürlich weiterhin als Respektsperson wahrnehmen. Edwards Mutter hatte dafür gesorgt, dass aus ihrem Jungen ein Wegducker geworden war, der sich niemals gegen Autoritätspersonen durchsetzte.

»Aber Edward«, er schenkte ihm ein Lächeln, »das ist grandios. Es hat funktioniert.«

»W…was?«

»Mir ist natürlich klar, dass es schwer nachzuvollziehen ist, aber was haben wir besprochen?«

»Ich sehe Zurückweisungen, wo keine sind.«

»Richtig. Und deshalb ist es ab einem gewissen Punkt notwendig, die Komfortzone zu verlassen.« Er schenkte seinem Werkzeug ein wohldosiertes Lächeln. »Anna Jones möchte ganz offensichtlich, dass du den Kontakt zu ihr intensivierst. Ist es dir denn gelungen, ein paar Fotos von ihr zu machen?«

Edward nickte freudig. »Sie hat es nicht bemerkt.«

»Natürlich hat sie das.« Jetzt schüttelte er den Kopf, als belehre er ein Kind. »Das ist ein ganz typisches soziales Spiel. Sie tut so, als hätte sie es nicht bemerkt, und lächelt dir kurz darauf zu. Das ist eine Ermutigung. Du sollst die Initiative ergreifen.«

Auf Edwards Gesicht zeichnete sich Verblüffung ab. »Ja.«

Harris war der perfekte Kandidat, um zu einem Werkzeug geformt zu werden.

Hin und wieder wurde er hinzugezogen, wenn einem Cop in Ausführung seiner Pflicht etwas geschah, was Traumata hinterließ. So geschehen bei Miles Hooker. Ein tüchtiger Polizist, der zweifellos bald zum Captain aufsteigen würde. Ein paar wohldosierte Worte hier, ein paar Bekräftigungen da, und es war alles Notwendige im Unterbewusstsein verankert. Hooker hatte Edward beim Stehlen einer Essensbox erwischt, Mitleid gehabt und ihm deshalb den Job verschafft. Aber mit der Auflage, dass dieser betreut wurde. Und wer war da besser geeignet als der geschätzte und bekannte Isaak Pope?

Edward starrte versonnen auf den flirrenden Staub im Sonnenlicht. Doch jetzt wurde seine Zwangsneurose nicht getriggert, sein Gesicht zeigte einen lüsternen Ausdruck. Zweifellos dachte er darüber nach, was er alles mit Anna zu tun gedachte, wenn er sie für sich allein hatte. Das Ziel war längst definiert. Es brauchte nur noch einen Schubs, damit dieser Idiot den nächsten Schritt tat.

Normalerweise hatte er es mit intelligenteren Werkzeugen zu tun, die lediglich eine letzte Versicherung – einen Rahmen – benötigten, um wie ein Pfeil von einer Sehne loszuschießen.

»Dann sollten wir darüber sprechen, wie du dich Anna am geschicktesten offenbarst«, sagte er. »Schließlich muss so ein ›Date‹ gut vorbereitet sein. Sie wird wieder so tun, als wolle sie es nicht.«

»Aber …«

»Sie hat dir zugelächelt, Edward«, unterband er sofort jedes Aber.

»Ja.«

»Also sprechen wir darüber, was du gerne mit ihr tun willst.« Er musste ihn tiefer in die Lust führen. Lust überwand jede Barriere, ließ Menschen die Vorsicht vergessen und Dummheiten begehen.

Was Edward Harris als Nächstes in aller Ausführlichkeit schilderte, war wenigstens nicht dieses kranke Zeug, das Preston Falsi ständig von sich gab. Der Rechtsmediziner war ein Psychopath.

»Ich denke, das wird Anna gefallen«, sagte er schließlich ermutigend.

»Ja?« Edward wirkte glücklich. »Ich habe die alte Matratze extra im Keller aufgehoben. Und das Schloss erneuert.«

»Anfangs wird sie noch so tun, als ob ihr das alles nicht gefällt«, erklärte er. »Lass dich davon nicht irritieren. Sie will, dass du stark bist, dass du ihr zeigst, wo ihr Platz ist.«

Der alte Hass auf Anna kehrte zurück, und die Vorstellung, was für Qualen ihr bevorstanden, tat so gut. Er genoss den Gedanken daran, dass sie in irgendeinem Kellerloch von dieser ekelhaften Qualle zerstört wurde. Körperlich und geistig würde von ihr nur ein Wrack übrig bleiben, dafür hatte er in mühevollen Sitzungen gesorgt.

»Vielleicht in drei Monaten«, sagte Edward, knabberte an der Unterlippe und blickte schnell zur Seite, als ihre Blicke sich trafen.

»Dir muss klar sein, dass Anna nicht ewig warten wird«, sagte er bewusst langsam. »Sie ist umgeben von Männern, die sie haben wollen. Jede Party könnte einen anderen Mann dazu bringen, sie in sein Zimmer zu zerren.«

Edward erschrak. »Aber Doktor Pope, ich …«

»Du hast Angst davor, dass etwas schiefgehen könnte«, sagte er. »Das ist nur natürlich. Doch bedenke, dass du vorbereitet bist. Wir haben alle Schritte besprochen. Das Betäubungsmittel, der Wagen, der Keller im Haus deiner Mutter.«

»Ja.«

»Ab einem gewissen Punkt muss man seine Ängste überwinden und den Schritt wagen.« Ein leichtes Lächeln mit einem Hauch von Strenge brachte Edward wieder auf Kurs.

»Spätestens in einem Monat.«

»Eine ausgezeichnete Idee.« Er schlug sein Büchlein zu und legte es auf die Seite. »Ich möchte sagen, dass ich stolz auf dich bin, Edward. Als du zu mir gekommen bist, standest du noch ganz am Anfang deines Weges. Und was für Fortschritte hast du erzielt. Ich denke, wenn wir uns das nächste Mal sehen, werde ich dir gratulieren können.«

Vermutlich würde der Idiot zwischen Blaulicht und Blitzlichtgewitter abgeführt werden, falls die Polizei ihn nicht bei der Stürmung des Anwesens erschoss. Doch Anna würde das nicht mehr retten.

Er unterdrückte bei diesem Gedanken ein Lächeln. In all den Jahren hatte er gelernt, eine perfekte Maske aufzusetzen, seine Mimik zur Waffe zu machen. Und natürlich würde das Büro hier in Kürze ausgeräumt sein, keine Spur zu ihm führen.

Wenn alles gut ging, konnte er den Namen Anna Jones in Kürze von seiner Liste streichen.

27. KAPITEL

Nick konnte nicht fassen, wie naiv sie gewesen waren. Samuel hatte seine Rache seit langer Zeit geplant, und offensichtlich bezog das jeden mit ein, den Anna und er liebten. Da war es nicht verwunderlich, dass auch TJ Teil dieser kranken Attacken war.

Er stand mit Anna in Samuels altem Zimmer. Sie starrten beide auf die Liste.

»Wie kann ein Mensch nur so sehr hassen?«, sagte Anna. »Was muss er alles erlebt haben?«

Nick hatte oft im Publikum gesessen, wenn Lynette dem Team eine ihrer Analysen vorstellte. In der Ausbildung lernten sie, selbst rudimentäre Profile zu erstellen, das gehörte zum Job.

Für ihn war klar, dass Samuels Ich ein Puzzle aus ganz vielen Teilen war. Da kam der Vater, der ihn physisch und psychisch niedergemacht hatte. Die Mutter, die in ihrem Alkoholismus nichts mehr wahrnahm außer dem eigenen Schmerz, vermengt mit der Gier nach dem nächsten Hoch. Die nicht vorhandenen Freunde, Isolation. Schließlich Demütigung und Todesangst. So wuchs ein Mensch heran, der zerbrechen musste.

»Es würde mich keinen Augenblick wundern, wenn er seine Eltern getötet hat«, sagte Nick. »Irgendwann ist etwas in ihm zerrissen. Ein erster Schlag, eine erste Tat, und von da an hat er zielgerichtet gehandelt.«

»Aber es muss so viel mehr Menschen geben, die seine Wut auf sich gezogen haben«, sagte Anna nach kurzem Überlegen. »Lehrer beispielsweise.«

»Das müssten wir prüfen.« Nick versuchte, sich emotional so weit es nur ging von dem Fall zu distanzieren. *Dem Fall.* Das war es letztlich.

Mike. Lynette. TJ. Sarah. Und so viele mehr. Die Liste der Opfer war lang. Vermutlich kannten sie gar nicht alle. Und durch das Werkzeuge-Netzwerk war Samuel sogar für jene Toten verantwortlich, die seine Psychopathen »nebenbei« hervorgebracht hatten.

Mit einem Mal hatte er das Gefühl, vor einem Berg zu stehen. Er war übergroß, unbezwingbar. Schnell schüttelte er den Kopf, atmete langsam ein und wieder aus.

»Wo hast du die Liste gefunden?«

Anna zeigte ihm die Stelle in Samuels Zimmer. »So platziert, dass sie nicht auf den ersten Blick sichtbar ist, aber gefunden werden kann. Und die lagen auch dabei.« Sie reichte ihm die Bilder.

»Er weiß, dass er uns kontrolliert«, sagte Nick und betrachtete ein Foto, auf dem Anna einen Bikini trug.

Immer wieder stellte er sich vor, das Smartphone in die Hand zu nehmen und in Washington anzurufen. Er wusste genau, wie der interne Ablauf war, wenn eine Information einging. Schließlich hatte er mehr als eine selbst bearbeitet.

Dass Noriss abgesägt worden war, würde den nächsten Chef der Sonderkommission noch vorsichtiger handeln lassen. Es zählten nur die Fakten, alles wurde mit Sicherheit doppelt und dreifach geprüft. Da Nick bereits mehrfach Mist gebaut hatte, würde kaum jemand hierhereilen, um zu helfen. Im besten Fall hörten die sich seine Theorie an, überprüften Samuel und ließen ihn die gefundenen Beweise schicken.

Tage würden vergehen.

Dann würden die Leichen von Paiges übrigen Schützlingen auftauchen. Samuel würde verschwinden und die Staatsanwaltschaft, wenn es dumm lief, sie wegen Einbruch anklagen. Die Presse würde vielleicht auf ihrer Seite sein, ihnen möglicherweise aber auch die Schuld an alldem zuschieben.

»Vergiss nicht, dass wir ihn bereits mehrfach geschlagen haben«, sagte Anna, die ihn aufmerksam musterte. »Wir konnten Natalie aufhalten. Roger hat uns am Ende nicht getötet, wir konnten ihn wieder auf unsere Seite ziehen, bevor er starb. Und Zane ist am Leben. Du bist ganz nah an ihn herangekommen, als ihr in Detroit miteinander gekämpft habt.«

Die Worte machten Nick ein wenig Mut. Vermutlich hätte er ohne Lynettes und Mikes Tod sogar so etwas wie Optimismus empfunden.

»Sehen wir uns noch einmal genau um.« Er strich Anna

kurz über den Arm. Sie sollte wissen, dass er ihr dankbar war für den Versuch, ihn aufzubauen. »Vielleicht gibt es noch etwas.«

Einstweilen legte Anna das Papier auf den Schreibtisch.

Nick durchsuchte in gewohnter Routine die Regalbretter und die Bücher. Er zog einige heraus, blätterte in ihnen. Sie waren gelesen worden, jemand hatte Notizen hineingeschrieben. »Neurolinguistische Programmierung. Pathologischer Narzissmus. Zwangsstörungen. Da hat jemand die ganze Bandbreite studiert.«

»Irgendwann muss Samuel ja angefangen haben«, gab Anna zu bedenken und trat neben ihn. »Wie es aussieht, hat er auch neben dem Studium noch viel gelesen, sich geradezu fanatisch hinter seine Ausbildung geklemmt.«

»Autodidaktisches Lernen«, stimmte Nick ihr zu und nickte. »Er ist auf jeden Fall ein Genie, wenn man bedenkt, was er bereits zuwege gebracht hat. Und die Firma seiner Eltern hat er dabei auch noch geführt. Das ist ein ganz schöner Brocken.«

Anna hielt inne und blinzelte. »Wir sehen nur das, was er uns präsentiert.«

»Wie bitte?«

»Wieso ist das Zimmer nicht ausgeräumt? Ich verstehe, dass er uns irgendwann klarmachen wollte, weshalb er uns verfolgt. Es soll schließlich nicht nur wehtun, wir sollen die eigene Schuld realisieren.«

»Passt.« Stimmte Nick zu. »Aber worauf willst du hinaus?«

»Wenn Harris mich getötet hätte oder Natalie, hätte ich niemals erfahren, warum ich sterben sollte.«

»Wir haben uns ihm widersetzt«, sagte Nick. »Das hat den Hass vermutlich weiter gesteigert. Immer mehr.«

»Er führt also einen Konzern, was er nach dem Tod der Eltern erst einmal lernen muss. Studiert nebenher, liest sich zusätzlich in Psychologiebücher ein und beherrscht die Materie perfekt. Baut sich weitere Identitäten auf, erschafft Werkzeuge. Jongliert mit mehreren Racheszenarien und ist selbst noch vor Ort aktiv.«

Nick ließ die Worte auf sich wirken und realisierte schlagartig, was Anna andeuten wollte. »Und plötzlich präsentiert er uns dieses Zimmer, hinterlegt die Tagebuchseiten, die Liste. Enthüllt uns bewusst immer mehr.«

»Das ist nicht nur eine Veränderung in seiner Taktik, es ist insgesamt anders. Es fühlt sich anders an.«

»Du glaubst, dass wir es mit zwei Personen zu tun haben?«, fragte Nick.

»Vielleicht.« Sie zuckte mit den Schultern.

»Er hat Werkzeuge«, gab Nick zu bedenken. »Er könnte durchaus Arbeit delegieren.«

»Wenn es um die Durchführung seiner Rachejagd geht, hast du recht«, sagte Anna. »Aber geh doch mal die frühen Jahre durch. Die zeitliche Abfolge all der Dinge, die er getan haben muss – gleichzeitig.«

Nick lachte bitter. »Das würde bedeuten, es gibt noch eine zweite Person, die uns hasst. Oder hey, vielleicht ist es ein Club.«

»Nick!«

»Entschuldige, aber ich weiß gerade nicht, ob wir paranoid werden oder es absolut logisch ist. Immerhin geht er ein gewaltiges Risiko ein, wenn er uns hier alles offenbart. Andererseits könnten wir einen Punkt erreicht haben, an dem ihm das egal ist. Er will abschließen. Roger ist tot, jetzt sind wir drei an der Reihe. Dann hat er es geschafft. Das könnte ihn unvorsichtig werden lassen. Es mag nicht so aussehen, aber ein komplettes FBI-Team auszulöschen, fällt auch in diese Kategorie. Diese Jagd wird niemals enden. Das gesamte Land wird durchkämmt, und am Ende wird jemand die Spur zu ihm finden. In diesem Augenblick werden alle alten Akten erneut geöffnet. Selbst Edward Harris wird noch einmal komplett analysiert. Zane hat herausgefunden, dass *Crystal* irgendwie an der Firma von Samuel hängt. Das wird in Kürze auch anderen auffallen. Er wird ins Fadenkreuz geraten. Indem er uns all das präsentiert, verschafft er uns lediglich etwas früher ein paar Erkenntnisse.«

Anna betrachtete noch einmal gedankenverloren die Liste, zog ihr Smartphone hervor und tippte etwas ein. Kurz darauf kam eine Nachricht.

»Sieh mal.«

Auf ihrem Display war ein Bild geöffnet, das Zane ihr geschickt hatte. Es zeigte den Ausschnitt aus dem Tagebuch, den sie in der Praxis von Samuel aka Isaak Pope gefunden hatten.

»Ähnlich«, sagte Nick. »Aber nicht identisch.«

Er war kein Grafologe, doch es gab winzige Unterschiede in der Schrift. Gerade bei g und q, aber auch andere Buchstaben waren minimal anders.

»Also tatsächlich zwei Personen. Oder noch mehr«, schloss Anna.

Sie fotografierte die Liste mit den Namen. »Ich schicke sie Zane. Er soll ein Programm drüberlaufen lassen.«

Das Gleiche hätte Nick beim FBI ebenfalls angefordert. Mit der richtigen Software konnten innerhalb weniger Minuten Unterschiede in der Handschrift erkannt werden. Natürlich stellte sich auch hier wieder die Frage, ob es wirklich mehrere Personen waren oder sie nur glauben sollten, dass es so sei.

Sie machten sich erneut an die Überprüfung des Hauses. Nachdem sie auch die übrig gebliebenen Zimmer durchsucht hatten, nahmen sie alles auf. Sie schossen Bilder und machten Videoaufnahmen. Auf diese Art konnten sie später alles in Ruhe auswerten. Zane und Paige würden ebenfalls einen Blick darauf werfen wollen.

»Fahren wir«, sagte Nick schließlich.

Sie verließen das Haus, und auf dem Weg zum Auto hakte Anna sich bei ihm unter. Ein schönes Gefühl. Nähe. Sekunden des Atemschöpfens. Natürlich dachte er dabei sofort wieder an Mike, an Lynette, an lachende Gesichter und zwangloses Beisammensitzen. Nächte mit Mike in einer Bar, mit Lynette beim Arbeitslunch.

Er gab Anna den Schlüssel. Er selbst war zu aufgewühlt. Ohne ein Wort setzte sie sich ans Steuer. Während er gedankenverloren den Gurt einrasten ließ, startete sie den Motor.

»Was sind unsere nächsten Schritte?«, fragte sie. »Ab hier verliert sich Samuels Spur. Wir können natürlich auch noch zu seinem Firmensitz fahren, aber das wird uns kaum weiterhelfen.«

Nick hatte bereits darüber nachgedacht. Ohne einen Durchsuchungsbeschluss kamen sie dort nicht rein. Er hätte es Samuel zugetraut, dass er sie in sein Büro bat und ein gemütlicher Plausch folgte, bei dem er alles offenbarte. Ihm konnte ja nichts passieren.

»Ich denke, wir sollten etwas zusammentragen, das wir dem FBI schicken können«, schloss er. »So was wie einen Bericht mit unseren Theorien. Aber ohne irgendwelche Einbrüche zu erwähnen. Falls uns etwas zustößt, müssen sie wissen, was wir herausgefunden haben. Andernfalls käme Samuel davon. Und wer auch immer ihm hilft.«

»Wir könnten den Druck noch erhöhen, wenn ich einen Artikel schreibe.« Anna lenkte den Wagen auf die Interstate in Richtung North Point Marina.

»Wenn wir das so offensichtlich machen, könnte Samuel auf dumme Gedanken kommen.« Nick wog die verschiedenen Möglichkeiten gegeneinander ab. Ihnen blieben nicht viele Optionen. »Wir dürfen nicht vergessen, dass er Paiges Schützlinge hat. Falls wir die Presse auf ihn hetzen, könnte er sich vor die Kameras stellen und seine Unschuld beteuern, während irgendwo Leichen auftauchen. Falls er tatsächlich mit anderen Personen gemeinsam das Netzwerk kontrolliert, ist es noch schwieriger, ihn in die Enge zu treiben.«

»Also verfassen wir einen geschönten Bericht für das FBI in der Hoffnung, dass sie in diese Richtung ermitteln, und versuchen gleichzeitig, noch etwas mehr herauszufinden.«

»Das erscheint mir am erfolgversprechendsten«, stimmte Nick zu. »Die Ausbeute ist gewaltig. Wir haben zwei Schriftbilder, mehrere Adressen. Ich habe im Verlauf eines Falles mal mit einem externen Wirtschaftsforensiker zusammengearbeitet. Den könnten wir darauf ansetzen, das Firmenkonstrukt der Bishops zu entflechten. Falls ihm das gelingt, hätten wir einen Überblick über den gesamten Immobilienbestand, und ich gehe jede Wette ein, dass die mit einigen Verbrechen in Verbindung stehen.«

»Damit hätten wir auch all seine Adressen als Isaak Pope«, ergänzte Anna. »Ich will gar nicht wissen, was er unter diesem Tarnnamen noch alles angerichtet hat.«

Sie fuhren eine Weile schweigend, und Nick versank im Anblick der vorbeihuschenden Wagen. So viele Menschen, die sich ihrem Alltag stellten, mit gewöhnlichen Herausforderungen konfrontiert waren. Sie grübelten über die Gasrechnung am Ende des Monats, über das Collegegeld für ihre Kids. Was wurde heute Abend gegessen, was wollten sie im Fernsehen schauen? So simpel, so gewöhnlich. Er hätte alles dafür gegeben, ein solches Leben zu führen. Nicht länger gejagt zu werden, Freunde zu verlieren, mit dem Abgrund der menschlichen Seele konfrontiert zu werden.

»Ich glaube, wir ziehen uns mal für ein paar Minuten zurück, wenn wir wieder beim Boot sind«, sagte Anna. »Tee und ein wenig Schlaf würden uns guttun.«

»Vielleicht hast du recht.«

Inzwischen zog schon wieder der Abend herauf. Nick spürte, wie seine Lider flatterten, die Müdigkeit schlug unbarmherzig zu. Sie arbeiteten nonstop, die Momente der Ruhe waren zu kurz und zu wenig. Er wollte am liebsten vierundzwanzig Stunden am Stück schlafen, auch wenn er wusste, dass das auf keinen Fall ging. Nicht heute und nicht morgen. Nicht, bis Samuel geschnappt worden war.

In der Ferne tauchte die Marina auf. Dichter schwarzer Rauch lag in der Luft.

»Was ist da los?« Nick war sofort wieder hellwach.

Anna trat das Gaspedal durch und jagte in halsbrecherischer Geschwindigkeit dem abgelegenen Steg entgegen. Nick spürte die altbekannte Angst seinen Rücken hinaufkriechen. Das konnte einfach nicht sein. Samuel hätte sie niemals hier finden können, wie denn, verdammt?

Falls Paige etwas geschehen war …

Oder Zane!

»Fahr schneller«, sagte er heiser.

»Wenn du willst, dass wir überhaupt ankommen, dann tue ich das besser nicht«, gab Anna zurück.

In ihrer Stimme lag keinerlei Emotion. Sie hatte auf ›»professionell« geschaltet. Musste es vermutlich, um nicht durchzudrehen vor Sorge um Zane. Er war mit ihnen durch dick und dünn gegangen, unterstützte sie in diesem kranken Kampf immer weiter, obwohl es ursprünglich nicht seiner war.

Die Anlegestelle kam in Sicht, und auf einen Schlag offenbarte sich ihnen das ganze Ausmaß dessen, was geschehen war.

28. KAPITEL

3 Jahre zuvor

Sie hatten auf einem verlassenen Parkplatz am Stadtrand geparkt. Ab und an drang ein leises Wimmern aus dem Kofferraum des alten Buick, dessen Lack an mehreren Stellen abgeblättert war.

Wie gerne hätte er ihn in diesem Augenblick einfach erschossen. Sauber, schnell, ein Ende, das Edward Harris verdiente.

»Du hast was?«

»Doktor Pope … es war …«

Dass Anna entkommen war, wusste er natürlich längst. Das ganze verdammte Land wusste es. Die Nachrichten kannten kein anderes Thema mehr und berichteten unentwegt von der Journalistikstudentin, die blutüberströmt vor einem Auto zusammengebrochen war. Auf ihren Entführer wurde landesweit Jagd gemacht, das FBI bot alle Mittel auf.

Seine Praxis war längst aufgelöst, alle Spuren verwischt. Normalerweise hätte er sich jetzt einfach zurückgelehnt und die Sache abgehakt, einen neuen Ansatz gefunden, um Anna bezahlen zu lassen.

Doch kurz bevor er das Prepaidhandy weggeworfen

hatte, über das Edward ihn stets kontaktierte, hatte dieser sich gemeldet. Tatsächlich war es ihm gelungen, dem FBI bisher ein Schnippchen zu schlagen. Damit das weiter so blieb, benötigte er jedoch Hilfe.

Zuerst hatte er beschlossen, Edward zu treffen, um ihn auszuschalten. Sicher war sicher.

Aber dann …

»Du hast Anna Jones' Freundin noch immer bei dir?«

»Sie heißt Natalie«, erklärte Edward. »Und sie hat mich auch angelächelt.«

Ja, er wollte ihn wirklich erschießen. Oder sich etwas Qualvolleres für ihn ausdenken. Wie konnte man einen so gut durchdachten Plan dermaßen versauen?

»Sie hat dich angelächelt?!«

»Ich wollte ja nur Anna. Aber dann hat Natalie sie begleitet und ist auch bei mir eingestiegen. Ins Taxi. Und statt zu kneifen, hab ich sie einfach auch mitgenommen.« Edward nickte eifrig, um Zustimmung heischend.

»Logisch.« Er musste sich beruhigen und überlegen, was weiter zu tun war.

Natürlich gab es die simple Option. Harris in sein Auto setzen, Benzin darübergießen und ihn gemeinsam mit dieser Natalie verbrennen.

»Erzähl es mir«, forderte er. »Den gesamten Ablauf.«

Edward kam der Aufforderung nach, und innerhalb weniger Minuten war das Bild komplett.

»Anna ist abgehauen«, flüsterte er. »Und hat ihre Freundin zurückgelassen.«

Diese Natalie war längst über alle Maßen verängstigt, gebrochen. Es würde ein Leichtes sein, sie wieder neu zusammenzusetzen. Eine Fingerübung. Und am Ende konnte er ihr immerhin zwei Dinge bieten, die unbezahlbar waren.

Rache an Edward Harris. Und an ihrer ehemaligen Freundin, Anna Jones, die sie zurückgelassen hatte. Allein, einem kranken Psychopathen ausgeliefert.

In Gedanken ging er die Immobilien durch, die er über ein Geflecht aus Firmenkonstruktionen an die Holding gebunden hatte. Es gab da diese Lackfabrik, die mittlerweile aufgegeben worden war. Sie sollte abgerissen und durch ein neues, modernes Gewerbegebäude ersetzt werden. Das ließ sich natürlich problemlos verhindern.

Ein passender Unterschlupf, wo er Natalie formen und Edward am Ende loswerden konnte. Es würde nicht allzu lange dauern, dann wäre wieder alles auf Spur. Dieses Mal ohne Edward, obwohl er durchaus noch als Name herhalten konnte – als Schreckgespenst.

Am Ende würde das Erlebnis für Anna noch schlimmer werden als die Entführung durch Edward. Er würde sie durch die Hölle schicken.

Dass sein Zeitplan ein wenig durcheinandergeraten war, konnte sogar von Vorteil sein. Roger befand sich in Detroit, er konnte beide Ideen parallel umsetzen.

»Die Rachejagd kann weitergehen«, flüsterte er.

»Was?«, fragte Edward.

Er legte ihm unterstützend die Hand auf die Schulter.

»Natürlich lasse ich dich nicht im Stich. Du kannst immer auf mich zählen. Ich schreibe dir eine Adresse auf, dort fährst du hin. Natalie und du werden dort ungestört sein, und wenn ich ein wenig mit ihr gesprochen habe, wird sie dich mögen. All dieser Stress mit der Polizei hat sie einfach erschreckt.«

»Meinen Sie wirklich, Doktor Pope?«

»Aber ja. Du weißt doch, Edward, du kannst mir vertrauen.« Er lächelte.

29. KAPITEL

Dichter Rauch stob aus dem Bootshaus, Flammen fraßen sich an dem Holz entlang und brachten es in der zunehmenden Dunkelheit zum Glühen.

»Zane!«

Anna rannte zu dem Steg, der ebenfalls an mehreren Stellen brannte. Es roch nach Ruß und Benzin.

»Das war ein Anschlag«, rief Nick, dem der Geruch wohl auch nicht entgangen war.

Er umlief die Flammen oder übersprang sie. Einen Rückweg würden sie über den Steg nicht mehr finden. Durch den auffrischenden Wind breitete sich das Feuer rasend schnell aus. Vor Panik bekam Anna kaum Luft. Während sie ebenfalls den brennenden Stellen auf den Holzplanken auswich und dem Bootshaus Schritt für Schritt näher kam, rief sie Zanes und Paiges Namen. Erinnerungsbilder schossen ihr in den Sinn. Der Brand im Friedhofsgebäude, bei dem sie dem Feuertod nur knapp entkommen waren, lag nur wenige Wochen zurück.

»Zane, Paige!«, rief sie wieder und sah sich hektisch um. War Samuel für das Feuer verantwortlich? Steckte er hier noch irgendwo? Beobachtete er sie?

Nick streifte sich hastig den Pullover über den Kopf, ging in die Knie und tauchte ihn ins Wasser. Er wickelte ihn sich um den Unterarm, hielt diesen vor sich und näherte sich der offen stehenden brennenden Tür.

Anna tat es ihm gleich, tränkte ihren Mantel in das Wasser, das ihre Hand vor Eiseskälte taub werden ließ. Sie ignorierte den Schmerz, sah sich nach Nick um, der im Türrahmen wuchtig gegen herabgefallene Bretter trat und sich duckte, als ihm eine Stichflamme entgegenschlug.

»Nick!«

Trotz der allgegenwärtigen Hitze fuhr Anna ein Kälteschauer durch den Körper. Sie starrte zu ihm, wartete auf eine Regung. Als er sich wieder aufrichtete, warf sie sich den triefenden Mantel um die Schultern und zog ihn sich über den Kopf. Der dicke Stoff würde sie kurz vor den Flammen schützen, die Kälte des Wassers die Hitze von ihr fernhalten.

Sie sah Zane vor sich. Sein Lachen. Ihr mit einem Energydrink zuprostend. Und Paige, ihre alte Freundin, der sie nach langer Zeit gerade erst wiederbegegnet war.

»Ich hole die beiden da raus«, schrie sie und drängte sich im Schutz ihres Mantels an Nick vorbei.

»Anna!« Er riss sie zurück und an sich. Mit einer Intensität, die schmerzte, hielt er sie fest.

Sie sah es in seinen Augen, in denen sich das Flammenmeer spiegelte. Für Zane und Paige gab es keine Hoffnung mehr. Das Feuer umloderte das gesamte Bootshaus.

»Nein!« Ihr eigener Schrei war ihr fremd. Sie presste ihn

tief aus ihrem Inneren hervor. Keuchend, voller Verzweiflung. Ihr Herz verkrampfte sich unter der unbarmherzigen Kralle des Verlustes zu einem schmerzenden Klumpen.

Sie löste sich aus Nicks Armen und sah ihn an. Er wirkte wie erstarrt, blickte weiterhin in die Flammen, die Zane und Paige aus dem Leben rissen. Eine Träne rann über seine verrußte Wange und brachte Anna ihre eigene Situation ins Bewusstsein zurück. Im Gegensatz zu ihr besaß er keinen Mantel, der ihn vor der Hitze schützte.

»Wir müssen hier weg.« Sie zerrte an ihm, bis er ihr wie in Trance folgte.

Doch der Steg stand mittlerweile vollständig in Flammen.

»Wir müssen springen«, rief sie und zuckte zusammen, als ein Teil des Bootshauses knarzend in sich zusammenfiel und Funken in den inzwischen dunklen Himmel stoben.

Nick warf seinen Pullover über eine Flamme, die seine Hose gerade in Brand setzen wollte. Da ergriff sie seine Hand und sprang.

Das Wasser spritzte in alle Richtungen. Sie tauchte hinein in die Kälte, die ihr in die Haut schnitt und den Atem raubte. Krampfartig schnappte sie nach Luft, spürte Nicks Hand nach wie vor in ihrer.

Durch ihre Blicke versicherten sie sich beide, dass es ihnen gut ging. Sie ließen sich los und schwammen aufs Ufer zu. Ihre Kleidung schien Anna nach unten zu ziehen, ebenso die Stiefel, die sich an ihren Füßen wie Betonklötze anfühlten. Der Mantel war beim Eintauchen von ihren Schultern geglitten, sie hielt ihn nun in einer Hand und schob ihn im Wasser vor sich her. Nur mit großer Anstrengung kam sie vorwärts, ihre Glieder wurden immer tauber und schwerer.

Nick hustete, als er sich neben ihr an Land zog. Er rollte sich auf den Rücken, im Licht des Feuers sah sie die Dampfwolken seiner stoßweisen Atemzüge aufsteigen.

Anna kämpfte sich umgehend auf die Beine. Sie mussten zum Auto und sich ihre nassen Sachen vom Leib schaffen. Der Anblick der brennenden Bootshausruine ließ sie jedoch innehalten.

Zane …

»Das war Samuel«, brach es aus ihr heraus.

Nick raffte sich auf. »Wir müssen hier weg, bevor die Feuerwehr eintrifft.« Er fasste sie an den Armen.

Hand in Hand schleppten sie sich zu dem Wagen. Ihren vollgesaugten Mantel schleifte sie hinter sich her. Annas Zähne klapperten aufeinander, und ihr Körper war so durchgefroren, dass sie ihn kaum noch spürte.

Sie öffnete die Autotür und schmiss den Mantel auf die Fußmatte. Nick setzte sich hinters Steuer, sie sah noch einmal zurück.

Sirenen mischten sich in das Grundrauschen der Stadt. Zudem preschte auf dem See in der Ferne ein Boot mit Scheinwerfern heran, in deren Lichtkegel sie etwas am Ufer erspähte.

»Da liegt jemand«, brach es aus ihr heraus. Sie rannte los.

Nick heftete sich sofort wieder an ihre Fersen, folgte ihr zu der dunklen Gestalt.

»Zane!« Anna warf sich neben ihn, rüttelte ihn und rief immerzu seinen Namen. Seine Stirn war blutig, die Oberlippe aufgeplatzt.

Nick hockte sich zu ihr und tätschelte Zane das Gesicht.

Er öffnete blinzelnd die Augen, sah sie abwechselnd an. »Sie haben Paige mitgenommen«, brachte er heiser hervor und stöhnte auf.

Anna lehnte ihre Stirn gegen seine. Zane war am Leben.

»Bringt mich hier weg«, flüsterte er und versuchte gleichzeitig aufzustehen. Seine Sachen waren wie die ihren völlig durchnässt, allerdings war er der Kälte schon länger ausgeliefert gewesen.

Er kam zum Sitzen und sah zu dem Boot, das sich weiter näherte. »Wenn die uns erreichen, ist Paige geliefert. Lasst uns abhauen.«

Nick stützte ihn auf der einen, sie ihn auf der anderen Seite. Der Weg bis zum Auto kam ihr endlos vor. Ständig sah sie sich nach dem Boot der Wasserwacht um, das die Anlegestelle in diesem Augenblick erreichte.

Sie hievten Zane auf die Rückbank, und sie stieg mit ihm hinten ein. Nick startete den Motor und trat das Pedal durch.

Außer Atem blickte sie durch die Heckscheibe zurück und sah drei Männer auf dem Wasserwachtboot, von dem aus sie den Brand mit Feuerlöschern einzudämmen versuchten. Einer von ihnen sah ihnen nach. Sie konnte nicht abschätzen, ob ihr Nummernschild auf die Distanz noch zu erkennen war. Falls dem so war, könnten die Ermittler Nick über die Autovermietung zurückverfolgen.

»Seht zu, dass ihr aus den nassen Sachen rauskommt«, wies Nick sie an. »Die Heizung läuft auf Hochtouren.«

Er selbst hatte sich seines Pullovers schon bei dem Brand entledigt und saß mit nacktem Oberkörper hinter dem Steuer. Sie sah sein Zittern und spürte es am eigenen Leib.

Gerade als sie Zane dabei half, seinen Hoodie auszuziehen, preschten zwei Feuerwehrwagen mit eingeschalteter Sirene und Signallicht an ihnen vorbei. Sie fuhren auf die Zufahrtsstraße zum Hafen, während sie diese verließen.

»Wir müssen in ein Motel«, sagte Nick und blickte sie über den Rückspiegel an.

»Ja, gut.« Sie nickte ihm zu und zerrte an Zanes Hose.

Es war schwierig, ihn auf der engen Rückbank auszuziehen, zumal die nassen Sachen an seiner Haut klebten. Er fluchte mehrfach und zuckte immer wieder vor ihren Berührungen zurück. Neben den Gesichtsverletzungen und der Unterkühlung hatte er wahrscheinlich auch Prellungen davongetragen.

»Was ist eigentlich passiert?«, fragte sie und zog sich nun ihren Pullover über den Kopf.

Zane half ihr bei den Ärmeln. »Sie waren zu zweit und maskiert«, berichtete er. »Ich hab sie über den Alarm bemerkt, als sie den Steg betraten. Da waren sie allerdings schon dabei, Benzinkanister auszukippen.«

»Zu zweit«, sagte Nick gedankenverloren.

»Paige war total hysterisch«, fuhr Zane fort. »Als sie das erste Streichholz zündeten, rannte sie nach draußen und direkt in ihre Arme.«

Anna seufzte. Da der Steg der einzige Zugang zum Boot gewesen war, hatten sie keine andere Fluchtmöglichkeit außer … »Warum seid ihr nicht durch ein Fenster gesprungen?«

»Diese Mistkerle müssen schon hier gewesen sein, als wir in Popes Kanzlei waren. Die Fenster waren alle von außen vernagelt. Ich hab kein einziges aufbekommen. Die haben das genau vorbereitet.« Er zerrte mit an ihrem Hosenbein. »Und die Waffe, die ihr mir dagelassen habt, hat mir auch nichts genützt, weil Paige schließlich zwischen uns stand.«

Anna fischte ihr Smartphone aus der Hosentasche und versuchte, es einzuschalten – erfolglos. Sie fluchte innerlich, warf ihre nasse Hose und den Pullover zu ihrem Mantel und Zanes Sachen auf die Fußmatte und lehnte sich erschöpft zurück. Die Wärme der Autoheizung drang erst allmählich zu ihnen nach hinten. »Haben sie etwas gesagt?« Sie streckte die Hände aus und rieb Zane beständig über die Arme, um ihn aufzuwärmen.

»Kein Wort. Der eine hielt Paige mit einem Arm von hinten im Würgegriff fest und eine Pistole auf mich gerichtet, der andere hat mich zu Boden geschlagen.«

Bei der Erinnerung daran strich er sich über den Kiefer und verzog schmerzhaft das Gesicht. Die Haut war an der Stelle blutunterlaufen.

»Ich hab mich bewusstlos gestellt und gehofft, dass sie mich einfach liegen lassen. Und genau das haben sie auch getan.« Er sah sie und Nick abwechselnd an. »Ich habe Paige nicht mehr helfen können.«

»Wir sind dankbar dafür, dass du am Leben bist.« Sie lächelte ihn an.

»Der, der mich niedergeschlagen hat, schüttete im Boot noch einen halben Benzinkanister aus und zündete es an. Dann sind sie verschwunden und haben Paige mitgenommen.«

»Die Frage ist, wohin sie gebracht wurde«, sagte Nick und gab etwas in sein Smartphone ein, das in der Armaturhalterung steckte.

Er hatte es bei dem Inferno, das sie bei ihrer Ankunft erwartet hatte, in der Eile im Auto zurückgelassen und suchte nun während des Fahrens nach einem geeigneten Motel.

Zane hielt seine Hände vor die hintere Heizungsdüse. »Ich habe gewartet, solange es die Flammen zuließen und ich noch einigermaßen Luft bekam. Dann bin ich zur Tür raus und hab mich leise ins Wasser gleiten lassen. Dort hab ich dann gewartet, bis sie davonfuhren. Ich hab es vor Kälte kaum noch ans Ufer geschafft und bin dann wohl ohnmächtig geworden.«

»Was hat Samuel bloß mit Paige vor?«, flüsterte sie. »Haben wir jetzt überhaupt noch eine andere Wahl, als das FBI einzuschalten?«

Nick tippte mit der rechten Faust gegen das Lenkrad. Er

erwiderte nichts, schien über ihr weiteres Vorgehen nachzudenken.

Die plötzliche Stille beschwor in Anna eine unbarmherzige Müdigkeit herauf. Sie schaute aus dem Seitenfenster und bemühte sich, ihre Augen offen zu halten. Die Häuser wurden zunehmend niedriger, die Abstände zwischen ihnen größer. Sie näherten sich dem Stadtrand.

»Wir werden …«, ergriff Nick wieder das Wort, als im selben Moment sein Smartphone zu klingeln begann.

»… vorerst abwarten, ob Samuel uns kontaktiert«, beendete er seinen Satz. »Er hat Paige in der Hand und weiß, dass wir nichts unternehmen können.«

Kurz warf er ihr über den Rückspiegel einen vielsagenden Blick zu und betätigte nach mehrmaligem Klingeln schließlich die Freisprechanlage.

»Solltest du mich noch einmal warten lassen, wirst du das bitter bereuen«, meldete sich die Vocoderstimme.

Nick atmete tief durch. »Du kannst dich gern auf eine Telefonnummer festlegen. Dann speichere ich sie ab und weiß das nächste Mal Bescheid, dass du was von mir willst und es dringend ist.«

Das verzerrte Lachen war zu hören. Anna schüttelte sich. Es verfolgte sie bis in ihre Träume.

»Ich hätte es ja vorgezogen, mit Anna zu telefonieren. Aber ich erreiche sie nicht und erwäge, meinen Frust darüber an Paige Simpson auszulassen. Anna und du seid sicherlich inzwischen bei eurem Bootshaus angekommen. Geht es ihr gut? Die Nachricht, dass Paige überlebt hat, muss sie doch glücklich stimmen. Und wie ich euch kenne, habt ihr Zane auch aus dem Wasser gefischt. Ich habe darauf verzichtet, ihm direkt eine Kugel zu verpassen, dafür erwarte ich ein wenig Dankbarkeit.«

In ihr brodelte es. Sie wollte zum Sprechen ansetzen, aber Zane legte seine Hand auf ihre. Diesen Kampf überließen sie Nick. Alles andere würde ihn nur provozieren.

»Komm auf den Punkt«, sagte Nick. »Was willst du?«

»Was ich will?« Wieder ertönte das metallische Lachen. »Lass es mich so formulieren … Paiges Schicksal ist nun an eures gebunden. Zieht ihr auch nur in Erwägung, das FBI oder die Polizei einzuschalten, werden sowohl Paige als auch ihre Schützlinge sterben.«

Anna biss sich auf die Lippen und zwang sich, ruhig zu bleiben. Zanes Händedruck verstärkte sich. Nick atmete hörbar aus.

»Und weiter?«

»Ttt … Hier ist aber jemand ungeduldig. Ich muss allerdings gestehen, ich kann unsere erneute Zusammenkunft auch nicht mehr erwarten.« Er beendete den Anruf.

»Was soll das denn jetzt?«, stieß Anna aus. Sie konnte ihre Wut nicht länger zurückhalten. »Wieso legt der einfach ohne eine Forderung auf?«

»Weil er die Situation genießt«, erwiderte Nick.

»Oder weil er gerade keine Ahnung hat, wo wir uns aufhalten«, warf Zane ein. »Ständig wusste er, wo wir sind. Aber jetzt kann er uns anscheinend nicht mehr orten. Und das spricht dafür, dass er Paige irgendwie verwanzt hatte.«

Er pustete in seine Handinnenflächen und rieb sie aneinander. »Ich tippe auf ihr Smartphone.« Sein Blick fiel auf Annas, das sie zu den nassen Sachen gelegt hatte. »Und vermutlich auch deins.« Er sah sie an. »Durch den Sprung ins kalte Wasser ist es für ihn unbrauchbar geworden.«

»Samuel hat genug Leute in der Hinterhand, um uns beschatten zu lassen«, entgegnete Nick und nahm über den Rückspiegel die Scheinwerfer der Autos ins Visier, die hinter ihnen fuhren. Sie waren nirgends vor ihm sicher.

30. KAPITEL

Wenige Wochen zuvor

Er beobachtete Anna auf seinem Smartphone. Die Kamera war auf das Waschbecken gerichtet, vor dem sie stand und sich notdürftig wusch. Den Dreck des Kellers sowie Detective Johnsons und Harris' Blut konnte sie mit dieser Katzenwäsche unmöglich loswerden.

Sie strapazierte seine Geduld. Er ging in der Bar auf und ab. Über dem Tresen an der Wand begann ein Buchstabe der grünen Leuchtschrift zu flackern und lenkte seinen Blick von dem Display seines Smartphones ab. Er hatte die volle Beleuchtung eingeschaltet, konnte es nicht erwarten, ihren Gesichtsausdruck zu sehen, wenn sie realisierte, wo sie war. In ihrer Studienzeit hatte sie des Öfteren ihre Abende im *Crystal* verbracht, hatte mit ihrer Freundin Natalie in einer der gepolsterten Sitznischen gesessen und gefeiert.

Er setzte ein zufriedenes Lächeln auf. Bis sie ahnungslos zu Harris ins Taxi gestiegen waren.

Inzwischen hatte sie Natalies Kleid angezogen, das locker an ihrem zierlichen Körper hing und ihr bis zu den Knien reichte. Ob sie schon realisiert hatte, wem es einst gehörte? Die dünnen Träger gaben den Blick auf ihre Schlüsselbeinnarbe frei, die selbst über das Videobild auffiel.

Seine Geduld war am Ende. Er rief auf seinem Smartphone alle Kameras auf und schaltete in ihrem Raum das Licht aus. Durch die Nachtsichtkamera konnte er beobachten, wie Anna zusammenzuckte. Sie tastete sich an der Wand entlang bis zur Tür. Im Vorraum konnte sie wieder sehen und folgte dem breiten Gang, der hell vor ihr lag. Höchste Zeit, sich vorerst zurückzuziehen.

Er betätigte hinter der Theke die Soundanlage und verschwand dort zum Klang der Klaviermusik, die er zuvor passend ausgesucht hatte, durch eine Tür, die in die Küche führte.

Sein Display war die einzige Lichtquelle in diesem Raum. Von weiteren Kameras eingefangen, sah er Anna im Gang stehen. Sie zögerte, den schweren grünen Vorhang, hinter dem sie die Musik nun wahrnehmen musste, beiseitezustreifen. Doch schließlich schlüpfte sie hindurch und fand sich in dem Barsaal wieder, in dem er Sekunden zuvor auf sie gewartet hatte.

In ihm wallte Hitze auf. Ihr dabei zuzusehen, wie sie nach Halt suchend die erstbeste Stuhllehne umklammerte und sich auf die Sitzfläche sinken ließ, bereitete ihm eine unbändige Genugtuung. Auch wenn damals die Fenster und Türen nicht von außen mit Brettern zugenagelt gewesen waren, war es offensichtlich, dass sie sich an diesen Ort erinnerte.

Er hielt es keinen Moment länger aus, musste ihr endlich wahrhaftig gegenüberstehen. Ein tiefer Atemzug, dann wischte er mit dem Zeigefinger über das Display und schaltete im Saal das Hauptlicht aus. Nur die Theke war noch in grünes Neonlicht getaucht, die zwei gefüllten Cocktailgläser und der Teller mit Essen darauf standen im Fokus. Etwas abseits ein Glas Whiskey, den er schon mal für Nick eingeschenkt hatte. Irgendwann würde er hier auftauchen. Er hatte ihm eine kleine Botschaft hinterlassen.

Anna starrte mit schreckgeweiteten Augen auf die Szenerie.

Er schaltete den Vocoder um seinen Hals ein und unterdrückte ein Räuspern. »Komm und iss mit mir!« Er gab seiner verzerrten Stimme, die im Schankraum neben den Klavierklängen über die Soundanlage zu hören war, eine betont sanfte Note.

Ihr ganzer Körper strahlte Panik aus. Sie sah sich hektisch um, suchte nach ihm. Wahrscheinlich wartete sie darauf, dass er auftauchte oder noch etwas sagte. Als er jedoch schwieg, erhob sie sich langsam und ging auf den Tresen zu.

Sein Puls raste. Er konnte es nicht mehr erwarten, sie weiter zu erniedrigen.

»Verbinde dir mit dem Schal die Augen«, wies er sie an.

Anna setzte sich auf einen der Barhocker und betrachtete den regenbogenfarbenen Stoff, der ebenfalls einmal Natalie gehört hatte. Ihr Zögern brachte sein Blut in Wallung.

»Jetzt!«, schrie er so laut, dass er die Klaviermusik übertönte. Von allen Seiten hallte seine Stimme aus Lautsprechern wider.

Ihre hektischen Atemstöße brachten ihren Brustkorb sichtbar zum Beben. Er lächelte, als sie tat, was er von ihr verlangte. Sie legte den Schal vor ihre Augen und verknotete ihn hinter dem Kopf.

Endlich, die Zeit war gekommen.

Seine Finger schlossen sich um den Griff des schartigen Jagdmessers, das er in einem Holster an seinem Gürtel trug. Er trat zur Tür, öffnete sie einen Spaltbreit und spähte zum Tresen. Während er sich Anna vorsichtig näherte, saß sie stocksteif da. Sie hielt den Kopf schräg, lauschte offenbar seinen näher kommenden Schritten, die durch die Klaviertöne kaum zu hören waren.

Hinter ihr blieb er stehen und legte ihr die scharfe Messerschneide an die Kehle. Sie roch nach Angstschweiß und dem metallischen Geruch von Blut. Es war berauschend, sie in diesem Zustand zu erleben. Seine schnellen Atemzüge wirkten durch den Stimmenverzerrer selbst auf ihn bedrohlich.

Sie war wie zur Salzsäule erstarrt, zuckte nur kurz zusammen, als er mit den behandschuhten Fingern ihren nackten Arm hinabstrich. Obwohl sie sich gerade erst provisorisch gewaschen hatte, bedeckte ein Schweißfilm ihre Haut. Dass er das in ihr auslöste, bereitete ihm eine Gänsehaut.

Er ergriff ihre Hand, die sie ihm wieder entziehen

wollte. Doch er packte sie fester und führte sie zu einem der Cocktailgläser. Das Messer hielt er ihr weiterhin an den Hals, nahm auf dem Barhocker neben ihr Platz, hob das andere Glas an und stieß es gegen ihres.

Anna atmete schwer. Was würde Nick sagen, wenn er sie jetzt hier zusammensitzen sehen könnte? Wie sie hilflos neben ihm ausharrte. Blass wie eine Leiche, das schulterlange Haar schmierig und verknotet.

Behutsam führte er das Glas in ihrer Hand an ihre Lippen. Sie hielt sie verschlossen, womöglich kam ihr der Gedanke, er wolle sie vergiften. Doch er ließ ihr keine Wahl. Mit Nachdruck brachte er sie dazu, den Erdbeercocktail zu trinken.

Etwas Flüssigkeit lief an ihrem Mundwinkel hinab, und er spürte plötzlich die Versuchung, das Rinnsal mit seiner Zunge zu stoppen. Er hielt sich mit aller Macht zurück, schloss kurz die Augen. In diesem Moment verfluchte er den Vocoder, der seine schnelle Atmung verzerrt wiedergab.

Nun hielt er das Thunfisch-Sandwich an ihren Mund und wartete, bis sie hineinbiss. Er fütterte sie, als wäre sie ein Kind, das nur mit seiner Hilfe überleben konnte. Und so war es auch. Sie war ihm völlig ausgeliefert, er entschied, ob sie die nächste Minute überlebte.

Er sagte kein Wort, konzentrierte sich vollends auf Anna. Ihre Lippen, wenn sie ihm aus der Hand aß, ihren Kiefer, wenn sie kaute, ihren Kehlkopf, wenn sie schluckte und sich dabei die Messerschneide in ihre Haut drückte.

Trinken und Essen wechselten sich ab. Er hatte ihr ein Hypnotikum in den Cocktail gemixt, wartete gebannt auf seine Wirkung und nahm das Messer von ihrer Kehle, als es so weit war.

Anna sank in sich zusammen und rutschte vom Hocker. Er fing sie auf wie einen Müllsack.

In diesem Zustand konnte sie niemanden mehr verhöhnen oder verraten. Sie glitt immer tiefer in einen Dämmerzustand, war ihm völlig ausgeliefert.

Im Innenhof hatte er den Van stehen. Er legte Anna im Laderaum ab und fesselte ihr die Hände. Schon jetzt könnte er dafür sorgen, dass sie für immer schlief. Aber er hatte andere Pläne. Einmal ließ er sie noch erwachen.

31. KAPITEL

Es saß Nick noch immer in den Knochen, dass Zane beinahe gestorben war. Die Liste schien länger und länger zu werden, und es kostete ihn jedes Quäntchen seiner verbliebenen Kraft, jetzt nicht einfach aufzuhören. Hinsetzen, ins Nichts starren, loslassen. Sein Körper fühlte sich an, als bestünde er aus Glas und könnte beim nächsten Windhauch zersplittern. An irgendeinem Punkt auf diesem Weg hatte er seine Kraft verloren.

Er blickte kurz zu Anna und Zane auf der Rückbank, konzentrierte sich aber sofort wieder auf die Straße. Die Dunkelheit schien undurchdringlich. Da das Boot zerstört war, blieb ihnen auf die Schnelle keine große Wahl. Es gab ein Motel, zwanzig Meilen von hier, direkt an der Interstate. Da sie selbst nicht gewusst hatten, dass sie dorthin fuhren, würde Samuel es ebenfalls nicht erahnen können. Andererseits spielte das auch keine Rolle mehr.

Irgendwann würde er sich melden, und das Spiel ging weiter – nach seinen Regeln. Sie besaßen keinen Trumpf mehr in der Hinterhand, keinen Joker.

An welcher Stelle waren sie falsch abgebogen? Immer wieder durchdachte er die bisherigen Ereignisse und fragte sich, wie sie all das hätten verhindern können. Ein Sumpf aus ätzender Rache, der sie alle in den Abgrund zog.

Die Lichter der anderen Autos wirkten wie vorbeiziehende Glühwürmchen. Ein kurzer Moment, in dem man einen Blick auf ein fremdes Leben erhaschte. Eine Familie mit Gepäck im Kofferraum und einem Hund neben dem Sohn auf dem Rücksitz. Der Kleine unterhielt sich angeregt mit dem Tier, das selbst den anderen Autos zuschaute. Wie herrlich ein solches Leben in seiner Einfachheit sein musste.

»Alles okay?« In Annas Augen lag ein Hauch von Sorge.

»Ich bin müde.« Er wollte sie beruhigen, wusste aber nicht, wie.

Es wäre seine Aufgabe als FBI-Agent gewesen, sie zu schützen. *Jeden* zu schützen. Zane, Lynette, Mike … verdammt, einfach alle. Stattdessen hatte er selbst, seine bloße Anwesenheit, andere in Gefahr gebracht.

Im Rückspiegel sah Nick auch Zane, der noch immer zerrupft wirkte. Seine Haare standen chaotisch zu allen Seiten ab. Sein Gesicht zierten mehrere Schrammen, die Lippen waren trocken und rissig.

Jetzt, wo die Wärme im Wagen ihn einhüllte, konnte Nick beobachten, wie Zane immer schläfriger wurde. Es vergingen nur wenige Minuten, dann sackte sein Kopf zurück, sein Mund öffnete sich leicht, und er atmete gleichmäßig.

»Schlaf brauchen wir wohl alle«, sagte Anna und legte ihm von hinten die Hand auf die Schulter.

Die Geste tat gut. Nur ein Funke in der Dunkelheit, die in seinem Inneren alles verschlang, aber ein Funke.

»Irgendeine Idee?«, fragte er, um die Stille zu durchbrechen.

»Samuel hatte viele Jahre Zeit, das alles vorzubereiten«, sagte sie leise. »Wir haben keine Ahnung, wer da noch mit drinhängt. Ich meine, es war schon schlimm genug zu wissen, dass es die Werkzeuge gibt. Aber wenn er tatsächlich gemeinsam mit anderen den gesamten Plan entworfen hat … Nicht einmal Lynette hätte das sauber analysieren können, weil wir weder wissen, wie viele es sind, noch wer.«

Die Worte waren eine klare Zusammenfassung des Status quo, gleichzeitig höhlten sie Nick weiter aus. In Kürze würde Mikes Beerdigung stattfinden, und es blieb fraglich, ob er überhaupt anwesend sein konnte. Dem Unbekannten hätte er zugetraut, sogar dort ein Massaker anzurichten.

Eine Bombe im Sarg? Oder jemand anderes lag plötzlich darin?

»Ich glaube, mittlerweile ist klar, was wir *nicht* tun können.« Er klang kraftlos.

»Durchdenken wir doch einfach morgen früh, was die nächsten Schritte sind.« Annas Stimme tat so gut, beruhigte ihn. Ein Fundament im Sturm.

Nick fuhr von der Interstate ab, als das Neonschild mit der Aufschrift »Motel« auftauchte. Er parkte und öffnete so leise wie möglich die Tür. Zane schlief weiter. »Bleibst du bei ihm? Er sollte vielleicht nicht alleine in einem dunklen Auto aufwachen.«

»Natürlich. Ich behalte dich von hier im Auge, Mister.« Sie lächelte.

Es gelang ihm, die Andeutung eines ebensolchen Lächelns auf seine Züge zu zwingen. »Bis gleich.«

Nick drückte die Tür zu, bis sie einrastete. Er hatte direkt vor der Rezeption geparkt, musste also nur wenige Schritte gehen und die Tür öffnen. Die Kälte stach wie Nadeln in seine Haut, doch es interessierte ihn nicht.

Hinter den verhangenen Fenstern war die Silhouette des Empfangstresens auszumachen. Bei seinem Eintreten klingelte ein Glöckchen. Der Geruch von abgestandener Luft mit menschlichen Ausdünstungen drang an Nicks Nase. Die Wandvertäfelung war in den Rillen speckig, und auch das gedämpfte Licht täuschte nicht über die vergilbten Zeitschriften in der Wandhalterung hinweg.

»Heimelig«, sagte er leise.

Die meisten Motels nahmen gerade genug ein, um über die Runden zu kommen, lebten von Touristen oder Handelsreisenden. Da lohnte sich eine Renovierung nicht. Leider war das auch der Grund, warum sie niemand gerne nutzte.

»Wollen Sie hier nur halb nackt rumstehen oder ein Zimmer buchen?«

Nick schrak zusammen.

Ein Mann stand im Durchgang zum anschließenden Raum und betrachtete Nick von oben bis unten. Im Hintergrund lief ein Fernseher. Irgendeine Quizshow. Der Sessel war sehr nah an das Gerät herangerückt, was auf Augenprobleme hindeutete. Er mochte gut sechzig Jahre alt sein, vielleicht auch achtzig. Altersloser Verfall umgab ihn. Beim Sprechen wurden schwarze Zahnstummel sichtbar, vermutlich durch Kautabak und schlechte Mundhygiene entstanden.

Nick schüttelte den Kopf, um den FBI-Agent-Analysemodus abzuschütteln. Dieser Mann war sicher kein Werkzeug von Samuel. Viel zu unwahrscheinlich.

»Ich brauche zwei Zimmer bis morgen.«

»Geht doch. Bar oder Karte?«

»Karte«, erwiderte Nick.

Er hatte die Kreditkarte extra mitgenommen, das nasse Portemonnaie aber zurückgelassen.

Der Alte seufzte. »Was ist nur mit dem guten alten Bargeld passiert? Ist mir noch tausendmal lieber, wenn mir jemand einen Buck in die Hand drückt als dieses elektronische Zeug. Irgendwann löscht jemand einfach alles.«

»Aber nicht heute Nacht«, erwiderte Nick überzeugt.

Der Alte seufzte. »Wie viele Personen?«

»Zwei Personen in einem der Zimmer, Einzelperson im anderen.«

»Dann sind das sechsundfünfzig für die Turteltauben und fünfzig für den Sohn.«

Nick schmunzelte. Die Erfahrungswerte des Alten funktionierten hier eindeutig nicht. Aber netter Versuch.

»Sie liegen nebeneinander«, ergänzte der Alte prompt. »Dünne Wände. Also besser leise sein und so.« Er zwinkerte.

Das Letzte, wonach Nick der Sinn stand, war Sex in

einem heruntergekommenen Motel, nachdem sein bester Freund in einer Explosion verbrannt war und Zane es ebenfalls beinahe erwischt hätte.

Er reichte die Kreditkarte über den Tresen.

Es klackte, als der Alte sie durch das Lesegerät zog. An seinem abgewetzten Flanellhemd hing kein Namensschild. »Alles klar.« Die Karte wanderte zurück über den Tresen und in Nicks Hosentasche.

Der Alte reichte ihm zwei Schlüssel. An ihnen hingen kleine Messingschilder mit den Zimmernummern 22 und 23.

Sie verabredeten noch, dass sie morgen im angeschlossenen Speiseraum ein einfaches Frühstück bekommen würden. Damit war die Unterhaltung beendet. Als Nick in die Nacht hinaustrat, signalisierte er Anna und Zane, der inzwischen aufgewacht war, aus dem Auto zu kommen. Beide waren wieder in ihre nasse Kleidung geschlüpft und zitterten am ganzen Leib.

Die Zimmer waren über eine Treppe in den ersten Stock zu erreichen. Entlang eines offenen Gangs reihten sich die Türen aneinander.

»Schauen wir uns erst einmal um, danach kann ich im Shop noch das Nötigste holen«, sagte er.

Die Zimmer unterschieden sich durch nichts von all den anderen Motelzimmern, die er bisher kennengelernt hatte. Einigermaßen sauber, eingerichtet mit einem Bett und Fernseher. Das Bad war winzig, bot aber eine Dusche und Toilette.

Nick versorgte sich im Motelshop mit Duschgel, Shampoo, Zahnpasta und Einwegrasierern. Dazu einen Ersatzpullover mit einem Werbelogo von Chicago. Für Anna und Zane packte er ebenfalls das Nötigste ein.

Da es mehrere Restaurants in der Umgebung gab, konnte Nick mit seinem Smartphone Essen bestellen und es direkt liefern lassen. Irgendwann saßen Anna und er dann nebeneinander in Bademänteln auf dem Bett, Zane hatte den einzigen Sessel des Zimmers herangezogen und sich hineingefläzt. Sie aßen asiatisch, und selten zuvor hatte es Nick so gut geschmeckt. Erst jetzt wurde ihm bewusst, wie lange die letzte Mahlzeit zurücklag. Der gebratene Reis, dazu Hühnchen und Gemüse, er hätte zehn Portionen vertilgen können.

Doch die Müdigkeit ließ das nicht zu.

Kaum hatten sie fertig gegessen, schlurfte Zane nach nebenan, und Nick ging jede Wette ein, dass er gerade noch die Matratze erreichte, bevor er einschlief.

Anna und er zogen sich aus und schlüpften unter die Decke. Sie umschlangen sich wie zwei Ertrinkende, die einander der einzige Halt waren.

Obwohl Nick müde war, fand er dennoch keinen Schlaf. Die Ereignisse der letzten beiden Tage hingen wie Bleiketten an ihm.

»Es tut mir leid.« Die Worte waren heraus, bevor er sie zurückhalten konnte.

»Was denn?« Anna rückte von ihm ab, die Stirn in ehrlicher Verblüffung gerunzelt.

»Ich bin wieder in dein Leben gekommen, um dir zu helfen. Aber ich habe versagt. So vollständig, wie man nur versagen kann.«

Ihre Augen bekamen ein gefährliches Funkeln. »Wage es nicht, das noch einmal zu sagen.« Sie setzte sich im Bett auf.

Er tat es ihr gleich. »Aber …«

»Nick Coleman«, unterbrach sie ihn. »Ohne dich wäre ich nach meiner Reise durch den Keller vom *Crystal* und dem alten Kino mit einem Jagdmesser auf dem Ausflugsdampfer aufgeschlitzt worden. Du hast mein Leben mehr als einmal gerettet!«

Er schluckte, zog die Beine an und umschlang sie mit den Armen. »Ich konnte Roger nicht schützen, Lynette oder Mike. Zane wäre beinahe gestorben. Paige ist vielleicht schon tot, wer weiß. Am Ende reicht meine Kraft möglicherweise nicht, ihn aufzuhalten.«

»Es ist nicht deine Aufgabe.«

»Anna, natürlich ist es das.«

»Nein«, sagte sie entschlossen. »Es ist nicht deine Aufgabe, alles und jeden zu beschützen. Wir sind ein Team. Samuel hat jeden von uns als Ziel auserwählt. Falls du nicht gewesen wärst, wäre ich früher gestorben. Roger hätte auch nicht mehr die Chance gehabt, einen anderen Weg zu wählen. Du bist kein Übermensch. Du bist nicht mein Beschützer.« Ihre Stimme war so glasklar wie eine Diamantklinge. »Du bist mein Partner. Und das bedeutet, dass wir uns gegenseitig schützen. Jeder darf mal schwach sein. Jeder ist mal stark. Und jeder von uns beiden fühlt sich mal verloren.«

Die Worte brauchten einen Augenblick, um sich in seinem Geist zu entfalten. Seltsamerweise brachten sie tatsächlich ein wenig Linderung. Die Schuld war noch da, aber sie trat in den Hintergrund. Er wusste, dass Anna stark war – das war sie schon immer gewesen. Nicht umsonst hatte sie in einem ziemlich üblen Milieu als investigative Journalistin ermittelt.

»Ich glaube, ich brauche etwas Zeit, um das zu verarbeiten«, sagte er.

Sie strich ihm sanft über die Wange. »Dein bester Freund ist gestorben. Jeder bräuchte da Zeit. Manche Wunden heilen nie vollständig, oder zumindest trägt man die Narben mit sich herum.«

Sie lächelte traurig, und er wusste, dass sie an Natalie dachte. Samuel hatte ihnen Schmerz bereitet, Menschen genommen und sie durch die Hölle geschickt. Ob im Keller eines Restaurants oder auf der Bahre eines Obduktionssaals. Einem heruntergekommenen Kino oder einer Fabrikhalle voller in Szene gesetzter Leichen.

Und während er wie selbstverständlich die breite Schulter gewesen war, an der Anna sich anlehnte, hatte er nicht bemerkt, wie sein Fundament unter ihm zerbröckelte.

Langsam ließ er seine Stirn auf ihre sinken. Spürte ihre gleichmäßige Atmung. Sie gab ihm einen Kuss aufs Haar, streichelte seinen Nacken.

Und irgendwie fielen die Bleiketten dann doch von ihm

ab, während er in den Schlaf glitt. In dieser Nacht hatte er keine Albträume. Mikes Antlitz verfolgte ihn nicht, Lynette schenkte ihm keine anklagenden Blicke. Er schlief wie ein Stein.

Am nächsten Tag erwachte er erst, als die Sonnenstrahlen durch die Gardinen fielen.

»Guten Morgen.« Anna blickte ihn ausgeruht an. »Wie geht es dir?«

»Besser.« Er lächelte und meinte es ehrlich. »Und ich habe Hunger.«

Sie sprangen nacheinander unter die Dusche und signalisierten Zane mit drei schnellen Klopfern gegen die Wand, dass es Frühstückszeit war. Ihre Sachen waren über Nacht getrocknet.

Zu dritt gingen sie nach unten. Der Frühstücksbereich war fast leer. Am Rand des Raumes saß ein älterer Herr, der Zeitung las. Eine junge Familie etwas seitlich. Da ein – wenn auch überschaubares – Büfett aufgebaut war, griffen sie beherzt zu. Kurz darauf inhalierte Zane sein drittes Croissant, Nick vertilgte Eier und Speck, genau wie Anna.

»Vielleicht sollten wir jetzt langsam besprechen, wie es von hier aus weitergeht«, sagte Zane. »Denn irgendwie stehen wir gerade ziemlich allein auf weiter Flur. Keine Unterstützung vom FBI, alle suchen an einem völlig falschen Ort. Und Paige braucht unsere Hilfe.«

»Ehrlich gesagt hatte ich gehofft, dass dein schlauer IT-Verstand etwas ausgebrütet hat«, sagte Anna.

»Was sollte das denn sein?«

»Keine Ahnung.« Sie zuckte mit den Schultern. »Lynettes Cloud?«

Zane lachte. »Das ist keine magische Wunderwolke, wo immer etwas herausfällt, sobald wir es benötigen. Die Daten habe ich alle durchgesehen, da ist nichts mehr.«

Nick setzte zum Sprechen an, doch Anna erstarrte mitten in der Bewegung und ließ ihre Kaffeetasse sinken. Hinter ihm erklang ein gleichmäßiges Klacken. Er schaute sich um. Ein Blindenstock fuhr tastend von links nach rechts über den Boden.

Eine Frau Mitte zwanzig kam näher. Ihre Augen verbarg sie hinter einer Sonnenbrille. Sie trug einen eleganten Rollkragenpullover, enge Jeans und Boots. Alles in allem wirkte sie, als habe sie sich aus einer noblen Boutique hierher verirrt. Das kurze Haar war modisch geschnitten.

Er atmete tief durch, als er sie erkannte. Jetzt war ihm klar, wie Informationen der FBI-Ermittlungen an Samuel abfließen konnten.

Vor ihrem Tisch blieb sie stehen.

»Hallo, Anna, schön, dass wir uns hier wiedertreffen.« Sie lächelte auf eine seltsam zu definierende Art sphärisch. »Es wird Zeit für die letzte Etappe eurer Reise.« Sie zog einen Stuhl zu sich heran und setzte sich. »Ich habe Anweisungen für euch.«

32. KAPITEL

Wenige Wochen zuvor

»Gut gemacht.«

Der Regen prasselte gegen die Scheiben. Es hörte sich an, als würden tausend Nägel beständig dagegengeworfen. Gut so, das würde Roger weiter aushöhlen, ihn tiefer hinabziehen in einen Strudel aus Hoffnungslosigkeit. So und nicht anders sollte es sein.

Jede Sekunde war die lange Planung wert gewesen. Jeder Augenblick der unterdrückten Gier nach Rache.

Die unwichtige Frau lag am Boden. Sie war tot. Damit war die Manipulation dieser jämmerlichen Kreatur weiter vorangeschritten. Längst hatten ihn seine Taten über die Schwelle getragen – vom Opfer war Roger zum Täter geworden. Natürlich redete er sich noch ein, dass er all das lediglich tat, weil das Nervengift ihn zerfraß.

»Dabei weiß ich, wer du wirklich bist.« Er sprach die Worte so leise, dass Roger sie in seinem von Schuld umnebelten Verstand nicht realisierte. »Wirklich, das war gut. Kurz und knapp, sauber ausgeführt. Dieser überraschte Ausdruck in ihren Augen in der letzten Sekunde.«

»Seien Sie still.« Rogers Stimme zitterte, war mehr ein Wimmern. Das Tier war in die Enge getrieben, wollte sich wehren, zurückbeißen. Doch die Situation war so konstruiert, dass er keinen Ausweg hatte. Nicht einmal das Bein konnte er sich abnagen, wie ein Fuchs es getan hätte, um der Falle zu entkommen. Denn das Nervengift würde ihn töten.

Mit der behandschuhten Hand berührte er Rogers Schulter, klopfte sachte darauf. Unter seiner Maske und mit der vocoderverzerrten Stimme konnte dieser ihn natürlich nicht erkennen. Selbst ohne Maske, ohne Stimmenverzerrer, hätte Roger ihn vermutlich nur verständnislos angestarrt und keine Verbindung zu dem Menschen herstellen können, der er einst gewesen war.

»Sie war nicht wichtig«, sagte Roger. »Wieso sollte ich sie aus dem Weg räumen?«

Das sah ihm ähnlich. Ob Roger überhaupt realisierte, dass er gerade einen anderen Menschen als »nicht wichtig« tituliert hatte? Aber so war er. Schon immer gewesen. Der kleine jämmerliche Dealer, der den großen Macker gab. Niemand konnte ihm das Wasser reichen, alle tanzten sie nach seiner Pfeife. Doch das war vorbei.

»Ich entscheide, wer wichtig ist und wer nicht. Aber beschwere dich nicht, immerhin lasse ich den Hund leben. Den kannst du nachher rüberbringen und füttern.« Vermutlich würde ihm das auf irgendeine dämliche Art Zuversicht schenken. Denn wenn er den Hund leben ließ, dann hatte Roger doch sicher auch noch eine Chance. So würde er denken. Jeder würde das tun. Die Hoffnung starb bekanntlich zuletzt und war sie auch nur so zart wie ein Windhauch und ebenso trügerisch. In höchster Not klammerte Roger sich daran.

»Unsere Zusammenarbeit hat bisher doch gut funktioniert, wieso wirst du jetzt widerspenstig? Gerade jetzt. Ist das etwa Angst?«

Er liebte es, ihn weiter zu demütigen.

»Ich …« Roger schluckte.

»Das Netz wird enger.« Sein Lachen klang durch den Vocoder wie das Kreischen einer rostigen Maschine. Roger verzog dabei automatisch das Gesicht. »Dachtest du, mit dem Tod des Laboranten ist es vorbei?«

Natürlich hatte Roger das nicht gedacht, aber auf irrationale Art gehofft. Und das war der Punkt. Immer weiter trieb es ihn auf die andere Seite. Er war schon früher ein Täter gewesen, und jetzt würde es ihm selbst klar werden. Ganz am Ende. Bevor auch die Welt erfuhr, dass Roger Beckett ein Mörder war. Nach seinem Tod würden sie über ihn herziehen, Artikel schreiben. Er würde jeden davon mit Genuss lesen.

Dass Roger sterben würde, war natürlich längst beschlossen.

Die jämmerliche Kreatur, die einst auf dieselbe Highschool gegangen war wie er, kniete noch immer neben der Leiche, beschienen vom Mondlicht, das durch die Fensterfront fiel.

»Du hast Angst, weil neue Mitspieler aufgetaucht sind,

nicht wahr?« Er nahm die behandschuhte Hand von Rogers Schulter. »Nick Coleman und Anna Jones.«

Allein die Namen auszusprechen, peitschte Hass durch seine Adern. Beide waren ein ums andere Mal entkommen. Waren durch die Maschen des Netzes geschlüpft wie zwei glitschige Fische.

Er realisierte, dass selbst der Vocoder dieses kurze Aufblitzen von Hass nicht kaschiert hatte.

»Aber wieso …?« Roger blinzelte verwirrt.

»… du Sandy Wheeler töten solltest?«, fiel er ihm ins Wort. Dass er immer noch diese Fragen stellte, bewies nur, dass er nicht vollständig realisiert hatte, dass er keine Rechte mehr besaß. »Alles, was ich tue, hat seinen Grund. Hast du das noch immer nicht begriffen? Da ist eine Rechnung offen, und du hilfst mir dabei, sie zu begleichen.«

»Und dann …« Roger atmete ein, als sauge er Hoffnung in seine Lunge.

»Ja, danach bekommst du, was ich dir versprochen habe. Aber ich erwarte etwas mehr Vorsicht.« Er unterlegte die Worte mit einem abschätzigen Klang. »Anna Jones und Nick Coleman sind bedauerlicherweise überaus wache Geister. Sie erkennen jeden Fehler.«

»Der Anruf in der Redaktion …«

»*Jeden* Fehler«, durchschnitt er Rogers Worte.

Jede Formulierung, jeder Satz war Teil der Neuprogrammierung. Roger würde am Ende realisieren, dass er nicht mehr war als Dreck.

»Bisher halten alle das hier für einen Vertuschungsversuch des Labors. Dabei soll es bleiben. Wenn die beiden auch nur ahnen, dass ich dahinterstecke, wenn sie meine Fährte erneut aufnehmen …«

»Erneut?«, haspelte Roger.

Verdammt! Wut war ein schlechter Ratgeber, wenn es um die Umsetzung von Plänen ging. Jedes Wort konnte eines zu viel sein. Nick und Anna hatten bewiesen, wie gefährlich sie waren. Und auch Lynette McKenzie und Zane Newton durfte er nicht unterschätzen. Beide hätten gar nicht Teil dieser Sache sein sollen.

Durch die Sehschlitze der Maske betrachtete er Roger, der auf dem Boden kauerte. Wie gerne hätte er diesen jämmerlichen Waschlappen direkt hier und jetzt von seinem Elend erlöst. Doch die jahrelange Planung gipfelte in diesem Finale. Anna, Nick, Paige und Roger … Jeder der vier bekam seinen ganz eigenen Abschluss.

»Lass sie offen«, befahl er, als Roger die Augen der Toten schließen wollte. »In solchen Fällen geht es um Präzision und Wirkung. Angst, Verzweiflung, ein Netz, das sich immer enger zusammenzieht. O ja, diese Schuld.«

»Wie geht es weiter?« Rogers Stimme hatte jede Emotion verloren. Er war bald so weit.

»Ich werde dafür sorgen, dass die Polizei hiervon erfährt. Von diesem Moment an wird es ein wenig … turbulenter. Es wird spannend sein, das Ganze zu beobachten. Wie Mäuse im Labyrinth werden sie verzweifelt nach einem Ausgang suchen. Aber am Ende …« Er dachte versonnen an das Finale. »Wartet nur die tödliche Falle.«

Er lachte und lauschte dem metallischen Echo, das durch den Raum hallte.

Im Mondlicht blickten die toten Augen von Sandy Wheeler ins Nichts.

33. KAPITEL

Das Verlangen, dieser Frau den Blindenstock aus der Hand zu reißen und ihn ihr über den Schädel zu ziehen, beherrschte Anna einen Moment lang. Sie gab ihm nicht nach. Stattdessen legte sie sich im Reflex zwei Finger auf die Halsschlagader. Mit gerunzelter Stirn betrachtete sie die Blinde, die ihren Stuhl zwischen Nick und sie geschoben hatte und sich zurücklehnte.

»Darf ich vorstellen«, spie Nick förmlich aus. »Eden Sandler, eine Kollegin aus dem Innendienst.«

Zane riss die Augen auf und starrte ihn an, Anna ebenso. Sie spürte erneut Wut in sich aufsteigen. Diese Frau war beim FBI? Das erklärte, wieso Samuel den Ermittlern immer einen Schritt voraus gewesen war.

»Sie haben nicht zufällig meine Tasche samt Inhalt dabei?«, fragte Anna und lächelte übertrieben.

»Oh, wenn ich geahnt hätte, wie wichtig sie Ihnen ist, hätte ich es vielleicht in Erwägung gezogen.« Eden verzog den Mund. »Oder auch nicht.«

Allein, dass sie Samuels nächste Anweisungen überbrachte, hielt Anna davon ab, sich auf sie zu stürzen. Wie hatte diese Person sie hier überhaupt gefunden?

Sie schaute sich unwillkürlich um, konnte außer der Familie und dem älteren Herrn an den anderen Tischen aber niemanden sehen. Trotzdem war sie sicher, dass Eden nicht alleine gekommen war.

»Rück raus mit der Sprache und vergeude nicht unsere Zeit«, forderte Nick sie auf. Er wechselte mit Zane und Anna flüchtige Blicke.

Eden lachte. »Vergeuden? Ihr solltet dankbar sein, dass ich euch noch ein wenig einräume.«

»Wo ist Paige?«, fragte Nick.

Eden wandte ihm den Kopf zu. Ihre Nasenflügel blähten sich auf, und Anna erinnerte sich daran, dass sie ihr im Flugzeug von Nicks Duft vorgeschwärmt hatte. Sie hatte sich da bereits gefragt, ob sie ihm einmal flüchtig über den Weg gelaufen war oder er sie womöglich kannte.

»Warum so unfreundlich, Nick? Freust du dich denn nicht, mich zu sehen?«

Als Eden eine Hand auf seinen Unterarm legte, verengte Anna die Augen.

Er entzog ihn ihr. »Was ist passiert? Haben dich die Datenanalysen gelangweilt? Oder warum lässt du dich auf einen Psychopathen ein?«

Eden streckte den Rücken durch. Sie fasste den Blindenstock, der auf ihrem Schoß lag, nun auch mit der zweiten Hand. »Pass auf, was du sagst. Er ist alles andere als ein Psychopath. Während Noriss mich mit einer Abfindung abgespeist und in den Innendienst versetzt hat, wurde ich von ihm aufgefangen.«

Nick verschränkte die Arme. »Lass mich raten. Er hat dich psychologisch betreut?«

»Und mir damit das Leben gerettet. Es war für mich anfänglich schwer zu akzeptieren, mich von einem Tag auf den anderen durch völlige Dunkelheit zu bewegen.«

»Tja, ich sag es Ihnen ja nur ungern«, meldete Zane sich zu Wort. »Aber Ihr Herr und Meister hat selbst eine ziemliche Schraube locker.«

Eden presste die Lippen aufeinander und lachte dann übertrieben.

»Haben Sie Ted Hall, Natalie und Edward Harris gekannt?«, warf Anna ein.

Ihr ehemaliger Peiniger war wohl mit einer der ersten Werkzeuge, die Samuel für sich erschaffen hatte. Und schließlich hatte er Harris regelrecht hingerichtet, um ihr seine Leiche zu präsentieren. Er hatte ihn, Natalie und Hall wie Müll entsorgt.

»Keine Chance«, zischte Eden. »Ich lasse mich nicht ausquetschen. Außerdem gibt es einen großen Unterschied zwischen den drei Genannten und mir. Ich führe meine Aufträge wie geplant aus und versage dabei nicht.«

»Dann komm endlich auf den Punkt«, sagte Nick. »Was hast du uns zu sagen?«

Sie griff hinter sich und zog einen Briefumschlag aus dem Bund ihrer Hose. »Du und Anna, ihr werdet mir jetzt eure Smartphones übergeben und euch ins Auto setzen. Das Kuvert öffnet ihr erst, wenn ihr losgefahren seid. Ich denke, ich brauche nicht zu erwähnen, dass eure Freundin darauf angewiesen ist, dass ihr die Anweisungen befolgt.« Sie hielt ihr Smartphone in die Höhe, auf dessen Display ein Bild von Paige aufleuchtete. An Händen und Füßen gefesselt, über dem Mund ein Stück Klebeband, lag sie seitlich zusammengekrümmt auf einem Holzboden und schaute voller Angst in die Kamera. Eins ihrer Augen war blutunterlaufen.

Anna stand ruckartig auf und spürte den Bruchteil einer Sekunde später den Blindenstock an ihrem Hals. Kein Schlag, nur eine Berührung, die sie als Warnung verstand.

»Wissen Sie eigentlich, was Sie uns da zeigen?«, brach es aus ihr heraus. »Immerhin können Sie es selbst nicht sehen.«

Sie schloss ihre Hand um den Blindenstock und stemmte ihn von ihrem Hals weg. Aus den Augenwinkeln nahm sie wahr, dass die Familie den Essbereich hektisch verließ. Der alte Mann blieb. Ihm schien die angespannte Situation an ihrem Tisch egal zu sein, oder er bekam sie nicht mit.

Nick und Eden standen gleichzeitig auf. Anna befand sich nun mit ihr auf Augenhöhe, doch in den dunklen, verspiegelten Brillengläsern sah sie nur sich selbst.

»Natürlich weiß ich, dass Miss Simpson auf dem Foto zu sehen ist. Die Arme ist in keinem guten Zustand. Ich kann Ihnen versichern, dass ich genauestens von ihm instruiert wurde.«

Anna ballte ihre Hände zu Fäusten. Sie beugte sich Eden entgegen, hypnotisierte sie regelrecht mit ihrem Blick, um sicherzugehen, dass sie diesen auch spürte.

»Und woher wissen Sie, dass er Sie nicht belügt?«, fragte sie und legte eine auffällige Sanftheit in ihre Stimme.

»Geben Sie sich keine Mühe, Anna. Ich vertraue ihm voll und ganz, daran werden Sie nichts ändern.« Sie wandte sich Nick zu. »Wir überwachen euch. Solltet ihr irgendwie die Polizei oder das FBI verständigen, werden Paige, all ihre verbliebenen Schützlinge und Zane sterben.«

Anna spürte ein unangenehmes Ziehen im Magen. Sie blickte zu Zane, der sich langsam erhob und Nick und sie abwechselnd ansah.

»Während ihr euch auf den Weg macht, werde ich bei eurem Freund bleiben und ihm Gesellschaft leisten«, fuhr Eden fort. »Ich bin mir sicher, wir werden uns gut verstehen. Ansonsten besiegelt er Paiges Schicksal und ich das eures Freundes hier.«

Zanes Unterkiefer malmte. Er blickte Eden mit einer Intensität an, als würde er jeden Moment über sie herfallen. Es machte Anna wahnsinnig, wie hilflos sie Samuel ausgeliefert waren. Doch sosehr sie sich auch den Kopf zermarterte, ihr fiel nichts ein, was die Situation zu ihren Gunsten verändern konnte. Und da Nick schwieg, ging es ihm wohl genauso.

Er führte eine leichte Handbewegung aus, deutete auf sein Smartphone, das er aus der Hosentasche zog, legte es auf den Tisch und nickte Zane zu.

Dieser erwiderte das Nicken, verstand anscheinend die stumme Zwiesprache. Anna hingegen wusste sie nicht zu deuten.

»Und Ihr Smartphone«, forderte Eden Anna auf, nachdem sie Nicks bereits an sich genommen hatte. Sie hielt ihr die offene Handfläche hin.

Anna zögerte nicht. Es brachte nichts, länger Zeit zu schinden, und das Smartphone war sowieso durch das Wasser nicht zu gebrauchen. Nick und ihr blieb keine andere Wahl, als Samuels Willen zu folgen.

Sie verabschiedeten sich von Zane. Nick drückte ihm die Hände und sah ihn eindringlich an. Anna umarmte ihn und flüsterte ihm ins Ohr, dass alles gut werden würde. Dabei wussten sie beide, wie wenig sie das voraussagen konnte.

»Gute Fahrt«, sagte Eden und presste Nick den Umschlag gegen die Brust. »Es bekommt jeder, was er verdient. Da Mike sich schon vor dir verabschiedet hat, sind nicht mehr viele übrig, die dich bei uns vermissen werden. Dafür hast du zu oft dein eigenes Ding durchgezogen.«

»Nimm Mikes Namen nie wieder in den Mund«, stieß Nick zwischen zusammengebissenen Zähnen hervor. »Du hast ihn an Samuel verraten, und ich schwöre dir, dass ich dich damit nicht durchkommen lassen werde.« Er ergriff den Umschlag, zerknüllte ihn in seiner Hand und ließ Eden stehen.

»Mach's gut, Nick«, rief sie ihm nach. »Wir sehen uns in der Hölle.«

Anna nahm ihren Mantel von der Stuhllehne, der noch immer klamm war. Sie rempelte Eden im Vorbeigehen mit der Schulter an. Während sie Nick folgte, schaute sie sich zu Zane um, der ihnen mit einem besorgten Blick hinterhersah. Sie waren nun auf sich allein gestellt, ohne einander helfen zu können. Bestand überhaupt noch die geringste Chance, dass sie sich wiedersahen?

Draußen reichte Nick ihr den Umschlag und öffnete die Autotür. »Sieh nach, was drinsteht«, forderte er sie auf, als sie neben ihm auf dem Beifahrersitz Platz nahm. Er startete den Motor und fuhr vom Parkplatz.

»Milwaukee, Basilika St. Josaphat, rechte Sitzreihe, Platz 4«, las sie vor. »Das ist sicher nicht unser endgültiges Ziel.«

Nick seufzte. »Vermutlich eine weitere Botschaft.« Er gab das Ziel ins Navi ein. »Verdammt, das sind zwei Stunden Fahrzeit.«

Anna runzelte die Stirn. »Was hat Samuel bloß vor?«

»Wir werden es herausfinden«, erwiderte er.

Sie sah aus dem Seitenfenster. Nick fuhr auf die Interstate, und sie fragte sich unweigerlich, ob sie jemals nach Chicago zurückkehren würden. Zane bei Eden zurücklassen zu müssen, die vermutlich nicht allein zum Motel gekommen war, bereitete ihr Bauchschmerzen. Sie besaßen nicht einmal mehr ihre Smartphones, konnten nichts für ihn tun.

Nick ergriff ihre Hand.

Seine Berührung tat gut. Sie sah ihn an. »Vielleicht sollten wir doch an einem Münztelefon halten oder nachher in der Kirche jemanden ansprechen und darum bitten, kurz telefonieren zu dürfen.«

Er schüttelte den Kopf. »Eden sagte, sie würden uns die

ganze Zeit überwachen, und das glaube ich ihr. Samuel wird keinerlei Risiko eingehen.«

Anna sah sich um und blickte durch die Heckscheibe. »Werden wir verfolgt?«

»Das kann ich nicht sagen. Im Gegensatz zu uns kennen sie unser Ziel und brauchen nicht dicht aufzufahren. Vermutlich prüfen sie an bestimmten Stationen, ob wir dort zur geplanten Zeit vorbeikommen. Eine Drohne wäre auch vorstellbar.« Er ließ ihre Hand los. »Ich kann es immer noch nicht fassen. Eden Sandler war für mich bisher die Unscheinbarste aller Kollegen. Vor ihrem Unfall habe ich sie nicht gekannt. Ihr Schicksal hat mich dennoch berührt, und ich habe sie dafür bewundert, wie schnell sie sich bei unseren Analytikern zurechtgefunden hat. Ich hab sie ab und zu in der Mittagspause in der Kantine sitzen sehen und bin ihr hin und wieder auf dem Gang begegnet. Wir haben belanglos miteinander geplaudert, ein- oder zweimal, aber das war's.«

»Was ist ihr zugestoßen?«, hakte Anna nach.

»Sie und ein Kollege waren an einer Verfolgungsjagd beteiligt und wurden gerammt. Er konnte nur noch tot geborgen werden, sie lag zwei Wochen lang im Koma.«

»Und als sie aufwachte, war sie blind?«

Er nickte. »Durch die Hirnschwellung hat jener Bereich etwas abbekommen, der für das Sehen zuständig war.«

Anna atmete tief durch und rieb sich mit beiden Händen die Stirn. »Und dann kam Samuel als ihr Psychologe ins Spiel.«

Wieder sah sie aus dem Seitenfenster. Inzwischen war es Mittag, und die Sonne stand hoch am wolkenreichen Himmel. Sie ertappte sich bei der Frage, ob sie ihre wärmenden Strahlen heute ein letztes Mal spüren würde, schüttelte den Gedanken jedoch hastig ab.

Nick und sie schwiegen, bis sie Milwaukee erreichten. Annas Mutter stammte von hier. Sie war als kleines Kind immer mal wieder mit ihren Eltern bei ihrer Grandma zu Besuch gewesen, bis diese gestorben war. Das lag allerdings so lange zurück, dass sie sich nur noch bruchstückhaft an die weißhaarige alte Frau erinnern konnte.

Nick parkte auf dem seitlichen Parkplatz der Basilika St. Josaphat. »Warte hier. Ich bin gleich wieder da.«

Er öffnete die Autotür, doch Anna hielt ihn zurück.

»Um diese Zeit sind etliche Menschen in der Kirche«, sagte er, bevor sie zu Wort kam. »Mir passiert nichts.« Er beugte sich zu ihr und küsste sie. Seine warmen Lippen nahmen ihr für einen kurzen, wunderbaren Moment die Anspannung.

Als sein Mund sich wieder von ihrem löste, unterdrückte sie ein Seufzen. Sie vermisste ihn, obwohl er bei ihr war. Bei dem ganzen Chaos schafften sie es nicht, sich auch – und sei es für einen Moment – als Paar zu finden. Sie hetzten von einem Desaster zum nächsten. Dabei blieb ihre Zweisamkeit auf der Strecke.

Ihr Blick haftete auf seinem Rücken, bis er durch die Kirchentür verschwand. Sie saß so verkrampft da, dass ihre Muskeln schmerzten. Vorsichtshalber drückte sie die Türverriegelung herunter. Doch auch sie glaubte nicht daran, dass an diesem öffentlichen Platz Gefahr drohte. Samuel würde kaum vorhaben, die Basilika zu sprengen. Dass Nick zum Zeitpunkt der Explosionen in Rogers Labor gewesen war, hatte er nicht geahnt, für die Vertuschung des fehlenden Nervengiftes aber viele zivile Opfer in Kauf genommen. Doch auf diese Weise sollten sie heute nicht sterben. Inzwischen kannte sie sein Muster. Er wollte sie leiden lassen und dabei zusehen.

Es kam ihr wie eine Ewigkeit vor, bis Nick zurückkam. Als er den Parkplatz überquerte, atmete sie auf. Er hielt einen neuen Umschlag in der Hand, wie sie es vorausgeahnt hatten.

»Ich hoffe, das geht jetzt nicht ewig so weiter«, sagte er, nachdem er wieder neben ihr Platz genommen hatte. »Das Kuvert klebte unter dem Sitzplatz.« Er riss es in ihrem Beisein auf.

»Theresa Marsh Wildlife Area. Willkommensschild«, las Anna laut.

Nick fluchte und fuhr los. »Das ist nur ein nächster Hinweis.«

Anna gab die Area ins Navi ein und schaute sich die digitale Karte genauer an. Wenn das wieder nur ein Zwischenstopp war, wohin konnte Samuel sie danach lotsen?

Sie stockte. Ihr Finger schwebte über dem Armaturendisplay.

»Den Halt könnten wir uns eigentlich sparen«, flüsterte sie und sah Nick an. »Wir sind auf direktem Weg zum Lake Winnebago.«

Er stieg kurz auf die Bremse, beschleunigte jedoch wieder, als hinter ihnen Hupen erklangen. Ohne etwas zu erwidern, starrte er geradeaus.

Anna betrachtete abermals die Karte, spürte, wie sich die feinen Härchen in ihrem Nacken aufstellten. Samuel lockte sie zu dem Sommercamp, in dem einst alles seinen Anfang genommen hatte.

34. KAPITEL

Hätte es noch irgendeinen Zweifel gegeben, in diesem Augenblick wäre er beseitigt gewesen.

Anna und er hatten sich exakt an die Anweisung gehalten und natürlich auch den zweiten Hinweis abgeholt. Dieser vollendete die Kette, führte sie wie vermutet an jenen Ort, an dem alles begonnen hatte.

Nick stoppte den Wagen und schaltete den Motor aus. »Das war aber damals noch nicht hier.«

Sie blickten auf einen hohen Stacheldrahtzaun, der sich links und rechts zwischen dem Geäst der Bäume und Büsche verlor. Ein Weg führte auf der anderen Seite des Tores geradeaus zu den Holzhäusern, in denen sie damals übernachtet hatten. Von hier aus waren sie zwischen den Bäumen allerdings noch nicht zu sehen. Dennoch glaubte Nick, die glitzernde Eisfläche des Lake Winnebago im Hintergrund auszumachen. Oder war es Einbildung?

»Samuel hat das Gelände vermutlich einfach gekauft und einen Zaun drumherum gesetzt«, sagte Anna.

Nick beugte sich im Auto nach vorne. »Und falls diese Schilder am Zaun kein Fake sind, steht er auch noch unter Hochspannung.«

Anna öffnete die Tür und stieg aus.

Nick folgte ihr, mit dem Blick bereits die Umgebung absuchend. Wie gerne hätte er jetzt seine Waffe gezogen. Das Tor wurde nicht, wie zuerst vermutet, von einem Kettenschloss gesichert. Es gab mehrere Kabel, die zu einem zugeschweißten Verteilerkasten liefen, zwischen den Bäumen hingen Lautsprecher. Es waren allerdings moderne Modelle, nicht die Geräte von damals.

Es knackte, als sie sich aktivierten, und die bekannte verzerrte Stimme erklang: »Ihr habt euch Zeit gelassen, aber ich habe darauf vertraut, dass ihr keine Dummheiten begeht. Zweifellos wisst ihr, was euch erwartet. Oder glaubt zumindest, es zu wissen.«

Ein Surren erklang.

Das Schloss öffnete sich, die beiden Gittertore schwangen nach innen auf.

»Das Auto lasst ihr einfach vor dem Tor stehen«, sagte Samuel über die Lautsprecher. »Jemand wird sich darum kümmern. Auf euch beide wartet ein unvergleichliches Erlebnis in meinem neu gestalteten Sommerpark. Ihr werdet in Nostalgie schwelgen, das verspreche ich euch.«

Ein Schauer jagte Nicks Rücken herab.

»Das Tor wird nicht ewig offen bleiben«, erklang die verhasste Stimme erneut. »Falls es sich schließt und ihr noch draußen steht, werdet ihr über den Stacheldraht klettern müssen.«

Nick wechselte einen Blick mit Anna.

Ein Surren erklang, das Tor begann sich zu schließen.

Beide hechteten nach vorne und kamen gerade noch rechtzeitig durch den Spalt. Der Gedanke, soeben mit aller Kraft freiwillig in eine Todesfalle gesprungen zu sein, machte Samuels Aufforderung noch perfider.

»Geht doch«, drang es aus den Lautsprechern. »Ihr kennt ja den Weg zu den Hütten. Kommt nur. Euer Begrüßungspaket wartet an der Rezeption, ihr erinnert euch sicher. Alles Weitere erfahrt ihr dort.«

Es knackte final, die kleine Begrüßung war beendet. Hinter ihnen erklang ein anderes Geräusch. Ein Summen. Nick betrachtete noch einmal den Zaun, der ihr Gefängnis umschloss. Die Hochspannungsschilder waren eindeutig kein Fake. Er konnte die Kabel erkennen, die hauchdünn über das Metall liefen. Auf diesem Weg war eine Flucht unmöglich.

»Hätte er uns nicht persönlich begrüßen können«, sagte Anna. »Ein kleiner Schubs, und der elektrische Stuhl hätte sich quasi von selbst erledigt.«

Nick lachte kurz auf, verblüfft über die Wut in Annas Stimme. »Sag das besser nicht zu laut, sonst brütet er in seinem kranken Hirn gleich eine Strafe aus.«

Sie gingen vorsichtig den Weg entlang. Nick rechnete jeden Augenblick mit einer Attacke. Von Tretminen bis zu einem Schuss hätte ihn nichts gewundert. Ein kurzes Geräusch, und die Welt verging in einem Regen aus Blut und Knochensplittern.

Strich man die Angst aus der Gleichung, war es ein wunderschönes Areal mit dicht beieinanderstehenden Bäumen. Im Sommer leuchteten die Blätter in saftigem

Grün. Jetzt bedeckte überall brauner Blättermatsch den Erdboden, und das Geäst erinnerte an tote Gerippe, die sich Hilfe suchend gen Himmel reckten.

»Irgendwie kommt mir alles kleiner vor«, sagte Anna.

»Das liegt daran, dass wir größer sind«, erwiderte er. »Außerdem neigt man im Rückblick dazu, sich Orte größer und weiter vorzustellen.«

»Wusstest du, dass dieser Sommerpark für die Öffentlichkeit geschlossen wurde?«, fragte sie.

Nick schüttelte den Kopf. »Aber er war damals schon heruntergekommen, denk nur an den Essensraum. Und die einzelnen Holzhütten haben garantiert keiner weiteren Prüfung standgehalten. Erinnerst du dich, wie die Betten immer gewackelt und gequietscht haben?«

Je länger er darüber nachdachte – und sich dem Ziel näherte –, desto mehr wurde das idealisierte Bild eines schönen Sommers von der Wahrheit überlagert. Einer Wahrheit, die vom Zahn der Zeit noch weiter zur zerfallenen Realität geworden war.

Vor ihnen tauchte die Rezeption auf – ein Holzhaus, das sich in seiner Größe und mit der überdachten Veranda von den anderen unterschied. Dahinter schlängelte sich ein Weg abfallend bis hinunter zum See. Auf beiden Seiten standen die kleineren Holzhütten. Immer zwei Kinder waren in einer davon untergekommen.

Damals hatten sich Nick und Roger eine geteilt, Paige und Anna waren in der gegenüberliegenden untergebracht gewesen. Natürlich lagen die Unterkünfte der Jungs und

Mädchen auf unterschiedlichen Seiten. So erweckte man zumindest den Anschein einer strikten Trennung. Nicht dass das funktioniert hätte. In der Regel waren die beiden Lehrer spätestens um zehn eingeschlafen, und das Knutschen, Trinken und einiges mehr hatte begonnen.

Die Tür zur Rezeption stand offen. Die Theke war verlassen. Es lagen allerdings zwei Aufnahmeformulare bereit, die an einem Holzbrett klemmten. Offenbar mussten sie sich eintragen.

»So ist es brav«, erklang kurz darauf die bekannte Stimme aus einem Lautsprecher von der Decke. »Falls euer Gedächtnis ein paar Lücken aufweist, helfe ich euch gerne auf die Sprünge. Nick, du warst damals mit Roger in der Hütte mit der Nummer 6 untergebracht. Bei Anna und Paige war es die 9. Den Weg findet ihr sicher alleine. Und lasst euch nicht zu viel Zeit, sonst muss ich nachhelfen.«

Nick unterdrückte den Impuls, den Lautsprecher herunterzureißen und zu zertrümmern. Wie gerne hätte er seine Zurückhaltung über Bord geworfen. Es war seltsam – und Lynette hätte sicher eine präzise Abhandlung dazu geben können –, aber seine Traurigkeit war einer alles verschlingenden Wut gewichen, einem Hass, der wie Säure in seinen Adern brannte. Er wollte Samuel leiden sehen, er wünschte ihm jedes Quäntchen Schmerz der Hölle.

Stattdessen verließen sie das Rezeptionshäuschen und gingen langsam den Pfad entlang. Holzstämme waren in den Boden eingelassen, dazwischen gab es nur platt gedrückte Erde. Doch so konnte das Wasser den Untergrund nicht wegschwemmen, wenn es mal zu matschig wurde. Hinter den Baumwipfeln glitzerte tatsächlich die Eisfläche des Lake Winnebago. In diesem Augenblick hätte Nick alles gegeben, einfach über das Eis davonzurennen. Alles hinter sich zu lassen, selbst diese schreckliche Wut.

Stattdessen ging er mechanisch wie eine Puppe, die an Samuels Fäden baumelte, den Weg entlang. Die Hütten ragten rechts und links auf, doch bereits ein Blick zeigte, dass Samuel keine Kosten und Mühen gescheut hatte, hier aufzurüsten. Das faulige Holz war ersetzt worden, an den Fenstern waren Gitter angebracht.

»Der Zaun ringsum, er als Wärter, der über Lautsprecher mit uns kommuniziert, und einzelne Hütten, die wie Gefängniszellen anmuten.« Nick atmete schwer aus. »Er hat hier verdammt viel Geld investiert.«

»Wenn Samuel eines egal ist, dann das«, sagte Anna. »Sein Hass hat sich über viele Jahre angestaut. Er will nur noch, dass wir leiden.«

Etwas, das Nick nachvollziehen konnte. Umgekehrt hätte er Samuel sofort gepackt, in eines der Häuser geworfen und den Schlüssel im Lake Winnebago versenkt. Sein Mitleid war nach all dem Schmerz, all dem Tod, den der alte Klassenkamerad über andere gebracht hatte, blankem Hass gewichen.

»Er wird uns trennen«, sagte Nick.

»Ich würde ja gerne sagen, dass ich einen genialen Masterplan habe, der diese Sache in letzter Sekunde auflöst, aber es ist …« Anna stockte.

»… wie von Anfang an«, führte Nick den Satz zu Ende. »Wir konnten stets nur reagieren. Er wirft einen Stein, und wir weichen aus. Er zündet eine Bombe, wir ducken uns weg. Er tötet unsere Freunde, und wir trauern. Bis der Nächste dran ist.«

Anna drückte seinen Arm. »Vergiss nicht, dass die Schlinge sich enger zieht. Egal, was er tut, das ganze Land jagt ihn.«

Noch vor wenigen Tagen hätte Nick dieser Gedanke geholfen. Doch nachdem Samuel Mike und mehrere andere Agenten in die Luft gejagt und ein ganzes Team des FBI mit Nervengift getötet hatte, war gar nichts mehr sicher. Seine Grausamkeit und seine Ressourcen schienen keine Grenzen zu kennen.

»Ich weiß, es fällt euch schwer, aber ihr müsst euch jetzt trennen«, kam es säuselnd aus Lautsprechern, die ringsum an Bäumen befestigt waren. »Nick, zu deiner Linken wartet deine Unterkunft. Sobald du davor stehst, werde ich die Tür elektronisch öffnen. Anna, den Rest des Weges wirst du alleine gehen müssen. Ich mochte Metaphern schon immer. Nehmt es als Ankündigung für die Zukunft. Los!«

Der Befehl kam so laut und abrupt, dass sie beide zusammenzuckten.

»Wir schaffen das.« Nick fuhr Anna sanft über die Wange. »Gemeinsam. Wie alles bisher.« Die eigenen Worte kamen ihm in Anbetracht der aktuellen Situation seltsam schal vor.

Anna ergriff seine Hand. »Ich liebe dich.«

»Und ich dich.«

Ihre Lippen trafen aufeinander. Er nahm ihren Atem in sich auf, als wäre er sein Lebenselixier.

»Falls ich einen weiteren Countdown starten muss, kostet das ein Leben«, rief Samuel. »Zane wäre doch ein Kandidat. Was denkt ihr?«

Sie zuckten auseinander. Ein letzter Blick, für eine Sekunde waren sie sich noch nah. Dann lösten sie ihre Finger voneinander. Anna wandte sich hastig von ihm ab, zwang sich sichtlich dazu, ihn zurückzulassen. Während sie weiterging, biss er die Zähne aufeinander und trat auf die Tür zu.

Es klackte. Das Schloss mochte von außen dem damaligen nachempfunden sein, doch das war lediglich Attrappe. In ihm steckte ein ferngesteuerter Mechanismus, und Nick ahnte, dass er die Tür von innen nicht mehr alleine würde öffnen können. Falls Samuel wollte, konnte er sie einfach in den Hütten verhungern lassen.

Er wappnete sich für mögliche Attacken und betrat den Raum. Das Schloss rastete hinter ihm ein. Nick rührte sich nicht. Sein Blick war starr auf den Holzstuhl gerichtet, der vor einem kleinen Tisch stand. Das Stockbett im Hintergrund nahm er kaum wahr.

Auf dem Stuhl saß ein junger Mann, er schätzte ihn auf Anfang zwanzig. Die Haut war bleich, die Augen im Tod weit aufgerissen. Er trug einen roten Pullover und verschlissene Jeans, einfache weiße Sneaker. Sie waren abgewetzt. Auf seiner Brust war mit einer Nadel ein Polaroid angepinnt. Es zeigte Roger, der damals mit Nick in diesem Haus untergekommen war. Auf dem Bild trug der alte Freund die exakt identische Kleidung.

Nick wagte nicht zu atmen. Seine Gedanken verselbstständigten sich. Er wusste es nicht mit Sicherheit, ging aber jede Wette ein, dass vor ihm einer von Paiges Schützlingen saß.

Samuel hatte ihn umgebracht, ihn dann als Roger hergerichtet. Die gleiche Kleidung, eine identische Frisur, sogar der Haarton stimmte. Eine Puppe, die die damalige Situation nachstellte.

Langsam ging Nick näher. Er konnte nicht verhindern, dass seine Hand zitterte, als er sie hob. Die Haut an den Wangen des jungen Mannes war fest. Ungewöhnlich. Es dauerte einen Augenblick, bis er sich erinnerte. Er hatte etwas Ähnliches schon einmal gesehen.

Nick wich zur Seite aus und übergab sich, bis nur noch Galle übrig war.

Samuel hatte ihm Formaldehyd ins Blut gespritzt, um ihn zu konservieren. Nick konnte nur beten, dass es post mortem geschehen war und nicht die Todesursache darstellte. Falls der arme Kerl das im lebendigen Zustand über sich hatte ergehen lassen müssen … beinahe hätte Nick sich erneut übergeben.

Seine Gedanken wanderten unweigerlich zu Anna. Saß in ihrem Haus Paige auf einem Stuhl, konserviert für die Ewigkeit, darauf wartend, dass ihre Freundin die Tür öffnete und den letzten Glauben an das Gute im Menschen verlor?

Nick atmete langsam durch, um seinen Magen zu beruhigen. Er ging zurück zu dem jungen Mann und betrachtete das Polaroid. Es war tatsächlich ein Original. Damals hatten die Lehrer sie alle abgelichtet und es nostalgisch gefunden, dafür eine Polaroidkamera zu benutzen. Vermutlich hatte die Schule sich einfach keine neue Digitalkamera leisten können und stattdessen einfach auf den Fundus der Theater-AG zurückgegriffen.

Das Bild zeigte Roger mit einem breiten Lachen in einem unbeschwerten Augenblick. Nick erinnerte sich noch gut an den Moment, in dem das Foto geschossen wurde. Sie waren gerade angekommen, Roger hatte sich mit seiner letzten Klausur noch knapp die Versetzung in die nächste Klassenstufe erkämpft, und ausnahmsweise lief mal alles gut in seinem Leben. Ihr Lehrer hatte den richtigen Moment abgepasst und ein echtes Lächeln eingefangen. Zu diesem Zeitpunkt hatte niemand von ihnen eine Ahnung davon gehabt, wie grausam das Schicksal sich rächen würde.

»Verdammt!«

Nick rieb sich die Stirn und dachte mit bleierner Schwere an Roger und den jungen Mann, der noch sein ganzes Leben vor sich gehabt hatte. Vor seinem inneren Auge wirbelten Bilder von Mike, von Paige und Lynette durcheinander. Ein Reigen aus Opfern, abgeschnittenen Existenzen, ausgelöschter Hoffnung. Er dachte an Zane, der gegen Eden keine Chance im Nahkampf besaß. Falls diese sich entschloss, ihn zu töten, war es längst passiert.

Sie war einmal Agentin im Außeneinsatz gewesen und wusste, was sie tat.

»Wir haben dich unterschätzt«, flüsterte Nick. »Dein Können und deine Grausamkeit.« Er blickte zu dem toten jungen Mann. »Es tut mir leid, dass wir nicht schnell genug waren.«

Seine Gedanken klärten sich nur langsam, doch die nächste Schlussfolgerung kam unweigerlich. In ihrer Klasse waren damals gut dreißig Schüler gewesen. Nick, Anna, Paige, Roger und etwa sechsundzwanzig Klassenkameraden und Klassenkameradinnen. Samuel hatte, mit Paiges unfreiwilliger Hilfe, all ihre Schützlinge entführt. Alles junge Männer und Frauen. Er hatte sie garantiert hierhergebracht. Einer saß auf dem Stuhl vor ihm.

Doch was war mit den anderen?

Im Geiste sah er sich an den Holzhütten vorbeigehen und ahnte, was hinter jeder Tür lauerte. Das hier war ein Horrorkabinett.

Er verbarg das Gesicht in den Händen.

»Es tut mir leid.«

35. KAPITEL

Anna sah sich noch einmal zu Nick um, der in diesem Moment in seiner Hütte verschwand. Als die Tür hinter ihm ins Schloss fiel und hörbar verriegelte, zuckte sie zusammen. Alles in ihr schrie danach, zu ihm zu rennen und ihn dort wieder herauszuholen. Der Blick auf die vergitterten Fenster machte allerdings klar, dass ihr das nicht gelingen würde.

Sie bemühte sich, gleichmäßig weiterzuatmen. Es war keine Menschenseele zu sehen. Im Schatten der nackten Bäume lag stellenweise Schnee. Weiß und Grau waren die die Umgebung beherrschenden Farben.

Sie pustete den Nebel ihres Atems in die Handinnenflächen und zog den Mantelkragen höher. So reglos, wie sie dastand, drang die Kälte immer weiter durch den dicken, klammen Stoff und legte sich eisig auf ihre Haut. Ein trostloses Gefühl der Einsamkeit überkam sie. Nicht einmal einen Luftzug konnte sie spüren. In der Ferne war ein Flugzeug zu hören, ein Vogel krächzte. Ansonsten war es totenstill. Sogar Samuel schwieg.

Ihr war klar, dass er sie beobachtete. Oder war er gerade mit Nick beschäftigt? Sie beide getrennt zu haben, machte es auch für ihn schwieriger. Gleichzeitig musste er ihre hilflose Lage über alle Maßen genießen.

Noch ein letzter Blick zu Nicks Hütte. Sie lauschte, ob sie ihn hören konnte. Doch es war, als wäre sie in diesem verfluchten Camp völlig allein.

Schritt für Schritt näherte sie sich ihrem Holzhaus, in dem sie vor vielen Jahren mit Paige untergebracht gewesen war. In ihrem Unterbewusstsein hörte sie das Stimmengewirr und das Lachen, von denen das Lager damals eingenommen worden war. Abends hatten sie lange auf den Verandastufen gesessen, sie auf Nicks Schoß. Die Neckereien von Roger und Paige waren an ihnen abgeprallt.

Die drei Stufen knarzten, als Anna sie emporstieg. Die Tür öffnete sich mit einem Summen, bevor sie sie überhaupt erreichte.

Ein letztes Zögern, dann betrat sie den kleinen Raum, in dem sie als Teenager eine Woche lang mit Paige übernachtet hatte. Es war eine schöne Zeit gewesen, die ihr bis gestern noch in guter Erinnerung geblieben war. Wie hätte sie auch ahnen können, dass damals der Grundstein für alles gelegt wurde, was ihr Leben Jahre später zum Zerbrechen bringen sollte, als Harris Natalie und sie entführte? Wie hätte sie ahnen können, dass Harris angeleitet wurde, wie, dass ihr nach ihrer Flucht noch grausamere Dinge bevorstanden? Was erwartete sie am Ende der Reise?

»Paige!«

Sie stürmte zu ihrer Freundin, die wie auf dem Foto, das Eden ihnen gezeigt hatte, seitlich zusammengekrümmt, an Händen und Füßen gefesselt, auf dem Boden lag. Nur nebenbei nahm sie wahr, wie sich die Tür wieder schloss und surrend verriegelte.

»Paige.«

Immer wieder rief sie ihren Namen, sackte neben ihr auf die Knie und rüttelte sie. Mit einem Ruck löste sie das Klebeband von ihrem Mund, was ihr nicht einmal ein Stöhnen entlocken konnte.

Mit zittrigen Fingern tastete Anna an Paiges Halsschlagader nach dem Puls und atmete erleichtert auf, als sie ihn spürte. Sie strich Paige die Haare aus dem Gesicht, tätschelte ihre Wangen. Doch es folgte keine Regung.

Ihre Freundin war eiskalt, die Haut an den nackten Beinen blau unterlaufen. Erst jetzt wurde Anna sich der Kleidung bewusst, die Paige trug. Ein beiges Sommerkleid, wie sie es auch damals in der Nacht getragen hatte, als sie Samuel zum See lockten. Es reichte ihr nicht einmal bis zu den Knien. Der dünne Stoff bot ihr keinerlei Schutz vor der Kälte. Wie lange lag sie hier schon auf dem harten Boden?

Anna sah sich hektisch um. Das Doppelstockbett war leer. Es gab keine Matratzen, geschweige denn Decken.

Sie stand auf, lief zu der alten Kommode und öffnete die Schubfächer, doch auch dort war nichts. Paige würde erfrieren, wenn sie ihr nicht helfen konnte.

Ihre Kehle brannte. Sie zog ihren Mantel aus, breitete ihn auf dem Boden aus und rollte Paige auf ihn. So gut es ging, wickelte sie ihre Freundin in den Stoff ein, legte sich neben sie und strich immerzu über ihren Rücken, um sie zu wärmen.

»Du musst aufwachen. Bitte, Paige. Wach auf!«

Die Hose und der Pullover würden die Kälte des Holzbodens nicht lange von ihr abhalten. Sie spürte bereits, wie sich ihre Hautporen zusammenzogen, die feinen Härchen sich schmerzend aufstellten. Ihre Glieder begannen zu zittern.

»Verdammt noch mal, Paige!« Sie rüttelte erneut an ihr, schlug ihr sanft auf die Wangen. Zumindest entwich ihr ein Seufzen.

Anna sollte Paige aufstellen, ihren Kreislauf in Schwung bringen. Doch dafür musste sie erst einmal die Fußfesseln abbekommen.

»Halte durch!«

Sie rückte zu Paiges Füßen und versuchte, den ersten Knoten des Seils zu lösen. Ihre Finger zitterten, waren von der Kälte schon taub. Ein Fingernagel riss ein. Die Fessel war zu eng. Sie konnte es unmöglich schaffen, sie zu lockern.

Fluchend sah sie sich um, suchte nach etwas, das sie zu Hilfe nehmen konnte. Die Fensterscheiben waren von Eisblumen überzogen.

»Anna.« Das Knacken des Lautsprechers ertönte gleichzeitig mit Samuels verzerrter Stimme. »Die Vorbereitungen für unser Fest laufen. Es ist an der Zeit, sich schick zu machen.«

Sie starrte zu der Ecke, aus der sie ihn hörte. Dort hing

auch eine Überwachungskamera neben dem Lautsprecher an der Decke, und sie konnte sich nur mit aller Willenskraft davon abhalten, sie herunterzureißen.

»Ich habe dir etwas vor die Tür gelegt. Zieh dich um! Und ich rate dir, mich nicht allzu lange warten zu lassen.«

Es knackte wieder, der Lautsprecher verstummte. Und gleich darauf öffnete sich mit einem Summen die Tür.

Anna rappelte sich auf. Draußen, auf der Veranda, lag ein Bündel. Eine raue Wolldecke und ein zusammengelegtes Sommerkleid, das sie auf den ersten Blick erkannte. Früher hatte sie ein solches besessen und es auch im Camp getragen. Mit der Decke wollte er anscheinend zumindest verhindern, dass sie erfror, bevor es zum Showdown kam.

Kurz sah sie sich um, konnte nach wie vor niemanden sehen. Es begann mittlerweile zu dämmern. Bei Nicks Hütte wirkte alles ruhig. Zu gerne hätte sie ihn gerufen. Seine Stimme zu hören würde sie darin bestärken, nicht aufzugeben. Doch momentan war er für sie unerreichbar. Sie mussten weiter mitspielen und abwarten, bis Samuel wahrhaftig vor ihnen stand. Dann könnte sie nichts und niemand mehr davon abhalten, sich auf ihn zu stürzen.

Sie kehrte in die Hütte zurück. Noch musste sie sich daran halten, was Samuel verlangte.

Ihren Rücken der Kamera zugewandt, entledigte sie sich ihrer Hose und stieg in das Kleid, das ihrem von damals bis ins Detail ähnelte. Pastellgelb, mit Spagettiträgern und einem locker fallenden knielangen Rock, nur eine Nummer größer.

Er kannte ihre Maße, hatte sie früher von seinem Fenster aus im Bikini im Garten fotografiert und sie damals hier am See beim Baden beobachtet. Vor wenigen Wochen war er in ihre Wohnung eingebrochen, hatte einen Slip an sich genommen und dabei bestimmt auch ihre anderen Sachen durchgesehen. Ihr lief ein Schauer über den Rücken, den nicht die Kälte verursachte.

Sie biss die Zähne zusammen, streifte sich den Pullover über den Kopf und die dünnen Träger des Kleides über die Schultern. Dann breitete sie die Decke neben Paige auf dem Boden aus und kniete sich wieder zu ihr. Es brachte ihr nichts, wenn sie selbst erfror. Sie musste bei vollen Kräften und Sinnen bleiben.

Ihren Mantel nahm sie wieder an sich, zog ihn an und hüllte Paige im Austausch in die Decke.

»Kannst du mich hören?« Abermals rüttelte sie ihre Freundin an den Schultern, die daraufhin kaum hörbar keuchte.

Es musste doch irgendetwas geben, mit dem sie Paige von den Fesseln befreien konnte. Sie sah in die Kamera, dann zur Tür, die sich wieder elektrisch verriegelt hatte. Vielleicht sollte sie einfach eine Scheibe einschlagen und eine Scherbe nutzen. Doch würde er das zulassen? Sie konnte seinen Blick förmlich auf sich spüren. Andererseits nahm die Finsternis schnell zu. Inzwischen konnte sie nur noch Paiges Umrisse sehen.

Samuel hatte vermutlich mit einer Nachtsichtfunktion vorgesorgt. Während sie in wenigen Minuten in völliger

Dunkelheit umhertapste, würde er immer noch jeden ihrer Schritte über die Kamera beobachten können. Die heraufziehende Nacht war nichts, was sie für sich ausnutzen konnte. Daher tastete sie sich bis zu dem Lichtschalter neben der Tür.

Anna betätigte ihn mehrfach, aber es blieb dunkel. Eingesperrt in einer Hütte, inmitten eines Waldes. Der Gedanke vertrieb ihr Unbehagen nicht unbedingt.

Sie kehrte langsam zu Paige zurück. Gerade wollte sie in die Hocke gehen, da traf sie der plötzliche Klang von Musik so unvorbereitet, dass sie mitten in der Bewegung erstarrte. Es war eine Ballade, die damals die Charts erobert hatte und zu der sie an dem verhängnisvollen Abend im Camp eng umschlungen mit Nick getanzt hatte. Alles wiederholte sich. Von draußen drang jetzt eine sanfte Lichtquelle durch die Fenster. Es klopfte.

Anna fuhr zur Tür herum. Sie konnte ihren rasenden Puls spüren.

Wieder ein Klopfen. Dieses Mal energischer.

Kurz schloss sie die Augen, atmete tief durch und näherte sich vorsichtig der Tür, die sich in dem Moment entriegelte, als Anna sie erreichte. Von außen wurde sie aufgezogen. Und dann sah sie ihn.

Ihr entwich ein Keuchen. Auf einen Schlag kamen die Erinnerungen an ihre nicht lang zurückliegende Entführung zurück. Auf dem Ausflugsdampfer hatte sie Samuel zuletzt gegenübergestanden. Doch statt der schwarzen Kleidung trug er heute einen eleganten Anzug.

»Hallo, Anna. Ich habe lange auf diesen Abend gewartet. Man soll die Feste feiern, wie sie fallen. Also lass uns keine Zeit mehr verschwenden.« Trotz des Vocoders bemühte er sich, eine gespielte Sanftheit in seine Stimme zu legen.

Diese eisblauen Augen hatten sich in ihr Gedächtnis eingebrannt. Sie jetzt wieder in den Augenschlitzen der Sturmmaske hervorblitzen zu sehen, schnürte ihr den Magen zu. Selbst in dem gedämpften Licht der entlang der Hütten gespannten Lichterketten wirkten sie unnatürlich.

Unweigerlich kam ihr die Frage in den Sinn, warum Samuel noch immer die Maske trug. Er hatte das Psychospiel aus Angst und Tod bis auf die Spitze getrieben, doch an diesem Punkt waren Nick, Paige und sie sich im Klaren darüber, wer hinter dem schwarzen Stoff und den gnadenlosen Augen lauerte.

Samuel streckte die Hände aus. Sie zuckte zusammen, da er ihr ein Band über den Kopf streifte, an dem ein Polaroidfoto befestigt war. Als sie erkannte, dass sie darauf als Teenager abgebildet war, in genau dem Kleid, das sie jetzt trug, gefror ihr das Blut in den Adern. Samuel stellte den Tag im Camp in allen Details nach. Nur dass er selbst nun die Rolle von Nick einnahm.

Er bot ihr seinen Arm und bedeutete ihr, sich bei ihm unterzuhaken.

Sie rührte sich nicht von der Stelle. »Was ist mit Paige?«

Er legte den Kopf schräg. »Was soll mit ihr sein?«

»Sie wird erfrieren, wenn sie hier zurückbleibt«, brach es aus ihr heraus.

Das verhasste verzerrte Lachen erklang.

»Und was erwartest du jetzt von mir? Dass sie mir leidtut und ich ihr ein Schaumbad mit wohlig warmem Wasser einlasse?«

Anna streckte den Rücken durch. »Wir sind hergekommen, wie du es verlangt hast. Wenn du sie zurücklässt, komme ich nicht mit dir.«

Samuel machte einen Schritt auf sie zu. »Ach, tatsächlich? Nun, ich kann Paige gerne einheizen und die Hütte in Brand setzen, falls dir das lieber ist. Wenn du mich fragst, hat sie da höhere Chancen, mit ein paar Erfrierungen zu überleben. Allerdings ist das auch nichts, was ich einkalkuliert habe.«

Anna reagierte, ohne abzuwägen. Sie schlug mit aller Kraft auf ihn ein. Doch er bekam sie zu packen und schleuderte sie die Verandatreppe hinab.

Mit den Knien voran landete sie auf dem vereisten Matsch. Ihr Mantel war zu kurz, um ihre Haut vor den Abschürfungen zu schützen. Gerade noch rechtzeitig konnte sie sich mit den Händen abfangen, bevor sie mit dem Kopf aufschlug. Dabei knickte sie unglücklich mit der rechten Hand um und stieß einen Schrei aus.

»Du kannst es dir aussuchen, Anna.« Er blieb neben ihr stehen, rollte sie auf den Rücken und kniete sich auf ihre Oberschenkel. »Entweder du kommst jetzt freiwillig mit, oder ich muss dich dazu zwingen, was die weitaus schmerzhaftere Variante wäre.«

Seine Last erdrückte sie, die aufgeschürften Hautstellen

brannten, ihr Handgelenk wummerte vor Schmerz. Glücklicherweise konnte sie es noch bewegen.

Samuel zog aus seinem Stiefel ein Messer hervor, das sie als das schartige Jagdmesser erkannte, mit dem schon Harris sie gepeinigt hatte. Zuletzt hatte sie es auf dem Friedhof beim Kampf mit Natalie gesehen und war bisher davon ausgegangen, dass die Spurensicherung es mitgenommen hatte. War Samuel ihnen zuvorgekommen? Oder war es nur ein ähnliches?

Er strich mit der Klinge über ihren Hals, die eisblauen Augen funkelten. Dann erhob er sich und deutete mit dem Kopf in eine Richtung. »Ich bitte dich nicht noch einmal.«

Die Messerklinge schimmerte im Lichtschein. Anna ließ sie nicht aus den Augen, rappelte sich auf und wich vor ihm zurück. Doch wieder bot er ihr auffordernd seinen Arm an. Es sollte so ablaufen, wie er es sich vorstellte.

Sie wollte ihn anspucken, auf ihn eintreten. Stattdessen ging sie langsam auf ihn zu und hakte sich bei ihm unter. Ihre Muskeln waren zum Zerreißen gespannt, die Fingerknöchel ihrer unverletzten Hand knackten, als Anna sie zur Faust ballte. Sie biss sich unentwegt auf die Innenseiten ihrer Wangen und zwang sich an seiner Seite vorwärts.

Das Lied, das damals auch immer im Camp lief, ertönte in Endlosschleife. Vermutlich hatte es für ihn eine besondere Bedeutung. Die melancholische Melodie und die sanfte Stimme des Sängers wirkten in dieser Situation äußerst bizarr.

Er führte sie weiter in den Wald hinein, in Richtung

des Speisehauses und der kleinen Freilichtbühne. Zweige knackten unter ihren Schuhsohlen. Es roch nach nassem Holz und Schnee.

Sein Arm klemmte ihren regelrecht ein. Wie sie trieb er Atemwolken vor sich her. Während sie ihre schnell und hörbar ausstieß, glitten seine beinahe andächtig in die Nacht. Er gab nicht den geringsten Laut von sich, schien die Ruhe – ihr Beisammensein – zu genießen.

Für Anna war die Stille unerträglich. Sie überlegte, in welche Richtung sie ein Gespräch lenken könnte, da sah sie, an einen Baum gelehnt, eine junge Frau stehen.

Anna presste die Augen zusammen, hielt den Blick starr auf die Fremde gerichtet. Um ihren Hals hing eine lange Kette und an dieser ein Foto, auf dem eine ehemalige Klassenkameradin abgebildet war. Als sie realisierte, dass die Frau tot war, blieb sie geschockt stehen. Sie musste eine von Paiges Schützlingen sein, von einem Psychopathen und seinen Handlangern entführt und des Lebens beraubt, obwohl sie mit der Sache im Grunde nichts zu tun hatte. Sie war eine Unschuldige, und dennoch missbrauchte Samuel ihren Leichnam für eine Rolle, um die lange zurückliegende Nacht im Sommercamp wieder aufleben zu lassen.

Anna schluckte, schmeckte Galle. Sie stemmte ihre Fußsohlen in den harten Erdboden, doch Samuel zog sie unnachgiebig mit sich weiter. Vorbei an der Frau, die mit halb geöffneten Augen ins Nichts schaute. Vorbei an einem toten jungen Mann, der auf einer Bank saß und das Foto eines ehemaligen Klassenkameraden um den Hals trug. Vorbei an weiteren von Paiges Schützlingen, die Samuel wie Marionetten an unsichtbaren Fäden entlang des Weges drapiert hatte. Anna befand sich in einem Horrorstreifen, untermalt von dem Song, zu dem sie mit Nick getanzt hatte und der von Liebe und Zusammenhalt erzählte.

Innerlich schluchzte sie auf, ihr Körper wurde von einem unterdrückten Weinkrampf geschüttelt. Mit aller Macht kämpfte sie dagegen an, die Fassung zu verlieren. Diese Genugtuung wollte sie Samuel nicht schenken.

Das Speisehaus kam in ihr Sichtfeld. Er führte sie vor der Freilichtbühne auf die Tanzfläche. Die mit Reif überzogenen Holzplanken glitzerten im Licht eines lodernden Lagerfeuers. Lichterketten schmückten ringsum die Bäume wie Girlanden.

»Anna Jones.« Er sprach ihren Namen voller Hass aus. »Das wird unser erster und letzter Tanz sein.«

Mit seinem intensiven Blick hielt er sie gefangen, zog sie in seine Arme und führte sie im sanften Rhythmus der Musik über die Tanzfläche.

36. KAPITEL

Ein Summen ließ Nick zusammenzucken.

Verwirrt sah er sich um, das war eindeutig ein Smartphone. Er runzelte die Stirn. Das Geräusch kam aus Richtung des Lüftungsgitters.

»Das Versteck!«

Er eilte dorthin und zog das Gitter ab. Im Inneren lag eine Flasche Whiskey, die Roger damals seinem Vater geklaut und mit ins Camp geschmuggelt hatte. Daneben ein Uralt-Smartphone. Gab es die Marke überhaupt noch?

Er nahm es heraus und blickte auf das Display. Eine Textnachricht war darauf zu sehen.

Viel Spaß auf der Straße der Erinnerungen.
Trink die Flasche leer, bevor der Timer abgelaufen ist.

Nick schloss für einen Moment die Augen. Samuel simulierte tatsächlich den gesamten Ablauf von damals. Kurz vor ihrem Ausflug zum See, während des Festes, hatte Roger die Whiskeyflasche präsentiert. Sie hatten getrunken und gelacht, eins hatte zum anderen geführt.

Das Smartphone war nicht gesperrt, er öffnete also die

Timer-Funktion. Es gab einen Wecker, der bereits gestellt war. In fünfzehn Minuten musste er ausgetrunken haben.

Die gesamte Flasche.

Er nahm sie heraus, ging zum Bett und vermied es, den toten jungen Mann anzusehen. Ein Blick auf das Smartphone verriet ihm, dass es keine aktive SIM-Karte besaß, ein Anruf war nicht möglich. Es gab auch keine Verbindung zu einem WLAN, wobei er gar nicht sicher war, ob das Gerät mit der heutigen Technik überhaupt noch zusammengearbeitet hätte. Samuel musste die Textnachricht vorbereitet haben, um sie dann zeitverzögert abzuspielen, nachdem er das Gerät von jeder Verbindung getrennt hatte.

Nick schraubte den Verschluss auf und setzte die Flasche an. Der torfige Geruch erinnerte ihn an jenen Abend bei Sarahs Hochzeit, als Roger, Anna und er sich in einem Raum neben dem Foyer des Hotels getroffen hatten, um das weitere Vorgehen zu besprechen. So viele Freunde waren tot, so viele Kollateralschäden hatte es gegeben, wegen eines einzigen Fehlers.

Er trank. Zwei schnelle Schlucke, dann musste er stoppen. Das Zeug brannte in seiner Kehle, der Geschmack war intensiv. Er hätte ein Bier jederzeit vorgezogen, vor allem, wenn es sein letzter Drink sein sollte.

Irgendwo in der Ferne begann Musik zu spielen, drang gedämpft bis zu ihm. Das »Sommerfest« hatte begonnen. Zwischen kahlem Geäst, vor einem vereisten See. Beinahe hätte Nick bitter aufgelacht. Er ging jede Wette ein, dass

Samuel eigentlich noch bis zum Sommer hatte warten wollen, um es vollkommen authentisch zu beenden.

Er trank weiter.

Hatte Anna auf dem Ausflugsdampfer gar nicht sterben sollen? Oder hätte das Nicks Leid vergrößert, und dieses Ende war für ihn allein gedacht? Oder Paige? War all das Improvisation?

Zweifellos würde er es bald erfahren. Die Wirkung des Alkohols setzte ein. Nick blinzelte, Wärme stieg in ihm auf. Alles wirkte weich und gedämpft. Die Flasche war erst zur Hälfte geleert. Das Frühstück lag lange zurück, sein Körper hatte dem Alkohol nichts entgegenzusetzen.

Damals hatten bereits zwei Schlucke gereicht, um seine Hemmschwelle massiv zu senken. Ein Blick auf die Uhr ließ seinen Puls in die Höhe schnellen. Er hatte nur noch vier Minuten.

Er setzte die Flasche an und trank fünf weitere Schlucke. Zwei Fingerbreit waren noch übrig. Die bernsteinfarbene Flüssigkeit sah aus wie Honig. Sie schwappte hin und her und hin und her. Es machte Spaß, dabei zuzusehen. Das Licht spiegelte sich im Glas der Flasche. Das Etikett war alt, vermittelte die Reifung im Fass.

Nick schüttelte den Kopf.

Seine Gedanken hatten sich eindeutig ebenfalls in zähflüssigen Honig verwandelt. Er musste sich konzentrieren, was immer schwerer fiel.

Ein letzter großer Schluck, die Flasche war leer. Fast gleichzeitig erklang das Schrillen des Weckers. Nervtötend. Er schaltete ihn ab. Beim dritten Versuch traf er das Icon. Taumelnd kam Nick auf die Beine.

Mit einem Ding-Ding kündigte sich eine weitere Textnachricht an.

Geh zu Annas Haus.

Kurz und knapp. Das Schloss der Tür entriegelte. Nick ging langsam darauf zu, den Blick starr auf sein Ziel gerichtet. Er öffnete die Tür und trat in die Kälte, sog tief die Luft in seine Lunge.

Eine dumme Idee. In seinem Kopf wirbelte alles umher, der Sauerstoff verstärkte die Wirkung des Alkohols. Irgendwie lag er im nächsten Augenblick auf dem Boden, die leere Flasche hielt er jedoch noch unversehrt in seiner Hand. Ihm war nicht klar gewesen, dass er sie mitgenommen hatte. Unter einer Schicht aus Matsch war die Erde gefroren. Wieder auf die Beine zu kommen war eine Herausforderung, doch beim dritten Versuch gelang es.

Er taumelte nach vorne, Schritt für Schritt. Es war die Nummer neun gewesen, das wusste er. Die Tür stand offen.

»Anna«, haspelte er.

Doch sie war nicht da. Nur Paige. Sie trug ein Sommerkleid und war in eine Decke gewickelt. Ihre Haut war bleich und kalt, ihre Lider zuckten. Samuel musste ihr ein Betäubungsmittel gegeben haben, dessen Wirkung nachließ. Ihre Hände und Füße waren gefesselt.

Er benötigte etwas, um die Fesseln durchzuschneiden. Aber was?

Nick stellte die leere Flasche ab und sah sich um. Etwas Scharfes. Vielleicht ein Stück Glas? Sein Blick fiel wieder auf die Whiskeyflasche. Sein Verstand funktionierte gerade wirklich nicht besonders gut.

Er zerschlug sie an der gegenüberliegenden Wand, beugte sich über Paige und durchschnitt mit Mühe ihre Hand- und Fußfesseln. Es war ein Wunder, dass er sich in seinem Zustand dabei nicht an der Scherbe verletzte.

»N...Nick?« Ihre Augen öffneten sich, sie blickte sich langsam um. »Was ist passiert? Wo bin ich?«

»Du bist ... bist im Sommercamp.« Die Worte kamen nur schwer über seine Zunge.

»Was?« Sie runzelte die Stirn. »Aber wir haben Winter. Bist du betrunken?!«

Er wollte ihr alles erklären, schnell und komprimiert, doch die Sätze ließen sich nicht richtig bilden. »Samuel hat dich hierhergebracht. Uns auch. Und ich musste Whiskey trinken. Der war in Rogers Geheimversteck.«

Paige setzte sich auf und rieb zitternd ihre Arme. »Mir ist so kalt. Wieso trage ich ein Kleid?«

Ihr Anblick wirkte tatsächlich ein bisschen lustig. Der Stofffetzen war vor langer Zeit in Mode gewesen, doch das war vorbei. Und Paige war heute definitiv nicht mehr der Typ für Kleider. Sie bevorzugte funktionale Kleidung.

»Er stellt es nach. Alles.«

Erst jetzt schien Paige die Musik wahrzunehmen. »Das

Sommerfest.« Sie verbarg ihr Gesicht in den Händen. »O nein. Das ist so krank.«

Nick verzichtete darauf, ihr von dem toten jungen Mann in seinem Haus zu erzählen, mit dem Roger nachgestellt worden war. Vielleicht gab es für die übrigen Schützlinge ja noch Hoffnung, er wollte Paige nicht demoralisieren.

»Anna war hier«, sagte Nick, die Worte kamen irgendwie träge. »Aber jetzt ist sie weg. Und die Textnachricht lautete, ich soll hierherkommen.«

»Du hast ein Smartphone?!«

Er zeigte es ihr. »Kein Netz. Aber er hat da irgendwie was hinterlegt.«

Paige nahm es entgegen und runzelte die Stirn. »Zeitverzögerte Nachrichten sind jetzt keine große Herausforderung auf so 'nem alten Ding. Das gab es schon damals mit SMS.« Sie gab ihm das Gerät zurück, stand auf und rieb ihre Arme, um den Kreislauf in Schwung zu bringen. »Mir ist schwindelig.«

»Mir auch«, sagte Nick. »Das wollte er wohl erreichen. Du leidest unter den Nachwirkungen des Betäubungsmittels, und ich bin durch den Alkohol leicht …«

»Leicht?!«

»… gepegelt … benebelt.«

Er hatte kurz darüber nachgedacht, die Flasche einfach auszuschütten. Das Risiko war jedoch zu groß. Falls einige der Schützlinge noch lebten, durfte er deren Leben nicht gefährden. Gleiches galt für Anna, die sich zweifellos in seiner Gewalt befand.

Sein umnebelter Verstand brachte unweigerlich Bilder zurück. Anna im Keller vom *Crystal*, er selbst auf der Bahre bei Doktor Falsi, die Knochensäge surrte. Später sein Gang durch die Lagerhalle mit dem toten Detective Hunter, Sarah und den Überresten von TJ. Beinahe hätte Nick sich erneut übergeben.

»Alles okay?« Paige griff nach seinem Arm.

Wenn er sicher gewesen wäre, dass es hier keine Kamera gab, hätte er kurzerhand den gesamten Whiskey, der sich noch in seinem Magen befand, wieder ausgekotzt. Doch auch dieses Risiko war zu groß.

Die Wirkung würde sich noch ein wenig steigern, bevor sie nachzulassen begann. Jetzt war er dankbar für die Abende in Washington, D.C., wo er mehr als einmal von Mike dazu genötigt worden war, eine Bar aufzusuchen. Das hatte ihn wenigstens etwas abgehärtet.

»Was jetzt?«, fragtc Paige. »Sollen wir versuchen zu entkommen?«

»Ist alles voller Stacheldrahtzaun«, erklärte Nick. »Und Strom. Am Zaun. Außerdem hat er Anna.«

Paige sah an sich herab. »Und ich erfriere, wenn ich noch lange durch die Kälte renne.« Sie hob die Wolldecke auf, zog sie sich über die Schultern und hielt sie vorn zusammen. »Hast du irgendwo meine Schützlinge gesehen? Einen Hinweis? Mich hat er im Auto sofort betäubt, und das Nächste, was ich wahrgenommen habe, war dein Gesicht.«

Nick überlegte, was er ihr sagen konnte.

»O nein.« Paige starrte ihn an. »Was ist passiert?«

Seine Mimik hatte er offenbar auch nicht länger unter Kontrolle. Er berichtete von dem jungen Mann, und Paige rannte sofort aus dem Haus in Richtung der Hütte mit der Nummer sechs. Er kam natürlich viel zu langsam hinterher, verfluchte erneut seinen Zustand. Prompt rutschte er aus und landete abermals im Matsch.

Irgendwie kam er wieder auf die Beine und erreichte die Hütte. Paige kniete wimmernd am Boden.

»Paul«, wimmerte sie. »O nein, Paul.«

Sein Name hatte in der Nacht, in der Mike starb, auf dem Zettel in dem Umschlag gestanden, und Anna hatte ihn Samuel schließlich am Telefon preisgegeben. Spätestens jetzt musste Paige klar sein, dass auch Sandra nicht mehr lebte.

»Es tut mir leid.« Nick fiel neben ihr auf die Knie, umschlang sie mit einem Arm.

»Dieser kranke Mistkerl.« Paige rieb sich die triefende Nase. »Was können denn diese armen Seelen für unsere Fehler? Die wollten doch nur ein besseres Leben, haben zuvor schon gelitten. Sie mussten zu Hause abhauen, wurden geschlagen, misshandelt. Bei den meisten hat es viele Jahre gedauert, bis sie den Absprung geschafft haben. Einige hatten schließlich eine echte Chance, von der Straße wegzukommen. Ich habe mich um sie gekümmert. Und er löscht einfach ihr Leben aus.«

Bei diesen Worten machte sich ein Gedanke in Nicks Verstand bemerkbar. Der Zipfel einer Erkenntnis. Sie betraf Samuel, der ja selbst ähnliches Leid erfahren hatte.

Doch bevor er weiter darüber nachdenken konnte, entschlüpfte ihm der Gedanke wieder.

»Hast du sonst noch jemanden gesehen?«, fragte Paige. »Einen von den anderen?«

»Sorry.« Er schüttelte den Kopf.

Das Smartphone vibrierte.

Ihr hattet Zeit genug!
Jetzt kommt an den Ort, an dem alles begonnen hat.
Ihr habt fünfzehn Minuten.

Nick zeigte Paige die Nachricht. Sie mussten dazu keine Worte wechseln, beiden war klar, was sie bedeutete, wohin sie kommen sollten.

Samuels kranker Plan steuerte dem Ende entgegen. Sie waren hier, er demonstrierte seine Macht, ließ sie leiden und beendete es schließlich.

»Wir können doch nicht einfach dorthin gehen wie brave Schweine, die zur Schlachtbank geführt werden«, sagte Paige, den Blick noch immer auf Paul gerichtet.

Sie strich sanft über seinen Pulli, weinte lautlos. Ihr Blick fokussierte das Polaroid mit Roger. Ein melancholischer Glanz trat in ihre Augen. »Wir waren so verdammt jung. Und jetzt sollen wir sterben.«

»Hör zu«, beschwor Nick sie, was leider nicht ganz so klar und überzeugend herauskam, wie er es gerne gehabt hätte. »Wir müssen auf Zeit spielen. Das ist unsere einzige Chance.«

»Wir überwältigen ihn«, sagte Paige.

»Abgesehen von unserem bemitleidenswerten Zustand, glaube ich keine Sekunde, dass Samuel alleine hier ist. Wir haben seine Werkzeuge kennengelernt. Er baut einen solchen Machtapparat bis in die Eingeweide des FBI nicht auf, um dann am Ende einen Fehler zu begehen. Wir sind unter Beobachtung, hier sind sogar in den Bäumen Kameras versteckt. Er wollte, dass ich dich befreie. Sonst hätte das nicht funktioniert.«

Nick richtete sich auf und stützte sich an der Wand ab. Seine Handfläche fuhr dabei außen über die rechte Hosentasche. Er hatte einen der Glassplitter darin verschwinden lassen. Es blieb nur zu hoffen, dass keine Kamera dies eingefangen hatte. Wirklich wissen würden sie es erst am Ziel.

»Wir gehen also?«

»Wir gehen«, bestätigte Nick.

»Ich werde mich nicht einfach umbringen lassen«, sagte Paige. »Was auch immer dort auf uns wartet. Selbst mit benebeltem Verstand werde ich mich bis zum letzten Atemzug wehren.« Sie strich Paul übers Haar. »Und den anderen werde ich ebenfalls helfen.«

Sie traten vor die Tür. Gemeinsam folgten sie dem Pfad, der zur Freilichtbühne führte. Bereits von Weitem konnte Nick im schwachen Schein der Lichterketten reglose Gestalten ausmachen.

Er ahnte, was sie gleich sehen würden.

Der Schrei, den Paige ausstieß, war unmenschlich. Er war erfüllt von Leid, Traurigkeit, Wut und Hass. Als könnte sie damit ihrer Seelenqual Ausdruck verleihen und hinausbrüllen, was wie ein Messer durch ihr Innerstes schnitt.

Ihre Schützlinge waren hier.

Doch ihnen konnte niemand mehr helfen.

37. KAPITEL

Samuel hatte die Hand unter Annas offenen Mantel geschoben und auf ihre Hüfte gelegt. Während er sie über die Tanzfläche führte, brannte sich die Wärme seiner Finger regelrecht durch den dünnen Stoff des Kleides und brachte sie zum Erschaudern. Doch jedes Mal, wenn sie ihn wegzustoßen versuchte, hielt er sie umso fester.

In ihrer Erinnerung waren sie als Teenager etwa gleich groß gewesen. Heute überragte er sie um mehr als einen Kopf, hatte breite Schultern und einen starken Griff, der auf seine Fitness hindeutete.

Rein körperlich konnte sie es nicht mit ihm aufnehmen, das war klar. Das Jagdmesser hatte er wieder in seinen Stiefel gesteckt, unerreichbar für sie. Ihre einzige Chance war es, den richtigen Augenblick für eine Flucht abzuwarten und dann blitzschnell zu reagieren. Dass sie nicht wusste, welchen Plan er mit Nick hatte und ob dieser überhaupt noch in seiner Hütte war, machte es nicht leichter. Fürs Erste war sie Samuel ausgeliefert.

»Geht dir der Song nicht langsam auch auf die Nerven?«, fragte sie und sah zu ihm auf. Es grenzte an Folter, ihn mittlerweile das gefühlt fünfzigste Mal zu hören.

Samuel lachte blechern. Sie hätte ihm am liebsten die Sturmmaske vom Kopf und den Vocoder vom Hals gerissen. Er brauchte seine Maskierung nicht mehr, wusste aber um ihre Wirkung. Er triggerte damit die Erinnerung an ihr Martyrium. Er wollte, dass sie Angst vor ihm hatte. Aber diesen Gefallen würde sie ihm nicht tun.

Sie trat ihm gegen das Schienbein und sprang vor ihm zurück, als er seinen Griff kurz lockerte. Doch bevor sie sich abwenden und losrennen konnte, bekam er sie wieder zu fassen und schlug ihr mit der flachen Hand so kräftig ins Gesicht, dass sie zu Boden ging.

Anna kniff die Augen zusammen, versuchte, dem Schwindelgefühl zu trotzen. Das Blut ihres ganzen Körpers schien in ihre Wange zu schießen und brannte kochend heiß unter ihrer Haut. Sie hielt sich den Unterkiefer und bewegte ihn vorsichtig. Da packte er sie an den Haaren und zerrte sie hinter sich her.

Sie schrie auf, hielt sich an seinen Unterarmen fest und versuchte, auf die Beine zu kommen. Doch sie fand auf dem glatten Boden keinen Halt. Er riss ihr Haarbüschel heraus, ihre Kopfhaut schien in Flammen zu stehen.

Vor dem Speisehaus hielt er inne und gab sie frei. Der Schmerz ließ jedoch nicht nach.

»Gehst du freiwillig hinein, oder muss ich weiter nachhelfen?« Er hielt ihr die Tür auf.

Anna rappelte sich auf. Wenn sie jetzt losrennen würde … Sie schüttelte über den Anflug dieses Gedankens den Kopf. Natürlich könnte sie ihn unmöglich abschütteln.

Samuel folgte ihr und betätigte den Lichtschalter.

Sie blieb schlagartig stehen, starrte auf die Toten, die an unterschiedlichen Tischen saßen. Vier von Paiges Schützlingen, wie Puppen hergerichtet, trugen Fotos alter Klassenkameraden um den Hals. Die bleiche Haut der toten Schützlinge wirkte wie eingefroren, das grausige Bild einer wiedererweckten vergangenen Zeit.

Hastig wandte sie den Blick ab, keuchte. Wie ätzende Säure stieg Gallenflüssigkeit in ihre Kehle. Sie sah Samuel an, machte einen Schritt auf ihn zu und spuckte ihm vor die Füße.

Sofort wollte er wieder zuschlagen. Doch dieses Mal war sie darauf vorbereitet, duckte sich und wich ihm aus.

»Du mieses Dreckstück!«, spie er aus. »Ist dir klar, dass ich dich dafür umso mehr leiden lasse?«

Es stürzten so viele Emotionen gleichzeitig auf sie ein, dass sie nicht einmal alle begreifen konnte. Wut war auf jeden Fall vorherrschend. Ratlosigkeit, Angst, Unsicherheit.

Da er auf sie zukam, wich sie weiter zurück. »Dass ich dich damals zum See gelockt habe, war nicht gerade heldenhaft«, sagte sie. »Aber es rechtfertigt keinesfalls deinen abgrundtiefen Hass und den Tod so vieler Unschuldiger.«

Er blieb stehen. »Ich rechtfertige mich nicht, Anna. Warum sollte ich? Damals hat sich auch niemand darum geschert, ob mir Unrecht geschieht. Doch ich bin daran gewachsen. Die Starken überleben, die Schwächeren bleiben auf der Strecke. So war es schon immer. Der Löwe frisst auch Jungtiere, wenn sie ihm bei der Rudelübernahme im Weg stehen. Auf einem Siegeszug gibt es immer Opfer, dabei spielt es keine Rolle, ob die schuldig oder unschuldig sind.«

Sie schüttelte fassungslos den Kopf. »Kommt dir nicht selbst das Kotzen, wenn du in den Spiegel schaust?«

Samuel lachte und streckte ihr dic Hand entgegen. »Lass uns weitergehen. Es war ursprünglich nicht geplant, dass du heute hier bist. Du solltest auf dem Ausflugsdampfer als Galionsfigur enden, bevor ich mich um Roger und Paige kümmere. Das Sommercamp hatte ich allein für Nick vorgesehen. Alles in seiner Reihenfolge.«

»Scheint so, als wäre dein sogenannter Siegeszug nicht aufgegangen.«

Ihr war klar, dass sie ihn weiter provozierte. Etwas anderes hatte sie ihm jedoch nicht mehr entgegenzusetzen.

Er verschränkte die Arme vor der Brust. »Das lag nicht an mir, einige meiner Werkzeuge haben versagt.«

Sie streckte den Rücken durch. »Natalie? Ted Hall?«

»Falsi hat mich am meisten enttäuscht. Er hatte keine Freigabe dafür, Nick zu töten, hat plötzlich völlig im Alleingang gehandelt. Kranker, nekrophiler Psychopath. Hätte Zane Newton ihn nicht umgebracht, hätte ich ihn mit seiner eigenen Knochensäge aufgeschlitzt. Nick zu töten ist mir allein vorbehalten.«

»Du krankes Arschloch, du bist der größte Psychopath von allen.«

Samuel zuckte mit den Schultern. Er ging zur Tür. »Kommst du freiwillig mit, oder soll ich dich wieder an den Haaren hinter mir herschleifen?«

Allein bei dem Gedanken hatte sie das Gefühl, ihre Kopfhaut würde weiter aufreißen.

Draußen musste sie sich erst wieder an die Dunkelheit gewöhnen. Die Lampions in den Bäumen waren vorhin die einzige Lichtquelle gewesen, jetzt säumten brennende Fackeln den Pfad zum See.

Anna sah sich hektisch um, konnte aber niemanden entdecken, der sie angezündet hatte. Nun war sie sich sicher, dass er hier nicht allein war.

»Ist Nick noch in der Hütte?«, fragte sie und stolperte über den unebenen Boden hinter Samuel her.

Er blieb stehen, und sie tat es ebenfalls. Da überwand er die Distanz zwischen ihnen und packte sie an ihrem schmerzenden Handgelenk.

»Lass uns jetzt nicht von Nick sprechen.«

Damit er so wenig wie möglich Druck auf ihre Hand ausübte, passte sie sich freiwillig seinem Tempo an.

»Ich habe dich lange vor Nick wahrgenommen.«

Anna schluckte gegen ihren Brechreiz an. »Du warst ein verdammter Stalker.«

Samuel blieb abrupt stehen. Sein harter Schlag traf sie an der Schläfe.

Da er sie weiterhin festhielt, brach sie vor ihm zusammen und sackte auf die Knie. Er presste ihren Kopf gegen seinen Oberschenkel und streichelte ihr übers Haar, als würde er ein Kind trösten.

In ihr zog sich alles zusammen. Sie spürte warmes Blut aus ihrer Schläfe rinnen. Es tränkte ihren Haaransatz, lief in ihr Ohr. Mit aller Kraft stemmte sie sich von Samuel weg und kroch davon, als er sie freigab.

»Du warst einst voller Energie und Lebensfreude. Und jetzt sieh dich an. Du bist …«

Sie bohrte ihre Finger in den gefrorenen Waldboden, löste einen Brocken und schmetterte ihn nach ihm. Schwankend kam sie auf die Beine und stürzte davon. Weg von den Fackeln, weg von dem Pfad, der zum See führte.

Die Dunkelheit war die einzige Chance, sich vorerst zu retten. Er hatte Paiges Schützlinge alle getötet, überließ ihre Freundin der Kälte, bis sie erfror. Von Nick gab es seit ihrer Ankunft kein Lebenszeichen. Doch sie konnte jetzt nicht zu den Hütten zurück, musste mit den Bäumen verschmelzen und unsichtbar werden. Nur so konnte sie Nick vielleicht noch retten, sich retten. Sie betete, dass er am Leben war.

Ihr stoßweiser Atem drang viel zu laut in die Nacht. Es irritierte sie, dass Samuel sie nicht verfolgte. Er war zurückgeblieben. Sie hörte ihn unentwegt lachen.

Wähnte er sich wegen des Hochspannungszauns in Sicherheit?

Im nächsten Moment erhielt sie die Antwort, als es vor ihr im Geäst knackte.

Abrupt blieb sie stehen, verengte die Augen, um die dunkle Gestalt, die sich ihr zwischen den Silhouetten der Bäume näherte, besser erkennen zu können. Da hörte sie auch zu ihrer rechten Seite Schritte.

Anna drehte sich um die eigene Achse. Immer mehr

vermummte Gestalten traten aus der Finsternis hervor und zogen den Kreis um sie enger. Samuels Werkzeuge hatten sie umzingelt.

Sie schrie all ihren Frust heraus, bückte sich nach allem, was sie zu fassen bekam, und schleuderte es ihnen entgegen. Äste, Erde, Steine … Aus dem Hinterhalt wurde sie gepackt. Sie spürte mehrere Hände auf sich, verlor den Boden unter den Füßen.

Während Samuels Lachen nach wie vor verhöhnend durch den Wald hallte, trugen die Maskierten sie zu ihm zurück. Sie rechnete damit, dass er sie wieder schlagen würde, und war irritiert, als er sie stattdessen wie ein Geschenk entgegennahm und nun auf seinen Armen trug. Zumindest blieb ihr so Zeit, sich wieder ein bisschen zu sammeln und zu Kräften zu kommen.

»Anna, Anna, Anna … Du hast es nach wie vor nicht gelernt und unterschätzt mich immer wieder.«

Sie hielt die Arme an ihre Brust gedrückt, vermied es, ihn zu berühren. Über seine Schulter hinweg sah sie zurück, konnte in der Dunkelheit aber nur Silhouetten ausmachen.

»Ich finde, es hat etwas Feierliches. Nicht nur ich, auch meine Unterstützer begleiten dich auf deinem letzten Weg.«

Anna blickte nach vorn, wo der vereiste See, nur vom Vollmond beleuchtet, vor ihr lag. Sie realisierte jetzt, dass sie die Fackeln hinter sich gelassen hatten. Zwei Kolosse standen am Ufer, die sie beim Näherkommen als

Bagger ausmachte. Erst glaubte Anna, sie wären dazu da, den Strand, an dem sie damals mit ihren Freunden gelegen und sich gesonnt hatte, mit neuem Sand aufzufüllen. Doch dann traf sie die Erkenntnis, dass der See in Ufernähe nicht weiß glitzerte. Dort, wo die Eisschicht aufgebrochen war, spiegelte der Mond sich im dunklen Wasser.

Ihr kam der kleine See hinter dem Aquariengebäude wieder in den Sinn, den Samuel in Detroit als ihr nasses Grab vorgesehen hatte. Nun sollte es also heute hier für sie enden.

»Feuer, Wasser ... Dir gehen die Ideen aus«, brach es aus ihr heraus. Provozieren, weiter Zeit gewinnen. Sie hatte keinen anderen Plan. Wo war Nick?

Samuel blieb seelenruhig. Er setzte sie vorsichtig ab, wollte ihre letzten Minuten anscheinend genießen.

Seine Werkzeuge gingen auf Abstand, bildeten am Ufer einen Halbkreis. Sie hatte keine Chance, zu entkommen.

»Es ist so weit«, flüsterte Samuel andächtig.

Sie zuckte zusammen. Nicht vor dem Kratzen des Vocoders – nein, vor dem wahren Klang seiner Stimme. Da sie auf die vermummten Gestalten konzentriert gewesen war, hatte sie nicht bemerkt, wie er den Stimmenverzerrer abgelegt hatte.

»Einst hast du mich verraten und dadurch all meine Hoffnungen in andere Menschen zerstört«, sagte er.

Anna versuchte, sich an seine Stimme zu erinnern, als er noch ein Teenager gewesen war. Jetzt klang sie tief und klar.

»Du hast mich dazu gebracht, die Kontrolle zu übernehmen, und ich habe sie ergriffen, als sich mir die Gelegenheit bot. Du, Nick, Roger und Paige, ihr habt mich erschaffen und zu dem gemacht, der ich heute bin.«

Sie schüttelte den Kopf, wich zurück und stoppte, als der Untergrund sich veränderte. Wasser schwappte um ihre Stiefel, kalte Nässe drang allmählich ein.

Er lachte und nahm das Schulterholster entgegen, das ihm einer der Vermummten reichte. Annas Blick glitt zu der Pistole, die darin steckte.

»Kommen wir nun zu meinem Abschiedsgeschenk.« Er deutete in Richtung Steg, der im selben Augenblick im Licht erstrahlte.

Anna hielt die Luft an. Ihr Herz schlug so schnell, als wolle es ihren Brustkorb zerbersten. Immer wieder kniff sie die Augen zu, hoffte, dass sie halluzinierte.

Nackt und leblos hing Samuel in Seilen an einem Pfahl neben dem Steg, das Kinn ruhte auf der Brust, die Beine waren im eisigen Wasser versunken.

Sie konnte sich nicht bewegen, konnte nicht schreien. Es erforderte all ihre Kraft, den Blick von ihm loszureißen und sich ihrem eigenen Tod zu stellen.

»Leb wohl, Anna Jones.« Der Unbekannte riss sich die Sturmhaube vom Kopf, um sich von Angesicht zu Angesicht von ihr zu verabschieden.

38. KAPITEL

»Da ist jemand«, sagte Paige.

Vor ihrem Mund kondensierte der Atem, sie hatte Nick untergehakt, um ihn zu stützen. Jetzt wurde daraus eher ein Klammern.

»Das sind deine Nerven«, sagte Nick mit leichtem Lallen.

»Quatsch, da sind Leute. Sieh doch!«

Er blickte ins Dickicht, und tatsächlich stand dort eine Person in schwarzer Kutte, den Blick auf sie beide gerichtet. Die leichten Bewegungen verrieten, dass es nicht ein ausstaffierter Toter war.

»Seine Werkzeuge«, begriff Nick.

Er hatte damit gerechnet, dass noch jemand hier war. Doch jetzt, da er wusste, wonach er Ausschau halten musste, entdeckte er immer mehr.

»Das ist Samuels Finale.« Seine Stimme war kratzig. »Er will, dass seine Werkzeuge zusehen. Und gleichzeitig gewinnt er dadurch an Sicherheit. Wir haben keine Chance gegen so viele Personen.«

Was er unausgesprochen ließ, war, dass all diese Unbekannten Psychopathen waren, die Samuel geschmiedet hatte. Waffen in seinem »Krieg«. Selbst ein einziger dieser Menschen wäre gefährlich gewesen, doch alle auf einem Haufen waren ein Zusammenschluss des Wahnsinns.

Sie taumelten den Weg entlang, jeder Schritt für Nick eine Herausforderung.

Die Kuttenträger hielten sie nicht auf, vielmehr sollten sie wohl darauf achten, dass Paige und er den richtigen Weg nahmen. Eine Weile noch hüllte der Wald sie ein. Dann sahen sie vor sich eine Lichtquelle, und kurz danach lag der See direkt vor ihnen. In Sichtweite wartete Samuel, hielt ihnen den Rücken zugewandt. Neben ihm stand …

»Anna.« Nick beschleunigte seine Schritte, stolperte.

Sie kam ihm entgegen, ohne dass Samuel sie aufhielt, und riss ihn in eine Umarmung. »Es tut mir so leid.«

Ihre Stimme war nicht mehr als ein entsetztes Flüstern.

»Was meinst du?« Erst als Nick sich wieder von ihr löste, bemerkte er, dass jemand einen Mann an den Pfahl neben dem Steg festgebunden hatte. Noch ein Toter. Durch den Alkohol war seine Sicht verschwommen, doch irgendwie wirkte er vertraut.

»Samuel ist tot«, brach es aus Anna heraus.

»W…was?« Nick blickte verwirrt zwischen dem Toten im Wasser und ihrem Peiniger hin und her.

»Es tut mir so leid«, flüsterte Anna abermals.

In diesem Moment drehte sich der Unbekannte um.

Nick hatte schon oft erlebt, wie Opfer eines Verbrechens in einer einzigen Sekunde alles verloren. Ihre Welt wurde zerschmettert, die gesamte Basis, auf dem ihr Selbst aufgebaut war, zerbarst in Tausende von Splittern. Ein solcher Schock ließ sich nicht in Worte fassen.

In diesem Augenblick fühlte er es. Die Fassungslosigkeit, die Person vor ihm zu sehen, die einfach nicht da sein konnte! Es war falsch. Unmöglich. Der Alkohol in seinem Kopf wich der schneidenden Schärfe einer grausigen Realität.

»TJ«, hauchte er.

Der Mann sah aus wie sein Bruder. Nur älter. Dazu dieser grausame Zug um seine Augen, das höhnische Funkeln darin. Wie ein wahr gewordener Albtraum, aus dem Nick einfach erwachen musste.

Annas Gesicht, der Ausdruck des puren Entsetzens darin, sprach jedoch Bände. Es war keine Einbildung.

»TJ«, erklang Paiges Stimme, nicht minder fassungslos.

»Es ist schon fast schade, dass Roger nicht hier ist«, sagte Nicks älterer Bruder. »Ich hätte so gerne auch sein Gesicht gesehen, wenn er es kapiert.«

»Aber … du.« Nick verstand einfach nicht.

TJ kam auf ihn zu, langsam, Schritt für Schritt, genoss er seinen Auftritt. Als er ihn erreichte, holte er aus und schmetterte ihm die Faust in den Bauch.

Nick ging in die Knie, würgte und übergab sich. Galle und der Alkohol, der noch in seinem Magen war, flossen über seine Lippen und tränkten den Strand.

Wie in einem Blitzlichtgewitter nahm er die Bagger wahr, das aufgebrochene Eis, Samuel, ein Ruderboot.

»Warum hast du all das getan?«, fragte Anna.

»Und das fragst ausgerechnet du?« TJ klang fassungslos. Sein braunes Haar war sauber geschnitten und mittellang. Es glänzte seidig. Die Haut sah gut aus, nicht wie die eines Junkies, eher wie die eines reichen Mannes.

»Du hast es doch ausgelöst«, spie er.

»Ich?« Anna wich fassungslos einen Schritt zurück.

»Du warst natürlich nicht allein.«

»Ich habe dir geholfen!«, brüllte Paige unvermittelt. »Mich um dich gekümmert.« Sie war mit einem Satz bei TJ und trommelte ihre Fäuste gegen seine Brust. »Du hast sie alle getötet, meine Schützlinge. Randy, Sandra und Paul, Claire und Nissa … Sie hatten ihr ganzes Leben noch vor sich. Du Irrer!«

TJ holte aus und schlug ihr mit der flachen Hand so fest ins Gesicht, dass Paige schluchzend zu Boden ging. »Wie erbärmlich du geworden bist. Und schwach. Das warst du nicht, als du Samuels Leben zur Hölle gemacht hast.«

»Was hast du mit Samuel zu schaffen?«, fragte Anna.

Nicks Magen hatte sich beruhigt. Taumelnd und noch immer voller Übelkeit, kam er wieder auf die Beine.

»Ich wäre damals beinahe krepiert.« Der Hass in TJs Stimme klang schneidend und scharf wie das Messer, das er bei sich trug. »Roger hat mir damals Gras verkauft, doch es waren synthetische Cannabinoide enthalten. Weißt du, was das mit einem macht?!«

Nick hatte natürlich von TJs Sucht gewusst, die Folgen aus erster Hand erlebt. Doch dass Roger sie ausgelöst hatte, war ihm neu. »Das Zeug verstärkt die Wirkung um das Hundertfache.«

»Bravo, Bruderherz. Da hat jemand auf der FBI-Akademie vortrefflich aufgepasst. Ich wurde zum Junkie. Aber das wisst ihr ja. Als ich zitternd und wimmernd Nachschub benötigte, wollte mir niemand helfen. Also habe ich einen Fehler gemacht – einen. Ich habe die Schmerzmittel unserer Mutter gestohlen, um sie zu Geld zu machen. Und du, Anna …«, er deutete auf sie, »hast mich verraten.«

Nick schloss die Augen. Stück für Stück begriff er die Zusammenhänge.

»Aber ich wollte dir damals helfen, indem ich deine Eltern eingeweiht habe«, sagte Anna.

»Wenn du deine verlogene Fresse nicht hältst, schneide ich dir die Zunge heraus.« TJ deutete hinter sich. »Oder ich lasse es jemand anderen erledigen.«

Anna verstummte.

»Ich saß also auf der Straße. Mein lieber Vater dachte, dass tough love helfen würde. Doch es wurde schlimmer. Paige war damals bereits in der Suchthilfe als Praktikantin tätig, als Vorbereitung auf ihren Job.«

»Und habe ich dir nicht geholfen?«, fragte Paige wimmernd.

»Du hast es versucht und versagt«, spie TJ aus. »Als du dein Praktikum begonnen hast, kamst du mit guten Worten zu mir, wolltest helfen. Aber dann warst du mit deinem Chef auf der Straße unterwegs. Ich saß in der Ecke, verfilzt, heruntergekommen … Du hast mich gar nicht erkannt. Er hat eine kleine Schulstunde mit dir abgehalten. Wenn du diesen Job mal machen willst, musst du schließlich schwere Entscheidungen treffen, Budgets verteilen. Soll er diesem verlorenen Penner in der Ecke helfen oder einem der Schützlinge, die bereits betreut werden, und ihnen den Entzug bezahlen. Du hast ihm die Antwort gegeben.« Er lachte auf. »Unnötig zu sagen, dass du dich nicht für mich entschieden hast.«

»Aber ich wusste doch nicht, dass du es warst«, hauchte Paige. »Ich kann mich nicht einmal mehr daran erinnern.«

TJ verzog den Mund. »Es wäre mein Tod gewesen. Wisst ihr, wie kalt es im Winter werden kann? Es ist ein eiskalter Tod, lautlos und unbemerkt. Doch dann sah ich das Kaminfeuer.« Er lächelte sinnierend. »Ich bin eingebrochen.«

»Bei Samuel«, schlussfolgerte Nick.

»Da ist er wieder, der alte Angeber.« TJ sah ihn abschätzig an. »Aber ja, liegt nahe, oder? Glücklicherweise hatte der gute Samuel eine kurze Zündschnur, andernfalls hätte das böse ausgehen können. Ich war ja nur noch ein Wrack. Ein Junkie. Samuel hat dann seinen Dad erledigt. Und ich vier Jahre später die nervende Mutter. Am Ende waren wir allein. Ich hatte, wenn auch nicht ganz freiwillig, meinen Entzug und er einen Freund.«

Bei diesen Worten blickte er zu Samuel.

»Und deshalb bringst du ihn um?« Nick ließ seine rechte Hand langsam über die Hosentasche gleiten. Die Scherbe befand sich noch immer darin. Doch was sollte er damit machen? Was konnte er tun?

Vor ihm stand TJ!

»Daran seid ebenfalls ihr schuld«, sagte er.

Stille senkte sich herab, untermalt vom eiskalten Wind, der über den See pfiff.

»Er hat Tagebuch geschrieben«, erklärte TJ. »Was ihr ihm damals angetan habt, hat ihn gebrochen. Am Ende wollte er es nur vergessen und mit seinem Leben weitermachen. Erbärmlich. Um meine Werkzeuge zu erschaffen, mein landesweites Netzwerk aufzubauen, benötigte ich umfangreiche Mittel. Und da der gute Samuel dank seiner sozialen Phobie nicht mehr das Haus verlassen wollte, hatte ich sowieso gelernt, seine Rolle zu spielen.«

»Du hast ihn getötet, damit du mit seinem Geld deine Rachejagd starten kannst«, sagte Nick fassungslos. »Wie viele Leben hast du noch zerstört?«

»Was spielt das für eine Rolle? Mir hat damals auch niemand geholfen«, sagte TJ kalt. »Ich wäre lautlos und still gestorben. Schöne Ansprache übrigens, die Dad bei der Beerdigung gehalten hat. Ich war dort. An dem Tag habe ich mir geschworen, ihn zu erledigen. Dafür, dass er mich auf die Straße geworfen hat wie ein Stück Müll. An euch andere hatte ich gar nicht gedacht. Aber dann habe ich gelesen, was ihr Samuel angetan habt. Ihr habt Leben zerstört, aber einfach weitergemacht. Das konnte ich nicht zulassen. Samuel war gegen meinen Racheplan, deshalb habe ich ihn erst einmal eingesperrt. Anfangs habe ich noch gehofft, dass er zur Vernunft kommt, aber er wollte die Vergangenheit hinter sich lassen, ohne sie abzuschließen. Nach einigen Monaten habe ich die Hoffnung aufgegeben. Damit hat er mir keine andere Wahl gelassen.« Schmerz blitzte bei diesen Worten unter der Maske aus Kälte hervor. »Ich habe ihn gestern getötet, schmerzlos, mit Gift; habe bei ihm gesessen und seine Hand gehalten. Ihm verdanke ich den Start in mein neues Leben, aber ich kann es erst wirklich beginnen, wenn ich meine Rache genommen habe. Das hat er einfach nicht verstehen wollen.«

»Du bist krank«, sagte Nick. »Du wolltest Mutter in einem Glastank vergasen.«

»Sie hat schließlich zugelassen, dass Vater mich aus dem Haus wirft.« TJ zuckte mit den Schultern. »Anna sollte auf dem Ausflugsdampfer sterben, Roger kurz darauf durch das Gift. Für Paige hatte ich mir eine lange, qualvolle List überlegt.« Er wandte sich ihr zu. »Du hast damals entschieden, mir nicht zu helfen, dafür aber einem anderen. Jetzt hättest du das wieder tun müssen, aber umgekehrt. Wer verdient es zu sterben? Wer darf leben?« TJ deutete in Richtung der toten Schützlinge. »Nicht dass es am Ende anders gekommen wäre, du hättest keinen Einzigen gerettet.« Er legte den Kopf schräg, betrachtete sie eingehend. »Eigentlich wollte ich dich erfrieren lassen – so wie du einst mich. Aber da Anna und Nick sich wieder einmischen mussten, habe ich ein anderes, schnelleres Ende für dich auserkoren.«

Paige kniete auf dem Boden und verbarg das tränenüberströmte Gesicht in ihren Händen. Ihr Körper bebte. Das alles war zu viel für sie.

Und Nick konnte es nachvollziehen. Sein Innerstes war taub. Er fühlte Schuld, Wut, Unglauben, Fassungslosigkeit und tausend Dinge mehr.

»Du wärst das Finale gewesen, Bruderherz. Und in Gedenken an Samuel hatte ich mich dafür entschieden, es hier enden zu lassen. Ziemlich trostlos im Winter, aber das ist doch durchaus passend. Mein Leben wäre auch so zu Ende gegangen, während mein toller Bruder beim FBI für das Gute kämpft. Ich kotze gleich.«

»Du bist ekelhaft«, konnte Nick nur sagen. »Verdorben bis in deine Seele. Und lass das Geschwafel mit den Drogen, niemand hat dich gezwungen, sie zu nehmen. Du stellst dich als Opfer dar, aber das Leid, das du über andere gebracht hast – Unschuldige! –, stellt alles in den Schatten, was du erleben musstest.«

»Wie kannst du es wagen?!«, brüllte TJ.

»Oh, ich habe eine eigene Meinung? Und ich wage es, sie dir zu sagen«, höhnte Nick. »Willst du mich jetzt umbringen? Ach, halt, das hast du ja sowieso vor. Das machst du mit allen, die dir mal einen falschen Blick zugeworfen haben. Vergiss es. Wenn du eine Entschuldigung von mir erwartest, wirst du sie nicht bekommen. Und ebenso wenig Absolution. Wir stehen nicht hier, weil du einmal das falsche Gras geraucht hast, wir stehen hier, weil du ein Psychopath bist. Leben bedeuten dir gar nichts, nur dein eigenes Ego. Menschen sind nur Werkzeuge. Statisten, die in deinem Spiel eine Rolle innehaben.«

»Absolution?«, hauchte TJ. »Du denkst, ich will von dir irgendetwas? Nur eine Sache, Bruder, du sollst leiden und sterben. In der Gewissheit, dass *ich* weiterhin lebe.«

»Und was für ein Leben wird das sein? Verfolgt vom FBI, vom ganzen Land.«

»Aber wo denkst du hin?«, säuselte TJ. »Es war doch die ganze Zeit Samuel. Er steckte von Anfang an dahinter. Er hat seinen Hass auf euch ausgelebt. Genug Geld habe ich längst durch sichere Kanäle auf die Seite geschafft. Es gibt keine Spuren mehr, die auf mich hindeuten. Ich bin offiziell bereits viele Jahre tot, schon vergessen?«

»Damit kommst du nie durch«, sagte Nick. »Ein einziger deiner Unterstützer, der geschnappt wird und bei einem Deal deinen Namen nennt, und das war's.«

»Nick, Nick, Nick.« TJ verschränkte triumphierend die Arme. »Die Tatsache, dass wir hier stehen, sollte dir doch längst verraten haben, dass ich für alle Eventualitäten gewappnet bin. Für euch gibt es kein Happy End, für mich durchaus. Freut dich das nicht, Bruder? Mir geht es gut, ich lebe. Und während dein Körper verrottet, lege ich die Füße vor einem warmen Kaminfeuer auf einen Schemel und trinke einen Whiskey. Nur ein Glas, ich glaube, eine ganze Flasche ist ein wenig gierig.«

»Ich werde nicht zulassen, dass du …«

»Zulassen!«, unterbrach ihn TJ. »Als ob du irgendetwas entscheiden könntest. Ich sage jetzt, wo es langgeht. Ich entscheide über das Ende.« Er machte eine ausladende Geste zum See hin. »Und es liegt vor euch.«

Nick blickte zu dem schwankenden Ruderboot, auf dem See waberten kalte Schwaden. Er konnte sich denken, was für ein Ende TJ für sie im Sinn hatte.

Ein eiskaltes.

39. KAPITEL

»Denk nicht einmal dran«, sagte TJ und zog seine Pistole aus dem Holster.

Er kannte seinen Bruder, hatte ihn nicht umsonst all die Jahre überwachen lassen. Kein Schritt war ihm verborgen geblieben. Zuerst hatte er aus der Ferne zugesehen, später durch Eden Informationen direkt erhalten.

Es war so leicht, Menschen zu manipulieren, wenn einen alle für tot hielten.

»Wer liegt in deinem Sarg?«, fragte Nick.

TJ bedachte Paige mit einem überlegenen Lächeln. »Damals hast du mir nicht helfen wollen und stattdessen zugestimmt, als dein Chef das Budget einem anderen gegeben hat. Der andere war in etwa so alt wie ich, hat seinen Entzug geschafft und kurz darauf ein neues Leben begonnen. Ein kurzes, möchte ich sagen.«

Paige keuchte auf. »Mitch ist verschwunden.«

»Genau genommen landete er in *meinem* Grab. Ausgleichende Gerechtigkeit, schließlich hätte ich wegen ihm sterben sollen.« Er sah Nick an, dass er sich gleich auf ihn stürzen würde. »Lass es! Du bist betrunken, und ich habe eine Waffe. Außerdem seid ihr umzingelt.«

Im Verlauf der Jahre hatte er seine Werkzeuge geformt und emotional vollständig von ihm abhängig gemacht. Es war ein Leichtes gewesen, im Inneren eine sektenartige Struktur aufzubauen, in der sich seine Unterstützer gegenseitig überwachten. Sogar Bestrafungen gab es. Heute und hier würde er den letzten Schritt gehen, um seine Rache zu bekommen und alle losen Fäden zu verknüpfen.

Am Ende dieses Tages war Samuel tot, ebenso seine Opfer. Und um seine Werkzeuge würde er sich ebenfalls kümmern. Wie Nick gesagt hatte: Jeder von ihnen war ein Risiko.

Sein Prepaidhandy summte. Er zog es aus der Hosentasche und blickte auf das Display. Eden meldete, dass sie sich um Zane Newton gekümmert hatte. Er lächelte zufrieden und übermittelte ihr die Nachricht, dass auch hier alles nach Plan verlief.

Er stand kurz davor, den dreien von Zanes Ende zu berichten, hielt sich aber zurück. Wenn er zu weit ging, würden sie trotz der Aussichtslosigkeit kämpfen. Schließlich hatten sie nichts mehr zu verlieren. Ihr Überlebenswille musste bleiben, durfte nicht erlöschen.

»Gehen wir zum Boot«, sagte er und deutete mit seiner Waffe in besagte Richtung. »Los, oder ich zerschieße euch die Kniescheiben, und ihr könnt kriechen.«

Anna half Paige auf die Beine, und sie taumelten voran. Nick hinterher, sein Körper angespannt wie eine Bogensehne. TJ hielt ausreichend Abstand, damit er nicht auf dummе Gedanken kommen konnte. Notfalls würde er ihm in den Bauch schießen und ihn verbluten lassen.

In diesem Augenblick entlud sich der gesamte Hass, den er all die Jahre unter kalter Berechnung verborgen gehalten hatte. Sie hatten gelitten, aber es war bei Weitem nicht genug. Wie Müll hatten sie ihn weggeworfen, ihr Leben gelebt. Seine Eltern waren ebenfalls noch an der Reihe, doch bei ihnen musste es aussehen wie ein Unfall. Schließlich gab es nach diesem Tag keinen Samuel mehr, niemand, dem er es in die Schuhe schieben konnte.

Unweigerlich blickte er zu Samuel, der zu schwach gewesen war, mit ihm die Rachejagd durchzuziehen. Sie hätten das gemeinsam tun können.

Doch es war die richtige Entscheidung, die er hatte treffen müssen. Samuel hatte irgendwann bemerkt, dass er Gelder abgezweigt und einzelne Büros in psychologische Praxen umgewandelt hatte. Die ständigen Dienstreisen überall in den Staaten waren anfangs noch ganz normal mit seinen Pflichten in der Firma zu erklären gewesen. Doch irgendwann war Samuel misstrauisch geworden, und er hatte ihm seinen Plan offenbart. Von diesem Punkt an war alles schiefgelaufen und ihre Freundschaft zerbrochen. Er hatte keine andere Wahl gehabt, als ihn zu töten. Mit den Qualen des kalten Entzugs war er neu geboren worden, als starker und gnadenloser Jäger.

Samuel hier zu präsentieren hatte zwei Gründe. Zum einen wollte er Nick, Anna und Paige schockieren. Außerdem war das Wasser so kalt, dass es einen konservierenden Effekt besaß.

Vor ihm taumelte sein jüngerer Bruder und ging in die Knie.

»Lass den Stein liegen«, befahl er Nick. »Glaub nur nicht, dass diese Tricks bei mir funktionieren.«

Nick erhob sich, warf ihm einen wütenden Blick zu und taumelte weiter, stolperte gegen Paige. Sie ergriff seine Hand, stützte ihn. Der Alkohol wirkte noch immer, die nächsten Stunden war der Promillewert hoch genug, dass er selbst in einem direkten Zweikampf eine Chance gegen Nick hätte.

Es wurde Zeit, die drei zu dezimieren.

Anna, Paige und Nick stoppten vor dem Steg.

»An dieser Stelle müssen wir uns von Paige verabschieden.«

Er gab seinen Leuten einen Wink, die nur darauf gewartet hatten. Vier von ihnen stürmten heran, vorbei an Nick und Anna. Sie packten Paige und zerrten sie über die Planken zum Boot.

»Lasst sie los!«, rief Anna.

TJ feuerte einen Schuss direkt vor ihre Füße. Sie erstarrte, das Gesicht so bleich wie die Schneedecke auf dem Eis.

Im Boot lag ein Leinensack. Zwei seiner Leute hielten Paige fest, während die anderen beiden den Sack über sie zogen und am Ende verknoteten. Es war makaber, da es so wirkte, als würde der an einem Pfahl in den Seilen hängende Samuel sie dabei beobachten.

Sie schrie und zappelte, hatte aber in keinem Augenblick eine Chance.

»Rudert ein Stück vom Steg weg und werft sie über Bord«, befahl er kalt.

»Nein!«, rief Nick.

Der Steg ragte in den See hinein, das Eis war im Halbkreis um ihn herum aufgebrochen. Es platschte, als der Leinensack wenig später auf dem Wasser auftraf, sich vollsaugte und unterging.

»Es ist so perfekt«, flüsterte er.

Paige versank in ihrem kalten Grab. In wenigen Stunden würde das Wasser wieder zugefroren sein und nichts mehr auf sie hindeuten. Möglicherweise wurde sie nicht einmal von der Spurensuche entdeckt, sobald diese hier auftauchte. Sie wurde vergessen, wie er damals vergessen worden war.

Nick spannte sich an.

»Falls du ihr hinterherspringst, werde ich dir vorher eine Kugel verpassen«, erklärte TJ. »Du wirst sie nicht mehr retten können.«

Ein paar einsame Luftblasen erschienen, dann herrschte Stille.

Anna schlug die Hand vor den Mund und betrachtete die schwarze Oberfläche.

»Keiner bewegt sich«, sagte TJ und verlieh seiner Stimme einen schneidenden Klang. »Andernfalls endet es hier und jetzt.«

Seine vier Helfer kehrten zum Steg zurück und gesellten

sich wieder zu den anderen, die nun Richtung Waldrand liefen. TJ bedeutete Anna und Nick mit einem Schwenk der Waffe, ihnen zu folgen. Sie sollten nicht hier ihr Ende finden.

»Du hast Samuel damals verraten«, sagte TJ an Anna gewandt. »Dadurch kam er erst in diese Situation. Genau wie du zuvor mich verraten hast. Da ist es irgendwie eine krankhafte Symmetrie, dass du Journalistin geworden bist und in deinen Artikeln Missstände aufdeckst. Freust du dich darauf, selbst zur finalen Schlagzeile zu werden?«

Er sah ihre Augen, den gehetzten Ausdruck darin und genoss das prickelnde Gefühl der Macht. Sie hatten sich ihm wieder und wieder in den Weg gestellt, doch aus dieser Situation konnten weder Anna noch Nick entkommen. Sie besaßen keine Waffen, waren geschwächt – Anna durch Kälte, Nick durch den Alkohol – und hilflos.

»Ich gebe euch noch eine Chance«, sagte TJ. »Oder genauer: einem von euch.«

Sie wechselten verwirrte Blicke.

Er bückte sich und zog in einer fließenden Bewegung das Jagdmesser aus dem Stiefel. Es landete vor Annas Füßen. »Wenn du Nick damit tötest, lasse ich dich leben.«

Sie lachte. Vermutlich kam die Hysterie dann doch langsam durch. »Wie Paige eine Chance hatte? Oder Roger, der grauenvolle Dinge getan hat, um das Gegenmittel zu erhalten. Du hältst die Karotte direkt vor das Maul des Esels, damit dieser auch schön weiter in die vorgegebene

Richtung trabt.« Sie nahm das Messer in die Hand. »Und du glaubst, dass ich tatsächlich Nick ersteche?«

»Nein«, sagte TJ leichthin. »Aber es war wichtig, dass du den Knauf berührst. Damit sind deine Fingerabdrücke da, wo ich sie brauche.«

Schließlich musste noch eine vernünftige Todesursache für Samuel her. Erfrieren reichte kaum aus. Nach ein paar Messerstichen würde kein Mensch mehr hinterfragen, wie er gestorben war.

»Ich danke dir.« TJ lächelte, richtete den Lauf seiner Pistole direkt auf Anna und verlangte das Messer zurück.

Sie tat es nicht, schleuderte es ihm stattdessen entgegen. Er drehte sich rechtzeitig zur Seite, hatte Glück, dass sie ihn verfehlte.

In dem Augenblick, in dem er wutschnaubend wieder seine Waffe hob, hörte er näher kommende Hubschrauber.

Verwirrt blickte TJ auf. Hier sollte niemand sein. Er hatte das Gelände gekauft und ringsum alles überprüfen lassen. Es gab nirgendwo eine Ferienresidenz in direkter Nähe.

Zwei Lichtkegel am Himmel kamen immer näher und durchschnitten die Dunkelheit. Kurz darauf kreisten hoch über ihm Hubschrauber mit dem Emblem von Homeland Security. In diesem Augenblick realisierte TJ, dass etwas schiefgelaufen sein musste.

»Oh Eden«, sagte er leise, wandte sich dann aber seinen Helfern zu, die inzwischen am Waldrand Stellung bezogen hatten. »Verteidigt das Areal und bereitet die Flucht vor«, schrie er seinen Gefolgsleuten zu.

TJ hob das Jagdmesser wieder auf, hielt es eisern mit seinen behandschuhten Fingern umschlossen. Er sah zu Anna und Nick, die die Gelegenheit ergriffen hatten und davonliefen. Doch er würde sie nicht entkommen lassen.

40. KAPITEL

Anna hielt sich den Arm vor die Augen. Die Lichtkegel der zwei Hubschrauber waren auf das Ufer gerichtet und blendeten so sehr, dass sie nichts mehr erkennen konnte. Durch den Wind der Rotorblätter wirbelten ihr die Haare um den Kopf.

»Nehmen Sie die Hände hoch«, drang eine Stimme aus einem Megafon. »Wir haben das Gelände umstellt.«

Im nächsten Moment fielen Schüsse, und Nick riss sie zu Boden.

»Wir müssen hier weg.« Nick deutete in eine Richtung und kroch los. »Schnell.«

Ihr Herz raste. Auf dem Bauch liegend, bekam sie kaum Luft, und ihr Mantel behinderte sie beim Kriechen. Nick erreichte vor ihr das Schilf.

»Macht die Dreckskerle fertig«, hörte sie TJ irgendwo im Hintergrund rufen.

Sie kroch neben Nick zwischen die verdorrten Halme, die aus der Eisschicht herausstachen. Es schien dick genug, um ihr Gewicht zu tragen.

»Paige …« Sie rang nach Atem, konnte den Gedanken an die ertrunkene Freundin nicht mehr abschütteln.

Nick sah sie traurig an. »Niemand kann so lange unter Wasser die Luft anhalten.« Er strich Schnee vom Eis und rieb sich damit übers Gesicht. »Ich brauche eine Waffe. Wir müssen in den Wald.«

Sie spähte zum Waldrand hinüber, wo TJs Anhänger zwischen den Bäumen Schutz gesucht hatten und auf die zwei Hubschrauber, die über ihnen Wendemanöver flogen, mit Maschinengewehren schossen.

»Sollten wir nicht besser im Schilf bleiben?«

»Sie werden geblendet und schießen unkoordiniert durch die Gegend. Hier können wir getroffen werden.«

Wie zum Beweis sauste eine Kugel viel zu nah an ihnen vorbei.

»Alles klar.« Anna atmete noch einmal tief durch und beruhigte ihren rasenden Puls.

Nick kroch weiter ins Schilf hinein, wollte anscheinend eine Position suchen, an der sie den Zugang zum Wald wagen konnten.

»Wie haben die uns gefunden?«

Nick hielt inne, drehte sich auf den Rücken und atmete tief durch. »Keine Ahnung, aber das ist mir gerade auch egal.« Ruckartig bäumte er sich zur anderen Seite auf und übergab sich.

»Legen Sie die Waffen nieder«, ertönte das Megafon wieder. »Das ist unsere letzte Warnung.«

Die Antwort waren weitere Schüsse.

»Dieser Scheißwhiskey«, sagte Nick keuchend, während nun auch von den Hubschraubern Maschinengewehrsalven ertönten und sich ein regelrechtes Feuergefecht entfachte. Ohrenbetäubend hallten die Schüsse aus allen Richtungen. Mündungsfeuer blitzte in der Dunkelheit. Menschen schrien.

Passierte das wirklich?

Anna berührte ihn an der Schulter, hätte gerne mehr getan, um ihm zu helfen. »Geht es wieder?«

Nick schenkte ihr ein schwaches Lächeln. »Ich lasse mich doch nicht von einer Whiskeyflasche erledigen.« Er stemmte sich auf. Das Eis unter ihnen platzte, Wasser drang hervor. »Weg hier!«, rief Nick und sprang auf festen Boden.

Anna folgte ihm, das Schilf blieb hinter ihr zurück. Gemeinsam rannten sie auf den Waldrand zu. Auf dem Weg sah sie reglose Körper liegen, hörte Schmerzensschreie. Als sie die Freifläche endlich überquert hatten und zwischen den Bäumen Schutz suchten, sah sie im Wald Gestalten davonrennen.

»Zum Waffenlager«, schrie jemand.

Sie ging neben Nick hinter einem umgestürzten Baum in Deckung und sah zurück. Die beiden Hubschrauber verharrten nun in niedriger Höhe über dem Ufer. Mehrere Stricke wurden herausgeworfen, Männer in Tarnanzügen seilten sich hintereinander ab.

»Wo ist TJ?«, fragte Nick. Seine Hände zitterten, als er sich an dem Baumstamm abstützte. »Kannst du ihn irgendwo sehen?«

Anna schüttelte den Kopf. Die Werkzeuge drangen in

den Wald vor. Sie waren nur noch Silhouetten in der Dunkelheit.

Nicks Augen wirkten glasig. »Bisher hat er sich immer ein Schlupfloch offengelassen, und das wird auch hier der Fall sein.«

»Dieses Mal nicht!« Bei dem Gedanken, dass er nach all den schrecklichen Taten erneut entkam, ballte sie die Hände zu Fäusten.

Nick suchte ihren Blick. Sie verstanden sich ohne Worte. Das hier war das Ende von TJs Spiel. Sie würden ihn keinesfalls entkommen lassen.

Gerade waren keine Schüsse zu hören, eine kurze Verschnaufpause. Das Sondereinsatzkommando von Homeland Security befand sich auf der Jagd – und sie waren mitten im Zielgebiet. Die Kälte nahm sie kaum noch wahr. In ihren Adern peitschte wutgetränktes Adrenalin.

»Nimm dich vor allem in Acht, was sich bewegt. Im Gegensatz zu uns besitzen sie Nachtsichtgeräte. Ein Agent könnte im Affekt auf uns schießen.«

Anna spähte über den Baumstamm hinweg, konnte niemanden mehr in der Finsternis ausmachen. Die zwei Hubschrauber kreisten nun über dem Wald, ihre beweglichen Lichtkegel erhellten das Territorium jedoch immer nur für einen kurzen Moment.

»Mein Bruder will zum Waffenlager«, sagte Nick. »Wo auch immer das ist, wir müssen es finden.« Er deutete mit dem Kinn zu einer Anhöhe, hinter der roter Rauch aufstieg. »Eine Leuchtfackel, als Orientierung für das Einsatzteam.«

»Sie sagten, sie hätten das Gelände umzingelt«, entgegnete Anna. »TJ und seine Werkzeuge sitzen in der Falle.«

Nick überblickte die nähere Umgebung. »Das glaube ich nicht. Dafür ist es zu ruhig.«

»Aber …«

»Die Hubschrauber werden die Vorhut sein. Andernfalls hätten sie gleichzeitig zugeschlagen und längst alle eingekesselt.«

Sie seufzte. Wie lange würde es dauern, bis die Verstärkung eintraf? Der Hochspannungszaun würde sie auch erst einmal vor eine Herausforderung stellen.

Nick ging auf die Knie, um möglichen Schützen kein Ziel zu bieten, und sie folgte ihm auf allen vieren die Böschung hinauf, hinter der die Leuchtfackel rotes Licht verströmte. Oben angekommen legten sie sich auf den Bauch und spähten über die Hügelkuppe. Doch außer der Fackel war nichts Auffälliges zu sehen.

»Da haben wir euch«, erklang hinter ihnen eine fremde Stimme.

Sie fuhren gleichzeitig herum und blickten in die Läufe von Maschinengewehren. Die zwei Kuttenträger trugen Sturmmasken und Nachtsichtgeräte. Anna hätte lieber mit Männern des Einsatzkommandos Bekanntschaft gemacht.

»Mitkommen«, forderte einer von ihnen sie auf. »Isaak ist noch nicht mit euch fertig.«

Isaak? Sie hatten also keine Ahnung, wer sich in Wahrheit hinter ihrem Psychologen verbarg.

»Und wenn wir das nicht tun?«, fragte Nick und schob

unauffällig einen Ast auf ihre Hand, mit der sie sich neben ihm auf dem kalten Waldboden abstützte. »Ihr sollt uns sicherlich lebend zu ihm bringen. Töten will er uns dann doch selbst.«

Mit diesen Worten sprang Nick auf und stürzte sich auf den Mann, der direkt vor ihm stand. Anna schrak zusammen, als sich Schüsse aus dessen Waffe lösten und die beiden ineinander verkeilt die Böschung hinabstürzten. Doch als der andere das Gewehr hob und wohl ungeachtet seines Kameraden Salven abfeuern wollte, schwang sie sich auf die Beine und drosch ihm den Ast seitlich gegen den Kopf.

Er ließ das Gewehr fallen, ging zu Boden. Als sie sich nach der Waffe bückte, trat er sie ihr jedoch aus der Hand und hechtete selbst danach.

Hastig tastete sie wieder nach dem Ast, bekam ihn zu fassen und schlug schreiend und in Rage auf den Mann ein. Sie traf seinen Rücken, die Arme. Unter ihren unermüdlichen Hieben schaffte er es nicht auf die Beine. Die Waffe hielt er wieder in den Händen. Als er sie hob, zielte sie mit dem Stock abermals auf seinen Kopf.

Es knackte, der Ast brach, und der Mann sackte in sich zusammen. Mit dem Fuß kickte sie das Gewehr von ihm weg und fiel keuchend auf die Knie. Ihr Blick war auf ihn gerichtet, doch er zeigte keinerlei Regung.

Anna holte mehrmals tief Luft, streckte zögernd den Arm aus und stieß ihn an. Womöglich hatte sie ihn getötet.

In der Ferne erklangen wieder Schüsse. Dadurch wurde ihr klar, wie still es in ihrer unmittelbaren Umgebung war.

»Nick …«

Sie nahm das Maschinengewehr an sich und hetzte die Böschung hinab. Erst sah sie nur den Kuttenträger liegen, bis sie realisierte, dass er Nick unter sich begrub.

Mit vollem Körpereinsatz rollte sie den schweren Mann von ihm runter und blickte in seine vertrauten Augen.

»Ich glaube, jetzt bin ich nüchtern«, stieß er zwischen zusammengebissenen Zähnen aus und kreiste seine Schulter. In der Hand hielt er einen großen Stein, mit dem er den Mann vermutlich erschlagen hatte.

Er setzte sich auf und schmiss ihn von sich. »Bist du okay?«

Sie nickte, stand auf, streckte die Hand aus und half ihm hoch. »Schnappen wir uns die Nachtsichtgeräte«, sagte sie.

Während Nick das Gerät seines Opfers an sich nahm und dessen Sachen durchsuchte, kletterte sie wieder die Böschung hinauf. Langsam näherte sie sich dem Mann, das Gewehr fest mit den Händen umschlossen, falls er sich doch noch einmal von den Toten erhob. Mit einem Ruck zerrte sie ihm das Nachtsichtgerät vom Kopf und streifte es sich selbst über.

Als sie auf Nick zuging, sah sie ihn jetzt in einem schwach grünlichen Licht, seine Augen wirkten schwarz.

»Wir holen uns meinen Bruder.« Er schaltete auch sein Gerät ein und lief wieder voraus.

Sie hörte ihren Herzschlag in den Ohren rauschen, versuchte, sich auf all ihre Sinne zu konzentrieren. TJ musste gestoppt werden.

Immerzu schaute sie sich aufmerksam um, konzentrierte sich auf ihre Schritte. Nach wie vor erklangen Salven. Die Hubschrauber umkreisten noch immer das Gebiet, waren mal mehr und mal weniger laut zu hören.

Plötzlich erhellte eine Explosion die Nacht. Feuerregen fiel vom Himmel und setzte Zweige in Brand. Der getroffene Helikopter rotierte über ihre Köpfe hinweg und brach mit einem fürchterlichen Tosen durch die Baumwipfel.

»Laaaauf!«, schrie Nick.

Sie kamen nicht weit. Beim Aufprall riss eine weitere Detonation sie von den Beinen. Der Boden bebte, während eine Feuerwalze in ihre Richtung fegte. Die Rotorblätter wurden abgesprengt, rotierten weiter und schnitten eine Schneise durch den Wald.

»TJ hat sich verdammt gut mit Waffen eingedeckt«, spie Nick aus und wischte sich herabfallende Rußflocken von den Wangen.

Anna war keine Sekunde verblüfft. Sie hatte schon unzählige Artikel darüber geschrieben, wie einfach jeder Verbrecher an Waffen kam – selbst an Kriegswaffen. Sie erhob sich, nahm alles wie in Zeitlupe wahr. Sie riss sich das Nachtsichtgerät von den Augen, betrachtete das brennende Wrack. Es schneite graue Flocken, roch nach Asche und Tod.

Eine weitere Explosion war zu vernehmen, der zweite Hubschrauber zerschellte irgendwo im Wald.

»Wir sind wieder unterlegen«, hörte sie Nick wie aus weiter Ferne sagen.

41. KAPITEL

Nick starrte auf die Brände, die durch die Bäume zu erkennen waren. Das Flackern sah aus wie unzählige kleine Lagerfeuer und erinnerte ihn an die unbeschwerte Zeit, die sie hier verbracht hatten.

Heute standen diese Flammen für ausgelöschte Leben, Tod und Chaos. Es wunderte ihn nicht, dass TJ hier ein Arsenal angelegt hatte. Jeder drittklassige Verschwörungstheoretiker füllte sich die Garage bis obenhin mit gefährlichen Waffen.

»Aber die anderen müssen doch bald hier sein«, sagte Anna.

»Kommt drauf an, wann genau und wie sie uns gefunden haben«, sagte Nick. »Das war ein Einsatzteam von Homeland Security. Die werden natürlich die Polizei informiert haben, ebenso das FBI. Aber vergiss nicht, dass TJ vor wenigen Stunden beinahe das gesamte lokale Team mit Bomben und Nervengift ausgelöscht hat. Die müssen alle erst mal hierherkommen, Sondereinheiten zusammentrommeln.«

Er ging davon aus, dass jeder verfügbare Officer in einem Auto auf dem Weg zu diesem Ort war. Weitere Hubschrauber würden folgen, Spezialisten aller Behörden.

»Was denkst du, wie lange müssen wir durchhalten?«, fragte Anna.

Im Licht von Feuer und Schatten wirkte sie unbeugsam und zu allem entschlossen. »Ein bis zwei Stunden.«

Das klang nach nicht viel, konnte an einem Ort voller Killer aber eine Ewigkeit bedeuten. Und sie hatten obendrein eine Aufgabe.

Anna zog sich das Nachtsichtgerät über und betrachtete die Umgebung. »Die Flammen machen es leicht, sie erhellen quasi den gesamten Wald.«

Auch er verschaffte sich einen Überblick, spürte aber sofort den Schwindel. Das grünliche Licht des Nachtsichtgerätes stach ihm in die Augen. Er zog das Gerät wieder ab, Anna ihres ebenso.

In unmittelbarer Nähe gab es keine Gefahr. Sie besaßen nun Waffen, und solange ihr Ziel nicht allzu weit entfernt war, konnte Nick auch einigermaßen treffen. Der Restalkohol war noch immer in seinem Blut, doch er kam klar. Ein Hoch auf das Adrenalin.

In der Ferne erklangen erneut Schüsse. Die Bodentruppe des Einsatzteams war weiter unterwegs, die abgestürzten Hubschrauber hatten vermutlich den Piloten und Co-Piloten das Leben gekostet.

»Was wird TJ als Nächstes tun?«, fragte Anna.

»Ich kann ihn nicht einschätzen«, erwiderte Nick. »Und darüber bin ich froh. Er handelt jenseits von aller Rationalität.«

Es fiel ihm schwer, seine Gedanken zu ordnen. Zu

viel war in den letzten Stunden geschehen. All die toten Schützlinge, Paige auf dem Grund des Sees, sein Bruder noch am Leben und für all das verantwortlich.

Anna presste die Lippen zusammen. Ein Ruck ging durch ihren Körper. »Also gut, er will uns, das ist klar. Aber gleichzeitig rennt ihm die Zeit davon. TJ kann sich ausrechnen, dass Unterstützung unterwegs ist. Folglich muss er sich beeilen, sonst erfahren die, wer hinter alldem steckt.«

Ein Gedanke, der Nick überhaupt nicht behagte. TJs Ausstiegsszenarien waren meist endgültig. Da hatte es das brennende Friedhofsgebäude gegeben, mitsamt vorbereiteter Leiche. Später der Glaskäfig mit Gas. Er war ein Meister darin, seine Spuren zu verwischen.

»Es gibt nicht viele Gebäude, die dazu geeignet sind, Waffen zu lagern«, sagte er. »Außerdem muss es einen Kontrollraum geben, in dem die Daten der Kameras ausgewertet werden können.«

Nick warf einen Blick auf seine Uhr. Seit ihrer Flucht waren gerade einmal zwanzig Minuten vergangen. Auch wenn es ihm länger vorkam, hatte TJ sich faktisch noch keinen Überblick verschaffen können. »Wir müssen ihn einholen, bevor er uns über die Kameras aus der Sicherheit irgendeines Raums beobachten kann.« Er deutete auf Annas Nachtsichtgerät. »Du scannst die Umgebung, deine Reflexe sind gerade besser.«

»Und du behältst die Waffe im Anschlag und schießt auf mein Kommando.«

Ein kurzer Blickwechsel, ein Nicken. In diesem Augenblick fühlte er sich Anna so nah wie selten zuvor. Sie kämpften beide ums Überleben, um Freiheit und ihren persönlichen Frieden.

»Das Verwaltungsgebäude liegt südlich, wenn ich mich richtig erinnere«, sagte Nick. »Hinter den Häusern für die Gäste.«

Seite an Seite schlugen sie sich durch das Unterholz. Die brennenden Wracks der Helikopter, die Sekundärfeuer, die Schüsse, all das wirkte weit entfernt. Männer schrien einander etwas zu, dazwischen machte er die Stimme einer Frau aus.

»Da war eine Bewegung auf zwei Uhr«, sagte Anna. »Einzelne Person.«

Nick wandte sich leicht nach rechts und spähte in die Dunkelheit.

»Es ist einer von TJs Leuten«, sagte sie. »Kuttenträger.«

Er ließ den Lauf schwenken und schoss exakt dreimal. Ein Keuchen erklang, ein Körper fiel zu Boden.

»Der zweite Schuss hat gesessen«, informierte ihn Anna.

Auf diese Art konnten sie noch zwei weitere Angreifer ausschalten, die sich heranzupirschen versuchten. Einer von ihnen wollte eine Granate werfen, wurde aber rechtzeitig gestoppt.

Endlich tauchte vor ihnen das Verwaltungsgebäude auf. Ein alter Sandsteinbau, nur zwei Stockwerke hoch. Vor der Eingangstür standen zwei von TJs Helfern, die wie alle anderen Kutten trugen. Unweigerlich fragte er sich, wie viele davon hier noch herumschwirrten. Nicht dass es einen Mangel an Psychopathen gegeben hätte, das wusste er durch seine Arbeit. Aber dass er tatsächlich so viele gefunden hatte und auch noch rekrutieren konnte …

»Das wird also aus einem Menschen, der über ein Jahrzehnt lang hasst«, sagte Anna, als hätte sie seine Gedanken gelesen.

Nick würde sich den Folgen dieser Enthüllung später stellen müssen und wollte gar nicht daran denken, was das mit seinen Eltern machen würde. Doch das waren Überlegungen für einen anderen Tag.

»Wir müssen hinein«, sagte Nick. »Schnell.«

»Brechstange oder Skalpell?«, fragte Anna.

Da ihnen wohl keine Zeit für eine ausgefeilte Idee blieb, tendierte Nick tatsächlich zur Brechstange. Da die beiden Kuttenträger jeweils ein Nachtsichtgerät trugen, musste es schnell gehen. Im ersten Stock gab es Licht hinter den Fenstern, das kam ihm nun zugute.

»Wenn es irgendwo Scharfschützen gibt, sind wir geliefert«, sagte Nick. »Vergessen wir nicht, dass er auch ehemalige Soldaten in seinen Reihen hat.«

Ted Hall konnte zwar nicht mehr mitmischen, aber das sagte nichts über die anderen aus.

»Ich schlage mich ein paar Schritte nach rechts durch und mache dort ein Geräusch.« Anna verschwand zwischen den Bäumen.

Sie zerbrach einen Ast und lugte hinter einem Stamm hervor, das genügte. Die beiden Kuttenträger wandten sich ihr zu. Nick trat aus dem Schatten und schoss. Er benötigte vier Kugeln, um sie auszuschalten. Ein Armutszeugnis.

Gemeinsam rannten sie auf die Eingangstür zu.

»Gute Arbeit, Agent Jones.«

»Danke, Agent Coleman.«

Nick beugte sich hinab und zog einem der toten Helfer das Funkgerät vom Gürtel. Es war über ein Kabel mit einem Ohrstecker verbunden. »Auf diese Art können wir mithören.«

Anna machte das Gleiche bei Nummer zwei.

»Wir haben die Angreifer eingekesselt«, erklang eine rauchige Männerstimme aus dem Funkgerät.

»Abknallen«, hörten sie jetzt TJ aus ebendiesen. Er keuchte, rannte.

Nick schloss die Augen. Irgendwo in der Ferne ratterten die Salven von Maschinengewehren.

»Durchkämmt danach den Wald«, ergänzte TJ. »Ich bin im Überwachungsraum, aber bisher konnte ich Jones und Coleman nicht finden.«

Es würde nicht lange dauern, bis sich das änderte. Mit etwas Glück ging sein Bruder noch ein paar Minuten davon aus, dass sie sich verkrochen, um auf Hilfe zu warten. Doch sobald er die Wahrheit realisierte, würde er ahnen, wohin sie unterwegs waren.

Die Gänge des Gebäudes waren heruntergekommen, und die Lampen im Erdgeschoss enthüllten lediglich leere Räume mit zerschlissenen Tapeten. Wasserflecken und Schimmel prägten das Bild.

»Wir bekommen weitere Unterstützung«, erklang die Stimme von TJ aus dem Funkgerät. »Schießt nicht auf den Helikopter.«

Nick rannte zur Treppe, vertraute darauf, dass Anna ihm weiter folgte. Im zweiten Stockwerk war es dunkel, doch aus einem fernen Zimmer drang blaues Licht – Computermonitore. Seine Schuhsohlen patschten im Wasser.

Der Raum war leer.

Auf einem hufeisenförmigen Schreibtisch standen mehrere Monitore. Auf einem lieferte sich die Spezialeinheit Feuergefechte mit TJs Werkzeugen. Andere zeigten die brennenden Wracks der zwei Hubschrauber. Auf einem weiteren sah Nick einen schwarzen Helikopter, der sich näherte.

Vor den Monitoren entdeckte er ein Etui, in dem drei Vocoder lagen. Nicht dass TJ diese noch benötigte, doch vermutlich besaß er einen Jahresvorrat.

»Das ist keine Unterstützung«, sagte er. »Das ist seine Fluchtmöglichkeit. Er hat es über Funk nur nicht durchgegeben, damit seine Leute nicht ahnen, dass er abhauen will. TJ war schon längst nicht mehr hier, als er es behauptet hat.« Er fluchte leise.

»Nick.« Anna stand vor der Wand, an der eine Karte des Geländes hing. »Das solltest du dir besser ansehen.«

Er trat neben sie.

An mehreren Punkten waren Symbole zu erkennen, die durch eine gestrichelte Linie miteinander verbunden waren. Der Gedanke lag nahe, um was es sich handelte.

»Bomben vermutlich«, sagte er.

Wenn diese an den jeweiligen Stellen detonierten, würde das den gesamten Park in Sekundenschnelle in eine Trümmerlandschaft verwandeln. Niemand in unmittelbarer Nähe konnte das überleben.

»Zeitzünder?«, fragte sie.

Nick schüttelte den Kopf. »Er hat garantiert einen Auslöser. Und sobald er weg ist, lässt er alles hochgehen. Dann ist er auch seine Helfer, alle möglichen Zeugen, los.«

»Ich habe eine Idee.« Anna trat an den Tisch, schnappte sich einen der drei Vocoder und legte ihn an. »Funktioniert es?« Sie zuckte beim Klang ihrer blechernen Stimme zusammen. »Eindeutig.«

»Oh, das ist gut.« Nick ahnte, was sie vorhatte.

Der Vocoder hatte ihre Stimme so sehr verfälscht, dass nicht einmal das Geschlecht bestimmt werden konnte.

Anna zog das Funkgerät hervor und aktivierte die Sendefunktion. »Der Hubschrauber ist vom Feind. Abschießen! Sofort abschießen!«

»Das ist …«, erklang kurz TJs Stimme.

»Abschießen!«, brüllte Anna.

Und tatsächlich, auf dem Monitor konnten sie verfolgen, wie ein Raketenwerfer seine tödliche Munition abfeuerte. Der schwarze Helikopter zerbarst in der Luft. Wie der Komet in einem Armageddon ging das glühende Wrack zu Boden.

»Nein!«, brüllte TJ.

Nick schaltete sein Funkgerät ebenfalls auf Senden. »Wir kriegen dich.«

In diesem Augenblick waren sie nicht länger die Gejagten, Anna und er waren zu Jägern geworden. Nick spürte kalte Entschlossenheit durch seinen Körper strömen.

»Solange er noch eine Chance hat, wird mein Bruder seine Bomben nicht auslösen«, sagte er. »Aber wenn das FBI hier auftaucht, kann alles passieren.«

TJ war jetzt ein in die Enge getriebenes Tier und damit zu allem fähig. Sein Ziel war mit einem Wort zu beschreiben: Flucht. Er würde sich die Wunden lecken, eine neue Identität annehmen und weiter zuschlagen.

»Das endet heute.« Nick ließ seinen Blick über die Monitore und Kameraausschnitte wandern. »Da.« Er sah ihn.

»Wo ist das?« Anna runzelte die Stirn. »Ah, warte. Die Kameras haben Nummern und die sind auch auf dieser Karte eingezeichnet.« Sie überprüfte es. »Er rennt auf den See zu.«

»Das Eis«, sagte Nick. »Es ist der einzige Fluchtweg. Hier ist alles von Zäunen umschlossen, unsere Hilfe kommt über den Landweg oder durch die Luft. Aber das Eis können sie nicht flächendeckend im Blick behalten, darüber kann er in alle Richtungen entkommen.«

Nick nahm eine Pistole vom Tisch. Das Gewehr ließ er zurück und eilte zur Tür. »Ich muss ihm hinterher.«

»Dann muss ich mich wohl um die Bomben kümmern«, rief Anna ihm nach.

Er stockte. »Du bist keine Spezialistin für so was.«

»Das stimmt«, bestätigte sie. »Aber ich kann es mir zumindest mal ansehen. Notfalls renne ich zum Tor und warne die eintreffende Spezialeinheit.«

Nick lief zu ihr zurück und gab ihr einen schnellen Kuss auf die Lippen. »Pass bitte auf dich auf!«

»Das gilt auch für dich«, erwiderte sie. »Und falls du zufällig über einen Zünder stolperst, sorg doch bitte dafür, dass TJ nicht auf den Auslöser drückt.«

»Ich gebe mein Bestes, versprochen.«

Noch ein weiterer Kuss, dann rannte Nick aus dem Raum, durch Wasserpfützen, unebene Treppenstufen hinab. Vor der Tür stoppte er kurz, um die Richtung zu prüfen. Er wusste, welchen Weg TJ nahm, aber nur, bis dieser das Eis erreichte.

Nick stürmte los.

Er ignorierte die Schüsse in der Ferne, die noch immer brennenden Feuer, die Schreie. Für ihn gab es nur ein Ziel. Er musste seinen Bruder stoppen.

42. KAPITEL

Anna fuhr mit dem Finger über die Karte, suchte die am nächsten gelegene Markierung einer Bombe. Wenn sie keine Möglichkeit fand, sie zu entschärfen, war das ihr Ende.

Sie merkte sich die Stelle, riss die Karte von der Wand, faltete sie hektisch zusammen und steckte sie vorn in ihren Hosenbund. Auf dem Weg hinaus nahm sie zwei Stufen auf einmal. Das Maschinengewehr hielt sie in der linken Hand, mit der rechten zog sie das Nachtsichtgerät über die Augen und schaltete es ein. Es war beängstigend, dass es mittlerweile ein vertrautes Gefühl war, eine Schusswaffe in der Hand zu halten. TJ hatte ihr Leben vollkommen verändert. Früher hatte sie Angst vor Waffen gehabt, jetzt spürte sie eine morbide Faszination, ein Gefühl von trügerischer Sicherheit.

Die Umgebung wirkte in der grünlichen Darstellung seltsam unwirklich. Sie hielt sich noch im Hauseingang verborgen, spähte hinaus. Als sie niemanden sah, rannte sie los, wieder hinein in den Wald, aus dem Schreie und Schüsse aus der Ferne zu ihr vordrangen.

Immerhin wusste sie dadurch, dass noch Männer der

Bodentruppe am Leben waren. Nick und sie waren also nicht ganz allein, und die Verstärkung musste irgendwann eintreffen.

Wenn sie doch bloß ein Smartphone gehabt hätte und sie vor den Bomben warnen könnte. Ihr blieb nur zu hoffen, dass Nick seinen Bruder rechtzeitig stellte.

Kurz lehnte sie sich gegen einen Stamm und rang nach Atem. Sie musste sich orientieren. Die erste Bombe befand sich ungefähr hier. Aber wo genau?

Um sicherzugehen, schaute sie nochmals auf die Karte. Sie suchte die umstehenden Bäume ab, sah hinter jeden Stein. Das Nachtsichtgerät war eher hinderlich, als dass es half. Sie streifte es ab und warf es von sich. Die verschiedenen Brandherde leuchteten den Wald ausreichend aus. In einer hohlen Baumwurzel wurde sie schließlich fündig.

»Das ist keine verdammte Bombe!«

Entsetzt starrte sie auf den hüfthohen Gasbehälter. Sie musste keine Hellseherin sein, um zu wissen, was sich darin befand. TJ hatte für das gestohlene Nervengift aus Rogers Labor eine weitere Verwendung gefunden.

Sie keuchte auf, ging auf die Knie und betrachtete den Mechanismus. Wenn das Gas mit dem Nervengift an allen markierten Punkten im Camp austrat, würde das gesamte Areal zu einem Massengrab werden, ohne dass es eine offensichtliche Ursache dafür gab. Keine Zeugen für TJs Wahnsinn. Und nicht nur hier, der Wind würde es auch in die angrenzenden Gebiete treiben und unschuldige

Menschen das Leben kosten. Mit einer vollkommen irren Selbstverständlichkeit nahm TJ jeden einzelnen Toten in Kauf.

Anna legte das Gewehr neben sich ab und betastete das kleine, transparente Gerät, das oben auf dem Ventil aufgeschraubt war. In seinem Inneren erkannte sie Zahnräder, Kabel und ein rot blinkendes Lämpchen. Seitlich war eine Art Antenne angebracht. Sie wusste absolut nicht, was sie zu tun hatte.

»Okay, reiß dich zusammen.« Sie atmete tief durch, schüttelte ihre zitternden Hände aus.

Schlimmstenfalls löste sie die Vorrichtung vorzeitig aus. Wenn sie nichts unternahm, war das Massensterben aber auch nicht mehr abzuwenden.

Die Antenne … Er brauchte sie, um den Mechanismus per Fernbedienung freizuschalten.

Anna umschloss sie mit ihrer Hand, hielt die Luft an, und brach sie mit einem Ruck ab.

Nichts passierte.

Verspätet registrierte sie, dass das Lämpchen jetzt schneller blinkte. »Scheiße. Nein, nein, nein!«

Sie stand auf, rüttelte an dem Gerät. Trat das Gas schon aus? Konnte sie es riechen? Kam der Tod schnell, oder würde sie spüren, wie das Nervengift ihre Luftröhre verätzte, ihre Organe?

Trotz der Kälte rann Schweiß ihre Schläfen hinab. Die Härchen in ihrem Nacken stellten sich auf, ein Panikschauer schoss durch ihren Körper.

Sie überlegte nicht mehr. Mit der Gewissheit, in der nächsten Sekunde zu sterben, reagierte sie nur noch.

Anna nahm das Maschinengewehr auf und drosch mit dem Kolben auf das Gerät ein, bis das Plastikgehäuse aufplatzte. Sie riss alle Kabel aus der Vorrichtung, bis das rot blinkende Licht erlosch, und wich hastig zurück. Lauernd wartete sie darauf, ob irgendetwas passierte, ob ein Zischen das ausströmende Gas verriet. Doch sie hörte nichts, roch nichts, verspürte kein Gefühl von Benommenheit oder Übelkeit. Hatte sie es geschafft? Ihr blieb nur die Hoffnung, eine hundertprozentige Gewissheit gab es nicht.

Sie nahm die Karte wieder zur Hand und rannte weiter. TJ konnte jeden Moment den verdammten Auslöser drücken, und sie musste noch neun andere Gasflaschen finden.

Zwischen Feuerpausen waren immer wieder Maschinengewehrsalven zu hören. Der Wald stand stellenweise in Flammen. Sie roch den Rauch, hustete. Ihr kam erst jetzt in den Sinn, dass die Brände auch eine Gefahr darstellten. Wenn das Feuer einer Gasflasche zu nah kam, würde sie explodieren. Womöglich waren sie über einen Sender alle miteinander verbunden, und es löste eine Kettenreaktion aus, sobald sich ein Mechanismus freischaltete.

Anna fluchte, trieb sich innerlich dazu an, noch schneller zu rennen. Der unebene Waldboden machte es ihr schwer. Sie blieb an tief liegenden Zweigen von Büschen hängen, stolperte über Baumwurzeln, die aus der Erde ragten.

Als sie die nächste Gasflasche erreichte, ging sie genauso vor wie bei der ersten. Nur das Abbrechen der Antenne ersparte sie sich. Sie atmete auf, als das Lämpchen erlosch, und hastete umgehend weiter.

Noch acht …

Die Schreie wurden lauter, sie kam den Schüssen näher. Doch in dieser Richtung waren die nächsten Gasflaschen auf der Karte markiert. Sie hatte keine andere Wahl, musste sich notfalls dem Gefecht stellen.

Zwei Kuttenträger kamen als Erste in ihr Blickfeld. Sie sprang hinter einen Baum in Deckung. Hatten sie Anna gesehen?

Ihre Gedanken wanderten zu Nick. Um TJs Verfolgung aufzunehmen, musste er sich ebenfalls durch den Wald schlagen und konnte jederzeit verwundet werden. Es stand in den Sternen, ob sie sich jemals lebend wiedersahen.

Sie schüttelte den Kopf, ermahnte sich wieder zur Konzentration. Weiter – sie musste weiter.

Kurz spähte sie hinter dem Stamm hervor, sah die zwei Vermummten neben einem auf dem Boden liegenden Verletzten stehen, der vor Schmerzen wimmerte und sich krümmte. Wenn sie einfach weiterrannte, würden die Männer sie bemerken und zweifellos auf sie schießen. Sie hatte keine andere Möglichkeit, als ihnen zuvorzukommen.

Ihr Puls raste, während sie das Gewehr hob und einen von ihnen ins Visier nahm. Sie hielt die Luft an, zögerte nur einen Moment. Es ging um ihr eigenes Überleben.

Ohrenbetäubend laut hallten ihre Salven durch die Nacht. Durch die Rückschläge konnte sie die Waffe kaum halten. Aber sie blieb auf dem Auslöser, schwenkte das

Gewehr in Richtung der Feinde hin und her. Keiner von beiden kam dazu, sie ebenfalls ins Visier zu nehmen. Sie wurden mehrfach von ihr getroffen und fielen haltlos zu Boden.

Anna hielt das Gewehr weiterhin erhoben und näherte sich ihnen wachsam. Würden gleich noch mehr von ihnen auftauchen und sie unter Beschuss nehmen?

»Helfen Sie mir«, flehte der verwundete Agent und griff nach ihrem Bein. Sie blieb neben ihm stehen und versicherte sich mit Fußtritten, dass TJs Werkzeuge tot waren. Dann beugte sie sich zu dem Verletzten hinab, nahm innerhalb einer Sekunde wahr, dass er zu schwer getroffen war, um noch etwas ausrichten zu können. Sein rechtes Hosenbein war mit Blut durchtränkt. Er würde unmöglich laufen können. Zudem hustete er gurgelnd. Ihn würde selbst ein Notarzt nicht mehr retten können.

»Hilfe ist unterwegs«, sagte sie und drückte ihm bestärkend die Hand. Sie legte ihm das Maschinengewehr von einem der Toten auf die Brust, nickte ihm zu und hastete weiter.

Sie sah Nicks älteren Bruder im Geiste vor sich, den TJ von damals, mit dem sie bei den Colemans auf der Couch gesessen und einen Film geschaut hatte, wenn Nick beim Baseballtraining gewesen war und sie auf ihn gewartet hatte. Anna hatte ihn immer gemocht und viel mit ihm gelacht. Als er sich dann auf die Drogen einließ, hatte sie sich ebenso wie Nick und seine Eltern Sorgen gemacht und gehofft, dass er sich wieder fangen würde. Doch durch die Sucht geriet er immer mehr auf die schiefe Bahn, und als sie ihn dabei erwischte, wie er seiner Mutter lebenswichtige Tabletten klaute, hatte sie das Evelyn sofort gemeldet. Dass sein Vater ihn schlussendlich wegen dieses Vorfalls endgültig vor die Tür setzte, war ihr nie richtig klar gewesen. In TJs Wahrnehmung war sie für seinen endgültigen Absturz verantwortlich, weil sie ihn verraten hatte und sich seine Familie danach von ihm abwandte. Dabei hatten sie sich nicht mehr anders zu helfen gewusst und waren diesen Schritt in der Hoffnung gegangen, ihm sein Fehlverhalten bewusst zu machen. Erst wenn er sich selbst zu seiner Sucht bekannt hätte, wäre eine Therapie infrage gekommen. Sie waren ratlos gewesen. Nick war daran verzweifelt, seinem älteren Bruder nicht helfen zu können. Aber das hatte TJ nicht gesehen. Aus seiner Sicht hatten sie ihn alle aufgegeben.

Nummer acht, sieben, sechs, fünf und vier der Gasflaschen ließen sich leicht finden, und sie konnte die Mechanismen abschalten. Die dritte war jedoch wie vom Erdboden verschluckt.

Anna schaute unter jeden Busch, durchkämmte das Wurzeldickicht, sah wiederholt auf die Karte. Irgendwo hier musste die Nächste sein. Sie verlor mehr und mehr Zeit. Es war zum Verzweifeln.

Sie knurrte, ließ das Gewehr zurück und kletterte eine Felsformation hinauf. Vielleicht konnte sie die Gasflasche von dort oben entdecken.

Als sie sich über die oberste Felskante zog, vernahm sie

im selben Moment einen Schuss. Die Kugel schlug neben ihr im Stein ein.

Sie rollte sich von der Kante weg, blieb so flach wie möglich liegen. Verdammt, sie konnte sich hier nirgends verkriechen. Die Waffe hatte sie beim Klettern nicht tragen können und am Fuß des Felsens zurückgelassen. Es gab keinen anderen Weg, als wieder hinabzusteigen. Doch wenn sie sich auch nur minimal bewegte, hatte der Schütze freies Schussfeld.

Anna konnte ihre innere Uhr ticken hören. Drei Gasflaschen warteten noch darauf, gefunden zu werden, und konnten jederzeit aktiviert werden. Zum Springen war die Felsformation zu hoch. Dabei würde sie sich sämtliche Knochen brechen.

Verhandeln und vortäuschen, sich zu ergeben. Sie musste mit dem Angreifer ins Gespräch kommen und erreichen, dass sie nicht beschossen wurde, bis sie wieder an ihre Waffe kam.

»Hören Sie mich?«, rief sie und erhielt als Antwort eine Gewehrsalve. Die Geschosse sprengten unterhalb von ihr Steinchen und Staub aus dem Felsen. Ihr Körper blieb verschont.

»Ich ergebe mich«, rief sie erneut, und wieder folgten Schüsse.

Doch dieses Mal auch aus einer anderen Richtung, deren Ziel nicht sie war.

Als sie verhallten, herrschte Stille. Sie lauschte, hörte Schritte.

»Anna, bist du okay?«

Sie setzte sich schlagartig auf, starrte auf die Gestalt, die sich den Felsen näherte. Im schwachen Licht einer entfernten Brandstelle glaubte sie, Paige zu erkennen.

»Komm da runter, bevor wieder jemand auf dich schießt«, rief sie. »Was machst du überhaupt da oben?«

»Paige ... Du bist ... Wie?« Anna wischte sich über die Augen. Sie träumte nicht, ihre Freundin näherte sich ihr wahrhaftig und war mit einem Gewehr bewaffnet. Vermutlich hatte sie es von einem der Toten an sich genommen.

So schnell sie konnte, kletterte sie die Felsformation wieder hinab. Sie fielen sich in die Arme.

»Keine Ahnung, wie du das geschafft hast.« Sie streifte ihren Mantel ab und schwang ihn über Paiges kaltes, nasses Kleid. »Aber das kannst du mir unterwegs erzählen. Du musst mir helfen, die Gasflaschen zu finden.«

»Gasflaschen? Ich glaube, dort im Graben habe ich eine gesehen«, erwiderte Paige zähneklappernd.

»Zeig mir, wo.« Anna griff nach ihrem Gewehr. »Schnell!«

Paige lief voraus, entlang eines Baches, dessen Wasseroberfläche zugefroren war. »Wozu brauchst du die Gasflasche?«

»Die ist mit Nervengift gefüllt. Und hier im Wald gibt es noch zwei weitere. Wenn wir sie nicht rechtzeitig finden, sterben wir alle.«

Sie spürte Paiges fassungslosen Blick, schenkte ihm aber

keine Beachtung. Sobald sie die Gasflasche in einem Haufen von altem Laub stecken sah, sprintete sie darauf zu und schlug mit dem Gewehrkolben auf das transparente Plastikgehäuse über dem Ventil ein. Das rote Licht erlosch, als sie die Kabel herausgerissen hatte. Sofort griff sie wieder zur Karte und ortete die Lage der nächsten.

Paige trat neben sie und studierte den Lageplan ebenfalls. Sie zitterte nicht nur, ihr ganzer Körper bebte. Mit verkrampften Händen hielt sie den Kragen von Annas Mantel vor ihrem Hals zusammen. Sie waren blutverschmiert, am Zeigefinger klaffte eine tiefe Wunde.

»Von der Scherbe«, erklärte sie, als sie ihren fragenden Blick bemerkte. »Nick hat sie mir unauffällig untergeschoben, bevor sie mich packten und in den Sack steckten. Er hat mir damit das Leben gerettet. Ohne die Scherbe hätte ich mich nie selbst befreien können.«

Anna nickte, rannte los, wobei Paige ihr folgte. »Er ist hinter TJ her«, rief sie.

Obwohl sie nur noch ihr Kleid trug, war ihr vom Rennen ganz heiß. Sie mussten beide in Bewegung bleiben, konnten so der Kälte trotzen.

Sie hielt inne, lauschte. Es näherten sich unüberhörbar weitere Hubschrauber.

»Das wird die Verstärkung sein.« Sie legte Paige eine Hand auf die Schulter. »Lauf zum Eingangstor, du musst sie vor dem Nervengift warnen. Falls sie den Hochspannungszaun nicht abgeschaltet bekommen, kannst du das vielleicht aus dem Überwachungsgebäude heraus tun.«

Sie nickten sich zu.

»Pass auf dich auf«, rief Anna noch und hetzte weiter.

Wo war Nick? Hatte er TJ inzwischen eingeholt? Es musste ihm einfach gelingen, seinem Bruder den Zünder abzunehmen.

Wieder setzten Salven ein. Schreie drangen durch den Wald zu ihr vor. Eine Rakete stob in die Nacht hinauf, verfehlte einen Hubschrauber nur knapp. Zumindest wussten sie jetzt, dass sie nicht einmal am Himmel sicher waren.

43. KAPITEL

Der eisige Wind stach wie tausend Nadeln in seine Haut. Nick keuchte, die Luft brannte bei jedem Atemzug in seiner Lunge.

Trotzdem rannte er weiter. Immer weiter. Mit jedem Schritt sah er die Toten vor sich, die TJs Weg pflasterten. Brandstellen loderten, Schüsse hallten. Das gesamte Areal war eine Todesfalle, war es von Anfang an gewesen. Im schlimmsten Fall wurden die Bomben auch dem nachrückenden Einsatzkommando zum Verhängnis.

Eines war sicher, seinen Platz in den Geschichtsbüchern hatte TJ in der Tasche, wie jeder andere grausame Massenmörder auch.

Endlich tauchte der Steg vor ihm auf.

Fußspuren zeichneten sich im Schnee ab, der in den vergangenen Tagen eine dünne Schicht auf dem Eis gebildet hatte. Er musste ihnen nur folgen, wenigstens einmal war es simpel. Hoch über ihm prangte der Mond am Himmel, sein Licht ließ die weiße Puderdecke leuchten.

Da! Er hatte TJ entdeckt.

Gerade noch sichtbar rannte eine Silhouette über den zugefrorenen See. Nick umklammerte den Griff der Pistole fester, setzte ihm nach. Beinahe wäre er auf dem Eis ausgerutscht, konnte sich aber dank des Schnees auf den Beinen halten. Jeder Schritt konnte eine Gefahr sein, das Eis zu einer Todesfalle werden, sobald sich auch nur ein einzelner kleiner Riss bildete.

»TJ!«, brüllte Nick.

Sein Bruder stoppte im Lauf, sah zurück. Die Pistole in seiner Hand ruckte, ein Schuss hallte. Auf diese Entfernung hatte keiner von ihnen eine Chance, den anderen zu treffen. Trotzdem feuerte TJ mehrere Kugeln auf ihn ab.

Es klickte, das Magazin war leer.

Nick rannte auf ihn zu, die Waffe im Anschlag. »Dachtest du wirklich, dass es immer so weitergeht?«, rief er, als er fast bei ihm angekommen war. »Dass du hier herausspazierst und ein grausiges Schlachtfeld zurücklässt?«

»Der große Nick ist gekommen, um den Tag zu retten.« TJs Atem ging stoßweise. Auch er kam auf ihn zu. »Aber ich sag dir was: Dieses Mal wirst du scheitern.«

»Ich halte die Waffe in der Hand«, sagte Nick.

»Und ich …« TJ zog mit der linken einen Gegenstand aus der Tasche. »… den Zünder.«

Nicks Muskeln verkrampften. Er hielt die Waffe im Anschlag und wusste nicht weiter.

»Was ist? Schieß doch.« TJ lächelte. »Egal, wie todsicher du triffst, wird mein Reflex ausreichen, die Gasflaschen mit dem Nervengift zu zünden.«

Gas, Nervengift, hallten die Worte in Nicks Geist wider.

Keine Bomben, wie er zuerst geglaubt hatte. »Du bist

ja komplett wahnsinnig. Willst du das ganze Areal in ein Massengrab verwandeln?«

»Ich lasse mir meine Freiheit nie wieder nehmen«, sagte TJ kalt.

»Das hast du doch selbst zu verantworten.«

»Sagst du das zu jeder zerlumpten Frau, jedem gebrochenen Mann, der am Wegesrand liegt und bettelt?« Aus TJs Worten tropfte der Hass wie Säure. »Die Gesellschaft hat mich weggeworfen wie ein Stück Müll. Zuerst hatten alle ihren Spaß mit mir, aber als es kompliziert wurde, da musste der liebe TJ weichen, damit alles wieder ›normal‹ sein konnte.«

Sie hatten einander erreicht, standen sich nur noch wenige Schritte gegenüber.

»O nein.« Nick schüttelte den Kopf. »Dir wurde ein Dutzend Mal die Hand gereicht. Andere haben dieses Glück nicht. Es gibt Menschen, die in Waisenhäusern aufwachsen, die wirklich kaum eine Chance haben. Das sind die, die du getötet hast. Mit deinen Worten spuckst du auf ihr Andenken.« Nick erwiderte TJs Blick, ließ ihn nicht aus den Augen. »Mein Bruder ist vor langer Zeit gestorben.« Er machte einen weiteren Schritt auf ihn zu, hielt die Pistole auf TJs Hand mit dem Zünder gerichtet. Ohne den Alkohol in seinem Blut und dem erneut einsetzenden Schneefall, der die Sicht einschränkte, hätte er das Gerät treffen können. Aber so? »Du bist nur noch eine verrottete Kopie, ein verdorbener Mensch. Es gab eine Person, die dir geholfen hat. Samuel.«

Zum ersten Mal huschte so etwas wie Schmerz über TJs Gesicht. »Wir hätten das gemeinsam durchziehen können. Aber er wollte ja lieber in die Zukunft blicken, irgendwelche Stiftungen gründen und Gutes tun.«

»Wie gemein von ihm. Er wollte nicht mit dir zusammen zum Psychopathen werden«, ätzte Nick.

»Daran bist du ebenfalls schuld!«, brüllte TJ. »Aber es ist gut, dass du hier bist. Damit sind wir beide die Letzten. Alle anderen werden, wie ich fürchte, in Kürze tot sein.« Er blickte auf den Zünder.

Nick konnte nicht länger warten. Er visierte die Hand seines Bruders an und schoss. Die Kugel ging knapp daneben, doch aus einem Reflex heraus ließ TJ den Zünder fallen.

Nick rannte bereits auf ihn zu. Mit der Schulter voran prallte er gegen seinen Bruder. Dieser packte im Stolpern Nicks Handgelenk und drückte auf einen Nerv. Seine Finger lösten sich, die Pistole polterte auf das Eis.

»Was, dachtest du, ich bin irgendein weicher reicher Schnösel geworden?« Ihre Gesichter waren sich ganz nah. »Ich stecke dich locker in die Tasche, du großer FBI-Agent.«

TJ zog sein Knie in die Höhe. Nick hatte mit der Attacke gerechnet und blockierte mit seinem Oberschenkel. Der Schlag gegen den Solarplexus ließ ihn trotzdem nach hinten straucheln.

Links in Sichtweite lag der Zünder, erste Schneeflocken bedeckten ihn. Rechts die Pistole.

TJ ging in die Knie und zog ein Jagdmesser aus dem Stiefel. »Na, was holst du dir?«

Die Entscheidung fiel innerhalb einer Sekunde. Nick griff an. Er rammte seinem Bruder die Faust gegen das Kinn oder hatte das zumindest vorgehabt. Dieser drehte sein Gesicht zur Seite, die Faust schrammte über die Wange. Die Messerspitze kam auf Nick zu, er blockte den Arm mit seinem ab. Gefangen in einer brutalen Abfolge aus Attacken und Gegenattacken, bewegten sie sich in einer grausamen Choreografie.

»Ich werde dich hier auf dem Eis liegen lassen«, schrie TJ heiser. »Blutend und sterbend. Wissend, dass dir Anna und Paige vorausgegangen sind.«

Aus den Augenwinkeln sah Nick zuckendes Blaulicht in der Ferne. Über ihnen kam das Geräusch von Rotorblättern näher. Die Schüsse an Land waren weniger geworden.

»Und ich fürchte, es wird auch all jene treffen, die neu dazukommen.«

»Nicht, solange ich noch stehe.«

»Dann ändern wir das doch.« Die Spitze des Jagdmessers fuhr von unten nach oben.

Nick wollte zurückweichen, aber es war eine Finte. TJ drehte die Klinge und beschrieb damit einen Bogen, zog sie über Nicks Brust. Sie durchdrang Stoff und Haut, ein stechender Schmerz breitete sich aus. Blut färbte den billigen Ersatzpullover aus dem Motelshop rot.

»Du hast schon mal besser gekämpft«, stieß TJ aus, konnte die keuchenden Atemzüge aber nicht kaschieren.

»Da hat der Alkohol wohl hervorragend seinen Dienst getan.«

»Und trotzdem stehe ich noch«, provozierte ihn Nick.

»Weißt du, es war herrlich mitanzusehen, wie Mutter in dem Glaskasten saß. All das Gas, die Angst auf ihrem Gesicht. Da hast du mir wirklich den Spaß verdorben, als du sie und Vater gerettet hast. Diese Sache musste ich lange im Voraus planen. Der Besuch der Hochzeit, Roger, der mich beliefert.« Er lachte auf. »Aus meiner Perspektive wart ihr Ratten in einem Labyrinth, die ich beliebig lenken konnte.«

Nick beugte seinen Oberkörper herab und täuschte einen Schwächeanfall vor. Als TJ erneut angriff, fuhr er auf und schlug zu. Seine Faust traf präzise auf das Kinn, Blut spritzte.

Sein Bruder taumelte zur Seite, das Jagdmesser fiel zu Boden. Er spuckte Blut.

Ohne nachzudenken, warf sich Nick auf die Pistole, seine Finger umfassten den Griff. Er drehte sich auf den Rücken, zielte. Ihre Blicke trafen sich. Der Hass in TJs Blick sagte ihm, dass sein Bruder niemals aufgeben würde. Trotzdem musste er es versuchen.

»Knie dich hin, Arme hinter den Kopf«, befahl Nick.

TJ durchbohrte ihn mit seinem Blick. Schneeflocken bildeten helle Tupfen auf seinem dunklen Haar. Das Blut färbte seine Zähne rot. Er sah aus wie ein Dämon. »Nein.«

Er machte einen Schritt in Richtung Zünder.

Nick drückte ab. Es klickte. Ein Klicken der Hoffnungslosigkeit. Auch dieses Magazin war leer. Er betätigte immer wieder den Abzug, als könnte das etwas ändern.

TJ starrte ihn weiter an, ging Schritt für Schritt auf den Zünder zu.

Nick ließ die Waffe fallen, warf sich herum und kam in die Höhe. Ein Windstoß traf ihn frontal, er taumelte. Das konnte doch nicht alles gewesen sein. Er schrie seine Wut und Machtlosigkeit hinaus, rannte hinter seinem Bruder her.

Kurz vor dem Zünder bekam er ihn an seinem Sakko zu fassen. »Du hast Mike getötet. Und Lynette. Roger und so viele weitere. Es mag die Hand deiner Werkzeuge gewesen sein, aber du hast sie geführt! Du hast sie erschaffen.«

TJ fuhr herum und schlug zu. Nick konnte nichts tun, um zu kontern. Er hatte sich von seiner Wut treiben lassen, das wurde ihm nun zum Verhängnis. Ein weiterer Schlag, er schmeckte Blut.

»Und ich würde sie alle wieder töten«, brüllte TJ. »Sie und noch viele mehr. Die Welt soll so leiden, wie ich gelitten habe. Sie sollen brüllen vor Schmerz, heulend ihre Lieben betrauern.«

Wieder und wieder schlug er zu, so schnell, dass Nick nicht mehr reagieren konnte. Der Zünder schien TJ in diesem Augenblick egal zu sein. Er schleuderte Nick zu Boden, packte ihn am Ärmel und zog ihn hinter sich her, schleifte ihn über die Eisfläche.

»Ich brauche keine Pistole, um dich zu erledigen.«

Nick strampelte mit den Beinen, versuchte, sich aus dem

Klammergriff zu befreien. Doch das Eis war rutschig, er konnte sich nicht wehren.

TJ trat noch einmal mit seinem Stiefel zu, traf seine Stirn. Blut schoss heiß über sein Gesicht, verklebte ihm das linke Auge.

»So ist es doch viel schöner, du und ich, in einer letzten Umarmung«, sagte TJ.

Dann verschwand er aus Nicks Gesichtsfeld.

Blutend, voller Schmerz, verwirrt, atmete Nick stoßweise ein und wieder aus. Ebenso plötzlich, wie er verschwunden war, kehrte TJ zurück. Das Jagdmesser blitzte im Mondlicht, fuhr herab.

Ein stechender Schmerz peitschte Nick durch die Brust, als die Klinge gegen eine seiner Rippen stieß. Er trat aus, traf TJs Schienbein, der seitlich wegkippte. Blut floss aus der Wunde. Hätte der Knochen das Messer nicht gestoppt, wäre es das gewesen.

Das Schicksal stand eindeutig auf Katz-und-Maus-Spiele. Keuchend lag Nick auf dem Eis und betrachtete den Schnee, der sich durch sein Blut schwarz färbte. TJ ging davon, ebenfalls angeschlagen. Er wollte den Zünder.

In diesem Moment verschmolz alles, was gewesen war, mit dem Hier und Jetzt, verwandelte sich in einen zeitlupenhaften Augenblick der Klarheit.

Das zuckende Licht, die Schreie und Schüsse, die Geräusche der Rotorblätter und Sirenen. Mikes Gesicht in seiner Erinnerung, der seinen Kopf durch die Tür steckte, nachdem Anna das erste Gespräch mit Nick geführt und ihn um Hilfe wegen Edward Harris gebeten hatte. All die Niederlagen und verlorenen Freunde verschmolzen zu einem einzigen Augenblick. Nick biss die Zähne zusammen, zog das Messer innerlich schreiend aus der Wunde und richtete sich auf.

TJ hatte den Zünder erreicht, stand gut fünf Schritte entfernt und beugte sich hinab. Er wandte sich um, blickte triumphierend zu ihm zurück. Dann hob er den Arm in die Höhe, der Daumen schwebte über dem Zünder.

Eine Träne löste sich aus Nicks rechtem Auge, das linke sah noch immer verschwommen durch das verklebte Blut. Seine Finger umklammerten den Griff des Jagdmessers. Er holte aus, legte all seine verbliebene Kraft in die Bewegung und warf.

Die Zeit schien stillzustehen. Er nahm alles verzögert wahr.

Das Messer traf TJs Kehle und fuhr hinein.

Sein Bruder starrte ihn noch einen Wimpernschlag lang an, sein Daumen drückte auf den Auslöser, dann kippte er hintenüber. Der Schnee um ihn herum färbte sich innerhalb von Sekunden schwarz.

»Neeeeein!«, brüllte Nick.

Er schleppte sich zu seinem Bruder, vielleicht hatte er sich geirrt. Vielleicht hatte er den Knopf nicht ganz heruntergedrückt. Es musste so ein.

Nick hatte ihn fast erreicht, ging zu Boden und kroch durch den matschigen Schnee näher. Der Zünder lag in TJs geöffneter Handfläche. Der Schalter war betätigt worden, das Gas würde nun ungehindert ausströmen.

»Nein«, wimmerte Nick.

Er brach neben seinem Bruder vollends zusammen, rollte sich auf den Rücken. Hinter den wirbelnden Schneeflocken war der Nachthimmel sichtbar, die Sterne funkelten.

TJ würde nie wieder jemanden verletzen, doch mit seinem letzten Gedanken hatte er die Hölle über sie alle gebracht. Das gasförmige Nervengift würde niemanden am Leben lassen, keiner besaß eine Chance.

Ein Scheinwerfer glitt zitternd über Nick hinweg, kehrte im nächsten Augenblick zurück. Einer der Hubschrauber hatte sie gefunden. Was für einen Anblick sie wohl boten?

Zwei Brüder zwischen blutgetränktem Schnee auf einem zugefrorenen See. Größe und Hoffnungslosigkeit einer zerbrochenen Familie in einem Bild vereint. Er drehte den Kopf zur Seite und betrachtete das Gesicht seines Bruders. Im Tod war der Hass daraus verschwunden, er wirkte geradezu friedlich.

Nick schämte sich nicht seiner Tränen, die heiß über seine Wangen strömten. Wie sehr hatte er TJ vermisst, den alten TJ. Seinen großen Bruder.

In diesem Krieg war es wie in jedem anderen auch, es gab keine Gewinner. Am Ende blieben nur Ruinen, die mühsam wiederaufgebaut werden mussten.

Seine Gedanken trieben langsam ab.

Unterbewusst nahm er leise Stimmen wahr. Weit entfernt und irgendwie vertraut. Ein Gesicht schob sich über ihn.

»Anna?« Er blinzelte, sah alles verschwommen durch Tränen und Blut.

Sie nahm sein Gesicht in die Hände und weinte. »Die Gasbehälter sind entschärft. Wir haben es geschafft.«

Nick atmete auf. »Geschafft?«

Sie strich ihm eine Strähne aus der Stirn, nickte. »Ja, es ist vorbei.«

Er wandte sich noch einmal seinem Bruder zu. Betrachtete die bleichen Gesichtszüge, die er nie wieder vergessen würde.

TJ war tot.

Ja, es war vorbei.

44. KAPITEL

Die nächsten Stunden vergingen in einem Strudel aus Blaulicht, besorgten Gesichtern und grimmig dreinblickenden Officers, Detectives, Frauen und Männer von Homeland Security und dem FBI.

Anna konnte sich vorstellen, dass einige Köpfe rollen würden. Doch ihr Hauptaugenmerk galt Nick, der auf einer Trage bis zu einem Rettungswagen gebracht worden war. Ein junger Kerl kümmerte sich gerade um ihn, die Hintertür stand offen.

»Das ist eine tiefe Wunde, da hatten Sie wirklich Glück«, sagte er. »Wir sollten auch endlich fahren.«

»Unterstehen Sie sich. Zuerst will ich mit jemandem sprechen.«

»Du bist so ein Dickkopf«, sagte Anna neben ihm und grinste ihn an.

Von ihrer Position aus konnte sie sehen, wie Paige mit einer Rettungsdecke um die Schulter, deren goldene Oberseite im Licht der Scheinwerfer glänzte, soeben einen anderen Rettungswagen erreichte. Sie tauschten einen kurzen Blick, nickten einander zu. Die Tür des Wagens wurde zugeschlagen, er fuhr mit Paige davon.

Ein Streifenwagen kam herangefahren, die Tür wurde aufgerissen, und Zane sprang heraus. Er sah sie beide und kam herbeigerannt. »Euch geht es gut!« Sein Blick erfasste die unzähligen Leichensäcke, die gerade ringsum abtransportiert wurden. »Was ist hier passiert?«

Anna zog ihn in eine Umarmung. »Du hast überlebt.«

»Also ganz so einfach lass ich mich nicht abschreiben«, erklärte er. »Ein Teil des Dankes gebührt aber auch Nick.« Er sah zu ihm. »Deine Zahlung mit der Kreditkarte hat dafür gesorgt, dass man uns gefunden hat. Die haben sich Eden gekrallt, und ich habe dann das Smartphone geknackt. Da sie die Nummer von Samuel eingespeichert hatte, konnten sie euch darüber finden.«

Nick richtete sich auf der Trage auf, winkte Zane näher und zog ihn dann mit dem linken Arm in eine Umarmung. Der behandelnde Sanitäter musste kurz weichen. »Danke.«

Zane lächelte und wich wieder zurück. »Habt ihr Samuel drangekriegt?«

»Samuel ist tot«, erklärte Anna. »Hinter der ganzen Sache steckte aber TJ, Nicks Bruder.« Sie berichtete Zane in der Kurzfassung, was vorgefallen war.

Bei ihren Worten konnte Zane nur fassungslos den Kopf schütteln. »Das tut mir leid, Nick. Vermummte Gestalten, die auf Helikopter schießen … Paiges Schützlinge sind alle tot … Nervengift …« Er schluckte, konnte sichtlich nicht begreifen, wie viel Hass in einem Menschen stecken musste, um so etwas minutiös zu planen und durchzuführen.

In diesem Augenblick näherte sich eine Frau in blauer Weste, auf der in gelben Buchstaben die Worte »Homeland Security« standen. Rebecca North leitete die Ermittlungen noch immer, und Anna hatte sie auf dem Weg hierher, während Nick zweimal weggedriftet war, hastig ins Bild gesetzt.

»Agent North«, sagte er und machte nach wie vor keine Anstalten, sich richtig auf die Trage zu legen, was bei dem Rettungssanitäter ein Augenrollen verursachte.

Trotzdem desinfizierte er die Wunde, während Nick saß.

»Agent Coleman«, erwiderte sie mit einem sanften Nicken. »Es tut mir leid, dass Sie so viel durchmachen mussten. Was meine Leute hier gefunden haben, hätte gereicht, um einen kleinen Krieg auszulösen. Ein paar Leute werden gerade unsanft geweckt und darüber in Kenntnis gesetzt, dass gewisse Sicherheitsvorkehrungen nicht ausreichen.«

»Wie konnte er so viele Gasflaschen mit dem Nervengift präparieren?«, fragte Anna. »Diese Menge konnte er kaum aus Rogers Labor gewinnen.«

North schüttelte den Kopf. »Soweit wir das an den Seriennummern erkennen können, gehört diese Charge zu einer militärischen Einrichtung. Sie stammen aus alten Beständen, die nach dem Kalten Krieg von befreundeten europäischen Staaten an uns zur Vernichtung übergeben wurden. Laut Datenbank ist das vor drei Monaten passiert. Die Einträge wurden von einem gewissen General Beckett vorgenommen. Ich habe kurz mit dem zuständigen Offizier gesprochen. Auf den alten Kameraaufzeichnungen ist allerdings zu sehen, dass ein anderer Offizier den Raum betritt. Auf ihn passt die Beschreibung von Ted Hall.«

Anna wunderte sich keine Sekunde. »Deshalb musste Rogers Vater also sterben. Nicht nur wegen der Akte. Er hätte früher oder später gemerkt, dass sein Code dafür genutzt worden war, um eine Datenbank zu manipulieren.«

»Wir kratzen noch an der Oberfläche dieser ganzen Sache«, sagte North. »Aber falls diese toten Vermummten tatsächlich alles Psychopathen sind, werden wir demnächst wohl zahlreiche Fälle aufklären können. Aktuell findet eine Razzia in der Firma von Samuel … ich meine, Ihrem Bruder, statt.«

»Woher wissen Sie das?«, fragte Nick. »Also, wer er ist … war.«

»Miss Jones war so nett, uns das Wichtigste in Steno zuzurufen. Wir werten jetzt alle Daten aus, aber es wird Monate dauern, bis wir uns einen Überblick über seine Aktivitäten verschafft haben.«

»Eden Sandler wird Ihnen sicher helfen«, sagte Zane. »Sie konnte verhaftet werden.«

»Das Verhör von Miss Sandler läuft bereits«, bestätigte North. »Wir hoffen darauf, von ihr mehr über die inneren Strukturen von Mister Coleman … also dem anderen …«

»Nennen Sie ihn einfach TJ«, bat Nick.

North atmete auf. »Nun gut. Mithilfe von Miss Sandler können wir hoffentlich die wesentlichen Strukturen aufdecken, weitere Namen zuordnen und jeden Schritt nachprüfen.«

Nick konnte sich vorstellen, was das bedeutete. Dutzende von Spezialisten von FBI, Homeland und der hiesigen Polizei würden zusammenarbeiten. In diesen Minuten jagte vermutlich eine Razzia die nächste.

Vor dem Gitterzaun hatten sich mittlerweile Reporter versammelt. Lichtblitze zuckten, Männer und Frauen blickten erwartungsvoll herüber. Da sie Anna, Zane und ihn längst erblickt hatten, konnten sie sich denken, worum es ging.

»Miss Simpson war so nett, den Strom für uns abzuschalten«, sagte North trocken. »Ich bin versucht, den Schalter wieder umzulegen.«

Zane grinste breit.

Anna räusperte sich deutlich. »Das habe ich jetzt mal überhört. Immerhin bin ich auch eine von der Presse.«

»Mein Beileid«, erwiderte North. »Aber man muss ja irgendwie sein Geld verdienen.« Sie zuckte mit den Schultern. »Halten Sie sich in den nächsten Tagen für weitere Aussagen bereit.« Einen Kollegen herbeirufend, ging sie davon.

»Ich mag sie«, sagte Zane. »Dieser trockene Humor gefällt mir.«

»Warte, bis sie sich über Hacker äußert.« Anna rieb sich die Augen. Sie trug ebenfalls eine Rettungsdecke über Jogginghosen und einem viel zu weiten Pulli, die ihr ein Homeland-Mitarbeiter aus einem Kofferraum geholt hatte.

Der Rettungssanitäter tröpfelte Adrenalin in Nicks Wunde, damit diese schneller heilte. Mehrere weiße Streifen wurden angebracht, um die Wunde notdürftig zusammenzuhalten. »Sie hatten wirklich Glück, aber wir müssen auf jeden Fall röntgen, um zu prüfen, ob der Knochen stärker verletzt wurde.«

»Eine Notaufnahme wollte ich eigentlich nie wieder betreten«, sagte Nick.

Anna konnte das Gefühl nachvollziehen.

»Dann solltest du vielleicht über einen Jobwechsel nachdenken«, kam es neckend von Zane. »Ansonsten sehe ich da schwarz.«

Sie wollte sich einmischen, beobachtete jedoch stattdessen die Leute, die soeben vom Eis zurückkehrten. Während Nick auf der Trage weggebracht worden war, waren ihnen auf halber Strecke bewaffnete Agenten entgegengekommen, dahinter die Rettungsmannschaften und abschließend die Spurensicherung.

»Ich bin so verdammt müde.« Nick ließ seinen Oberkörper auf die Trage zurücksinken.

»Also das ist jetzt genug«, sagte der Sanitäter. »Ich bringe Sie ins Krankenhaus.« Er deutete zu Anna. »Und für Sie gilt das Gleiche, Miss Jones. Ihre Verletzungen müssen auch durchgecheckt werden. In Ihrem eigenen Interesse.«

»Schon klar«, sagte sie trocken. »Wir sind das Notaufnahmeduo. Bald geben die uns ein VIP-Ticket.«

Alle möglichen Gedanken schwirrten ihr durch den Kopf, mit jeder Minute zusammenhangloser. Die

Müdigkeit und das nachlassende Adrenalin machten sich ebenfalls bemerkbar.

»Ich hole euch aus dem Krankenhaus ab«, versprach Zane. »Bis dahin habe ich uns auch eine Unterkunft besorgt.«

»Das FBI besitzt ein paar Wohnungen für den Notfall, Zeugenschutz und so«, sagte Nick. »Die werden uns nach der Sache sicher aushelfen.«

Normalerweise war Nick Teil dieses gesamten Ablaufs.

»Dann sollten wir wohl fahren«, sagte Anna.

Sie starrten einander an, als könnte keiner von ihnen glauben, dass es vorbei war. Es gab niemanden mehr, vor dem sie sich verstecken mussten, keine Werkzeuge, Giftanschläge oder Fallen.

»Los, bevor er es sich wieder anders überlegt«, sagte Zane zu dem Rettungssanitäter.

Dieser reagierte prompt und zog die Tür von innen zu.

»Wo schläfst du?«, fragte Anna.

»Heute bei einem Freund auf der Couch«, sagte Zane.

Der Wagen mit Nick fuhr davon.

Aufatmend ging Anna zu dem nächsten Rettungswagen, der sie wegbringen würde. Sie sah, dass North den Journalisten ein Interview gab, um grob darzulegen, was geschehen war.

Die Meute war also abgelenkt.

45. KAPITEL

Als Nick die Augen wieder öffnete, war er zuerst verwirrt. Sonne strahlte durch das Fenster herein, die Wolken waren fort. Er lag auf einem weichen Laken, spürte Schmerzen in der Brust. Sein Instinkt hatte ihn geweckt. Er linste zur Uhr, eindeutig zu spät. Es war bereits elf Uhr morgens. Die Erinnerungen kamen schlagartig, zusammen mit dem Grund seines Erwachens.

Kaffeeduft.

Am frühen Morgen hatte Zane Anna und ihn aus dem Krankenhaus geholt und zu einer Wohnung des FBI gebracht. Nick war sofort wieder ins Bett gefallen und mit Anna verschlungen erneut eingeschlafen. Sie hatten alle ein enormes Schlafdefizit.

Er stieg aus dem Bett und registrierte Unterwäsche, Jeans und einen Hoodie auf dem Stuhl. Nick schlüpfte hinein und verließ lautlos das Schlafzimmer.

»Willst du ihn nicht langsam wecken?«, fragte Zane und biss herzhaft in einen belegten Bagel.

»Er braucht seinen Schlaf«, sagte Anna.

»Und ich Speck und Eier, aber du willst ja unbedingt warten, bis er aufwacht.«

»So ein Glück«, sagte Nick, »dass ich wach bin.«

Er trat zu Anna, zog sie an sich und küsste sie kurz auf die Lippen. »Ich kann auch selbst Speck anbraten.«

»Ja, genau.« Sie schob ihn zum Esstisch. »Du wurdest verwundet, also leg endlich die Füße hoch.«

Damit machte sie sich ans Werk, assistiert von Zane.

»Was ist in der Zwischenzeit passiert?«, fragte er. »Neuigkeiten?«

»Paige geht es gut«, sagte Zane. »Sie war unterkühlt und hatte ein paar Schrammen. Darüber hinaus sind die Zeitungen und das Internet voll von Halbwahrheiten und Vermutungen. North hat bisher den Deckel auf die Information gehalten, wer für alles verantwortlich ist. Sie wartet noch die DNA-Analyse ab. Danach wird die Welt jedoch erfahren, dass es dein Bruder war.«

Er nickte langsam. Hauptsache, seine Eltern erfuhren es von ihm und nicht durch eine Zeitung. Das würde er als Erstes erledigen, sobald er etwas im Magen hatte. Er trat an die Kaffeemaschine und schenkte sich eine Tasse ein. »Wart ihr einkaufen?«

»Das ist das Schöne an der heutigen Zeit«, sagte Zane. »Wir haben über eine App alles Notwendige bestellt.«

»Und ich war kurz in der Stadt, ein paar Kleidungsstücke zusammensuchen«, erklärte Anna.

Minuten später saßen sie am Frühstückstisch, und Nick schaufelte alles in sich hinein, was Zane nicht vorher schon für sich reserviert hatte. Anna hatte sich einen Teller befüllt und kaute langsam.

»Ihr wisst schon, dass noch genug da ist«, erklärte sie.

Nick konnte nicht antworten, da er gerade mit einem großen Schluck Kaffee das Essen hinunterspülte.

Es fühlte sich so fremd an. Die Normalität eines Frühstücks. Nicht länger das Gefühl zu haben, dass jemand hinter einem stand. Sie wurden nicht mehr gejagt. Diese innere Ruhe war fremd, und es würde wohl noch einige Zeit dauern, bis sie sich vollends wieder daran gewöhnt hatten. Wie an vieles andere auch.

»Ich fahre nachher in die Redaktion, um mit Winston zu sprechen«, sagte Anna. »Er hat es verdient, die ganze Wahrheit zu erfahren.«

»Schreib es auf«, erwiderte Nick. »Wenn jemand dafür geeignet ist, dann du.«

Anna legte die Stirn in Falten, durchdachte anscheinend den Vorschlag. »Vielleicht mit etwas Abstand.«

Es könnte ihr größter Artikel werden, da war Nick sicher. »Ich fahre zu meinen Eltern. Sie müssen erfahren, was passiert ist. Das wird noch einmal eine schwere Zeit.«

EPILOG

1 Jahr später

Anna klopfte an die Tür und betrat Winstons Büro. »Du wolltest mich sprechen?«

Ihr Chefredakteur nickte und deutete auf den freien Stuhl vor seinem Schreibtisch. »Wie war dein Urlaub?«

»Stressig«, erwiderte sie und nahm Platz. »Aber wir haben viel geschafft. Ein paar wenige Kartons müssen noch ausgepackt werden. Ansonsten sind wir im Haus angekommen.«

»Es freut mich für euch, dass es doch noch mit Nicks Versetzung nach Chicago geklappt hat.« Er stand auf, kam um seinen Schreibtisch herum und lehnte sich neben ihr mit der Hüfte gegen die Tischplatte. »Du bist die Erste, der ich jetzt davon erzähle, und ich möchte dich bitten, es diese Woche noch für dich zu behalten. Zumindest so lange, bis du eine Entscheidung getroffen hast.«

Sie hob die Augenbrauen. »Um was geht es?«

Winston sah sie eindringlich an. »Steve wird uns nächsten Monat verlassen. Er hat eine leitende Stellung bei der *New York Times* angeboten bekommen.«

»Wow, das ist … überraschend.« Ihr Herz kam ins

Stolpern. Sie begann zu ahnen, worauf Winston hinauswollte.

»Ich war sehr beeindruckt, wie du die Berichterstattung im Fall von Eden Sandler geführt hast. Sehr professionell, das kann nicht leicht gewesen sein.«

Beim Gedanken an die ehemalige FBI-Agentin spürte Anna das vertraute Gefühl von Schmerz in sich aufsteigen. Eine Bitterkeit, die für immer Teil ihrer Seele sein würde. Die Gesichter der Toten blitzten vor ihrem Auge auf, wenn auch nur für Sekunden. Sie hatte gelernt, damit zu leben. »Eden hat genug Hinweise darauf geliefert, das gesamte Netzwerk von TJ zu durchleuchten. Hunderte von Morden konnten dadurch aufgeklärt werden. Trotzdem bin ich froh, dass die Staatsanwaltschaft sie lebenslang in Haft geschickt hat. Einen Vorteil hat sie durch ihre Aussage nicht bekommen, aber irgendwie war sie wohl so hasserfüllt gegenüber dem FBI, dass sie am Ende alles erzählen wollte.«

Winston nickte. »Es würde mich freuen, wenn du seinen Job übernimmst und mir zukünftig als stellvertretende Chefredakteurin zur Seite stehst«, ließ er die Bombe platzen.

Anna biss sich auf die Lippen, spürte in ihrem Inneren ein aufgeregtes Kribbeln.

»Danke, es ehrt mich sehr, dass du dabei an mich denkst. Ich würde gern ein, zwei Nächte darüber schlafen, bevor ich dir eine Antwort gebe.«

Er nickte. »Natürlich, damit habe ich gerechnet.«

»Du weißt, dass mir mein Investigativjournalismus sehr wichtig ist. Ich möchte nicht nur schreiben, sondern mit meinen Artikeln auch etwas bewegen.«

»Das eine schließt das andere ja nicht aus. Du wirst weiterhin für uns publizieren, würdest allerdings noch mehr Verantwortung übernehmen und über unsere redaktionellen Inhalte mitentscheiden.«

Sie stand auf. »Dann sollte ich wohl meinen pünktlichen Feierabend genießen, solange ich es noch kann.«

Er lachte und begleitete sie zur Tür. »Ich hoffe, du sagst zu.«

Im Großraumbüro herrschte wie immer Hektik. Stimmengewirr und Telefonklingeln überlagerten sich. Ob sie sich als stellvertretende Chefredakteurin auch für bessere Arbeitsbedingungen einsetzen konnte? Ein paar schalldichte Trennwände müssten doch machbar sein.

Jacky erwartete sie bereits. Die Golden-Retriever-Hündin stand schwanzwedelnd in Annas Büro und sah ihr durch die Glasfront entgegen. Bei ihrem Anblick verschwand jeder Schatten auf ihrer Seele, den das Gespräch hinterlassen hatte.

»Na, du.« Sie trat ein und streichelte über ihr langes, weiches Fell. »Was hältst du davon, wenn wir jetzt nach Hause fahren?«

Sie verstand sofort, lief zu ihrem Liegekissen, schnappte sich ihren Plüschhund und tapste ins Großraumbüro.

Anna lächelte. »Jetzt lass mich doch wenigstens noch den Computer runterfahren.« Sie drückte auf den Knopf, schaltete den Bildschirm aus und schloss das Fenster, bevor sie ihrer Hündin folgte.

Der Verlust eines Menschen konnte auch einem Tier schwer zusetzen. Bei Jacky kam noch hinzu, dass sie den Mord an ihrem Frauchen Sandy miterlebt hatte. Doch glücklicherweise zeigte sie kein auffälliges Trauma. Im Gegenteil: Seit sie die Hündin vor einem Jahr aus dem Tierheim geholt und bei sich aufgenommen hatte, war sie von Woche zu Woche mehr aufgeblüht. Nick und sie waren happy, wie schnell sie sich an sie gewöhnt hatte, und auch Annas anfängliche Skepsis, ob sie sich in der Redaktion benehmen würde, war unbegründet gewesen. Jacky gehörte mittlerweile quasi zum Inventar.

»Bis morgen«, rief ein Kollege ihr zu, während sie am Fahrstuhl auf ihre Hündin wartete. Jacky ging wie immer mit ihrem Plüschhund im Maul von Tisch zu Tisch und gönnte sich zum Abschied noch ein paar Streicheleinheiten.

Die Fahrstuhltür öffnete sich mit einem Gong. Sie betrat die Kabine und pfiff. Jacky kam herbeigesaust und nahm neben ihrem Bein Platz.

In der Tiefgarage angekommen, sprang die Hündin in den mit einem Netz abgetrennten Kofferraum. Anna ging in Gedanken den Inhalt ihres Kühlschrankes durch. Zane, Pascal und Paige würden heute zum Abendessen kommen. Zwar waren Nick und sie gestern Abend einkaufen gewesen, aber sie hatte das Gefühl, etwas vergessen zu haben.

Kaum hatte sie sich hinters Lenkrad gesetzt, klingelte

ihr Smartphone und verkündete den Anruf ihrer Freundin. Sie startete den Motor und betätigte die Freisprechanlage.

»Lass mich raten, du wirst dich wieder mal verspäten«, meldete sie sich zu Wort.

»Es tut mir leid«, erwiderte Paige. »Ich habe einen neuen Schützling übernommen und gerade eine feste Unterkunft für ihn aufgetan. Sobald ich ihn dort abgeliefert und eingewiesen habe, mache ich mich zu euch auf den Weg. Ihr braucht mit dem Essen nicht zu warten. Aber den Spieleabend dürft ihr nicht ohne mich beginnen. Ich habe mit Zane noch eine Revanche offen, und außerdem führe ich die Punkteliste an.«

Anna fuhr aus dem Parkhaus und reihte sich in den Straßenverkehr ein. »Tust du nicht. Nick hat dich letzte Woche eingeholt.«

»Dann erst recht. Ich muss meinen Platz als Pokermeisterin zurückerobern.«

»Wir werden sehen. Bis später.« Sie schmunzelte und beendete den Anruf.

Im Radio lief ein Rocksong. Sie stellte lauter und wippte ihren Kopf im Takt der Musik. Die Sonne strahlte vom wolkenlosen Himmel und spiegelte sich in den Glasfassaden der Wolkenkratzer. Es würde ein lauer Abend werden, und sie freute sich darauf, ihn im Kreis ihrer Lieben auf der Terrasse genießen zu können.

Das Haus war ein richtiger Glückstreffer gewesen. Nachdem Nick die Zusage für die Stelle als Special Agent in Chicago erhalten hatte, war sein Vater sofort aktiv geworden und hatte seine Kontakte spielen lassen. Der Besitzer hatte das Anwesen eigentlich als Ferienunterkunft genutzt, es ihnen aber dank Tom Coleman zur Miete überlassen. Es gefiel Nick und ihr so gut, dass sie ihn gerade davon zu überzeugen versuchten, es an sie zu verkaufen. Das Haus besaß zwei Gästezimmer, was es ihren Freunden ermöglichte, auch mal spontan über Nacht zu bleiben. Nächste Woche kamen ihr Vater und seine Lebensgefährtin aus Alabama zu Besuch. Sie konnte es gar nicht erwarten, ihnen ihr neues Zuhause zu zeigen.

Anna ließ die Innenstadt mit all ihren Schattenseiten hinter sich. Sie sah in den Rückspiegel. Jacky liebte es, zum Fenster hinauszuschauen. Wenn sie hechelte, wirkte es jedes Mal, als würde sie lächeln.

Nick wartete, bis sich das schmiedeeiserne Tor geöffnet hatte, und fuhr in die Einfahrt.

»Deine Mutter und ich feiern nächstes Jahr unseren vierzigsten Hochzeitstag«, sagte sein Vater am Telefon. »Ich würde sie zu diesem Anlass gerne mit einer Reise überraschen und Anna und dich dazu einladen.« Sein Vater klang anders als früher. Die Härte war aus seiner Stimme verschwunden. Seit er die Wahrheit über TJ erfahren hatte, war ein anderer Mensch aus ihm geworden. Er war oft nachdenklich, starrte minutenlang ins Leere, lachte andererseits aber auch herzlicher als je zuvor über Witze. Sie alle waren als neue Menschen aus den Ereignissen hervorgegangen.

Ob das besser war? Die Zukunft würde es wohl zeigen.

Nick schaltete den Motor aus, nahm das Smartphone aus der Vorrichtung und hielt es sich ans Ohr. »Wohin soll die Reise denn gehen?«

»Das wollte ich mit euch besprechen. Bevor ich buche, müsstet ihr ja erst einmal Urlaub einreichen. Es wäre um den zehnten Juni.«

Nick schloss die Tür auf. »Das weiß ich, Dad. Ich war sicher nicht immer ein einfacher Sohn, aber den Hochzeitstag meiner Eltern habe ich durchaus im Kopf.«

»Ich hatte die Hoffnung nie aufgegeben.« In der Stimme seines Vaters lag ein Lachen, doch dann kehrte Stille ein.

Wie Nick musste er wohl an TJ denken.

»Ich spreche mit Anna und gebe dir zeitnah Bescheid«, sagte er schnell, bevor sich das Schweigen weiter ausbreitete.

»Alles klar, grüße sie bitte von mir.«

»Und du Mom.« Er beendete den Anruf, legte das Smartphone und den Hausschlüssel im Flur auf das Sideboard und nahm einen tiefen Atemzug.

Anna und er hatten das komplette Haus vor ihrem Einzug frisch gestrichen, und es roch noch immer nach der Wandfarbe.

Er ging in den Wohnbereich, trat zu der anthrazitfarbenen Eckcouch, nahm die Fernbedienung vom Tisch und schaltete den Flatscreen ein. Es lief eine Wiederholung vom gestrigen Spiel der Chicago Bears, das er während seines Dienstes verpasst hatte.

»Wir sind zu Hause«, hörte er Anna rufen und Jacky gleichzeitig bellen.

Das Lächeln kam bei diesen Worten ganz von allein, Wärme breitete sich in Nick aus. So fühlte es sich also an, wenn man Teil einer Familie war.

Die Hündin kam auf ihn zugerannt, ließ ihren Plüschhund fallen und sprang ihn schwanzwedelnd an.

»Hey, meine Süße.« Er ging in die Hocke und rieb ihr über Bauch und Rücken.

»So eine liebevolle Begrüßung wünsche ich mir auch«, sagte Anna lächelnd und stellte eine Einkaufstüte auf der Kochinsel der offenen Küche ab.

Er erhob sich und zog sie in seine Arme. »Du willst, dass ich dich kraule?«

Sie legte ihm die Hände in den Nacken und strich mit ihren Lippen über seine. »Ein Kuss wäre mir lieber.«

Als ihre Zungenspitzen sich berührten, hob er Anna hoch und setzte sie auf die Anrichte, bevor er ihren Kuss weiter vertiefte.

»Sie beobachtet uns«, flüsterte sie, als er ihre Lippen freigab und sich ihrem Hals widmete.

Ohne seine Berührungen zu unterbrechen, schielte er zur Seite, wo Jacky saß, ihren Plüschhund wieder im Maul hielt und sie eingehend begutachtete.

Er musste unwillkürlich lachen, Anna stimmte mit ein.

»Ich gebe ihr Futter und lasse sie in den Garten«, sagte er und ließ sie los. »Was hältst du anschließend von einer gemeinsamen Dusche?« Er zwinkerte ihr zu.

»Die müssen wir wohl auf später verschieben«, erwiderte sie. »Zane und Pascal kommen gleich.«

Er sah auf seine Armbanduhr. »Mir war nicht klar, dass es schon so spät ist.«

»Ich hab uns noch ein paar Knabbereien und Schokolade besorgt.« Anna packte die Einkaufstüte aus.

Während sie einen Salat schnippelte, kümmerte er sich um Jackys Fressen und bereitete dann die Steaks vor. Er berichtete ihr von zwei Kollegen, die er heute erst kennengelernt hatte, und dem Fall, dem er neu zugewiesen worden war. Ein Politiker stand unter Korruptionsverdacht, und Nick und sein Team sollten Beweise liefern.

Anna erzählte ihm vom Jobangebot ihres Chefs und war deswegen ganz aus dem Häuschen. Er freute sich für sie. Auch wenn sie vorgab, es sich erst noch reiflich überlegen zu wollen, war er sicher, dass sie das Angebot nicht ausschlagen und sich der Herausforderung stellen würde.

Als es an der Tür klingelte, kam Jacky aus dem Garten gelaufen, wetzte an ihnen vorbei und bellte aufgeregt.

Er folgte ihr in den Flur, zog sie am Halsband zurück und öffnete.

Zane hielt einen Sixpack Bier in der Hand, Pascal eine Kuchenform, die er in die Höhe hob und vor Jacky sicherte.

»Ich habe Nachtisch dabei«, sagte er und schob sich an der Hündin und ihm vorbei.

»Hey.« Zane und er begrüßten sich mit einer kurzen Umarmung. »Na, wo ist denn meine Kleine?« Er drückte Nick das Sixpack in die Hand.

»Anna ist in der Küche.«

Zane verpasste ihm einen dezenten Schlag auf den Arm. »Ich würde Anna niemals ›meine Kleine‹ nennen. Das überlasse ich dir.« Er grinste frech, fischte etwas aus seiner Hosentasche und beugte sich zu Jacky hinab. »Schau mal, was dir Onkel Zane für Leckerlis mitgebracht hat.«

Nick ging zu Anna und Pascal, die sich in der Küche zwei Gläser Rotwein einschenkten. Pascal folgte Zane kurz darauf in den Garten.

»Wie geht es Zane?«, wollte Nick wissen. »Ihr telefoniert immer stundenlang, und ich habe das Gefühl, dass er sich mir gegenüber stärker gibt, als er ist.«

Anna seufzte. »Er hat noch immer Albträume und zuckt bei jedem lauten Geräusch zusammen. Angeschossen zu werden, hinterlässt Spuren. So eine Kugel, die deine Haut durchstößt und deinen Körper verwüstet, macht dir die eigene Sterblichkeit deutlich. Er wird noch etwas brauchen, um das zu verarbeiten. Falls es ihm je gelingt.«

»Dann bin ich froh, dass er Pascal hat.« Er fuhr ihr sanft über den Arm und wandte sich dem Sixpack zu.

Für Zane und sich nahm er jeweils eine Flasche heraus und betrat durch die Tür der langen Fensterfront die großzügige Holzterrasse.

Sie mussten ihren Vermieter unbedingt davon überzeugen, ihnen das Haus zu verkaufen. Dann würde er sofort die Sträucher am Ende des Gartens beschneiden, um eine noch bessere Sicht auf den Michigansee zu haben. Die

Wasseroberfläche schimmerte in der Abendsonne golden. Zwei Segelboote zogen vorüber.

»Dieses Haus ist echt der Knaller.« Zane blieb neben ihm stehen, nahm ihm eine Bierflasche aus der Hand und stieß sie sanft gegen seine. Sie tranken einen Schluck und sahen zum See.

»Ich frage mich gerade, ob wir hier vielleicht eine eigene Bootsanlegestelle genehmigt bekommen würden.«

Zane legte den Kopf schräg. »Wie wäre es mit einem Hausboot? Da ziehe ich sofort ein.«

Nick schaltete den Gasgrill an. »Die sind nicht gerade billig.« Pascal trat zu Zane, und beide stießen an. Weinglas klirrte gegen Bierflasche.

Nick beobachtete die beiden und lächelte. Sie kannten sich seit einem halben Jahr und wirkten schon total vertraut. Pascal war CEO einer großen Versicherungsagentur und hatte Zane, nachdem dieser sich als IT-Security selbstständig gemacht hatte, damit beauftragt, sich das Computernetzwerk seiner Firma vorzunehmen und Schwachstellen aufzudecken. Zane konnte sich vor Aufträgen kaum retten, die er als White-Hat-Hacker durchführte, ein Hacker für die gute Seite.

Anna stellte ein Tablett mit Geschirr auf den Terrassentisch. Die beiden halfen ihr, ihn einzudecken.

»Paige wird sich verspäten«, informierte sie sie und reichte Nick die Schüssel mit den eingelegten Steaks.

»Ich habe aber echt Hunger«, erwiderte er und gab das Fleisch auf den Grill.

»Ich könnte ein ganzes Wildschwein vertilgen«, pflichtete Zane ihm bei und verteilte Salat auf die Teller.

Gerade als die Steaks fertig waren und sie mit dem Essen beginnen wollten, klingelte es wieder an der Tür, und Paige gesellte sich gut gelaunt zu ihnen.

»Es ging schneller, als ich dachte«, sagte sie und schloss jeden von ihnen in eine Umarmung. »Samuel Bishops Stiftung erleichtert unsere Arbeit wirklich immens. Mit dem Geld können wir viel mehr Wohnungen für die Obdachlosen akquirieren.«

Er nickte nachdenklich. Nach TJs Tod floss Samuels Hinterlassenschaft gemäß seinem Testament in eine Stiftung für Waisenkinder und obdachlose Jugendliche. Paige kümmerte sich um das Organisatorische, und Nicks Mutter setzte sich für weitere Geldspenden und die Erhaltung der Stiftung ein. Es war wohl ihre Art, mit TJs Verlust und seiner Schuld umzugehen. Sie wollte seine Taten bei anderen wiedergutmachen.

Paige nahm an der Stirnseite des Tisches Platz. Zane und Pascal saßen Anna und ihm gegenüber. Sie stießen an und widmeten sich dann ihren vollen Tellern.

Nick schob sich ein Stück des saftigen Steaks in den Mund, lehnte sich zurück und kaute genüsslich. Das Lachen seiner Freunde legte sich über das Rauschen des lauen Windes, der mit den Blättern der umstehenden Bäume spielte. Die Sonne tauchte in die Wasseroberfläche des Sees und tünchte den Himmel in ein purpurnes Rot. Jacky tollte durch den Garten und jagte Vögel.

In diesem Augenblick waren die Ereignisse der Vergangenheit, mochten sie auch tiefe Narben hinterlassen haben, nicht mehr als verblassende Echos.

Er streichelte Anna über den Rücken. Sie wandte sich ihm zu und lächelte.

Ende

DANKSAGUNG

Willkommen am Ende des Weges!

Zumindest für Anna, Nick und alle Überlebenden der Rachejagd ist die Geschichte nun vorbei. Und für uns. Es ist immer ein großartiges Gefühl, ein Buchprojekt zu vollenden. Wenn es gleich drei davon sind, steht mindestens ein Freudentanz mit anschließender Schokoladenorgie an. Und natürlich ein großes Danke.

Herzlichen Dank an Oskar Rauch, Nora Haller und Frederike Labahn vom Heyne Verlag. Ihr habt uns großes Vertrauen entgegengebracht, und wir freuen uns sehr, dass unsere tolle Zusammenarbeit über das Ende dieser Trilogie hinausgehen wird. Das ganze Team des Verlages leistet im Hintergrund großartige Arbeit. Wir danken euch für euren Support.

Vielen Dank den Buchhändler*innen und Bibliothekar*innen, dass ihr unser Thriller-Debüt mit offenen Armen aufgenommen habt. Ebenso den Bloggerinnen und Bloggern, da ihr eure Begeisterung für unsere Rachejagd mit der Buchwelt geteilt habt.

Ein großes Dankeschön an unsere tolle Agentin Anna Mechler (nicht zu verwechseln mit der Protagonistin), die uns stets mit einem Lächeln und einer unbändigen Energie unterstützt.

Natürlich danken wir auch unseren Familien und engsten Freunden. Wir wissen euren Beistand, die inspirierenden Gespräche und das Verständnis, wenn wir lange Zeit in unserem Manuskript versinken, sehr zu schätzen.

Und wir danken euch, liebe Leserinnen und Leser, die ihr diese Danksagung gerade lest und uns drei Bücher lang begleitet habt. Durch Twists und Cliffhanger hin zu einem gewaltigen Finale. Und an dieser Stelle sei bereits gesagt: Der nächste Thriller aus unserer Feder kommt. Natürlich hoffen wir, dass ihr wieder mit dabei seid.

Ihr findet uns auch im Internet, wo wir euch über neue Projekte stets auf dem Laufenden halten.

www.nica-stevens.com
www.andreassuchanek.de
www.instagram.com/stevens_suchanek

Damit wünschen wir euch nach dieser abenteuerlichen Reise erst einmal frohes Durchatmen.

Eure Nica Stevens und euer Andreas Suchanek
November 2022

STEVENS & SUCHANEK

RACHEJAGD

ZERSTÖRT

THRILLER

WILHELM HEYNE VERLAG
MÜNCHEN

MIX
Papier aus verantwortungsvollen Quellen
FSC® C014496
FSC www.fsc.org

Penguin Random House Verlagsgruppe FSC® N001967

Originalausgabe 02/2023

Redaktion: Claudia Wuttke
Umschlaggestaltung: Nele Schütz Design unter Verwendung von Adobestock/joephotostudio
Satz: Buch-Werkstatt GmbH, Bad Aibling
Druck und Bindung: GGP Media GmbH, Pößneck
Printed in Germany
ISBN: 978-3-453-44141-5

www.heyne.de

PROLOG

15 Jahre zuvor

Der Schmerz des Verrats grub sich tief in seine Seele, sein Magen fühlte sich an wie ein in Säure getauchter Klumpen.

Selbst der eisige Wind, der auf seinen nackten Körper traf, verlor an Bedeutung. Seine zitternden Glieder, die aufgeschürfte Haut, all das war bedeutungslos. Der Sitz des Bootes war sein einziger Halt und bot doch kaum Sicherheit.

Seine Peiniger standen am Rand des Sees und blickten ihm hinterher.

Das Boot drehte sich im Kreis, getrieben vom Wind. Der See lag ruhig unter ihm. Eigentlich hatte er gar nicht mehr nach draußen gewollt, die Hütten des Sommercamps waren im aufkommenden Regen die gemütlichere Wahl.

»Ich habe dir vertraut«, flüsterte er.

Die Dunkelheit verschluckte seine Peiniger, ließ sie eins werden mit den Schatten der Bäume. Sie gingen einfach davon.

Jetzt gab es nur noch die Sterne, die Wipfel in Sichtweite und das ferne Licht der einzelnen Hütten.

Sie ließen ihn tatsächlich allein. Entführt und gequält.

Vergiftet mit Verrat. Zerstört. Weggeworfen wie Dreck. Ihr Lachen hallte ihm noch immer in den Ohren.

Der Wind wurde stärker, Regentropfen mischten sich hinein. Es wurde kälter, er zitterte. Zum ersten Mal seit dem Beginn seines Martyriums atmete er auf. Sie waren endlich weg. Jetzt musste er das Boot irgendwie zurücklenken.

Er hatte nicht gewagt, ihnen zuzurufen, dass er nicht schwimmen konnte, schämte sich sowieso schon für seine Schwäche. Dabei hätte er sich mit ihnen einen Faustkampf liefern sollen, sich wehren müssen.

»Ich bin schwach«, die Worte kamen brüchig und rau über seine Lippen.

Der Wind steigerte sich, die Regentropfen peitschten ihm nun ins Gesicht. Er musste zurück an Land, wollte sich unter seiner Decke zusammenrollen und nie wieder darunter hervorkommen. In Gedanken war er bereits dort, spürte den hauchdünnen Schutz, der ihn vor der Welt verbarg.

Es fiel ihm schwer, sich im Boot zusammenzukauern. Die abrupte Verlagerung des Gewichts ließ es schaukeln, er stolperte. Oben wurde unten. Lautlos kippte er über Bord, spürte den Aufprall. Eisige Kälte überall.

Er konnte nicht länger atmen und wollte es eigentlich auch nicht. Sein Körper wurde taub, das Wasser zog ihn hinab. Warum kämpfen? Wozu sich gegen all das sträuben? Er war schwach! So war es immer gewesen, so würde es immer sein.

Wie ein Stein sank er in die Tiefe. Vor seinem inneren Auge sah er seine Peiniger. Ihr Grinsen, das endlich verblasste; wie auch der Schmerz.

Immer tiefer sank er hinab.

Er war schwach.

1. KAPITEL

Gegenwart, Virginia

Kalter Wind peitschte über das weite Feld. Das Grab befand sich am Rand des kleinen Gemeindefriedhofs, der nur von einer hüfthohen Steinmauer umgeben war. Der Boden wurde bedeckt von den verfaulenden Blättern der Bäume und Büsche; durch den beständigen Regen hatte sich die Zufahrtsstraße in braunen Matsch verwandelt.

Trotzdem waren sie alle gekommen.

Dicht an dicht, gekleidet in schwarze Anzüge, mit Mienen der Trauer.

Anna ließ ihren von Tränen verschleierten Blick wandern.

Lynettes Bruder stand in der ersten Reihe, hatte sich bei seiner Frau eingehakt. Er besaß die gleiche Haarfarbe wie Lynette, ein kupfern schimmerndes Braun. Seine drei Kids standen neben ihm.

Sie schluckte und wandte den Blick schnell dem nächsten Grüppchen zu. Es waren Lynettes Kollegen, ebenfalls forensische Psychologen, die dort beieinanderstanden. Sie alle wirkten erschüttert, zeigten ihre Emotionen ganz offen. Eine ältere Frau unter ihnen tupfte ihre Tränen mit einem weißen Spitzentaschentuch ab. Es war bereits feucht.

Der Pfarrer stand neben dem Grab und wartete geduldig. Noch ein paar Minuten, dann würde er sprechen. Von Psalmen und Gleichnissen, Anekdoten über die Verstorbene. Und doch war sie für alle hier eine Fremde, dessen war Anna sich sicher. Niemand hier kannte die wahre Lynette, die sie alle mit einem unbeugsamen Willen und zielgerichteter Stärke durch diesen verdammten Sturm gelotst hatte.

Ein Sturm aus Toten, Gewalt und einem wahnsinnigen Psychopathen, der sich noch immer auf der Flucht befand. Dessen Identität bisher niemand hatte aufdecken können.

Anna berührte Nick sanft am Arm. Er stand neben ihr, verkrampfte sich reflexartig, entspannte sich aber sofort wieder. Nach außen wirkte er hart wie Granit und kalt wie Stein. Nach innen ausgehöhlt und ohne jede Emotion, kein Lachen, keine Tränen, keine Wut; er mutete an wie eine Statue.

Nur in der Nacht zerbrach diese Schale und … Sie verbot sich den Gedanken. Andernfalls wären ihr die Tränen unkontrolliert über die Wangen geflossen, wie es in den ersten Tagen so häufig geschehen war. Ein Grau in Grau aus Verlust. Wut über einen Mann, der in seiner Grausamkeit kein Limit kannte. Machtlosigkeit, die sie zu erdrücken drohte.

Sie blickte nach rechts, zu Zane. Der Wind ließ sein blondes Haar flattern. Noch nie zuvor hatte er so verloren gewirkt. Während Nick nicht den Hauch eines Gefühls zeigte, wirkte Zane einfach nur tieftraurig. Jede Minute, jeden Tag. Sie sah es in seinen Augen, in denen sich ein Meer aus Hoffnungslosigkeit spiegelte. Sie hörte es in der Stille, in der sein Lachen nicht länger erklang.

Anna verstand es.

Sie selbst hatte Jahre in diesem Zustand verbracht. Ihre Entführung hatte sie zerbrochen, zerschmettert, zerschnitten. Die Ereignisse der vergangenen Wochen hatten sie dazu gezwungen, der Angst ins Antlitz zu sehen. Sie war daran gewachsen, hatte ihr gesamtes Leben auf ein neues Fundament gestellt. Auch dank Lynette.

Der Pfarrer räusperte sich.

Stille senkte sich über die Versammelten, nur durchbrochen vom Pfeifen des Windes.

»Liebe Gemeinde, wir sind heute hier zusammengekommen …«

Seine Worte waren für Anna bedeutungslos und wurden zu einem beständigen Einerlei aus Silben, deren Sinn sich ihr nicht länger erschloss.

Lynette.

Anna glaubte, ihr freundliches Lächeln zu sehen. Und als habe ein grausamer Magier mit dem Finger geschnippt, brachen die Bilder über sie herein.

Blut. Überall war Blut. Anna stand in Schockstarre in der Hotelzimmertür und blickte auf Lynette. Sie lag inmitten des Raums, ein Messer steckte in ihrem Oberkörper.

»9-1-1, sofort!«, brüllte Mike und riss sein Telefon ans Ohr.

Der Hotelangestellte, der sie ins Zimmer gelassen hatte,

reagierte wie ein Roboter. Abgehackt und langsam wich er immer weiter zurück. Ganz im Gegenteil zu Nick, der mit einem Satz bei Lynette war und neben ihr auf die Knie sank.

Es krachte, der Teller mit dem Essen für Lynette zersplitterte, als Zane ihn fallen ließ. Das Geräusch durchbrach Annas Starre, sie rannte zu Nick.

»Sie hat keinen Puls mehr«, schrie er.

Lynettes Gesicht wirkte bleich wie Porzellan, ihre Augen starrten blicklos zur Decke. Eine Hand lag neben dem Körper, die andere auf ihrem Bauch, am Griff des Messers. Hatte sie noch versucht, es wieder herauszuziehen?

»Sie darf nicht bluten«, keuchte Nick.

Er drückte seine Hände auf die Wunde, obgleich nichts mehr aus ihr heraussickerte.

»Nick«, sagte Anna sanft, ihre Stimme brach.

»Wo bleibt der Krankenwagen?!«, brüllte er Mike an.

»G…gleich da«, presste dieser hervor.

Nick fuhr sich fahrig über die Stirn, hinterließ einen schmierigen Streifen Blut auf der Haut. Längst liefen ihm Tränen über die Wangen, doch er schien es gar nicht zu bemerken. Seine Hände legten sich wieder auf die Wunde, umschlossen auf diese Art ebenfalls das Messer. Als wollte er verhindern, dass Lynettes Leben irgendwie durch den Schnitt entkam.

Anna suchte nach einem Halt, lehnte sich mit der Schulter gegen die Wand. Sie blickte zum Eingang. Zane stand noch immer dort. Die Augen weit aufgerissen, der Körper wie erstarrt. Er regte sich nicht, betrachtete nur die Szene.

Ihre Erinnerung verblasste.

»… dass alles endlich ist«, sagte der Pfarrer. »Lynette McKenzie hat sich in ihrem Leben für die Aufklärung von Verbrechen eingesetzt, half Menschen, die in psychischer Not gefangen waren. Sie hat die Natur geliebt, weshalb sie einen Teil ihrer Einnahmen an verschiedene Umweltschutzorganisationen spendete. Ihre Arbeit war ihre Leidenschaft, da blieb für ein Familienleben keine Zeit. Sie hinterlässt ihren Bruder, ihre Schwägerin, ihre zwei Nichten Hailey und Kelly und ihren Neffen Jimmy.«

Überall wurden die Schluchzer lauter. Die Kinder klammerten sich an ihre Eltern. Selbst Mike, der direkt neben Zane stand, zog ein Taschentuch hervor und schnäuzte hinein. Da Mike nicht länger in die Ermittlungen involviert war, konnte er für Nick da sein. Längst hatte die Presse die Berichterstattung wieder aufgenommen, und es war dem Pfarrer zu verdanken, dass sich niemand bis hierher gewagt hatte. Kein Blitzlicht, keine neugierigen Blicke. Er hatte eindringlich darum gebeten, der Familie und den Freunden das Abschiednehmen nicht noch schwerer zu machen.

»Möchte jemand der hier Anwesenden der Verstorbenen noch ein paar Abschiedsworte mit auf den letzten Weg geben?«, fragte der Pfarrer und trat einen Schritt zur Seite.

Der Sarg war in die Grube hinabgelassen worden, aber erst wenn die Trauergäste den Friedhof verlassen hatten, würde das Grab zugeschüttet werden. Anna glaubte, das Prasseln von Erde bereits zu hören. Später käme dann der Stein und würde das Ende besiegeln.

Erst mit Verzögerung bemerkte sie, dass Nick sich nicht bewegt hatte. Sie berührte ihn am Arm, bedachte ihn mit einem fragenden Blick. Er hatte etwas sagen, hatte den Anwesenden klarmachen wollen, was Lynettes Verlust bedeutete. Doch unter ihren tastenden Fingern spürte sie nur verhärtete Muskeln. Nick war völlig verkrampft.

Er starrte auf das Grab, reagierte auf gar nichts.

Anna riss die Augen auf, als Zane sich stattdessen in Bewegung setzte. Zuerst zögerlich, dann schneller ging er zum Grab, wandte sich der Menge zu.

Die ersten Regentropfen fielen und mit ihnen wieder einzelne Erinnerungsbilder.

»Nick«, flüsterte sie und ging auf die Knie, da ihre zittrigen Beine sie nicht länger halten wollten.

»Nein.« Er schüttelte unentwegt den Kopf. »Es kann nicht sein. Wir haben gewonnen, er ist abgehauen. Irgendwohin nach Kanada. Wie soll er da hier hereinspazieren und Lynette einfach so … Sie kommt durch.« Nun nickte er. »Und dann schnappen wir ihn uns. Wir sind doch ein Team.«

Anna betrachtete Lynette und erkannte keinerlei Leben mehr in ihrem Blick. Was sie einst gewesen war, war fort. »Sie ist gegangen«, brach es aus ihr heraus, ihrer Kehle entwich ein kraftloses Schluchzen.

»Nein.« Nicks Stimme war nur noch ein heiseres Krächzen. »Nein.« Mit jedem Wort wurde er leiser, floss ein wenig mehr Kraft aus ihm heraus.

Vor der Tür erklangen Stiefelschritte.

Anna rang nach Atem. Sie hatte das Gefühl, jemand drückte ihr den Brustkorb zusammen. Vorsichtig umklammerte sie Nicks Handgelenke und löste sie von der Wunde. Die Rettungssanitäter stürmten herein, dicht gefolgt von Polizisten. Mike hatte wohl auch diese verständigt.

»Kein Puls«, sagte die Sanitäterin.

Kurz darauf schüttelte ihr Kollege den Kopf.

»Nein«, hauchte Nick wieder und wieder, doch kaum noch hörbar.

Eine letzte Träne rann über seine Wange, vermischte sich mit Lynettes Blut.

Anna zitterte. Ihr Blick suchte Zane. Er war verschwunden.

»Ich bin nicht gut darin, neue Freunde zu finden«, sagte Zane und holte Anna damit aus der Erinnerung zurück. Er räusperte sich und sprach dann lauter. »Es ist leicht, mit Menschen bei der Arbeit zu sprechen oder bei Dates. Aber echte Freunde zu finden, ich meine: *echte Freunde!*, das ist schwer. Irgendwann stand Lynette vor mir, und wir haben angefangen, uns zu unterhalten. Alle sagen immer: Du bist doch Informatiker, kannst du mir helfen? Oder: Kannst du dich da mal einhacken?«

Er musste kurz innehalten, die Tränen rannen unaufhörlich.

»Lynette wollte nichts von mir. Wir haben einfach geredet, und es war schön. Die letzten Wochen waren die schrecklichsten in meinem Leben. Jemand war bei mir eingebrochen und hat auf mich geschossen, ich lag im

Krankenhaus. Dann wurde Anna entführt, später Nick. Es sind so viele Menschen gestorben, aber eine Sache hat sich nie verändert. Lynette. Sie war nie ängstlich, nie hektisch, nie traurig. Irgendwie behielt sie immer die Kontrolle. Wie ein Stein in einem Flussbett. Ein sanfter, freundlicher Stein.«

Anna wollte zu ihm gehen, ihn stützen und von ihm gestützt werden. Doch sie war wie festgenagelt.

»Und das hat es mir letztlich klargemacht«, fuhr Zane fort. »Alle Menschen wollten von Lynette, dass sie genau so ist. Sie wurde nicht gefragt: Kannst du mir helfen? Oder: Hackst du dich mal in eine Datenbank? Von ihr wurde einfach erwartet, dass sie die Kontrolle behält. Dass sie Wege vorgibt und stark ist. Dass sie Lynette ist.«

Anna riss die Hand vor den Mund und schluchzte auf, als sie Zanes Worte begriff.

»So haben wir Lynette alle gesehen. Ja, sie war eine Freundin. Und doch habe ich viel zu wenig von ihr gekannt. Das hätte ich gerne geändert, hätte sie gerne *wirklich* kennengelernt. Den Menschen Lynette McKenzie, nicht die Psychologin. Aber all das kann ich jetzt nicht mehr tun. Ihr Lachen, ihr Weinen, all die Facetten ihres Lebens sind fort. Was ist das für eine Welt, die einen Menschen hervorbringt, der so etwas Kostbares einfach zerstört?«

Damit ging er davon, wie er es bereits im Hotel getan hatte. Versunken in seiner eigenen, traurigen Welt.

Annas Herz zog sich zusammen, es fühlte sich kalt an,

leer. Sie hatten an einen Sieg geglaubt und standen jetzt vor einem Trümmerhaufen.

Die Regentropfen wurden stärker.

Lynettes Bruder trat nach vorne, um ein paar Worte zu ergänzen. Über ihre gemeinsame Kindheit, das Leben im ländlichen Virginia und Lynettes frühe Fähigkeiten, andere zu durchschauen, die ihre Eltern oftmals zur Weißglut gebracht hatten. Er berichtete von einem Fall, bei dem die neunjährige Lynette sich die Brille des Vaters stibitzt hatte und beide Eltern im Verlauf eines Streits analysierte und Lösungen vorschlug.

Anna wollte Lynette auch gern ein paar letzte Worte mit auf den Weg geben. Aber sie hätte in diesem schmerzvollen Augenblick niemals die richtigen finden können. In Gedanken nahm sie von ihr Abschied, dankte ihr für die seelische Unterstützung. Sie würde Lynette nie vergessen.

Der Pfarrer schloss mit einem Gebet, dann war es an jedem Besucher, Erde auf den Sarg rieseln zu lassen und eine Blume daraufzuwerfen.

Nick hatte sich mittlerweile wieder unter Kontrolle, bewegte sich aber langsam. Sein Humpeln nach dem Sturz vom Dach des botanischen Gartens war von Tag zu Tag schwächer geworden, heute nahm Anna es kaum noch wahr.

Die Trauergemeinde löste sich auf, die Besucher strömten zu ihren Autos, um zu einem nahen Gasthaus zu fahren. Dort hatte Lynettes Bruder das Traueressen bestellt. Nick, Zane, Mike und sie würden nicht daran teilnehmen.

Die Familie hatte klargemacht, dass sie niemanden von den Strafverfolgungsbehörden dabeihaben wollten. Immerhin hatten diese Lynette das Leben gekostet.

Der Pfarrer ging ebenfalls.

Anna, Nick und Mike standen noch immer vor dem Grab und sahen ein letztes Mal auf Lynettes mit Blumen geschmückten Sarg hinab.

»Am Ende sind wir alle gleich«, flüsterte Nick.

Anna wusste nichts zu sagen und schwieg.

2. KAPITEL

Der Regen wollte einfach nicht nachlassen und prasselte mit der Macht eines typischen Wintertages gegen die Fenster des Cafés. Wie Tränen floss das Wasser herab. Die übrigen Häuser der verlassenen Straße zeichneten sich verschwommen dahinter ab.

Nick starrte hinaus. In seinem Inneren gab es nur noch Schwere und Verlust. Alles war in Grau getaucht.

»Das dürfte reichen.« Annas Finger berührten sanft seine Hand, hinderten ihn daran, weiter den Kaffee umzurühren. »Sonst wird aus der Milch Schlagsahne.«

Er stoppte die Bewegung, schlug den Löffel an der Tasse ab und legte ihn auf den Untersetzer. Mit dem ersten Schluck erinnerte er sich daran, dass Kaffee in der Regel heiß war. Das Porzellan klirrte, als er die Tasse wieder abstellte.

»Lippe verbrannt?«, fragte Mike, ein schiefes Lächeln auf dem Gesicht.

Nick schwieg.

Sie waren mit einem Leihwagen zur Beerdigung und dann hierhergefahren, das Café lag in der Nähe des Motels, in dem sie bis morgen untergekommen waren. Zane war nach seiner Grabrede zur alten Schweigsamkeit zurückgekehrt.

Seine Worte hatten Nick tief bewegt. Lynette und er waren mehr gewesen als bloße Arbeitskollegen. Zuerst hatten sie einander geschätzt, doch schnell war daraus gegenseitige Sympathie geworden.

Nick erinnerte sich noch gut an den Augenblick, als er endgültig realisierte, wie sie zu ihrem Ruf gekommen sein musste. Sie hatten in einer Wohnung vier junge Menschen tot aufgefunden. Allesamt Studenten einer nahe gelegenen Universität. Es hatte Befragungen gegeben. Einer von ihnen hatte eine Affäre mit einem Professor gehabt. Gleichzeitig lag die Wohnung in einem Gebiet, in dem auch Drogen verkauft wurden, und ein anderer der Studenten hatte gerne mal einen Joint geraucht. Die Dritte im Bunde wiederum war schwanger von einem verheirateten Mann. Spannend wurde es, als sich die Vierte als Nichte einer Unterweltgröße entpuppte.

Drei Wochen war ein Einsatzteam aus zwölf Personen damit beschäftigt gewesen, die Lebensläufe zu prüfen, Daten auszuwerten und Theorien zu entwickeln.

Lynette kam gegen Ende hinzu, um die Profile noch einmal zu schärfen. Sie betrat das Haus, setzte sich in die Wohnung und schwieg.

Schließlich war sie mit Nick ein Stockwerk nach unten gegangen, wo eine nette ältere Dame lebte. Im Laufe des Gesprächs hatte sie diese ganz nonchalant immer weiter in die Enge getrieben. Die Studenten waren zu laut gewesen.

Deshalb hatte sie sie vergiftet. Lynette brachte die Giftmörderin dazu, eine Jacke überzustreifen, und gemeinsam lieferten sie sie auf dem Polizeirevier ab.

Das Ergebnis hatte einen Tobsuchtsanfall von Noriss zur Folge gehabt und Lynette gleichzeitig zur ungekrönten Königin ihres Fachbereichs gemacht. Danach hatte sie Nick ein Pint in einem britischen Pub in D.C. ausgegeben.

Nick setzte die Tasse erneut an die Lippen und trank. Dieses Mal verbrannte er sich nicht.

»Du hältst finanziell noch durch?«, fragte Mike und riss ihn damit aus der Melancholie.

»Rücklagen«, sagte Nick. »Erträgst du Noriss?«

»Der spricht aktuell kein Wort mit mir.« Mike winkte ab. »Auf meinem Schreibtisch stapeln sich die unwichtigen Fälle, und ich muss jeden Abend ein exaktes Protokoll abliefern. Einstweilen hänge ich an der kurzen Leine.«

Es war reines Glück, dass Mike nicht ebenfalls in den unbezahlten Urlaub versetzt worden war.

»Du hast also keine Ahnung, was sie gerade unternehmen?«, fragte Anna.

Nick hatte mit Mike bereits am Morgen kurz darüber gesprochen. Noriss hatte eine absolute Kontaktsperre selbst innerhalb des Departments verhängt. Tatsächlich hatte Nick aber gehofft, dass ein paar Kontakte ausreichten, um an Informationen zu gelangen.

»Keine«, sagte Mike bitter und nippte an seinem Cappuccino. »Da herrscht komplette Funkstille. Noriss hat jedem verdeutlicht, dass man beim FBI auch ans Limit seiner Karriere gelangen kann, wenn Interna abfließen. Du warst sein Beispiel.«

»Als ob ich das je getan hätte«, sagte Nick.

»Der Name Anna Jones fiel ebenfalls«, ergänzte Mike. »Als Journalistin gehörst du ja quasi zum Feind.« Er rollte mit den Augen.

»Euer Chef hat wirklich von vorne bis hinten Mist gebaut, und jetzt schiebt er es uns in die Schuhe.« Anna schnaubte. »Aber ehrlich gesagt, ist mir das egal. Solange sie diesen Scheißkerl nur kriegen. In Kanada war er auf jeden Fall nicht, als er Lynette ein Messer …« Ihre Stimme verebbte, und zum ersten Mal konnte Nick eine Ahnung von dem Schmerz erhaschen, der unter Annas Stärke durchschimmerte.

»Es kann auch eines seiner Werkzeuge gewesen sein«, warf Mike ein. »Vergessen wir nicht, dass er ein großes Netzwerk zu besitzen scheint. Doktor Falsi gehörte dazu, ebenso der Mann, der sich als Garry Thatcher ausgab. Wie wir mittlerweile ja wissen, ist sein richtiger Name Ted Hall, er war bei der Army, wurde aber aufgrund eines Vorfalls unehrenhaft entlassen. An die Details komme ich leider nicht ran, die Akte ist versiegelt. Es würde mich nicht wundern, wenn unser Unbekannter also einfach jemanden auf Lynette angesetzt hat.«

Mike hatte ihm diese neuen Informationen erst vorgestern Abend geschickt, doch gemeinsam mit Anna hatte Nick längst einen Plan gefasst.

»Die Spurensicherung hat nichts gefunden?«, fragte Anna.

»Laut Nancy nicht«, erwiderte Mike.

Nick war im Stillen dankbar, dass wenigstens der Kontakt zu Nancy Pane nicht unter den Ereignissen gelitten hatte. Sie gehörte zur Spurensicherung und besaß weitreichende Beziehungen zu Kollegen in anderen Bundesstaaten. »Hätte nicht gedacht, dass sie etwas aus dem SpuSi-Kerl aus Detroit rauskitzeln kann.«

Mike nickte zufrieden. »Nancy ist klasse. Hat nur leider nichts gebracht. Wer auch immer dafür verantwortlich war, hat nicht ein Haar zurückgelassen.«

»Seit CSI weiß doch jeder, wie er DNA-Rückstände vermeiden kann, Kameras umgeht und was sonst noch problematisch werden kann«, sagte Nick.

Die Kollegen von der Spurensicherung hätten die Ausstrahlung der Serie am liebsten gestoppt, was natürlich nur Wunschdenken war.

»Ob es jetzt er selbst war oder ein Werkzeug, das ist doch egal.« Seinen Milchkaffee hatte Zane nicht angerührt, die Hände zitterten leicht. »Wir müssen ihn kriegen! Das kann doch kein Idiot wie Noriss erledigen. Der prüft erst mal zwanzig Formulare, bevor er jemanden irgendwohin schickt.«

»Vergiss nicht, dass ihm jetzt die Presse des gesamten Landes und mehrere Polizeipräsidenten und Gouverneure im Nacken sitzen«, gab Mike zu bedenken. »Wenn das so weitergeht, klingelt irgendwann der Justizminister an.«

Nick hatte es satt, Annas oder sein eigenes Bild in der

Zeitung zu sehen. Natürlich hatte die Presse längst alle Zusammenhänge hergestellt und breitete das Debakel genüsslich aus. Der Tod von Lynette hatte den Fokus verschoben, es gab sogar Artikel über sie und ihre Arbeit.

»Wir können das auf keinen Fall dem FBI überlassen«, stellte Zane klar. »Das sind wir ihr schuldig.«

»Zane …«, begann Mike.

Doch Nick schüttelte den Kopf. »Er hat recht. Wir mögen ja nicht mehr die Ressourcen des FBI im Rücken haben, aber das geht so nicht. Dieser Kerl hat Anna und mich gezielt attackiert. Und auch diese Sache mit Roger war seltsam. Er hatte ihn eindeutig als Ziel, schließlich begann das alles, als wir noch in Chicago mit Natalie beschäftigt waren. Aber er hat seinen Plan angepasst.«

»Und uns ins Visier genommen.« Anna nickte zustimmend und nahm den Faden auf. »Er hat deinen Dad beinahe getötet, deine Mom entführt und schließlich dich. Vergessen wir nicht das Nervengift. Dieser gesamte Plan muss verdammt gut vorbereitet worden sein.«

»Wie wollt ihr denn ganz ohne Hilfe vorankommen?«, fragte Mike.

»Willst du das als Freund oder als FBI-Agent wissen?«, hakte Nick nach.

»Dass du das nach allem, was passiert ist, überhaupt noch fragst.«

Nick spürte den Stich eines schlechten Gewissens. »Entschuldige. Aber noch kannst du abstreiten, irgendetwas gewusst zu haben.«

Mike lachte schallend. »Als ob mir Noriss das glauben würde.«

»Stimmt auch wieder«, gab Nick zu.

Noriss hatte Anna, Zane und ihm Personenschutz zuweisen wollen, aber sie hatten bewusst darauf verzichtet, um leichter untertauchen und weiterhin selbst ermitteln zu können.

Er wechselte einen kurzen Blick mit Anna, die sich bisher an einer Cola festgehalten hatte.

»Ich habe ein wenig die Fühler ausgestreckt«, sagte sie. »Mein Chefredakteur – Winston Brown – hat ein paar Kontakte spielen lassen. Da die Redaktion sowieso etwas über Garry Thatcher schreiben möchte, haben sie in dessen Vergangenheit gegraben. Wusstest du, dass er in der gleichen Basis gedient hat wie Rogers Vater?«

Mike verneinte. »Wie gesagt, meine Ermittlungen beschränken sich aktuell auf Zeugenbefragungen in Verdachtsfällen von Steuerhinterziehung im großen Stil.« Nick sah ihn mitleidig an. Eine derartige Herabsetzung war in der Regel nur schwer zu ertragen.

»Rogers Vater lebt in Detroit«, führte Anna weiter aus. »Nick und ich haben bereits darüber gesprochen, ich werde ihn aufsuchen und um Einsicht in die Akte von Hall bitten.«

Nick spürte, wie sein Magen sich verkrampfte. »Ein paar Tage kannst du aber noch warten.«

»Du weißt genau, dass jeder Tag zählt«, erwiderte sie. »Außerdem hat Rogers Vater mir heute Morgen den Termin auf der Basis bestätigt.«

Nick fuhr sich fahrig durch das Haar. »Ich muss nach meinen Eltern sehen. Das kann ich nicht aufschieben, nicht nach dem, was passiert ist.«

»Sie stehen doch unter Polizeischutz«, warf Mike ein.

»Und haben keine Ahnung, was eigentlich vorgeht«, stellte Nick klar. »Meine Mutter war in einem Glaskasten an eine Liege gefesselt und wurde beinahe durch Säure getötet. Ich muss nach ihnen sehen.«

»Darf ich einen Vorschlag machen«, sagte Mike. »Ich meine, bevor ihr euch an die Gurgel geht. Ich fliege mit Anna nach Detroit, wir besuchen Rogers Vater gemeinsam. Aber sobald ihr die Unterlagen durchgearbeitet habt, leitet ihr sie ans FBI weiter. Als Zeichen des guten Willens und so.«

»Klingt nach einem Plan«, sagte Nick. »Und in der Zwischenzeit kümmern Zane und ich uns um eine neue Unterkunft, in der dieser Irre uns nicht sofort findet.«

Und das Ganze möglichst ohne irgendeinen Polizeischutz, der an ihren Fersen klebte. Letztlich hatte der Unbekannte mehrfach bewiesen, dass Deputys für ihn lediglich Kanonenfutter waren. Er schaltete sie aus, um an sein Ziel zu gelangen.

»Vielleicht kann ich da was machen«, sagte Zane leise, starrte aber sofort wieder hinaus in den Regen.

In den herabrinnenden Wassertropfen spiegelten sich die Lichter der vorbeifahrenden Autos. Das Leben ging einfach weiter. Nur Lynette war nicht länger ein Teil davon.

Nick sah Annas entschlossenen Blick, den verlorenen von Zane. Und irgendwo dazwischen war er selbst. Müde, kraftlos, wenn auch nicht gänzlich gebrochen. Noch nicht.

Immer wieder dachte er an seine Mutter, wie sie in der Gaskammer lag. Sah Sarah in ihrem Hochzeitskleid, die sterblichen Überreste seines Bruders TJ.

In seinen Albträumen vermengte sich all das zu einer grausamen Realität. Er hatte aufgehört zu zählen, wie oft er schweißgebadet, mit Tränen auf den Wangen, erwacht war. Dann vermochten es nur Annas Arme, ihn vorm Ertrinken in der Verzweiflung zu bewahren. Sie hielt ihn, während er wieder wegdämmerte.

All das würde erst aufhören, wenn sie ihren Peiniger endlich stellten. Sie waren von Anfang an die Beute eines Jägers gewesen. Ihre einzige Chance zu überleben, bestand darin, selbst zu Jägern zu werden.

3. KAPITEL

15 Jahre zuvor

Die Panik übermannte ihn, hielt ihn trotz seiner Schwäche am Leben.

Er riss die Augen auf. Schwärze hüllte ihn wie ein bleischwerer Mantel ein. Kälte stach ihm tausendfach in die Haut, wie spitze Nägel. Über ihm durchbrach ein Leuchten die Dunkelheit, rief ihn zurück ins Leben. Er strampelte ihm entgegen.

Schwimmen hatte er nie gelernt. Einzig fahrige Bewegungen ließen ihn durch die Wasseroberfläche brechen. Er schrie und hustete gleichzeitig kehlig auf. Bevor er auch nur einen Atemzug machen konnte, zog ihn erneut eine Welle hinab.

Er schlug mit den Armen um sich, tastete nach dem Boot, das ihn hart an der Schulter traf und über ihn hinwegtrieb. Noch einmal schaffte er es an die Oberfläche, hustete und würgte, während er der rettenden Insel aus Holz hinterherstrampelte und das angebrachte Seil zu fassen bekam.

Verzweifelt rang er nach Luft, doch seine Lunge streikte. Ein brennender Schmerz brannte in seinem Kehlkopf. Die wilde Strömung war gnadenlos, drückte ihn immer wieder nach unten. Nur durch das Seil hatte er noch eine Chance.

Er klammerte sich daran fest, zog sich Stück für Stück näher an das Boot heran, bis er die Arme über die Bordwand schlingen konnte. Im ersten Moment dachte er, das Ruderboot würde durch sein Gewicht kippen. Doch es blieb schräg auf dem Wasser, und er legte seinen Kopf erschöpft auf die Bootskante. Seine Kraft reichte unmöglich aus, um sich ins Boot zu hieven. Er musste so ausharren und konnte nur hoffen, dass der Sturm schnell nachließ und jemand ihn fand.

Sein Herz sprang ihm beinahe aus der Brust. Aber es schlug noch, wenn auch unregelmäßig. Er war schwach und doch stärker, als er geglaubt hatte. Niemand hatte ihm geholfen, er hatte es allein aus der verschlingenden Tiefe nach oben geschafft.

Er musste an seinen Vater denken, hörte ihn höhnisch lachen und ihm zurufen, dass er sowieso gegen das Unwetter verlieren würde und besser gleich aufgeben sollte; wahrscheinlich wäre er sogar dankbar, wenn sein Sohn verschwinden würde. Und seine Mutter befand sich im Dauerrausch. Die bemerkte gar nichts. Er war für alle nur Ballast. Obwohl er niemandem etwas tat, hatte er keine Freunde. Wer würde ihn vermissen?

Seine Gedanken schweiften zu Anna, von der er fast jede Nacht träumte und sich darauf freute, am Morgen mit ihr im Bus zur Schule zu fahren. Doch sobald sie dort eintrafen, wandte sie sich stets von ihm ab. Er passte nicht zu ihrer coolen Clique, und heute hatte sie ihn sogar verraten, hatte ihn ihren Freunden überlassen und stumm dabei zugesehen, wie sie ihn demütigten.

Trotz der Gischt, die ihm ins Gesicht peitschte, schmeckte er das Salz seiner Tränen. Er fror bitterlich, konnte nicht verhindern, dass seine Zähne immerzu gegeneinanderstießen.

Am Nachthimmel wachte zwischen Wolkenfetzen hindurch der Mond über ihn. Sein Licht schenkte ihm Trost. Die erhellten Fenster der Hütten in der Ferne schienen ihn hingegen zu verhöhnen. Er fürchtete sich davor, dorthin zurückzukehren. Sie hatten ihn bis ins Mark erniedrigt, hatten ihn nackt gesehen. Anna, Nick, Roger und Paige …

Er schaffte es kaum noch, die Augen offen zu halten. Seine Arme wurden zunehmend schlaffer, er drohte von der Bordwand abzurutschen. Allein der Gedanke an die vier Freunde gab ihm die notwendige Kraft, nicht aufzugeben.

Sie glaubten, ihn gebrochen zu haben. Doch er war noch hier. In ihm schlummerte etwas, von dem er bis jetzt selbst nichts geahnt hatte. Da war nicht nur Schwäche, da war auch ein Wille. Je länger er dem Sturm ausgesetzt war, desto mehr manifestierte sich in ihm der Wunsch nach Vergeltung. Er hatte sich selbst bewiesen, dass er nicht armselig war. Und das wollte er auch ihnen beweisen.

Anna, Nick, Roger und Paige.

Er wiederholte ihre Namen wie ein Mantra.

Der Wind ließ jetzt spürbar nach. Die Wellen verloren

an Kraft, und er schaffte es mit mühevollen Beinschlägen, sich mit dem Boot immer weiter dem Ufer zu nähern. Er schleppte sich an Land und brach dort zusammen. Es regnete nach wie vor.

Jeder Atemzug bereitete ihm Schmerzen. Ein krampfartiges Husten quälte sich aus seinem Brustkorb. Er presste sich die zitternden Hände auf den Bauch und krümmte sich, während er sich schwallweise erbrach.

Neben sich, in einer Pfütze, sah er im flackernden Licht des Mondes sein verschwommenes Antlitz. Er schlug mit der Faust hinein, sodass das Wasser in alle Richtungen spritzte. Dann kam er schwankend auf die Beine.

Er wusste nicht, ob sie seine Sachen am Steg zurückgelassen hatten. Der Weg dorthin war ohnehin zu weit. Wenn er seinen nackten kalten Körper nicht schnellstmöglich wärmte, würde er im Krankenhaus landen, und dann würden alle erfahren, was er in dieser Nacht durchlebt hatte. Doch diese Genugtuung durfte er ihnen nicht geben. Sie würden sich danach noch mehr über ihn lustig machen.

Seine Glieder waren schon ganz steif. Er rieb sich immerzu über die nackte Haut und zwang sich Schritt für Schritt vorwärts, bis er die Hütten des Sommercamps vor sich sah. Nur noch in wenigen brannte Licht, draußen war keine Menschenseele zu entdecken. Vermutlich hatten sie nicht einmal bemerkt, dass er fehlte.

Er bedeckte seine Blöße mit den Händen, schlich sich von Schatten zu Schatten und ging immer wieder hinter einer Wand in Deckung. Schon sah er die Hütte, die er sich mit einem anderen unbeliebten Jungen teilte. Kurz vor dem Ziel durfte er auf keinen Fall entdeckt werden. Was heute geschehen war, musste sein Geheimnis bleiben. Niemand sollte ahnen, wie sehr sie ihn gedemütigt hatten.

So leise wie möglich schob er sich durch die Tür. Sein Klassenkamerad schlief bereits. War ihm denn überhaupt nicht in den Sinn gekommen, sein Fehlen zu melden? Oder hatte Annas Clique ihn sich vielleicht vorgenommen und es ihm verboten?, überlegte er.

Seine Zähne klapperten noch immer aufeinander. Kurz rieb er sich mit einem Handtuch trocken, schlüpfte dann in seinen Schlafanzug und verkroch sich unter der Bettdecke.

Anna, Nick, Roger und Paige.

Sein Bettnachbar zeigte keinerlei Regung, er selbst konnte seinen zitternden Körper kaum unter Kontrolle halten. Es vergingen etliche Minuten, bis etwas Wärme in seine verkrampften Glieder zurückkehrte.

Anna, Nick, Roger und Paige.

Die Namen begleiteten ihn in den Schlaf.

4. KAPITEL

Als Pressevertreterin hatte Anna einen offiziellen Termin für ein Gespräch mit Rogers Vater erhalten, allerdings erst nachdem sie sich als alte Schulfreundin seines Sohnes zu erkennen gegeben hatte. Und nicht, wie sie es sich vorgestellt hatte, bei ihm zu Hause in privater Atmosphäre, sondern am Stützpunkt in seinem Büro.

Mike schlief während des Fluges. Sie saß neben ihm am Fenster und schaute auf die Wolken.

So richtig konnte sie noch nicht fassen, dass sie Lynette niemals wiedersehen würde. Es brach Anna das Herz, daran zu denken, wie sehr sie während ihrer letzten Atemzüge gelitten haben musste. Abends, wenn sie im Bett lag und keinen Schlaf fand, sah sie Lynette blutend im Hotelzimmer liegen. Der Blick leer – seelenlos. Immerzu fragte sie sich, ob ihr Mörder sie zurückgelassen oder ihr beim Sterben zugesehen hatte. Ihr fuhr ein Schauer über den Rücken, wenn sie an den psychopathischen Killer dachte.

Wo war er gerade? Plante er schon den nächsten Übergriff? Was ging in seinem irren Kopf vor?

»Woran denkst du?«, fragte Mike.

Sie wandte sich ihm zu. Er verharrte noch immer in seiner Schlafposition, die Stirn gegen die seitliche Kopfstütze gepresst. Doch seine Augen waren nun offen, und er sah sie müde an.

»Mal wieder an diesen Mistkerl.« Sie rieb sich die Nasenwurzel. »Du hast nicht zufällig einen Tipp, wie ich ihn wenigstens für ein paar Minuten aus meinen Gedanken bekomme?«

»Glaub mir, wenn ich das wüsste, würde ich sofort ein Patent anmelden«, erwiderte er, richtete sich auf und strich sich mit der flachen Hand übers Gesicht.

»Du hast den Kopf auch ständig voll, was?«

Er nickte. »Sie haben uns schon in der Ausbildung gepredigt, dass man den ganzen Mist nicht mit nach Hause schleppen soll. Tja, was soll ich sagen? Das ist leichter gesagt als getan. Ich bin im Abschalten nicht der Beste.«

Anna seufzte. »Sprichst du mit deiner Freundin darüber? Ich meine, klar, keine Details, aber …«

»Nein«, erwiderte er, bevor sie ausgesprochen hatte. Er setzte sich auf und wandte sich ihr vollends zu. »Amelia und ich gehen gerade durch eine schwierige Phase. Und sie macht sich schon genug Sorgen wegen meines Jobs. Die will ich nicht noch mit Geschichten über Mörder unnötig anheizen.« Mike richtete den Blick nach vorn und starrte auf die Kopflehne des Vordersitzes.

Sie konnte zusehen, wie sich seine Miene immer weiter verfinsterte. Aber es stand ihr nicht zu, sich nach seinen privaten Problemen zu erkundigen. Sie streifte nur kurz mit der Hand seinen Unterarm und hoffte, dass er die Geste als Zuspruch auffasste.

Er presste die Lippen aufeinander und sah sie wieder an. »Wir versuchen uns schon länger an der Familienplanung«, sagte er zögernd. »Irgendwie will es nicht klappen.«

Anna wusste darauf nichts zu antworten. Stattdessen nickte sie nur verständnisvoll.

»Wie ist es bei Nick und dir?«, fragte er.

Sie zuckte unwillkürlich zusammen. Ein Baby war das Letzte, woran sie dachte. Nick und sie hatten gerade erst wieder zusammengefunden, und bei allem, was sie durchgemacht hatten, konnte sie sich nicht ansatzweise vorstellen, Verantwortung für ein Kind zu übernehmen. Sie war von der ständigen Gefahr und all dem Leid und Verlust, die damit einhergingen, so unermesslich erschöpft. Ihre Kraft reichte gerade noch für sie allein, und das würde wohl nach all dem Erlebten auch so bleiben. Vielleicht für immer.

»Redet ihr über die Geschehnisse, wenn ihr allein seid, oder schweigt ihr sie tot?«, hakte Mike nach.

Erleichtert über seine Frage, atmete sie hörbar aus. »Wir sprechen viel«, antwortete sie.

Ein Steward informierte über die Freisprechanlage, dass sie sich mittlerweile im Landeanflug befanden, und forderte alle Passagiere dazu auf, die Gurte wieder anzulegen.

Anna hatte das Gespräch mit Mike aufgewühlt, und sie versuchte, sich an Rogers Vater zu erinnern. Sie war Mr. Beckett, einem durchtrainierten Mann mit kurz geschorenen roten Haaren und Aknenarben im Gesicht, in ihrer Jugend immer mal wieder begegnet, wenn sie sich bei Roger zu Hause getroffen hatten. Er war schon damals als ranghoher Offizier im Detroiter Militärstützpunkt stationiert gewesen und nur jedes zweite Wochenende bei seiner Familie. Durch seine Kontakte hatte Roger in dem Forschungslabor Fuß gefasst, das nun in Schutt und Asche lag. Er war Biologe geworden und später in militärische Projekte involviert gewesen. Seit seine Eltern sich vor Jahren hatten scheiden lassen, lebte der Vater durchgängig in Detroit. Und nun musste er nicht nur den Tod seines Sohnes verschmerzen, sondern auch damit zurechtkommen, dass dieser, um sein Leben nach einer Injektion mit Nervengift zu retten, einem Killer Zugang zum Labor verschafft hatte und selbst zum Mörder geworden war. Das alles, um vielleicht mit dem Leben davonzukommen, was ihm am Ende nicht gelungen war.

Anna zuckte zusammen, als das Flugzeug mit einem kräftigen Ruck aufsetzte. Während sie langsam Richtung Gate rollten, schaltete sie auf ihrem Smartphone den Flugmodus aus, checkte ihre Mails und schrieb Nick eine Nachricht, dass sie gut gelandet waren. Sie war froh, dass er endlich ein neues Telefon besaß und wieder erreichbar war.

Mike stand auf, trat in den Gang, nahm das Handgepäck aus den Fächern und reichte Anna ihre Tasche. Mehr hatte sie nicht dabei. Nick hatte ihren Koffer schon mit nach Chicago genommen. Je nachdem, wie lange die Unterredung mit Rogers Vater dauerte, flog sie heute noch zurück oder blieb eine Nacht in Detroit.

Sie reihte sich nach Mike in die Schlange ein und spähte ungeduldig nach vorn, wo ein Steward die Passagiere an der Tür verabschiedete.

Als sie eine Berührung am Rücken spürte, fuhr ihr ein kalter Schauer über die Haut. Ihre Nerven lagen noch immer blank. Sie drehte sich ruckartig um und streckte abwehrend die Hände aus. Erst in letzter Sekunde erkannte sie, dass die Frau hinter ihr blind war.

»Verzeihung«, sagte diese, den Kopf geradeaus gerichtet und die Augen hinter dunklen Brillengläsern verborgen.

»Es geht gleich weiter«, entgegnete Anna, wandte sich wieder nach vorn und atmete tief ein und aus.

Nachdem sie die Maschine verlassen hatten, erreichten sie über die Gangway das Flughafengebäude. Anna war jedes Mal froh, wenn sie das Check-out-Prozedere hinter sich gebracht hatte. Nach endlos erscheinenden Minuten passierten sie den Ausgang, und Mike hob den Arm, um einen Taxifahrer herbeizuwinken. Sie nahmen beide auf der Rückbank Platz. Der Himmel über Detroit war voller grauer Wolken. Es schien, als würde es bald schneien.

Anna hauchte in ihre Handflächen und rieb sie aneinander. Das kurze Stück bis zum Taxistand hatte gereicht, damit sich die Kälte unter ihren offenen Mantel schleichen konnte.

»Zum Militärstützpunkt, bitte«, wies Mike den Fahrer an und wandte sich ihr zu. »Zum Essen bleibt keine Zeit mehr, das müssen wir nach hinten verschieben.«

Sie nickte, hatte sowieso keinen Hunger. Während der

Fahrt durch Detroit kamen ihr immer wieder einzelne Erinnerungsfetzen in den Sinn. Auf der Straße, die sie gerade entlangfuhren, hatte sie mit Lynette im Stau gestanden, bevor im Forschungslabor die erste Bombe explodiert war. Das Hotel, in dem sie untergekommen waren, in dem Zane vergiftet und Lynette ermordet wurde, lag in Sichtweite.

Anna hielt sich den Kragen zu und atmete mehrmals tief durch.

»Bist du okay?«, erkundigte sich Mike wieder.

Ihr Nicken fiel zögerlich aus. Sie wandte den Blick von dem Wegweiser ab, der auf das Kongresscenter verwies, in dem Nicks Dad, der renommierte Herzchirurg Tom Coleman, als Redner geladen gewesen war und angeschossen wurde. Es blieb nur zu hoffen, dass Nicks Eltern das Geschehene einigermaßen verarbeiten konnten. Das einzig Gute war, dass Nick und sein Dad seitdem wieder miteinander sprachen. An die bevorstehende Beisetzung, zu der sie die Überreste von Nicks Bruder TJ wieder der Erde übergaben, durfte sie noch gar nicht denken.

Der Taxifahrer hielt vor dem Haupteingang der Militärbasis, eines unscheinbaren Gebäudekomplexes, der in seinem Inneren aber mit enormen Sicherheitsvorkehrungen aufwartete. Uniformierte Männer und Frauen nahmen sie in Empfang. Sie mussten ihre Taschen abstellen und sich einem Ganzkörperscan unterziehen. Anhand ihrer Pässe wurden ihnen Besucherausweise ausgehändigt, und zudem begleitete sie ein Mann in Uniform zu den Büroräumen im ersten Stock.

Auf einem langen Gang waren Klappstühle an der Wand befestigt. Vier Glastüren gingen ab, blickdicht mit zugezogenen Jalousien versehen.

Sie warteten fast eine halbe Stunde, dann sprang die hinterste Tür auf, und ein großer, uniformierter Mann kam zum Vorschein, den Anna erst auf den zweiten Blick als Rogers Vater wiedererkannte. Sein einst rotes Haar war inzwischen weiß. Er trug es wie eh und je kurz rasiert, dazu einen Oberlippenbart, der Anna früher zumindest nicht aufgefallen war. Die Aknenarben waren auf der gealterten Haut noch auffälliger.

»Kommen Sie rein, ich hab leider nicht viel Zeit.« Mit einer ausladenden Armbewegung winkte er sie zu sich und verschwand in seinem Büro.

Anna betrat vor Mike das Zimmer, das sehr schlicht, mit einem Schreibtisch und zwei Regalen eingerichtet war, in denen die Ordner halb liegend, halb stehend ohne erkennbare Ordnung hineingestapelt waren. Auf der Fensterbank stand ein einsamer Kaktus. Es gab kein Familienfoto oder andere private Details. Die vielen Auszeichnungen an den Wänden unterstrichen den Eindruck, dass Mr. Beckett eher ein Mann für den Außeneinsatz als für den Schreibtisch war.

»Anna Jones«, sagte er und nickte leicht. »Zu Highschool-Zeiten war mein Sohn mehr mit euch unterwegs als zu Hause.«

Sie hatte ihm gegenüber auf dem einzigen Besucherstuhl Platz genommen. Mike stand neben ihr.

»Ja, Roger, Nick, Paige und ich waren wirklich unzertrennlich.«

Mr. Beckett starrte auf die Tischplatte. »Es ist schade, dass ihr euch mit der Zeit aus den Augen verloren habt. Roger hat das bedauert. Er hat immer mal wieder Anekdoten von euren gemeinsamen Erlebnissen erzählt.«

Anna streckte den Rücken durch. »Ich möchte Ihnen mein herzliches Beileid aussprechen. Wir sind immer noch ratlos, wie Roger in das perfide Spiel dieses Wahnsinnigen hineingeraten konnte.«

Er stand auf, trat zum Fenster und schaute hinaus. »Da geht es euch wie mir. Ich habe meinem Jungen alles ermöglicht, habe ihm eine angesehene Karriere verschafft.« Er stieß keuchend die Luft aus. »Und jetzt? Als Vater, dessen Sohn ein Nervengift aus Militärbeständen gestohlen hat, bin ich momentan eigentlich nur noch damit beschäftigt, dass mir niemand am Stuhl sägt.«

Anna kaute auf ihrer Oberlippe. Sie konnte nachvollziehen, wie er sich fühlte. Er musste seinen Vorgesetzten sicherlich viele Fragen beantworten und vor seinen Gleichgestellten Rechenschaft ablegen.

»Sie wissen vermutlich, dass Roger selbst vergiftet wurde und aus reinem Überlebensinstinkt handelte«, sagte sie.

Er reagierte nicht, sah weiterhin aus dem Fenster ins triste Grau.

Anna konnte Roger ebenfalls nicht verzeihen, fand es jedoch wichtig, sich vor seinem Vater für ihn einzusetzen. »Ihr Sohn hat viele Fehler gemacht, aber am Ende die richtige Entscheidung getroffen. Letztendlich war auch er ein Opfer.«

Mr. Becketts Schultern sanken herab. Er zog die Nase hoch. Einen Moment lang herrschte Stille.

»Diese Akte, die ich besorgen sollte …«, sagte er schließlich, wandte sich ihnen wieder zu und betrachtete Mikes Besucherausweis, den er, wie sie ihren, an einem Anhänger um den Hals trug. »Es geht dabei also um den Mann, von dem dieser Tage ständig in den Medien berichtet wird? Der, dessen Identität nach wie vor unbekannt ist?«

Anna nickte. »Ein gewisser Ted Hall hat für den Killer gearbeitet. Er kam ebenso wie Ihr Sohn ums Leben. Seine DNA hat uns hierhergebracht.« Sie stand auf. »Bisher wissen wir nur, dass er bei der Army war. Wenn wir an seine Militärakte kommen, finden wir vielleicht einen Hinweis, der uns dem wahren Täter einen Schritt näher bringt.«

Michael Beckett sah sie durchdringend an, bevor sein Blick einige Sekunden lang zu Boden glitt und sie dann wiederfand. »Ich gebe Ihnen eine Kopie der Akte, aber versprechen Sie mir, dass Sie diesen Mistkerl finden, der meinen Sohn auf dem Gewissen hat!«

»Wir geben unser Bestes«, versicherte sie ihm, und Mike nickte zustimmend.

5. KAPITEL

Das Wasser schwappte sanft gegen die Bootswand, der Wind schwieg. Der Michigansee lag im Nebel. Das Hausboot war an einem abgelegenen Steg der North Point Marina vertäut, eine knappe Autostunde von Chicago entfernt.

»Wie hast du das geschafft?«, fragte Nick und wandte seinen Blick ins Innere.

»Beziehungen«, gab Zane zurück.

Früher hätte er bei einer solchen Erwiderung gegrinst. Heute gelang ihm das nicht mehr. Nick wollte gar nicht darüber nachdenken, wie er selbst gerade auf andere Menschen wirkte.

»Und der vorherige Besitzer?«

»Besitzerin«, korrigierte ihn Zane. »Eine befreundete Hackerin. Sie verbringt Zeit bei ihrer Freundin, die beiden ziehen sowieso bald zusammen.«

Der größte Raum war vollgestopft mit Monitoren, Gehäusen von Rechnern und ausgebauten Festplatten. Immerhin mussten sie sich hier keine Sorgen um den Internetzugang machen, dafür war gesorgt. Der Kühlschrank wirkte wie eine Kopie von Zanes, als hätte die Bewohnerin einen Jahresgutschein in der Belieferung mit Energydrinks gewonnen.

»Ich fahre nachher bei einem Supermarkt vorbei«, sagte Nick.

Zane startete seinen Laptop und ließ die Finger über die Tastatur gleiten. »Okay, ich habe ein paar Freunde aktiviert.«

»Und mit Freunden meinst du …«

»Die Art von Leuten, die sich lieber nicht mit dem FBI unterhalten.« Immerhin sorgte die Aussage für die dezente Andeutung eines Schmunzelns. »Und genau die brauchen wir jetzt.«

»Belassen wir es dabei, dass ich keine Details wissen will«, sagte Nick.

Zane trug Jogginghosen, darüber einen verschlissenen Hoodie. Der Dreitagebart würde in Kürze zu einem richtigen Vollbart mutieren, was ihn älter aussehen ließ, als er war. Irgendwo auf dem Weg hatte er neben der Unbeschwertheit auch seine Jugend verloren. Spätestens in dem Hotelzimmer bei dem Anblick seiner toten Freundin.

Nick vertrieb die düsteren Gedanken. Es war paradox, dass sie jetzt in einem Hausboot Zuflucht suchten, das abseits eines Jachthafens festgemacht war. Nicht weit von hier hatte der Unbekannte Anna auf einen Ausflugsdampfer geschleppt. Eine Ewigkeit schien seither vergangen.

»Keine Sorge.« Zane nahm die rechte Hand gerade lange genug von der Tastatur, um abzuwinken. »Du würdest es sowieso nicht verstehen. Und das meine ich nicht böse.«

»Ich weiß durchaus, dass das dort«, er deutete auf ein schmales Gehäuse, »eine USB-Festplatte ist, die extern angeschlossen wird.«

»Falsch«, sagte Zane, ohne den Blick von seinem Laptop abzuwenden. »Das ist eine Solid-State-Festplatte, die in einen Computer verbaut wird. Ist deutlich schneller als herkömmliche. Willst du weitere Details?«

Nick seufzte. »Widmen wir uns den wichtigen Dingen. Bis Anna zurück ist, sollte ich weitergekommen sein.«

Zane prüfte etwas auf dem Monitor, stand auf, reckte die Schultern und schritt zum Kühlschrank. Seine Turnschuhe hatte er anbehalten, als wollte er allzeit bereit sein, das Hausboot im Notfall sofort zu verlassen. »Wenn wir dem Unbekannten endlich näher kommen wollen, brauchen wir Lynettes Analysen.« Zane schnappte sich einen Energydrink. »Alles, was sie bei Annas Entführung für das FBI entwickelt hat. Aber eben auch die von Roger und dem Fall in Detroit.«

Was genau ihr Problem war.

Lynette war in der Detroit-Sache nicht offiziell beteiligt gewesen. Daher waren ihre Unterlagen nicht in der Datenbank des FBI gelandet.

In einem Anflug von Naivität hatte Nick gehofft, dass ihnen ausreichend Zeit blieb, sich mit dem Laptop von Lynette zu beschäftigen. Leider hatte die Spurensicherung alles eingepackt, und jetzt kam niemand von ihnen mehr an ihn heran. Glücklicherweise hatte Zane Lynette das Internet auf dem Laptop eingerichtet und wusste, mit welchem Cloud-Anbieter sie arbeitete.

»Es gibt also nur die Chance, dass du dich irgendwie in die Cloud einhackst?«, fragte Nick.

Zane öffnete zischend den Energydrink. »Exakt. Leider pflegt dieser Anbieter seine Server sehr gut, da sind alle Sicherheitspatches auf dem neuesten Stand. Wir müssen über einen der Angestellten reinkommen.«

Nick kannte diese Vorgehensweise. Hunderte von Spam-Mails wurden auf verschiedene Mitarbeiter zugeschnitten, die zuvor ausgespäht worden waren. Irgendwer klickte immer auf den Anhang. Ein Hunde- oder Katzenbild, ein angeblicher Millionengewinn.

Auch beliebt: Ein bekannter Shop teilte mit, dass das Passwort geknackt und deshalb der Account gesperrt worden war. Panisch rief der Betroffene über den netterweise mitgeschickten Link seinen Account auf und gab das Passwort ein.

Nick hasste derlei Methoden; sie hatten schon zu vielen Menschen ihr Erspartes gekostet. In diesem Fall hoffte er jedoch darauf, dass es funktionierte.

»Sobald wir diese äußere Hürde geknackt haben, arbeite ich mich in der internen Hierarchie weiter vor. Erst wenn ich Root-Rechte habe, komme ich an Lynettes Account«, erklärte Zane.

Damit nahm er wieder hinter dem Laptop Platz und bereitete alles für den Einsatz vor.

Nick öffnete die Schiebetür zu einer der zwei Schlafkabinen. Es gab zwei Betten, eins links, eins rechts. Er würde sich den Raum mit Anna teilen. Zane nutzte die andere Kabine.

»Du kommst hier ein paar Stunden alleine klar?«, fragte er und wandte sich Zane wieder zu.

»Klar, Sina hat oben auf Deck Bewegungssensoren und Kameras angebracht.« Er zuckte mit den Schultern. »Sie hatte Angst, dass das FBI überraschend hereinschneit.«

»Ja, wir sind überall«, sagte Nick trocken. »Hier kommt also niemand unbemerkt rein?«

»Ich habe einen automatischen Alarm eingerichtet«, erklärte Zane. »Falls jemand die Sensoren aktiviert, schalten sich die Kameras ein, und jeder erhält einen Link aufs Smartphone geschickt. Darüber lässt sich die Übertragung der Kameras einsehen.«

Mehr konnte Nick wohl nicht erhoffen, ohne das FBI als Rückendeckung.

»Ich beeile mich«, erklärte er und verließ das Boot.

Draußen kondensierte sein Atem sofort, so kalt war die Luft. Schnell schloss Nick seine Jacke und streifte die Handschuhe über.

Unweigerlich glitten seine Gedanken zu den Wintermonaten vor vielen Jahren, als er noch auf die Highschool gegangen war. Gemeinsam mit Anna, Roger und Paige war er zur McCormick Tribune Plaza & Ice Rink gefahren. Hier waren sie auf Schlittschuhen über die Eisbahn geglitten, hatten gelacht und heißen Kakao getrunken.

Er vermisste diese einfachen Zeiten.

Nick eilte zu seinem gemieteten Toyota Camry. Sie waren übereingekommen, die Autos alle paar Tage zu wechseln. Auf diese Art erschwerten sie die Situation für mögliche Verfolger.

Ein kurzes Klicken, der Wagen entriegelte. Nick stieg ein, startete den Motor und ließ die Marina hinter sich. Es war früher Mittag, der Verkehr noch überschaubar. Seine Eltern wohnten in Hyde Park. Er fuhr auf die Interstate und würde sein Ziel in einer Stunde erreichen.

Seine Gedanken schweiften zu Anna, die mittlerweile zweifellos bereits mit Rogers Vater gesprochen hatte. Wie dieser wohl reagiert hatte? Nick hatte Mr. Beckett als Mann mit harter Schale und hartem Kern kennengelernt; unbeugsam, ohne ein Verständnis für Schwäche. Herausforderungen, die mit geringen Mitteln und unter großen Anstrengungen überwunden werden mussten, gehörten für ihn zum Alltag.

Nick schaltete das Radio ein und lauschte der Musik, ließ seine Gedanken treiben und den Blick über die vorbeihuschenden Häuser in der Ferne wandern. Er mochte es, wie diese Jahreszeit ein Spiel aus Licht und Schatten im ständigen Werden und Vergehen schuf.

Er hielt an einer Raststätte, tankte und besorgte sich einen Kaffee. Die Bewegung, die Weite, die Musik … all das vermittelte ihm ein unwirkliches Gefühl von Freiheit. Die Gefahr schien in den Hintergrund zu rücken, die Realität des Verlustes ebenfalls.

Er würde einfach schlicht geradeaus fahren, ohne an einsame Gräber oder traumatisierte Freunde zu denken. An Feinde, die im Schatten lauerten und ihre Ränke schmiedeten. Das hier war die Realität, mit einer simplen Straße, die immer weiter führte. Ohne Seitengassen oder Abzweigungen.

Nick schluckte.

Wenn es doch nur so einfach wäre …

Eine knappe Stunde später verließ er die Interstate und fuhr in Hyde Park ein. Im zweiten Jahr auf dem College hatten seine Eltern sich hier ein Haus gekauft. Vermutlich wollten sie das alte wegen zu vieler schlechter Erinnerungen hinter sich lassen.

Alles an diesem Ort erschien wie ein großes Idyll. Normalerweise wurden Besucher von dichtem Grün begrüßt – wenn auch nicht im Winter. Anfangs war er immer mal wieder nach Hause gekommen, sie hatten ihm hier sogar ein Zimmer eingerichtet. Irgendwann war die Kluft zwischen ihnen jedoch zu groß geworden, und er war schließlich nach Washington gezogen.

Eine Viertelstunde später parkte Nick vor dem roten Backsteinhaus seiner Eltern. Der Garten wirkte winterlich trostlos, aber wie immer gepflegt. Ob sich noch derselbe Gärtner um alles kümmerte?

Seine Mutter öffnete nach dem ersten Klingeln und zog ihn in eine Umarmung. Sofort umwehte ihn der Hauch eines dezenten Parfüms mit ausgeprägter Zitrusnote. Ihr schulterlanges, brünett gefärbtes Haar war zurückgebunden, ein paar Strähnen hatten sich gelöst. Sie trug ein beigefarbenes Kostüm. Elegant wie immer, doch als er ihren Blick suchte, erkannte er darin einen Schimmer von Angst. Die Schatten ihrer Entführung.

»Es ist so schön, dich zu sehen«, sagte sie. »Komm rein.«

Die Tür fiel hinter ihm ins Schloss.

»Ich habe mir gerade einen Tee gemacht, möchtest du auch?«, fragte sie. »Und ich habe noch ein paar Scones. Du weißt ja, seit seinem London-Trip liebt dein Vater die.«

Schon eilte sie davon.

»Mach dir doch keine Umstände wegen mir, ich wollte nur nach euch sehen.«

Er erkannte sofort die neu installierte Alarmanlage, die losging, sobald jemand ein Fenster öffnete. Draußen hatte er Kameras bemerkt. Im Flur gab es ein Display, über das per Touchscreen die Polizei gerufen werden konnte.

Das Wohnzimmer war ein ausladender Raum mit breiter Fensterfront, vor der ein Sofa aufgestellt war. Eine Durchreiche in der Wand gab den Blick auf eine moderne Küche frei.

Nick erkannte die Bruchstellen an den Fugen des Fensters. »Ihr habt es kürzlich austauschen lassen?«

»Panzerglas«, erklärte seine Mutter. »Dieses Haus ist eine Festung. Ich habe das Ganze auf den Weg gebracht, als Tom noch im Krankenhaus lag.«

»Wo ist Dad?«

»Er liegt oben und schläft«, erwiderte sie. »Dein Vater ist noch sehr schwach. Man sollte meinen, dass er als

Herzchirurg weiß, was er sich zumuten kann nach einer so schweren Operation. Aber von wegen: Am liebsten würde er direkt wieder Marathon laufen.« Sie sah ihn durch die Durchreiche an und lächelte. »Ich soll ihn auf jeden Fall wecken, wenn du hier auftauchst. Er erwartet dich.«

»Du weißt ja, was man sagt: Ärzte sind die schlimmsten Patienten.«

Seine Mutter kam mit einem Tablett ins Wohnzimmer. »Und FBI-Agenten begeben sich viel zu oft in Gefahr.«

»Es tut mir leid«, sagte Nick leise.

»Aber nein, Schatz.« Seine Mutter stellte das Tablett auf den Tisch und goss aus einer Kanne Tee in die Tassen. Dann sank sie neben ihn auf die Couch. »Das wollte ich damit nicht sagen. Du hast es dir zum Beruf gemacht, Verbrecher zu stellen. Das ist etwas Ehrenhaftes. Dein Dad war immer stolz auf dich, auch wenn er es niemals zugeben konnte. Du weißt ja, wie er ist.«

Nick lehnte sich zurück und atmete schwer aus. »Und jetzt wurde er angeschossen. Beinahe hätte es dich auch das Leben gekostet.«

Unweigerlich sah er den gewaltigen Glaskasten vor sich, darin seine Mutter. Gas strömte ins Innere.

»Ich lebe«, stellte sie klar. »Hier kommt jede Stunde ein Polizeiwagen vorbei, und das Haus ist sicher. Wir teilen es der Dienststelle immer mit, wenn wir uns irgendwohin begeben, damit die Bescheid wissen.«

Mehr Sicherheit konnte er sich in der aktuellen Situation nicht wünschen. Immerhin gab es keine Reporter vor dem Haus, die seinen Eltern ständig etwas entlocken wollten.

»Wie geht es dir?«, fragte seine Mutter. »Ich habe mitbekommen, was mit dieser netten Frau passiert ist – Lynette McKenzie. Und dazu diese ganze Sache in der Halle …« Ihre Stimme versagte, der Schmerz in ihren Augen war nur ein Echo dessen, was sie fühlen musste.

TJs Überreste hatte sie glücklicherweise nicht selbst gesehen. Das war ein Schauspiel, das der Unbekannte ganz allein für Nick reserviert hatte. Natürlich hatte er seinen Eltern mittlerweile davon erzählt. Auch von Sarah und Detective Hunter. Eine grausame Inszenierung mit vielen Opfern.

»Ich lebe«, sagte er.

»Und dafür bin ich dankbar.« Sie nahm seine Hand. »Wir finden ihn.«

Wenn er nur ebenfalls so viel Selbstsicherheit hätte. »Ich muss. Andernfalls wird es niemals aufhören.« Zumindest dessen war er sich absolut sicher.

»Wann immer du reden willst, du bist hier jederzeit herzlich willkommen«, sagte seine Mutter. »Lass uns jetzt nach oben zu deinem Vater gehen. Es ist ihm wichtig, mit dir zu sprechen.«

Er nickte. »Auf jeden Fall.«

Ein solches Gespräch, offen und ehrlich, war überfällig. Die Vergangenheit war mit den Ereignissen um Roger und den sterblichen Überresten von TJ wieder zum Leben erwacht.

Nicks neues Smartphone vibrierte.

Sie betraten gerade die Treppe. Er zog es heraus und runzelte die Stirn.

»Was ist?«, fragte seine Mutter.

Auf dem Display war ein Name zu sehen, den er seit vielen Jahren nicht mehr gehört oder gelesen hatte. Und das ausgerechnet jetzt. Das konnte kein Zufall sein. Er schluckte und nahm den Anruf an.

»Paige?«

6. KAPITEL

15 Jahre zuvor

Samuel betrat den Frühstücksraum.

Sein Körper wurde von einer bleiernen Schwere in die Tiefe gezogen, die seiner Seele entsprang. Er wollte zurück unter die wärmende Decke und gleichzeitig wegrennen. Keine Menschen mehr, keine anderen Schüler.

Die Lehrer saßen an einem Nebentisch, unterhielten sich angeregt. Wie immer bemerkten sie nichts von all den Problemen, Streitereien oder gegenseitigen Streichen zwischen den Schülern.

Sein Blick fand Anna, Roger, Paige und Nick, die gemeinsam an einem der Tische saßen. Er hielt den Kopf gesenkt, hoffte, dass sie ihn nicht bemerkten. Hastig lief er zur Schlange der Schüler, die noch vor dem kleinen Büfett anstanden, schaufelte sich ein paar Müsliflocken in die Schüssel und goss Milch darüber.

»Wie war die Bootsfahrt?«, rief Roger.

Samuel stoppte mitten in der Bewegung. Die Angst kehrte zurück, das schwankende Boot, der Wind. Er wollte weitergehen, konnte aber keinen Schritt mehr tun. Auf seiner Stirn bildete sich ein Schweißfilm.

»Wie fühlt es sich an, wenn man ständig schwitzt, Samilein?«, rief Roger erneut.

Anna verpasste ihm einen Rippenstoß. Kurz war er ihr dankbar. Im nächsten Augenblick kehrte die Erinnerung zurück. Sie hatte ihn in die Falle gelockt, hatte mit ihm am See reden wollen. Er war darauf hereingefallen wie ein verliebter Trottel. Und während Nick und Anna verschwunden waren, hatten Roger und Paige ihn ins Boot gesetzt. Das würde er ihr nie verzeihen. Niemals. Von der früheren Bewunderung, dem Kribbeln im Bauch und der Freude bei ihrem Anblick war nur ein tiefes schwarzes Loch geblieben.

Irgendwie erreichte er einen unbesetzten Tisch, sank auf einen Stuhl und zog den Kopf zwischen die Schultern. Schnell schaufelte er die Müsliflocken in sich hinein, schluckte zu hastig und hustete. Er spuckte halb zerkaute Flocken über die Tischplatte.

Drei Tische entfernt lachten Roger und Paige, Nick schüttelte schmunzelnd den Kopf. Einzig Anna reagierte gar nicht. Als ob es jetzt noch eine Rolle spielte. Hatte sie ein schlechtes Gewissen? Das geschah ihr recht, es war das Mindeste.

Er wollte so viel mehr tun. Seine Schwäche wie eine zweite Haut abstreifen und ihnen entgegentreten. In Gedanken sah er, wie Roger mit blutender Nase zu Boden ging. Dann würde er Paige den Kiefer brechen und Nick vor Annas Augen ein Messer ins Herz stoßen. Er sollte in ihren Armen verbluten.

»Bis später, Samilein.« Roger schritt an ihm vorbei. Ein kurzer Blick zum Lehrertisch, dann spuckte er in Samuels Müslischüssel.

»Jetzt hör endlich auf!«, rief Anna.

Samuel ballte die Fäuste. Seine Wut auf sie wuchs sprungartig an. Er wollte ihr geheucheltes Mitleid nicht! Sollten sie doch alle vier qualvoll verrecken.

In diesem Augenblick hätte er alles dafür gegeben, die Rollen zu tauschen. Sie sollten die Opfer sein und er der Henker, der über ihr Schicksal entschied.

Die Bootsfahrt, die er für sie ersonnen hätte, wäre tausendmal grausamer geworden. Sie hätten gelitten wie nie zuvor, hätten den Tod herbeigesehnt, hätten ihn um Gnade angebettelt.

Stattdessen saß er schweigend am Frühstückstisch und hätte beinahe im Reflex einen weiteren Löffel aus der Müslischüssel zum Mund geführt.

Die Schwere in ihm kehrte zurück. Er brachte Schüssel und Besteck zur Geschirrrückgabe.

Er war ein Schwächling, ein Versager.

Und das würde er immer bleiben.

7. KAPITEL

Anna schlug die Akte auf. Mike und sie standen an einem Stehtisch im Terminal-Bistro. Dampfschwaden stiegen aus ihren Kaffeebechern auf, die Sandwiches lachten sie einladend an. Der Flug nach Chicago ging in einer halben Stunde.

»Okay, lass uns mal sehen, was wir hier haben.« Mike biss in sein Sandwich und warf einen Blick auf seine Armbanduhr. Sein Flug ging kurz nach ihrem.

»Gib uns irgendeinen Hinweis«, flüsterte sie und betrachtete Garry Thatchers aka Ted Halls Foto, das auf der ersten Seite der Personalakte prangte. Deutlich jünger, als sie ihn kannte. Die hageren Wangen und eng stehenden Augen waren seine markantesten Merkmale. Den akkuraten Scheitel hatte er sich wohl erst nach seiner militärischen Laufbahn zugelegt. Auf dem Bild trug er die Haare kurz geschoren. »Wie bist du zum Werkzeug eines Psychopathen geworden?«

»Wenn du mich fragst, war er selbst auch einer«, sagte Mike. Offenbar hatte sie ihren Gedanken unbewusst laut ausgesprochen.

Sie blätterte weiter und überflog seinen Werdegang, beginnend mit seinem Highschool-Abschluss. Danach hatte er sich bei der Armee eingeschrieben und in Fort Benning in Georgia eine grundlegende Kampf- und weiterführende Individualausbildung für die Infanterie absolviert. Später folgte ein Einsatz im Irak.

»Hall war für die fotografische Protokollierung der Bodeneinsätze zuständig«, stellte sie fest.

Mike zog die Akte näher zu sich und widmete sich der nächsten Seite. »Das klingt übel«, sagte er und deutete auf einen Abschnitt. »Unter den externen lokalen Angestellten gab es einen Amokläufer. Seine engsten Kameraden wurden vor seinen Augen getötet.«

Anna nippte an ihrem Kaffee und nickte nachdenklich. »Das geht nicht ohne Weiteres an einem vorbei.« Sie nahm sich die nächste Seite vor und hob die Augenbrauen. »Aber damit hätte ich jetzt nicht gerechnet.«

»Was meinst du?« Mike neigte sich weiter über das Dokument.

»Einen Tag nach dem Vorfall verließ Ted Hall ohne Erlaubnis den Stützpunkt«, las sie vor. »Er trug seine eigene Waffe und die Waffen zwei seiner getöteten Kameraden bei sich, suchte das Zuhause des Verräters auf und erschoss dessen Familie – die Eltern, die Frau und einen Sohn.«

Mike fuhr sich mit der Handfläche übers Gesicht. »Das Motiv ist dann wohl eindeutig. Rache.«

Anna sah ihn an. »Lynette hätte uns sofort ein Profil liefern können. Es ist eine Sache, den Attentäter aus Rache hinzurichten, dessen gesamte Familie eine andere.« Sie trank einen weiteren Schluck. »Ich nehme mal an, das wurde nicht offiziell kommuniziert. Die Presse hat davon zumindest nichts mitbekommen, das wüsste ich.«

»Alles, was dem Ansehen der Armee schaden könnte, unterliegt strengster Geheimhaltung«, erwiderte Mike.

Da er in sein Sandwich biss und ein Stück Gurke auf den Tisch fiel, nahm sie die Akte sicherheitshalber auf.

»Es kam zu keinem Prozess«, informierte sie ihn mit Blick auf das Dokument. »Ted Hall wurde unehrenhaft entlassen.«

Mikes Smartphone klingelte. Er drehte ihr das Display zu, auf dem das Bild seiner Freundin aufleuchtete, und signalisierte ihr mit seinem Blick, dass er kurz rangehen musste.

»Hey, schön, dass du dich meldest«, sagte er mit vollem Mund und schluckte dann hastig hinunter.

Anna nutzte die Gelegenheit und nahm sich ihr eigenes Sandwich vor. Ihr blieb bis zum Einchecken nur noch wenig Zeit.

Mike hielt sich das Smartphone ans Ohr, dennoch hörte sie Amelia leise reden. Anna schnappte »fruchtbare Tage« und »Eisprung« auf. Ihr Wunsch, schwanger zu werden, und die Frustration darüber, dass es seit Jahren nicht klappte, schien die beiden sehr zu belasten.

»Ich muss erst zu meinem Chef, danach komme ich gleich nach Hause«, versicherte er seiner Freundin.

Anna deutete zur Toilettentür auf der gegenüberliegenden

Terminalseite und machte sich nach Mikes Nicken dorthin auf den Weg. Die beengte Kabine im Flugzeug versuchte sie auf kurzen Strecken zu vermeiden und brachte den Toilettengang lieber vorher hinter sich.

Ted Hall geisterte nach wie vor in ihrem Kopf herum. Die bisherigen Erkenntnisse aus der Akte halfen ihr nicht weiter. Sie würde den einstündigen Flug bis Chicago nutzen und die Unterlagen nochmals durchgehen. Eventuell konnte seine Familie ihnen einen Anhaltspunkt geben.

Kurze Zeit später trat sie an eins der Waschbecken, und ihr Blick blieb an ihrem Spiegelbild hängen. Sie wirkte blass, die Schatten unter den Augen konnte der Concealer nicht ganz verdecken. Normalerweise wäre sie schon längst einmal wieder beim Friseur gewesen und hätte sich die Spitzen schneiden und eine Tönung machen lassen. Immerhin waren die Haare an ihrer alten Kopfwunde ausreichend nachgewachsen, sodass die Narbe nicht mehr auffiel.

Sie lächelte sich aufmunternd zu und kehrte in den Terminal zurück. Mike warf sich gerade seine Jacke über und sah ihr entgegen.

»Ich hab dir noch etwas Lesestoff für den Flug besorgt«, sagte er und überreichte ihr zwei Tageszeitungen, von denen er sich ebenfalls Exemplare gekauft hatte. »Amelia meinte, die Presse überschlägt sich mit Berichterstattungen über unseren flüchtigen Psychopathen.«

Anna nickte. »Das war zu erwarten. Die Kollegen schlafen nicht.«

»Du könntest die Story aus erster Hand liefern«, erwiderte er. »Die Journalistin, die dem großen Unbekannten gegenüberstand. Das würde wahrscheinlich alle Auflagenrekorde der *Chicago Tribune* brechen.«

Sie nickte. »Meinem Chef würde das auf jeden Fall gefallen. Ich rechne es ihm hoch an, dass er mich diesbezüglich zu nichts drängt.«

Mike und sie gingen zum Check-in-Schalter. Sie rief auf ihrem Smartphone das Flugticket auf, zeigte es der Frau hinter dem Tresen, übergab ihr Handgepäck für die Taschenkontrolle und wandte sich wieder Mike zu. »Die Frage ist, was es mir bringen würde. Auseinandersetzen muss ich mich mit diesem kranken Spinner sowieso. Im Gegensatz zu meinen Kollegen könnte ich Informationen aus erster Hand liefern, die tatsächlich auch der Wahrheit entsprechen. Die Öffentlichkeit könnte jedes beschissene Detail darüber erfahren, was ich durchmachen musste, und das würde ihm vielleicht sogar gefallen. Ist es nicht meistens so, dass solche Verbrecher sich mit ihren grausamen Taten glorifizieren? Große Egos, die gesehen werden und am liebsten für immer in Erinnerung bleiben wollen.«

»Dann schreib etwas, was ihm nicht gefallen wird.«

Anna verzog den Mund. »Um ihn noch weiter zu provozieren?«

»Um ihn aus der Reserve zu locken«, erwiderte er. Mike reichte ihr die Hand. Es war an der Zeit, sich zu verabschieden. Wann sie sich das nächste Mal wiedersehen würden, war unklar. Entschlossenen Schrittes ging er davon.

Kurz sah sie ihm nach, nahm dann ihre Tasche wieder entgegen und machte sich auf den Weg zu ihrem Flugsteig. Vielleicht hatte Mike recht. Wenn sie es geschickt anstellte, konnten sie über ihren Artikel mit dem Killer kommunizieren. Sie würde sich mit Nick beratschlagen. Dass der Unbekannte noch lange nicht mit ihnen fertig war, hatte er ihnen schließlich unmissverständlich zu verstehen gegeben.

Im Flugzeug schrieb sie Nick eine Nachricht, dass sie jetzt auf dem Rückflug war und mindestens einen Artikel plante. Dann schaltete sie den Flugmodus ein und warf einen Blick in die Zeitungen, die Mike ihr gegeben hatte.

»Tot geglaubter Entführer der Journalistin Anna Jones noch am Leben!«, lautete die Überschrift der *New York Times*. »Psychopath auf der Flucht«, übertitelte die *Washington Post*. »Was haben die Journalistin und der FBI-Agent mit der Explosion eines militärischen Labors zu tun?«, hieß es weiterhin.

In allen Artikeln wurden bisher bekannte Geschehnisse medienwirksam ausgeschlachtet, Theorien aufgestellt und ausgewertet, Polizeisprecher und Zeugen zitiert, irgendwelche Experten kamen zu Wort. Lynettes Tod stand im Mittelpunkt der Berichterstattung. Roger und Detective Hunter wurden ebenfalls mit schwarzen Balken vor den Augen abgebildet. Nur Zane schien noch unter dem Radar der Presse zu laufen.

Anna schlug die Zeitungen seufzend zu. Sie nahm Ted Halls Akte wieder zur Hand und ging sie noch einmal

Seite für Seite durch. Von seiner Familie war daraus nicht viel zu erfahren. Nur die Namen seines Vaters, eines Bankers, und der Mutter, die als Krankenschwester arbeitete, waren vermerkt. Geschwister wurden keine erwähnt.

In ihrem Notizheft trug sie die angegebene Adresse ein. Mit etwas Glück war sie noch aktuell und ersparte ihr die Recherche im Register. Die Befragung von Francis und Luise Hall stand momentan ganz oben auf ihrer To-do-Liste. Im Grunde war das die einzige Spur, der sie bisher nachgehen konnte.

Im Bericht über Halls brutale Vorgehensweise bei der Ermordung der Familie des Attentäters stand ein Vermerk, dass er bereits vorher durch aggressives Verhalten aufgefallen war und deshalb während seines Militärdienstes psychologisch betreut wurde. Der Name des Psychologen lautete Isaak Pope.

Anna spürte ein Kribbeln in ihrem Brustkorb. Endlich hatte sie einen vielversprechenden Hinweis gefunden. Wer konnte ihnen bei der Suche nach dem Killer besser behilflich sein als ein Mann, der Ted Hall analysiert hatte? Irgendwann musste der Unbekannte mit Hall zum ersten Mal in Kontakt getreten sein, und es bestand die Chance, dass er seinem Therapeuten davon erzählt hatte. Allerdings könnte seine Schweigepflicht zum Problem werden.

»Entschuldigen Sie bitte«, sagte die Stewardess. Sie blieb neben ihr im Gang stehen und beugte sich zu ihr herab. »Miss Anna Jones?«

»Ja?«

Die junge Frau mit den blonden, hochgesteckten Haaren lächelte freundlich. »Es wurde ein Upgrade ihres Flugtickets vorgenommen.« Sie deutete nach vorn. »Folgen Sie mir bitte in die Businessclass. Jemand möchte Sie sprechen.«

8. KAPITEL

Nick lenkte den Wagen auf den Parkplatz des Jugendhilfswerkes und schaltete den Motor aus.

Das kurze Gespräch mit seinem Vater saß ihm noch in den Knochen. Es hatte ihn schockiert, wie verletzlich und alt er in dem großen Bett gewirkt hatte. Als bestünden seine Arme und Beine aus dünnem Holz, das jederzeit brechen konnte. Die Wangen waren nach der Notoperation eingefallen, der Blick trüb. Sie hatten nur wenige Worte gewechselt, in denen er Nick gedankt hatte. Nur Sekunden später war er wieder eingeschlafen.

Mit seiner Mutter hatte er verabredet, dass er in Kürze erneut vorbeischauen würde. Dann konnten sie ein längeres Gespräch führen. Bis dahin waren seine Eltern mit den neuen Sicherheitsvorkehrungen und der Polizeipatrouille in den eigenen vier Wänden sicher.

Erst auf der Fahrt in diesen Stadtteil von Chicago hatte er sich die wenigen Worte vergegenwärtigt, die Paige am Telefon gesagt hatte. Zuerst Roger, dann sie. Die Schatten der Vergangenheit reichten bis in die Gegenwart. Etwas schien bei Paige nicht in Ordnung zu sein. Sie hatte ihn darauf angesprochen, ob er Ressourcen des FBI in einem

Vermisstenfall nutzen konnte. Auf seine Entgegnung, dass er aktuell beurlaubt war, hatte sie sich hektisch entschuldigt und aufgelegt.

Da sich Anna noch in der Luft befand, wollte er die Zeit nutzen, kurz bei Paige vorbeizuschauen. Sie war Streetworkerin und arbeitete in einem von öffentlicher Hand getragenen Amt, das sich um verwahrloste junge Männer und Frauen auf der Straße kümmerte.

Er stieg aus und strebte auf das heruntergekommene Gebäude zu, das zwischen anderen, ebenfalls vierstöckigen, Häusern stand. Der Parkplatz war mit einem Holzzaun eingefasst, in dem bereits einige Latten fehlten. Der Rest war mit Plakaten beklebt, die irgendwann jemand aufgehängt, aber nie wieder abgenommen hatte. Die meisten bestanden nur noch aus Fetzen oder waren dutzendfach überklebt worden. Der Wind trieb Pappschachteln und Plastiktüten vor sich her, ließ sie über den rissigen Beton tanzen.

Am Haus neben dem Jugendhilfswerk waren Fenster im Erdgeschoss eingeworfen und daraufhin mit Brettern wieder verrammelt worden.

Nick stieg die wenigen Stufen empor, zog die Tür auf und betrat den Gang. Eine Treppe führte nach oben, doch der Eingang zu Paiges Arbeitsplatz lag direkt zu seiner Linken, wie er dem Namensschild an der Tür entnahm. Er trat ein und blickte rötlichem Filzboden und Wänden entgegen, von denen der Putz abblätterte.

Er wollte gar nicht wissen, wie stark die Stadt ihr Budget für derlei Einrichtungen in den letzten Jahren zusammengestrichen hatte.

Die Bürgermeisterin gab ihr Bestes, doch letztlich war die Staatskasse immer zu knapp befüllt.

»Kann ich Ihnen helfen?«, fragte ein junger Mann mit schwarzen Krauslocken, der hinter einem Tresen saß. »Sind Sie ein Cop?«

»Gutes Auge«, erwiderte Nick. »FBI. Aber ich bin privat hier. Nick Coleman.« Er nickte freundlich.

»Jelani«, gab der Mann zurück und verzichtete darauf, seinen Nachnamen zu nennen.

Er trug Jeans, Boots und ein in den Hosenbund geschobenes Hemd. Nick schätzte ihn auf Anfang vierzig. Und er war eindeutig kein Sekretär. »Sie sind auch ein Streetworker?«

»Ebenfalls gutes Auge«, sagte Jelani. »Wir wechseln uns am Empfang ab. Viel ist hier meist sowieso nicht los, und wir mussten die Stelle streichen. Aber Sie sind doch nicht hier, um mich zu treffen, oder?«

Nick schüttelte den Kopf, ein Schmunzeln auf den Lippen. »Tatsächlich suche ich eine alte Schulfreundin. Paige Simpson.«

»Ah, Paige. Die ist gerade draußen unterwegs.« Jelani stieß sich mit den Schuhsohlen ab, rollte mit dem Stuhl zur Seite und blätterte in einem Buch. »Jap, das dauert noch eine Weile.«

»Standardroute?«, fragte Nick hoffnungsvoll.

»Ausweis?«, bekam er zur Antwort.

Nick lachte, zog seinen Dienstausweis hervor und bestätigte Jelani damit seine Identität.

»Die Straße runter, zu Fuß etwa fünfzehn Minuten, gibt es einen alten Güterbahnhof. Er ist stillgelegt, aber da wohnen ein paar unserer Schützlinge.«

»Vielen Dank.«

Nick verließ das Haus und beschloss, nicht das Auto zu nehmen. Fünfzehn Minuten zu Fuß taten ihm gut. Er spazierte an Mülltonnen und Abrissfassaden vorbei. Der absolute Kontrast zu dem Haus seiner Eltern, der Gegend, in der sie wohnten.

Das Schicksal entschied, in welche Familie man hineingeboren wurde, und das definierte letztlich das ganze Leben. Er selbst war dankbar für die Chancen, die er bekommen hatte.

Sein Weg hätte nur allzu leicht auch gänzlich anders verlaufen können, das war ihm bewusst. Letztlich hatte ihm der Verlust von TJ vor Augen geführt, wie grausam das Leben sein konnte. Die Drogensucht und der damit zusammenhängende Tod seines Bruders war ein Hauptgrund gewesen, dass er zum FBI gegangen war.

Der Wind frischte auf, und Nick schlug den Kragen seiner Jacke hoch. Vor ihm tauchte ein flacher Bau auf, hinter dem mit Unkraut überwucherte Schienen zu sehen waren. Eine Begrenzung gab es nicht mehr. Ein paar Autos standen vor dem Gebäude, doch die meisten sahen so aus, als würden sie sich nie wieder fortbewegen.

Einzig ein Ford war vermutlich noch fahrtauglich, die

besten Tage hatte er trotzdem bereits hinter sich. Das Nummernschild war verdreckt.

Er ging um das Gebäude herum und fand dahinter einen überdachten Bereich, der von zahlreichen Säulen getragen wurde. Dazwischen waren Kartons zu einzelnen Schlafstätten aufgebaut worden, überall standen voll beladene Einkaufswagen herum. Der Geruch nach ungewaschener Kleidung und Bier stieg ihm in die Nase.

Nick bedauerte jeden, der durch die Maschen des Systems gefallen war und hier ein Leben am Rand der Gesellschaft fristete. Die meisten ohne Chance auf den Weg zurück.

Umso höher rechnete er es Paige an, dass sie das zumindest hier bei den Obdachlosen versuchte, die niemand sonst hatten. Er verzichtete bewusst darauf, das, was er sah, aus der Sicht eines Agenten zu bewerten. Vermutlich konsumierten ziemlich viele der hier dahinvegetierenden Bewohner Drogen, um der kalten Realität zu entfliehen.

Er spürte mehr als *einen* Blick auf sich ruhen. Abgemagerte Gestalten, in Lumpen gekleidet. Er erkannte glasige Blicke, die den Alkoholrausch verdeutlichten, gekrümmte Rücken und fettige Haare. Die meisten zogen sich jetzt auf Schleichwegen zurück, tauchten zwischen Kartons unter oder huschten in die Schatten des nächsten Abrisshauses auf der anderen Seite der Schienen.

Ältere Männer und Frauen, die aus irgendeinem Grund gesucht wurden, hatten Angst, dass man sie verhaftete.

Jüngere, dass sie in einem Waisenhaus landeten. Nick war durchaus klar, dass man ihm seinen Job an Körperhaltung, Mimik und Gestik ansah.

Er zog das Smartphone aus der Tasche und wählte Paiges Nummer.

Ein Klingeln in der Nähe wies ihm den Weg. Sie ging nicht ran, was es umso leichter machte. Vier Kartons weiter fand er Paige schließlich. Soeben zog sie das Smartphone aus der Tasche, schaute auf das Display und drückte den Anruf weg.

»Da macht man extra den weiten Weg …«, begann Nick.

Paige fuhr herum, Panik im Blick.

»Sorry«, ergänzte er schnell.

»Nick.« Sie starrte ihn voller Unglauben an, als sei es unmöglich, dass er hier vor ihr stand. »Aber … wie …«

»Dein Kollege Jelani war so nett, mir einen Hinweis zu geben, nachdem ich mich ausgewiesen habe.«

Die Panik in Paiges Blick verschwand langsam. Zu langsam. Nick fragte sich unweigerlich, warum sie überhaupt vorhanden war. Streetworker wurden nicht selten überfallen, allerdings wirkte Paige robust. Ihr dunkelblondes Haar trug sie als frechen Kurzhaarschnitt. Die Kleidung war pragmatisch-effizient: Boots, Jeans und Flanellhemd. Die Ärmel hatte sie nach oben geschlagen.

»Du bist doch beurlaubt, richtig?« Als wollte sie sich versichern, dass hier nicht gleich die gesamte Kavallerie auffuhr.

»Es gab in den vergangenen Wochen ein paar Probleme.« Er nickte. »Anna und ich waren bei Roger.«

Paige rieb sich müde die Augen. »Die Hochzeit, ich weiß. Sarah hat mich ebenfalls eingeladen, aber ich hatte einfach keine Zeit.«

»Wann genau hast du zuletzt Zeitung gelesen?«, fragte er.

»Ehrlich gesagt bin ich aktuell zu sehr eingespannt«, sagte sie. »Meine letzte Information ist, dass ihr beide es gut überstanden habt und dieser Friedhofswärter, der euch das alles angetan hat, im Feuer gestorben ist.«

Nick seufzte innerlich. Paige hatte nichts von dem Drama in Detroit mitbekommen, was bedeutete, sie wusste auch noch nichts von Rogers Tod. »Ich muss …«

»Können wir dieses Gespräch verschieben?«, bat sie. »Ich habe gerade andere Sorgen.«

»Das habe ich begriffen.« Er trat auf sie zu. »Trotzdem ist das wichtig: Roger ist tot.«

Paige versteifte sich. »Wovon sprichst du?«

»Es hat sich herausgestellt, dass der Friedhofswärter eine falsche Spur war. Der unbekannte Entführer von Anna hat seine Finger auch nach Roger ausgestreckt und ihn vergiftet. Anna und ich wurden hineingezogen. Beinahe hätte es auch meine Eltern erwischt.« Er fasste die Ereignisse so prägnant und kurz zusammen, wie es ging.

Paige starrte ihn einfach nur an. »Nick … das tut mir so leid.«

»Wir haben es überstanden. Das ganze Land jagt diesen Irren, er kann nicht ewig entkommen. Vermutlich ist er längst in Kanada untergetaucht oder verkriecht sich irgendwo in einem Kellerloch.«

Mit allen Behörden, die zusammenarbeiteten, um ihn zu kriegen, und der Presse, die sich auf ihn stürzte, würde der Unbekannte früher oder später gefunden werden.

Paige griff in ihre Gesäßtasche und zog etwas hervor. Es war ein weißes Kuvert. »Einer meiner Schützlinge ist verschwunden.«

»Was vermutlich – so traurig es ist – öfter geschieht, oder?« Nick runzelte die Stirn. »Was ist das für ein Brief?«

»Der klebte an der Seite der Box, in der er normalerweise schläft. Ich dachte schon, es ist ein Abschiedsbrief, aber dafür ist das Papier doch zu edel.« Sie schluckte. »Deshalb habe ich dich auch angerufen. Irgendein Irrer spielt hier ein Spiel mit mir.«

Jetzt war es Nick, der sie anstarrte. Mit einem Mal schienen seine Muskeln nicht mehr zu gehorchen. Wie in einem Blitzlichtgewitter sah er vor seinem geistigen Auge Anna auf dem Ausflugsdampfer. Sich selbst auf dem Seziertisch im Obduktionssaal. Sein Martyrium in der Halle mit dem ermordeten Detective Hunter, Sarah und die Überreste von TJ. Der Kampf auf dem Dach des botanischen Gartens.

Paige hielt den Brief noch immer in den Händen. Wie gerne hätte sich Nick jetzt umgedreht, wäre einfach davongegangen, ohne sich noch einmal umzudrehen.

Doch er konnte Paige nicht allein lassen.

Es durfte nicht so enden wie bei Roger.

Langsam streckte er die Hand aus und nahm das Kuvert entgegen.

9. KAPITEL

15 Jahre zuvor

Einerseits hatte Samuel die Heimfahrt aus dem Sommerlager herbeigesehnt, andererseits hatte er keine Lust darauf, wieder nach Hause zu kommen. Sie würden ihn auch in der Highschool nicht verschonen. Vor allem Roger schien es sich zur Aufgabe gemacht zu haben, ihn zu demütigen und zu tyrannisieren. Er konnte nicht sagen, was schlimmer gewesen war. Der letzte Tag im Sommerlager, an dem er sich vor den anderen versteckt hatte und nicht mehr aus seiner Hütte herausgekommen war? Oder die Busfahrt, während der Roger und Paige ihn verspottet und mit Keksen beworfen hatten?

Inzwischen waren die meisten Schüler von ihren Eltern vom Schulparkplatz abgeholt worden, und er schickte ein Dankgebet zum Himmel, dass Roger, Paige, Nick und Anna auch unter ihnen waren. Von dem schicken Cabrio seiner Mutter oder dem protzigen SUV seines Vaters hingegen war weit und breit nichts zu sehen.

Er betrachtete die heranziehenden dunklen Wolken. Obwohl er inzwischen ahnte, dass keiner von beiden hier auftauchen und ihn abholen würde, wartete er, bis außer ihm niemand mehr auf dem Parkplatz zurückgeblieben war. Vielleicht aus der vagen Hoffnung heraus, dass seine Mutter ihn in den vergangenen Tagen vermisst und deshalb heute kein Weinglas angerührt hatte, um ihn zu Hause willkommen zu heißen. Doch der Alkohol war einfach schon zu lange ihr Überlebenselixier. Allein die Sorge um genügend Nachschub beherrschte ihre Gedanken. Womöglich hatte sie nicht einmal bemerkt, dass er weg gewesen war.

Samuel nahm seine Reisetasche auf und verschloss die Augen vor den Worten, die mit einem Edding auf deren Stoff geschmiert worden waren. Sein Geist flüsterte sie ihm dennoch zu. *Loser* und *Schwächling* waren nur zwei der Betitelungen, die sie ihm auch ständig an den Kopf warfen.

Es begann zu regnen. Er setzte einen Fuß vor den anderen und sah zu, wie die dicken Tropfen auf den Gehweg klatschten. Hier und da wucherte Unkraut aus dem Asphalt. Doch je näher er seiner Wohnsiedlung kam, desto gepflegter wurden die Straßen und umso größer die Häuser.

Sein Vater machte mit seinem Immobilienimperium so viel Geld, dass er sich sogar eine noch teurere Wohngegend leisten könnte. Aber er hing an der Villa, die seine Eltern ihm vererbt hatten, die beide viel zu früh bei einem Autounfall ums Leben gekommen waren. Samuel hatte sie nie kennengelernt, kannte ihre Gesichter nur von dem Porträt, das über dem Kaminsims prangte. Sie hatten das Familienunternehmen aufgebaut, das ihr Sohn mit unermüdlichem

Eifer weiterführte. Da blieben Samuel und seine Mutter eben auf der Strecke.

An einer Säule des mannshohen Eingangstores gab er den Code ein und betrat das Grundstück. Er überquerte den gepflasterten Platz vor der Doppelgarage und den von einem Gärtner angelegten Vorgarten, lief die geschwungene Treppe zur Veranda hinauf und wandte sich dem nächsten Codeschloss neben der weißen Eingangstür zu. Durch den großzügigen Anbau, der vorwiegend aus Glaswänden bestand, war das Haus in der Siedlung das prächtigste.

Die raue Stimme seines Vaters donnerte ihm schon beim Eintreten entgegen. Die Tür zum Arbeitszimmer stand offen, und Samuel sah ihn im Raum auf und ab gehen. Ausnahmsweise galt die Schimpfparole nicht ihm, sondern demjenigen, mit dem sein Vater telefonierte.

Er schlich sich vorbei, hörte im Wohnzimmer den Fernseher laufen. Alkoholgeruch lag in der Luft, nur halb übertüncht von dem teuren Parfüm seiner Mutter. Machte sie sich wirklich vor, sie könnte ihre Sucht dahinter verstecken?

Sie war auf der Couch eingeschlafen, hielt das bauchige Weinglas noch in der Hand. Er ging zögernd zu ihr, nahm es ihr ab, ohne dass sie es bemerkte, und stellte es auf den Tisch. Behutsam zog er die Wolldecke weiter über sie und betrachtete ihr Gesicht. Früher war ihr Make-up in diesem betrunkenen Zustand meist verschmiert gewesen. In letzter Zeit hatte sie jedoch nicht einmal mehr welches aufgetragen. Sie verlor sich zusehends.

»Ist das dein Ernst?«, zischte sein Vater plötzlich hinter ihm, was ihn zusammenzucken ließ. Er stand in der Tür und deutete auf Samuels Schuhe, die auf dem hellen Teppich deutliche Spuren hinterlassen hatten. »Und was ist das?« Er hob die beschmierte Reisetasche in die Höhe, die Samuel im Entree zurückgelassen hatte. »Wieso lässt du dir das gefallen?«

Hastig trat er vom Teppich herunter auf das Parkett. Er schaffte es nicht, seinem Vater in die Augen zu schauen, sah lieber herab auf seine nassen Schuhe. Hätte ihn jemand abgeholt, wären sie trocken geblieben.

»Was bist du bloß für ein Weichei?«, stieß sein Vater aus. »Du solltest es sein, der auf andere herabsieht.« Er schmiss die Tasche im hohen Bogen von sich und stampfte auf Samuel zu. »Stattdessen lässt du dich verhöhnen. Du musst denjenigen oder diejenigen, die dir das angetan haben, niedertrampeln.«

Er war kurz vor ihm stehen geblieben, sprach in solcher Rage, dass sein Mund schäumte.

Samuel biss die Zähne zusammen, konzentrierte sich darauf, gleichmäßig weiter zu atmen. Doch die Panik übermannte ihn, ließ seine Atemzüge unaufhaltsam schneller werden, und somit offenbarte sich wie immer seine Schwäche.

Noch bevor es geschah, wusste er, was als Nächstes passierte. Sein Vater war wie ein Hund, der die Angst seines Gegenübers witterte und dann erst recht zum Angriff überging. Die Faust traf ihn wie ein Bulldozer im Magen, und er sackte keuchend auf die Knie. Jetzt fand er keinerlei Luft mehr zum Atmen. Der Schmerz schien seine Gedärme zu zerreißen. Er wimmerte. Tränen schossen ihm in die Augen.

»Steh auf und sieh mich an, wie ein richtiger Mann es tun würde!«, spie sein Vater aus und hob ein weiteres Mal drohend die Hand. Bisher hatte er ihm noch nie ins Gesicht geschlagen, achtete stets darauf, dass er seinen Sohn nur dort züchtigte, wo die Blutergüsse niemandem auffallen würden.

»Hör mit dem Geschrei auf!« Samuels Mutter rappelte sich auf und rieb sich die Stirn. Sie stöhnte gequält.

»Ach, du …« Sein Vater verzog den Mund. »Sei bloß still. Auf dich kann ich mich genauso wenig verlassen. Schämen muss ich mich für euch. Wenn die Leute wüssten, dass ich eine Säuferin zur Frau und einen Waschlappen zum Sohn habe …« Er ging zu ihr und drückte sie zurück aufs Kissen. »Ich kann mich mit meiner sogenannten Familie nicht auf der Straße blicken lassen. Ihr zwei seid erbärmlich.«

Da sein Vater ihm gerade keine Beachtung schenkte, nutzte Samuel die Gelegenheit, stemmte sich schwankend auf die Beine und schlich sich davon. Allerdings kam er nicht weit. Sein Vater holte ihn im Entree ein, bevor er den Fuß auf die erste Treppenstufe setzen konnte.

»Du machst dich davon wie ein geprügelter Hund«, brach es aus ihm heraus. Er packte Samuel am Ärmel und zog ihn so abrupt zurück, dass der Stoff seines Pullovers riss. »Siehst du denn nicht, wie verweichlicht du bist?« Mit den Fingern stieß er ihm gegen die Brust. »Wann kneifst du endlich mal die Arschbacken zusammen und verhältst dich so, wie es meines Sohnes würdig wäre?« Jetzt stieß er ihn mit den Fäusten an. »Wie sollst du jemals das Familienunternehmen weiterführen, wenn ich den Mann in dir nicht an die Oberfläche hole?«

Die Fauststöße wurden derber und schmerzhafter, dabei waren die Magenkrämpfe noch nicht einmal verebbt. Ein Zittern stob durch Samuels Körper, in seinen Augen brannten schon wieder Tränen.

»Wage es nicht zu heulen!«, brüllte sein Vater und holte aus.

Samuel sah die Attacke kommen und wich instinktiv seitlich aus. Die Situation vom See blitzte vor seinem geistigen Auge auf. Er hörte Roger, Paige, Nick und Anna wie in weiter Ferne lachen. Wenn sie ihn jetzt sehen könnten, erniedrigt vom eigenen Vater, hilflos ausgeliefert, schwach.

Er biss die Zähne zusammen, straffte die Schultern und zwang sich, seinem Erzeuger direkt in die Augen zu blicken. Als dieser ihm erneut die Faust entgegenschmetterte, ballte er die eigenen Hände und schlug zum ersten Mal zurück.

10. KAPITEL

Anna folgte der Stewardess durch den Gang. Sie versuchte erst gar nicht, das ungute Gefühl in ihrem Magen loszuwerden. Ein Upgrade in die Businessclass schrie regelrecht nach einem neuen Spielchen des großen Unbekannten, und ihr blieb nur zu hoffen, dass sie sich irrte.

Woher sollte er wissen, dass sie in diesem Flugzeug saß? War er nicht nach wie vor auf der Flucht? Seine Lakaien, von denen sie nicht wussten, wie viele genau er um sich geschart hatte, kamen ihr in den Sinn. War sie hier und jetzt in Gefahr?

Sie tastete nach ihrem Smartphone. Für einen kurzen Moment sollte sie den Flugmodus deaktivieren und Nick zumindest in einer Nachricht die seltsame Situation schildern. Doch da schob die Stewardess bereits die Falttür zur Businessclass beiseite und deutete auf die erste Sitzreihe.

Anna starrte auf die Frau auf dem Platz vor ihr, deren Augen hinter dunklen Brillengläsern verborgen lagen. Sie erkannte sie wieder, hatte keinen Zweifel. Das war die Blinde, die sie nach der Landung in Detroit versehentlich am Rücken berührt hatte. Oder war es Absicht gewesen?

Wortlos schob sie sich an ihr vorbei auf den einzigen

freien Fensterplatz. Im Gang neben ihnen saßen zwei ältere Damen. Beide trugen Kopfhörer. Eine schaute auf den Bildschirm vor sich, der anderen war im Schlaf das Kinn auf die Brust gesunken. Weitere Business-Passagiere waren durch die hohen Lehnen verdeckt.

Anna schob ihre Tasche unter den Sitz und nickte der Stewardess zu.

»Ich kann Ihnen leider nichts mehr zu trinken anbieten«, sagte diese. »Bitte legen Sie die Gurte an. Wir beginnen gleich mit dem Sinkflug.«

Anna nickte abermals und starrte die Fremde weiterhin an.

»Uns bleibt nur wenig Zeit«, ergriff die Unbekannte das Wort, sobald die Stewardess davongegangen war.

»Wer sind Sie?«

Die Frau, die Anna auf Mitte zwanzig schätzte, hob das Kinn und legte den Kopf schräg. »Das spielt keine Rolle.« Ihre Finger öffneten und schlossen sich wie zu einem nicht hörbaren Takt um den Blindenstock in ihrer rechten Hand.

Anna verengte die Augen. Zane konnte sicherlich irgendwie auf die Passagierliste zugreifen. Allerdings wettete sie darauf, dass die Fremde unter falschem Namen eingecheckt hatte.

Sie beugte sich zur Seite, versuchte, durch die dunklen Brillengläser die Augen zu erkennen. Inzwischen bezweifelte sie, dass die Frau tatsächlich blind war.

Als könnte sie Annas Gedanken lesen, hob sie die Hand zur Brille, schob diese für den Bruchteil einer Sekunde auf die Nasenspitze und gab ihre milchig trüben Augen preis. »Geben Sie sich keine Mühe, Miss Jones. Ich bin zwar blind, dafür sind meine übrigen Sinne umso geschärfter. Die kleinsten Regungen verraten Ihre Verfassung. Verunsichere ich Sie?«

Anna lehnte sich zurück und unterdrückte ein Seufzen. Das Flugzeug verlor inzwischen merklich an Höhe, und ein Blick aus dem Fenster bestätigte ihr, dass die Landung kurz bevorstand. Die Skyline Chicagos schien zum Greifen nah.

»Was wollen Sie?«

Ein Lächeln huschte über die Lippen der Fremden. »Das können Sie sich sicherlich bereits denken.« Mit den Fingern ihrer linken Hand zupfte sie seitlich an ihrem kurzen schwarzen Haar. »Halls Militärakte natürlich.«

Annas Herz machte einen Satz. Das Flugzeug setzte mit einem kräftigen Ruck auf der Landebahn auf und begann durch das Abbremsen zu vibrieren.

»In wessen Auftrag?«, presste sie hervor.

»Keine Fragen. Geben Sie mir die Akte, Miss Jones. Sie wollen doch sicherlich gesund und munter zu Nick Coleman zurückkehren, oder?« Sie fuhr sich mit den Zähnen über die Lippen. »Zu schade, dass ich ihn nicht sehen kann. Wenn er so gut aussieht, wie er riecht …«

»Sie glauben doch wohl nicht ernsthaft, dass ich Ihnen die Akte aushändige?«, unterbrach Anna sie. Ihr Magen zog sich zusammen. Wann und wo war diese Frau Nick begegnet? Kannte er sie womöglich?

Ein Schulterzucken war die Antwort. »Es ist Ihre Entscheidung. Wenn Sie mir die Akte nicht geben, werde ich sie mir nehmen.«

An Selbstbewusstsein mangelte es ihr auf jeden Fall nicht. Ihr überhebliches Getue ging Anna langsam auf die Nerven.

»Richten Sie Ihrem Auftraggeber doch bitte aus, dass er mich persönlich kontaktieren soll, wenn er etwas von mir haben will.«

Die Fremde tastete nach ihrem Gurt, löste ihn und stand auf. »Dann haben Sie sich also entschieden. Es war nett, mit Ihnen zu plaudern, Miss Jones.«

Anna kam nicht mehr dazu, etwas zu erwidern. Ehe sie sich versah, schnellte der Blindenstock auf sie nieder, traf sie wie eine Peitsche an der Halsschlagader. Den schneidenden Schmerz spürte sie nur kurz. Ihr wurde augenblicklich schwarz vor Augen. Sie sackte in ihrem Sitz zusammen und verlor das Bewusstsein.

»Miss?«

Jemand rüttelte sanft an Annas Arm.

»Miss, wachen Sie auf. Sie müssen aussteigen.«

Anna blinzelte, sah das Gesicht der Stewardess verschwommen vor sich. Nur langsam gewannen ihre Konturen an Schärfe.

»Sie sind eingeschlafen«, sagte sie und richtete sich aus der gebeugten Haltung auf.

Eingeschlafen?

Anna setzte sich abrupt auf, starrte auf den leeren Platz neben ihr und die Sitze auf der anderen Seite des Ganges, wo die zwei älteren Damen gesessen hatten. Sie hielt sich den schmerzenden Hals. Ihr war noch immer leicht schwummerig.

»Wo ist die blinde Frau?«, stieß sie aus und nestelte an ihrem Gurt.

»Bereits von Bord gegangen«, entgegnete die Stewardess. »Einen schönen Tag wünsche ich Ihnen.« Sie wandte sich ab und lief zu ihrer Kollegin, die bereits mit dem Aufräumen begonnen hatte.

Anna stand auf, sah über die Sitzlehnen hinweg. Sie war die letzte Passagierin in der Businessclass. Hastig ging sie in die Hocke, um ihre Tasche, die sie unter den Sitz geschoben hatte, hervorzuholen. Doch sie war nicht mehr da.

»Nein, nein, nein! Die Akte!«

Sie sah oben in der Ablage nach. Vielleicht hatte die Stewardess sie dort aus Sicherheitsgründen verstaut, während sie »geschlafen« hatte?

»Entschuldigung«, sie lief zu den Stewardessen. »Meine Tasche ist weg. Haben Sie meine Tasche gesehen?« Die Worte kamen viel zu schnell und vermutlich nur halb verständlich aus ihrem Mund.

Die beiden schüttelten synchron die Köpfe.

»Wo hatten Sie die denn zuletzt?«

Anna legte eine Hand auf ihre Stirn. Ihr Blick fiel durch das Fenster, wo sie die Passagiere über die Gangway ins Terminal strömen sah.

»Haben Sie denn nicht bemerkt, wie die blinde Frau mich attackiert hat?«

Die blonde Stewardess hob eine Augenbraue, und auch die Miene ihrer Kollegin machte deutlich, dass sie keine Ahnung hatten, wovon sie sprach.

»Verdammt!«

Anna fuhr herum und rannte los. Ihr war nach wie vor schwindelig, und sie hielt sich bis zum Ausgang an den Sitzen fest. Hätten die älteren Damen oder andere Passagiere den Übergriff auf sie mitbekommen, hätten sie das sicherlich gemeldet. Sie musste die Fremde einholen, bevor sie mit ihrer Tasche und der Akte entwischte.

Die Gangway kam ihr ewig vor. Sie drängte sich an den Leuten vorbei und hielt immerzu nach der blinden Frau Ausschau. Ohne Augenlicht konnte sie doch noch nicht weit gekommen sein.

Sie erreichte das Terminal. Die Frau war nirgends zu sehen. Anna eilte Richtung Ausgang und zog ihr Smartphone aus der Hosentasche. Wenigstens das war ihr geblieben.

Am Check-out-Schalter bildete sich eine Schlange. Unter Protesten drängelte sie sich vor und erblickte die Fremde in dem Moment, als diese die Kontrolle gerade hinter sich ließ.

»Halten Sie die Frau auf!«, rief Anna und deutete auf sie.

»Stellen Sie sich gefälligst hinten an«, brüllte ein stämmiger Mann und hielt sie am Arm zurück.

Sie riss sich von ihm los und bahnte sich unbeirrt einen Weg zu den Kontrolleuren. Nur kurz hatte sie den Blick auf den schimpfenden Mann gewandt und dadurch die Blinde im Getümmel aus den Augen verloren. Die Halle war voll von Menschen.

»Die blinde Frau …«, brach es aus ihr heraus, als sie den Schalter endlich erreichte. »Sie müssen sie zurückholen. Bitte, helfen Sie mir. Sie hat mich angegriffen und meine Tasche geklaut.«

Der ältere der beiden Kontrolleure sah in die Menschenmenge und dann wieder zu ihr. Sein Blick sagte deutlich, dass es unmöglich war, in diesem Ameisenhaufen jemanden zu finden.

Sein Kollege versuchte einstweilen, den Mann zu beruhigen, der Anna erst aufgehalten und sich schließlich an ihre Fersen geheftet hatte.

»Was ist denn hier los?«, fragte ein dritter Kontrolleur, der nun zu ihnen trat und sich über den aus der Mode gekommenen Schnurrbart strich.

»Bitte, ich muss die Frau einholen, bevor sie draußen in ein Taxi steigt«, flehte Anna.

Weiterhin beschwerte sich der Mann über sie, und die Kontrolleure schilderten ihrem dazugestoßenen Kollegen die Situation.

Er strich sich abermals über den Schnurrbart. »Nun mal langsam, weisen Sie sich erst mal aus.«

Anna stieß die Luft aus. »Hört mir hier überhaupt mal jemand zu? Ich kann mich nicht ausweisen, weil mir die Tasche geklaut wurde von der Frau, die Sie aufhalten sollen.«

Sie sah in die Menge in Richtung des Ausganges, konnte ihre angeschwollene Halsschlagader spüren. Das hier war aussichtslos. Die Fremde war inzwischen längst über alle Berge.

»Wie sah die denn aus?«, fragte einer der Kontrolleure mit sanftem Tonfall, eine offensichtliche Bemühung, sie zu beruhigen.

Anna seufzte. »Sie haben sie doch gerade ausgecheckt. Dunkle Sonnenbrille, Blindenstock, schwarze kurze Haare. Meine Tasche ist aus dunkelbraunem Leder.«

Mit gerunzelter Stirn nickte er seinen Kollegen zu. »Ich schau mal, ob ich sie noch finde.« Er trottete davon.

»Sie kommen jetzt mit und schildern mir, was genau passiert ist«, forderte der Schnurrbärtige sie auf. »Ihr Name und der der Dame lassen sich ja glücklicherweise auf der Passagierliste finden.«

Anna unterdrückte ein erneutes Seufzen. Ihr war schon jetzt klar, dass das nicht so leicht sein würde.

Missmutig folgte sie dem Mann, der mit seiner Keycard eine Tür entriegelte und sie an Büros der Zollkontrolle vorbei bis ans Ende des Ganges in einen kleinen Raum führte. Außer einem Tisch und zwei sich gegenüberstehenden Stühlen war hier nichts. Das lief dann also auf ein regelrechtes Verhör hinaus.

Sie ließ sich auf einen der Stühle sinken, stemmte die Ellenbogen auf den Tisch und den Kopf in die Hände. Geräusche drangen vom Nebenraum durch ein in die Wand eingelassenes breites Fenster, das nicht verspiegelt war.

Dort durchsuchten zwei behandschuhte Frauen einen auf einem Metalltisch liegenden Koffer. An der Wand hing ein Fernseher, auf dem Nachrichten liefen.

»Ich besorge mir die Passagierliste Ihres Fluges«, ließ der Mann sie wissen. »Bin gleich wieder da.« Er verließ den Raum und schloss die Tür hinter sich.

Anna lauschte, ob er sie verriegelte. Aber sie hatte nicht vor zu türmen. Sie konnte nicht fassen, in was sie hier wieder hineingeraten war. Das Spiel ging also weiter oder hatte von vorn begonnen.

Isaak Pope … Der Name von Halls Psychologen ploppte wie ein schlechtes Omen in ihrem Kopf auf. War er vielleicht auch eine Marionette des Unbekannten? Sich Menschen gefügig zu machen, war immerhin seine Spezialität.

Sie griff nach ihrem Smartphone in der Hosentasche. Am besten, sie telefonierte mit Nick und Zane, bevor der Kontrolleur zurückkehrte. Die beiden würden aufhorchen, wenn sie von dem Vorfall im Flugzeug erfuhren. Zane musste sofort alles über diesen Isaak Pope zusammensuchen, was sich auf legalem und illegalem Weg finden ließ. Der Name der Frau war vermutlich falsch und würde sie nicht weiterbringen. Aber Anna kannte ihr Aussehen, und vielleicht konnte auch Nick etwas mit ihr anfangen. Die Andeutungen, die die Fremde in seine Richtung gemacht hatte, machten ihr Hoffnung.

Zuerst wählte sie Zanes Nummer und sah durch das Fenster zu den zwei Frauen. Diese schenkten ihr keine Beachtung. Dennoch hielt sie das Smartphone so unauffällig wie möglich ans Ohr und ließ ihr Haar darüberfallen.

Während sie dem Signalton lauschte, blickte sie zu dem Fernseher. Die Stimme der Nachrichtensprecherin hörte sie nur gedämpft, die eingespielten Videoaufnahmen zeigten den Abtransport einer Leiche.

»Hey, Anna. Bist du inzwischen gelandet?«, meldete sich Zane zu Wort.

Sie wollte antworten, brachte aber keinen Ton heraus. Wie gebannt starrte sie auf den Bildschirm, stand langsam auf und näherte sich dem Fenster.

Inzwischen sah man den Leichenwagen davonfahren. Am oberen Rand wurde ein Foto des Opfers eingeblendet. Ein Mann in Offiziersuniform, den Anna trotz des schwarzen Balkens über den Augen sofort erkannte.

Mike und sie hatten ihm erst vor wenigen Stunden noch gegenübergestanden. Bei dem Toten handelte es sich um Michael Beckett – Rogers Vater.

11. KAPITEL

Auf sein »Vielleicht unterhalten wir uns lieber woanders«, waren Paiges Schultern nach unten gesackt.

Nick war klar, dass sie das System kannte. Sie wusste, dass die Polizei sie zwar anhören, jede Bitte um Hilfe aber irgendwo am unteren Ende eines Aktenstapels landen würde. Personalknappheit und Prioritäten, die von den oberen Stockwerken bis zu den einfachen Streifenpolizisten klargestellt wurden, hatten diese Folgen.

Kurzerhand hatte sie ihm ihre Adresse genannt – sie musste sowieso noch eine Akte von zu Hause holen – und war in ihren Ford gestiegen.

»Sie haben Ihr Ziel erreicht«, erklang die Stimme des Navis und riss Nick aus seinen Gedanken.

Er ließ seinen Blick kurz schweifen.

Paige wohnte im Norden Chicagos, am Rand von Englewood. Tagsüber sah es hier gar nicht schlecht aus, fast wie in einem ganz normalen Stadtteil. Die Einfamilienhäuser waren sauber und gepflegt, Spaziergänger waren unterwegs. Durchmischte Mittelklasse, konnte man denken. Problematisch wurde es in der Nacht. Fast jeder Block stand unter der Kontrolle einer anderen Gang.

»Ein schöneres Viertel hättest du dir ja nicht aussuchen können«, sagte Nick, nachdem er seinen Wagen abgestellt hatte.

Paige winkte nur ab. »Hier am Rand passiert nichts. Und ich habe auch weiter drinnen keine Probleme, die Gangs kennen mich. Ist eine Art Waffenstillstand.«

Seine alte Freundin lebte ein Leben, das sich vollkommen von dem der pseudocoolen Jugendlichen unterschied. Die Polizei würde nur im äußersten Notfall einen Streifenwagen hierherschicken. Vermutlich eher ein Dutzend, das sich gegenseitig Schutz geben konnte. Eine offene Flanke und leichtes Spiel für den Unbekannten.

Paige steuerte auf ein achtstöckiges Gebäude zu. Auf jeder Etage, so entnahm Nick den Klingelschildern, lebten zehn Parteien. Paige öffnete die Tür. »Der Fahrstuhl ist außer Betrieb, aber du siehst ja ganz fit aus.«

»Schauen wir mal, ob du das am Ziel auch noch sagst.«

Sie schmunzelte, und es war, als könnte Nick einen kurzen Blick unter die Schicht aus professioneller Härte und abgestumpftem Pragmatismus werfen. Paiges Augen wirkten auf eine Art müde, die etwas Ausschließliches hatte.

Hinter einer Tür aus Metall wartete das Treppenhaus. Sie stiegen nach oben – natürlich war es das achte Stockwerk. Nick keuchte, die Kämpfe und Verletzungen der letzten Wochen hatten seinen Körper geschwächt. Die Schmerzen in seinem Bein waren mittlerweile aber immerhin erträglich.

Sie betraten die Wohnung.

Hinter dem Eingangsbereich wartete ein großer Raum, der irgendwie gleichzeitig als Wohn-, Ess- und Arbeitszimmer diente. Auf dem Tisch vor dem Fenster standen noch Teller mit Essensresten, auf der Couch verteilten sich Kleidungsstücke. Der Schreibtisch im Hintergrund war voller Notizzettel, und Aktenmappen lagen neben einem Laptop.

Paige schien eindeutig mehr Zeit außerhalb der Wohnung zu verbringen und nur zum Schlafen, Essen und Duschen hierherzukommen. Sie war nicht die erste Streetworkerin, die er kennenlernte, die an ihrem Beruf kaputtging.

Nick schüttelte den Kopf.

»Also, was genau ist passiert?«

Nick hatte den Brief bereits am Güterbahnhof geöffnet und hineingesehen. Auf der Rückseite des Kuverts stand: *Wähle einen Namen.* In seinem Inneren steckte ein leeres Blatt Papier.

Paige sank auf die Couch und rieb sich mit beiden Handflächen über die Augen. Es schien, als sei sie um zehn Jahre gealtert.

»Ich habe vor einigen Wochen eine Mail bekommen«, erklärte sie.

Nick zog sich den Schreibtischstuhl heran und nahm ihr gegenüber Platz.

»Einer meiner Schützlinge – ein Junge namens Randy – ist verschwunden. Der Unbekannte – er hat mit Mr. P unterschrieben – mailte mir, dass dies erst der Anfang sei und ich aus der Liste meiner übrigen Kids einen zweiten Namen wählen sollte. Was soll ich nur tun?!«

Nick spürte, wie sein Innerstes sich zusammenzog. Das war genau die Masche des Unbekannten. Emotionale Erpressung, die das Opfer immer tiefer in ein Netz aus Angst trieb.

»Wieso bist du nicht zur Polizei?«

»Was denkst du denn?«, blaffte sie. »Der Mauszeiger meines Computers war bereits über dem Button ›Weiterleiten‹, ich wollte das direkt an das Police Department senden.«

»Aber?« Nick runzelte die Stirn und fragte sich, woran es gescheitert war.

»Die Mail war plötzlich weg«, erklärte sie. »Natürlich habe ich die Geschichte einem Officer erzählt, aber da es keinen Beweis für eine Entführung gibt, konnte er nichts tun.«

Paige schluckte, setzte zum Reden an, schluckte erneut. Nick ahnte bereits, was als Nächstes kam.

»Für einige Zeit herrschte Ruhe, bis heute Morgen ein weiterer Schützling verschwand. Sandra. An ihrer Pappbox hing das Kuvert. Gleichzeitig kam eine Mail mit einem Bild von Randy, wie er tot in einer Ecke sitzt. Ihm wurde die Kehle aufgeschlitzt.«

Nick schloss für einen Moment die Augen und versuchte, sich nicht komplett dem Entsetzen zu überlassen.

»Ich soll einen weiteren meiner Schützlinge auswählen«, sagte sie kreidebleich. »Wer macht so etwas? Wie krank muss man sein? Und wenn ich es nicht tue oder zur Polizei gehe, wird auch Sandra sterben. So geht das dann weiter. Und ich habe nichts außer einem weißen Kuvert. Das glaubt mir doch kein Mensch.«

»Ich glaube dir.« Nick ging vor Paige in die Knie und nahm ihre Hände in seine. »Was du erzählst, deckt sich mit dem, was Roger, Anna und ich erlebt haben.«

»Ich verstehe nicht ganz.« Paige hob das Gesicht und suchte verwirrt seinen Blick. »Was hat der Stalker von Anna mit mir zu tun? Außerdem dachte ich, er sei gestorben.«

»Es ist komplizierter, als wir dachten.«

Nick gab ihr einen Überblick der Geschehnisse, die zuerst Anna und ihn wiedervereint – und dann eine Konfrontation mit dem Unbekannten herbeigeführt hatten. Er endete mit Rogers Tod in Detroit und der Beerdigung von Lynette und Sarah.

Paige sah ihn an, als habe er den Verstand verloren. In ihrem Gesicht las er die Mischung aus Schock und Unglauben, die er schon mehr als einmal erlebt hatte. Niemand glaubte tatsächlich daran, dass es jemanden gab, der so weit im Voraus plante. Ein Netz aus perfekt orchestrierter Bösartigkeit hatte aufbauen können.

Doch die Fakten ließen keinen anderen Schluss zu.

Und trotz der Arbeit des FBI und der Polizei sowie der Recherchearbeit der Presse war der Unbekannte noch immer ein Phantom auf freiem Fuß.

»Der arme Roger«, sagte Paige leise. »Wie schrecklich

muss es sein mitzuerleben, wie der eigene Körper versagt. Und der einzige Ausweg ist eine grausame Tat, die ihn zu einer Marionette macht.«

»Ich gehe davon aus, dass das Muster bei dir ähnlich werden sollte«, sagte Nick. »Allerdings neigst du wohl eher dazu, dich selbst hintenan und deine Schützlinge in den Fokus zu stellen. Was also schmerzt dich am meisten?«

»Wenn ihnen etwas zustößt.« Paige sprang vom Sofa auf und begann, im Zimmer auf und ab zu gehen. »Aber was soll ich denn dagegen tun? Roger hatte doch von dem Augenblick keine Chance mehr, als das Nervengift durch seine Blutbahn schoss. Bei mir ist es nicht anders. Er hat Sandra, und Randy ist tot.« Sie stützte sich mit einer Hand an der Wand ab und atmete schwer. »Und zwar, weil ich keine Wahl getroffen habe.«

»Vergiss diesen Gedanken ganz schnell wieder!«, fuhr Nick sie an. »Verdammt noch mal, Paige, du weißt genau, dass diese toxischen Persönlichkeiten, Psychopathen und Gewalttäter, es auf diese Art versuchen. Jedes Mal. Der Unbekannte hat sich bewusst dafür entschieden, einen deiner Schützlinge zu entführen und zu töten. Hättest du einen Namen ausgewählt, hätte dich das auf ewig verfolgt, denn *du* wärst es gewesen, die ein Todesurteil gesprochen hätte. Wenn er das dann noch aufgezeichnet und irgendwie gegen dich verwendet hätte, wärst du ebenfalls zu seiner Puppe geworden. Eine Marionette, genau wie Roger.«

Die Verzweiflung wich aus ihrem Gesicht, doch der Schmerz blieb. »Randy hätte den Absprung schaffen können. Seine Mutter starb bei einem Autounfall, der Vater schlug ihn. Irgendwann ist er abgehauen, landete auf der Straße, hat Drogen aber nie angerührt. Er hielt sich mit Gelegenheitsdiebstählen über Wasser. Und hey, er war so gut darin, dass die Polizei ihn kein einziges Mal erwischte.«

»Den Stolz in deiner Stimme überhöre ich jetzt einfach mal. Aber ich weiß, was du sagen willst. Er ist nicht gänzlich abgerutscht.«

»Doch aus irgendeinem kranken Grund hat der Unbekannte ihn ausgewählt. Und jetzt hat der Dreckskerl Sandra.«

Nick gab sich keinerlei Illusionen hin. Der Unbekannte hatte mehr als einmal bewiesen, mit welcher Grausamkeit er vorging. Da gab es keine Emotion, kein Mitleid. Nur den schrecklichen Willen zu verletzen. Das übliche Muster griff: Sie konnten die Polizei nicht einschalten. Taten sie aber nichts, würde auch Sandra sterben. Handelten sie, starb womöglich jemand anderes, und dass sie verschont blieb, war ebenfalls unsicher. Die Überlebenschancen von Paiges Schützlingen waren minimal.

»Wie alt war Randy?«

»Zweiundzwanzig«, erwiderte Paige. »Sandra ist es seit einer Woche ebenfalls.«

»Ich überlege, wie wir am besten weiter vorgehen«, sagte Nick. »Uns fällt etwas ein.«

»Und was mache ich damit?« Paige hob das Kuvert in die Höhe.

»Wie schnell verlangt er eine Antwort?«

»Innerhalb von vierundzwanzig Stunden«, erklärte sie. »Ich soll es morgen im Laufe des Vormittags wieder an die Pappe kleben, hinter der Sandra wohnte.«

Der Satz klang in seinen Ohren völlig falsch und machte Nick erneut auf dramatische Weise deutlich, wie schrecklich das System in Bezug auf Obdachlose versagte. Und viele wollten auf der Straße bleiben, weil die Unterkünfte mit Schlägern, Dealern und Grausamkeit gefüllt waren.

»Anna müsste inzwischen gelandet sein. Ich bespreche mich mit ihr und kontaktiere einen Freund beim FBI«, sagte er, um Paige wenigstens ein grobes Gerüst seiner Idee zu vermitteln. »Wenn du das Kuvert wieder deponieren sollst, muss es auch abgeholt werden. Und dann gibt es eine Spur.«

»Du spielst mit Sandras Leben«, hauchte Paige. »Wenn er bemerkt, dass jemand Bescheid weiß …«

»Falls er den gesamten Platz überwacht hat, weiß er sowieso, dass ich da war«, erwiderte er. »Wir können nur hoffen, dass das nicht der Fall ist. Und wenn doch, müssen wir das Beste daraus machen.«

Wieder waren sie in Zugzwang, waren die Getriebenen. Es schien, als sei der Unbekannte überall. Waren Roger und Paige nur Opfer geworden, um Anna und ihn zu quälen? Oder steckte etwas ganz anderes dahinter? Sie wussten wie immer zu wenig.

Die Frustration musste ihm anzusehen sein, denn Paige schenkte ihm einen mitleidigen Blick. »Es ist unfassbar, was du und Anna bereits durchmachen musstet. Geht es deinen Eltern wenigstens gut?«

»Den Umständen entsprechend halten sie sich tapfer«, erklärte er. »Um die beiden muss ich mir keine Sorgen machen.«

»Ein Lichtblick.« Paige lächelte, doch es war ein kraftloses Lächeln.

Er hätte gerne noch etwas gesagt, um sie aufzubauen, ihr Trost zu spenden. Doch ab jetzt tickte die Uhr. »Ich verschwinde und melde mich in Kürze wieder.«

Paige ging zu ihrem Schreibtisch und nahm einen Stapel Akten auf. »Ich muss auch zurück ins Büro. Heute vergrabe ich mich in Papierkram.«

Minuten später saß Nick wieder in seinem Wagen und schlug wütend auf das Lenkrad. Wie konnte es nur sein, dass sie nie in die richtige Richtung blickten und ständig hinterherhinkten?

»Du Arschloch ziehst jetzt sogar obdachlose junge Menschen mit in die Sache.«

Wer auch immer für all das verantwortlich war, Nick stellte sich vor, wie er seine Pistole zog, sie auf die Stirn des Unbekannten richtete und mit einem Druck seines Fingers seine gesamte Macht zerstörte. Dann gab es keine Spiele mehr, keine Werkzeuge, keine Qual für Menschen, die Nick liebte.

Der Gedanke tat ihm gut.

Er startete den Motor und fuhr los.

12. KAPITEL

13 Jahre zuvor

Selbst bei diesem Wetter – es stürmte, Wind peitschte den Regen vor sich her – war Samuel lieber draußen als daheim. Er stapfte durch die Straßen, trotzte wenigstens dem Unwetter. Es war das Einzige, was ihm gelang.

Mittlerweile waren seine Lippen blau, er zitterte. Die Schritte führten ihn wieder nach Hause. Er benötigte drei Anläufe, bevor der Schlüssel das Schloss traf. Leise trat er ein, wollte nicht, dass *er* ihn hörte.

Im Wohnzimmer prasselte das Kaminfeuer. Die Wärme konnte Samuels Seele nicht erreichen, aber wenigstens seine Glieder auftauen.

Er schälte sich aus der Jacke, warf sie auf den Kleiderhaken und runzelte die Stirn.

Aus dem Arbeitszimmer seines Vaters drang eine fremde Stimme zu ihm vor. Ein rauer Ton, der nicht zu den üblichen Geschäftspartnern passte.

Vorsichtig schlich Samuel sich an, lugte durch die offene Tür und erstarrte. Sein Vater saß auf seinem Schreibtischstuhl, Arme und Beine an den Stuhl gefesselt.

Vor ihm stand ein Mann in zerlumpter Kleidung. Ein

verschlissener Mantel hing an ihm herab, nun ja, die Reste davon. Die Haare glänzten fettig, fielen in verfilzten Strähnen auf seine Schultern. Die Hände steckten in fingerlosen Stoffhandschuhen.

»Wo ist es?« Der Landstreicher hielt ein Messer in die Höhe, seine Hand zitterte. »Ihr habt doch alle einen Tresor, ihr reichen Säcke, ich weiß das.«

»Damit du dir deinen nächsten Schuss setzen kannst?«, blaffte Samuels Vater. »Du wirst mich nicht abstechen. Wenn du das tust, kommst du keinen Block weit und wirst verhaftet. Der Alarm ist längst ausgelöst. Und im Gefängnis gibt es keinen Stoff, da zwingen sie dich zum Entzug.«

»D…der Tresor.« Die Zähne des Mannes, der vermutlich tatsächlich ein Junkie war, klapperten.

In seinem Inneren musste eine Kälte herrschen, die der in Samuel in nichts nachstand.

Leise schlich er davon, die Treppe hinauf. Mit einem kurzen Blick durch die offen stehende Schlafzimmertür seiner Mutter versicherte er sich, dass sie schlief. Sie lag im Bett, eine leere Weinflasche neben ihr auf dem Boden.

Er lief in sein Zimmer, griff nach dem Baseballschläger. Nicht dass er diesen Sport jemals in Betracht gezogen hätte. Doch sein Vater hatte ihn stählen wollen, hatte die Hoffnung gehabt, dass sein verweichlichter Sohn wenigstens diesen durch und durch amerikanischen Sport beherrschte.

Mit dem Schläger schlich Samuel wieder die Treppe hinab, zurück zum Arbeitszimmer.

»Ich steche zu, d…das werde ich«, brachte der Junkie zitternd hervor.

Dabei fuchtelte er so sehr mit dem Messer herum, dass es ihm aus der Hand fiel.

Als er es aufheben wollte und sich bückte, sprang Samuel ins Zimmer, stürzte sich auf ihn und stieß ihn zur Seite. Mit einem Tritt schleuderte er das Messer davon, hob den Baseballschläger.

»Nein, b…bitte.« Der Mann hob abwehrend den Arm, strauchelte und fiel zu Boden. Erst jetzt sah Samuel die Tränen auf seinem Gesicht. »Es tut so weh.«

»Wurde auch Zeit, dass du auftauchst«, patzte sein Vater. »Jetzt verpass diesem Stück Dreck eine Abreibung und mach mich los.«

»Aber …« Samuel schluckte. »Ich muss ihn nicht mehr schlagen, er liegt doch schon am Boden.«

Sein Vater schnaubte verächtlich. »Ich schwöre, nachdem ich mit ihm fertig bin, bekommst du auch eine Tracht Prügel. Wie kann es sein, dass es um mich herum nur Versager gibt? Ich sollte dich aussperren, wenn du deine nächste Runde drehst.«

»Das hast du schon«, sagte Samuel leise.

Sein Vater lachte. »Richtig. Die Nacht in der Kälte hat aber auch nicht viel geholfen. Vielleicht lasse ich dich beim nächsten Mal gar nicht mehr rein, wenn du jetzt nicht den Baseballschläger nimmst und zuschlägst. Los! Du dämliches Weichei.«

Samuel starrte auf den Mann zu seinen Füßen. Er wimmerte nur noch, hatte sich zusammengerollt und zitterte. Er war eine arme, gebrochene Seele. Genau wie er selbst.

»Schlag zu!«, brüllte sein Vater.

Und Samuel gehorchte.

Er wandte sich seinem Vater zu, holte mit dem Baseballschläger aus und ließ diesen herabfahren. Einfach so. Im letzten Augenblick, als ein Ausdruck des Begreifens auf dem Gesicht seines Erzeugers erschien, glaubte er, Stolz in dessen Blick zu erkennen. Vermutlich war es nur Einbildung.

Samuel ließ den Schläger so lange auf seinen Vater herabfahren, bis dessen Schädel nur noch eine breiige Masse war.

13. KAPITEL

Anna stieg aus dem Taxi und sah sich um. Das Hausboot, zu dem Zane sie beordert hatte, war etwas abseits vom Jachthafen an einem Steg vertäut. Jalousien verschlossen die Fenster. Es wirkte verlassen. Allein die Laternen entlang des Ufers ließen seine Umrisse erkennen. Vor wenigen Minuten war es dunkel geworden. Die Sterne und der Mond lagen hinter einer dicken Wolkendecke.

Sie klappte ihren Mantelkragen hoch und hob die Schultern, um tiefer in ihm zu versinken. Ihr alter Mantel war durch die Detonation, die Rogers Labor dem Erdboden gleichgemacht hatte, unbrauchbar geworden. Er war windundurchlässig gewesen, durch den neuen spürte sie an der Knopfleiste einen kalten Luftzug, und außerdem roch er nach chemischer Reinigung.

Aus Gewohnheit streifte sie mit der Hand über ihre Schulter, auf der sie sonst immer den Träger ihrer Tasche zurechtrückte, wenn dieser verrutscht war. Aber es gab keinen Tragegriff, keine Tasche, keine verdammte Militärakte.

Gar nichts.

Kurz sah sie dem davonfahrenden Taxi nach und richtete ihren Blick wieder auf das im Dunkeln liegende

Hausboot. Eigentlich hatte sie schon vor zwei Stunden hier eintreffen wollen, doch ihre Aussage vor der Flughafenpolizei hatte sich gezogen. Der Kontrolleur hatte sie relativ schnell über die Passagierliste und ihre Sozialversicherungsnummer identifizieren können, und zusätzlich hatte eine seiner Kolleginnen Annas Gesicht aus Medienberichten wiedererkannt. Doch da die zwei Stewardessen hinzugezogen und befragt werden sollten, hatte sie auf die beiden warten müssen. Und das auch noch völlig umsonst, da sie, wie sie es schon vor Anna im Flugzeug geäußert hatten, nichts von der Attacke und dem Taschendiebstahl mitbekommen hatten. Nach ihrer Anzeige aufgrund des Vorfalls am Flughafen wurde nun gegen unbekannt ermittelt. Anna war klar, dass das sowieso zu nichts führen würde.

»Wie lange willst du noch da draußen in der Kälte bleiben?«, rief Zane ihr zu.

Sie kniff die Augen zusammen und sah ihn schemenhaft auf der Veranda des Hausbootes stehen.

»Ich geh wieder rein. Falls dir nach einem heißen Tee ist, weißt du, wo du mich findest.«

Sie schmunzelte und betrat den Steg, dessen Holzplanken zum Teil beunruhigend unter ihr wackelten und knarzten. Zanes und Nicks Gesellschaft war genau das, was sie jetzt brauchte. Die beiden hatten noch keine Ahnung, was passiert war.

Als sie eintrat, umfing sie eine wohlige Wärme. Der Duft von Ingwertee hing in der Luft. Im Hauptraum herrschte Zanes Chaos aus großzügig verteiltem Papierkram, Hardware und flimmernden Monitoren. Auf einem Schwarz-Weiß-Bildschirm erkannte sie den Außenbereich des Bootes und ein ganzes Stück des Uferabschnittes.

»Kein Wunder, dass du mich trotz der heruntergelassenen Jalousien bemerkt hast«, sagte sie und deutete auf die Überwachungsbilder.

Zane stand an einer kleinen Küchenzeile und goss heißes Wasser aus einem Teekessel in zwei Tassen. »Kameras, Bewegungssensoren …« Er kam auf sie zu und reichte ihr eine. »Du müsstest die Videobilder auch auf dein Smartphone geschickt bekommen haben.«

Anna nahm es aus der Manteltasche und checkte die Alarmbenachrichtigung. Durch den dicken Stoff hatte sie die Vibration nicht bemerkt und zwei Anrufe von Nick verpasst. Sie schaltete umgehend den Ton ein. Dass ein ähnliches Alarmsystem, das Zane vor Rogers Zimmertür im Hotel installiert hatte, manipuliert worden war, sprach sie jetzt besser nicht an. Einen hundertprozentigen Schutz würde es nie geben.

»Somit sollte Nick auch mitbekommen haben, dass du eingetroffen bist.« Zane setzte sich auf eine Eckbank und klappte einen Laptop auf.

»Wo ist Nick denn?«

»Bei einer gewissen Paige.« Er sah auf. »Nick meinte, sie wäre eine alte Schulfreundin von euch, die seine Hilfe braucht.«

Anna runzelte die Stirn. Von Paige hatte sie seit einer

Ewigkeit nichts mehr gehört. Sie stellte ihre Tasse auf den Tisch, zog den Mantel aus, hängte ihn zu Zanes Jacke an einen Haken neben der Tür und setzte sich ihm schließlich gegenüber. Gerade als sie Nick zurückrufen wollte, verkündete sein aufleuchtender Name auf ihrem Smartphone-Display seinen Anruf. Sie stellte auf Lautsprecher.

»Hey, schön, dass du im Hausboot angekommen bist«, begann er. »Du bist spät dran. Seit du mir geschrieben hast, dass du in Detroit abfliegst, sind mehr als vier Stunden vergangen.«

Sie unterdrückte ein Seufzen. »Ich habe schlechte Nachrichten.«

Zane sah von seinem Laptop auf und schenkte ihr sofort seine ungeteilte Aufmerksamkeit. Am anderen Ende der Leitung herrschte ebenfalls Stille. Nick und Zane lauschten ihr, während sie ihnen von dem Vorfall im Flugzeug berichtete. Danach schwiegen die beiden sekundenlang.

»Scheiße«, stieß Zane schließlich aus. »Dieses kranke Arschloch hat uns also spätestens seit Lynettes Beerdigung wieder auf dem Radar.«

Anna nickte. »Die blinde Frau war schon auf dem Hinflug nach Detroit mit an Bord.«

»Und diese Attacke zeigt ganz deutlich, was für eine kaltblütige Person sich hinter den Brillengläsern verbirgt«, meldete sich Nick wieder zu Wort.

»Ich habe ihre milchigen Augen gesehen«, erwiderte Anna, stemmte ihren Ellenbogen auf den Tisch und rieb sich die Stirn. »Das hat mich irgendwie in Sicherheit gewogen. Und es waren ja noch andere Passagiere mit an Bord. Aber dann nimmt sie einfach diesen Blindenstock, und das war's.« Sie ärgerte sich über sich selbst.

Zane stand auf. »Dass Mike und du in ein Taxi steigt, wird ihr klar gewesen sein. Da ist sie euch einfach in einem anderen gefolgt und hat sich von dem Fahrer oder der Fahrerin den Weg und euer Ziel beschreiben lassen.«

»Oder sie hatte einen Videocall mit dem Unbekannten und hat ihn über ein Smartphone an der Verfolgung teilnehmen lassen«, sagte Nick.

Anna nippte gedankenverloren an ihrem Tee. »Isaak Pope … Was meint ihr, ob er uns zu dem Gesuchten führen kann?«

Zane setzte sich wieder und ließ seine Finger über die Tastatur fliegen. »Hm … Auf die Schnelle finde ich keinen Psychologen mit diesem Namen.«

Jetzt stand Anna auf. Sie stellte sich neben ihn und sah ebenfalls auf den Monitor. »Keine Praxis oder so? Irgendeinen Eintrag muss es doch über ihn geben.«

»Wenn er für das Militär gearbeitet hat oder es vielleicht sogar noch tut, ist das nicht so ungewöhnlich«, informierte Nick sie. »Dann hält die Army seine Kontaktdaten unter Verschluss.«

»Und das, ohne zu wissen, was er vielleicht anrichtet«, entgegnete Zane. »Ich meine ja nur. Es könnte immerhin auch sein, dass er mit unserem Unbekannten zusammenarbeitet und nicht gefunden werden will.« Er gab weiterhin Stichworte in die Suchmaske ein. »Jetzt warten wir aber erst einmal ab. Ich bin weiter dran.« Zane dehnte seinen Hals zu beiden Seiten. »Egal wie, wir kriegen den Kerl.«

»Womöglich kann Paige uns helfen«, sagte Nick. »Ich bin auf dem Weg zu euch. Die Details erzähle ich, sobald ich da bin.«

Anna starrte ihr Smartphone an. Am liebsten hätte sie Nick sofort ausgequetscht. Paige hatte in ihrer beider Leben seit langer Zeit keine Rolle mehr gespielt, und sie verstand nicht, wieso er jetzt bei ihr gewesen war.

Sie ließ sich wieder auf der Sitzbank nieder. »Da ist noch etwas, das ich durch Zufall am Flughafen mitbekommen habe … Ich nehme mal an, ihr habt die Berichterstattung in den Nachrichten noch nicht gesehen?« Kurz wartete sie auf ihre Antworten, die jedoch beidseitig ausblieben. »Rogers Vater ist tot.«

»Was?«, brach es aus Nick heraus. »Michael Beckett? Mike und du wart doch gerade erst bei ihm.«

»Und aus genau diesem Grund musste er anscheinend sterben«, warf Zane flüsternd ein. »Er hat euch die Akte und somit den Namen des Psychologen geliefert. Ich wette, dieser Typ bringt uns auf eine heiße Spur.« Seine Finger flogen noch schneller über die Tasten. »Irgendwo finde ich diesen Isaak Pope.«

»Wir reden gleich persönlich über die Details«, sagte Nick und legte auf.

»Der Unbekannte hat sich denken können, dass wir an Lynettes Beerdigung teilnehmen, und wo diese stattfand, war sicherlich nicht schwer herauszubekommen.« Anna versuchte, sich an die Gesichter der geladenen Trauergäste zu erinnern. Davon hatten einige Sonnenbrillen getragen. Es war also möglich, dass die blinde Frau dort gewesen war.

Während Zane weiter nach Isaak Pope suchte, rief Anna ihre Mails auf. Ihr Chef hatte geschrieben und erkundigte sich, wie es ihr ging und wann er sie wieder in der Redaktion erwarten konnte. Auch von drei ihrer Kollegen hatte sie Mails im Postfach. Und eine stammte von Lynettes Bruder.

Sie öffnete seine Mail und überflog die Zeilen.

Als ich heute Morgen Lynettes Zimmer aufgeräumt habe, habe ich ihren kleinen Metallkoffer gefunden, zu dem sie mir vor wenigen Wochen den Code gegeben hatte, damit ich in einem Notfall darauf zugreifen kann. Darin habe ich unter anderem eine Passwortliste entdeckt, und da Mr. Newton mir gegenüber erwähnte, dass es hilfreich wäre, wenn er sich in ihren Arbeitsaccount einloggen könnte, schicke ich Ihnen den Code hiermit zu.

Der Zugang lautet: MAC6OLY389002KENZY

Beste Grüße

Luke

Anna stieß Zane unter dem Tisch sanft mit ihrem Fuß am Bein an und schob ihm ihr Smartphone zu. Er hob im ersten Moment irritiert die Augenbrauen, doch als er Lukes Mail las, huschte ein Lächeln über seine Lippen. »Ohhhh, danke.« Er nahm es auf und begann wieder, auf seiner Tastatur zu tippen.

»Das hier sind ihre letzten Einträge«, sagte er und rückte ein wenig zur Seite, damit sie neben ihm Platz nehmen konnte. Er deutete auf ein Dokument, das Anna beim genaueren Hinsehen als Dr. Falsis Lebenslauf erkannte.

Sie spürte, wie Zane neben ihr in eine gebeugte Haltung verfiel, und bemerkte, dass seine nach wie vor über der Tastatur schwebenden Hände leicht zu zittern begannen. Er hatte es noch nicht überwunden, diesen Mann in Notwehr getötet zu haben. Wahrscheinlich würde er das nie. Dabei hatte er Nick in letzter Sekunde vor dem psychopathischen Rechtsmediziner gerettet, hatte verhindert, dass er bei lebendigem Leib obduziert wurde.

Bei dem Gedanken daran bekam Anna vom Scheitel bis zur Sohle Gänsehaut. Sie sagte nichts, rieb Zane nur bestärkend über den Rücken.

Er räusperte sich, scrollte auf die nächste Seite des Dokuments. »Sieh dir das an! Lynette war wirklich ein Genie.«

Er starrte wie Anna auf den rot eingekreisten Namen, mit dem die Profilerin Falsis Psychotherapeuten markiert hatte. Isaak Pope …

»Sie hatte den Kerl schon im Visier«, stieß Zane aus und rief weitere ihrer Notizen auf. Darunter fand sich wieder ein rot markierter Eintrag, in dem Lynette ein Datum und einen Hotelnamen notiert hatte.

Sofort gab Zane die Daten in die Suchmaske ein.

»*21. März des vergangenen Jahres, Excelsior Plaza*«, fasste Anna zusammen. »*Vortrag über ›Psychopathische Persönlichkeiten: Definition und wiederkehrende Verhaltensmuster‹. Einer der Laudatoren: Prof. Dr. Isaak Pope.*«

Zane klatschte in die Hände. »Danke, Lynette.« Er rief die Veranstaltungsseite auf.

14. KAPITEL

»Wir haben nicht viel Zeit«, sagte Nick.

Er hatte die Tür aufgerissen, Anna mit einer innigen Umarmung begrüßt und sofort zusammengefasst, was bei Paige geschehen war.

»Das kann doch einfach nicht sein.« Zane stützte das Gesicht in die Hände und starrte auf seine Tastatur. »Wir bekommen endlich einen Hinweis, nur um festzustellen, dass es bereits weitergegangen ist.«

»Wovon sprecht ihr?« Nick öffnete seine Jacke und warf diese über die Sitzbank.

»Lynettes Bruder hat uns das Passwort gegeben«, erklärte Zane. »Es sieht wohl so aus, als habe sie die oberste Regel für Selbstständige beachtet. Falls dir etwas zustößt, muss jemand Zugriff auf deine Daten haben. Patientenverfügung, Testament, Passwörter. Sie hat bei ihrem Bruder einen Metallkoffer deponiert. Er hat ihn geöffnet und uns das Passwort für ihre Cloud gegeben. Dort habe ich die Unterlagen gefunden, die sie vor ihrem Tod zusammengestellt hat.«

Nick starrte mit neu erwachender Hoffnung auf Zane. »Und?«

»Sie hat jemanden gefunden und nicht nur irgendwen.« Er drehte den Monitor. »Es sieht so aus, als habe ein Psychologe namens Isaak Pope letztes Jahr auf einem Kongress eine Rede gehalten. Ich sage: Es sieht so aus, denn im Internet gibt es kein einziges Bild von ihm, keine Website, keine Texte. Nicht einmal aus Studienzeiten. Selbst wenn Menschen später auf Privatsphäre bedacht sind, gibt es doch immer irgendwo etwas zu finden. Sei es ein Partybild oder irgendeine offizielle Sache. Bei ihm ist das anders. Nicht ein Schnipsel. Diese Vortragsliste wurde von keiner Suchmaschine indiziert. Er muss verdammt gut sein.«

Nick und Anna tauschten einen verständnislosen Blick.

Zane schnaubte. »Suchmaschinen benutzen Crawler, die das gesamte Internet durchsuchen und die Webseiten scannen. Ich drücke das jetzt total vereinfacht aus, sonst bekommt ihr wieder diesen glasigen Blick. So finden wir überhaupt Dinge. In diesem Fall gibt es aber nichts Offizielles, keinerlei Unterlagen. Was Lynette entdeckt hat, ist die digitalisierte Fotografie der Teilnehmerliste. Das ist wie eine Stecknadel im Heuhaufen. Ein Wunder, dass sie immerhin das geschafft hat, vermutlich hat sie Kollegen kontaktiert oder irgendwelche Verzeichnisse geprüft.«

Nick setzte sich zu Zane und betrachtete die Liste. Das Bild mit den Vortragenden besaß nicht die beste Qualität.

»Genau das ist das Problem«, bestätigte Anna, die seinen Blick richtig gedeutet hatte.

Es gab ein Gruppenfoto, auf dem vier Gastredner zu erkennen waren, leider ohne Beschriftung, sonst hätte die

Suchmaschine es auch gefunden. Einer der Männer drehte den Kopf leicht zur Seite und kratzte sich am Kinn. Entsprechend war nicht viel von ihm zu sehen, nur das dunkle Haar und der Vollbart. Zudem war das Bild unscharf.

»Das muss er sein.« Nick tippte auf ihn.

»Davon gehen wir auch aus«, bestätigte Zane. »Die anderen drei waren leicht zu finden, ich habe die Ausschnitte in eine Suchmaschine geladen. Es sind Psychologen aus verschiedenen Bundesstaaten der USA. Unser Mann ist aber so unkenntlich, dass eine Zuordnung nicht möglich ist. Vermutlich hat er auch dafür gesorgt, dass man ihn im Netz nicht findet. Ich kann es nur noch mal sagen: Er ist verdammt gut. Trotzdem ist es Lynette gelungen, ihn nicht nur bei dem Vortrag zu finden. Isaak Pope hat nicht nur Hall therapiert. Sie hat Unterlagen zu Doktor Falsi aufgetan und sogar zu Edward Harris. Alle drei wurden von Isaak Pope ›behandelt‹. Wir wissen nicht, wie intensiv und wie lange oder wo, aber Pope ist definitiv kein Werkzeug.«

»Er ist der Unbekannte …«, schloss Anna.

Sie sahen sich abwechselnd an, die Erkenntnis stand allen im Gesicht geschrieben.

»Und obendrein perfide«, ergänzte Nick. »Für die Army zu arbeiten und auf diese Art an Psychopathen in Uniform zu gelangen, ist effektiv. Krank, aber effektiv.«

»Was machen wir jetzt?«, fragte Anna. »Paige muss morgen diesen Brief abgeben, auf dem ein Name steht.«

Nick warf einen letzten Blick auf das verschwommene Bild von Isaak Pope. Selbst auf dem Monitor schien er ein Geist zu sein, ungreifbar, unscharf, als entwinde er sich jeder Nachstellung. Nick stand auf, ging zum Tresen und goss sich einen Ingwertee auf. Er brauchte jetzt etwas Wärmendes. Die Situation von Paige hatte ihn erschüttert. Dass Pope sogar obdachlose Männer und Frauen mit in sein Spiel einbezog, war noch einmal ein völlig neues Level.

Gleichzeitig mussten sie aus der Spur zu Pope herausholen, was nur ging. Die Army sollte zumindest die Bewerbungsunterlagen des Psychologen besitzen, irgendwie war er schließlich dort gelandet. Und mit dem Tod von Michael Beckett, Rogers Vater, waren längst Ermittler an dem Fall dran. Wenn sie denen einen Tipp gaben oder über Mike einen Kontakt herstellten, müssten sie weiterkommen. Möglicherweise konnte Pope verhaftet werden. Andererseits neigte das Militär dazu, die Dinge intern zu regeln.

Er suchte Annas Blick. »Vielleicht kann Mike uns helfen.«

»Also nicht die Army?«, fragte sie.

»Das wäre der zweite Schritt«, erklärte er. »Mit ein bisschen Glück könnten wir diese ganze verdammte Sache mit Paige und ihren Schützlingen morgen beendet haben. Ich setze da lieber auf meine Leute.«

Zane zuckte mit den Schultern. »Wer den Mistkerl letztlich zur Strecke bringt, ist mir völlig egal.«

Anna nickte. »Bei Mike wissen wir, woran wir sind. Aber er ist dem Fall nicht mehr zugeteilt. Ich sehe nicht, wie wir das ändern könnten.«

Nick gestattete sich ein kurzes Grinsen. »Ich habe da

vielleicht eine Idee. Mike ist nämlich ein Ass, wenn es um Überwachung geht. Und auch wenn er das total langweilig findet, wissen seine Vorgesetzten das zu schätzen.« Er zog sein Smartphone hervor. »Aber klären wir das mit ihm.«

Er schaltete auf Lautsprecher und wählte die Nummer seines Freundes.

Nach zweimaligem Klingeln nahm er ab. »Gute Nachrichten sind okay, schlechte nehme ich gerade nicht an.«

»Warum so mürrisch?«, fragte Nick.

»Komm doch mal nach D.C. und mach einen Spaziergang ins Büro von Noriss, dann reden wir weiter. Ich sag dir, der hat so viel Druck von oben, dass er kurz davorsteht, seine Sachen zu packen.«

»In dem Fall halte dich bereit, ihm eine geniale Nachricht zu überbringen.« Nick fasste die Ereignisse um Paige zusammen.

»Das ist ja schrecklich«, sagte Mike. »Wenn ich das weitergebe, wird dort alles abgeriegelt. Aber wir können schwer all diese Obdachlosen schützen, die hauen doch sofort ab, sobald wir auftauchen.«

»Wir können ausnutzen, dass Paige einen Namen nennen soll«, erklärte Nick. »Wir schnappen uns einen unserer Jungs von der Akademie und tauschen ihn gegen einen von Paiges Schützlingen aus. Sie schreibt seinen Namen auf das Papier, und damit ist er derjenige, der entführt wird. Er kriegt einen Sender und eine Waffe. Sobald dieser Mistkerl ihn holt oder von einem seiner Werkzeuge entführen lässt, sind wir dran.«

»Und von einem nahe gelegenen Beobachtungsposten behalten wir alles im Blick«, führte Mike weiter aus. »Das könnte nicht nur klappen, das kriege ich nach oben unter Umständen sogar durch.«

Damit könnten sie sich Pope schnappen, ohne das Militär einzubeziehen. Letztlich müsste er eine weitere Entführung durchziehen, wenn er Paige unter Druck setzen wollte.

»Weißt du …«, begann Nick.

»Vergiss es«, sagte Mike sofort.

»Du hast doch keine Ahnung, was ich sagen wollte.«

»Du willst dabei sein.«

»Na schön, möglicherweise kennst du mich ein wenig«, gab Nick zu. »Aber es ist doch wirklich kein Ding, wenn ich mit euch in einem Versteck sitze und beobachte. Und dass Noriss dich einteilt, ist so was von klar.«

Nick hatte die Teamstruktur bereits gedanklich aufgebaut, die Noriss auf Basis der verfügbaren Spezialisten aussuchen musste. Es durfte schließlich nichts schiefgehen, sonst würde sein Kopf rollen.

»Falls, und ich betone, *falls* ich tatsächlich eingeteilt werde«, sagte Mike, »schaue ich, was ich machen kann. Gib mir bitte mal die Telefonnummer von dieser Paige. Ich möchte das weitere Vorgehen persönlich mit ihr absprechen.«

Nick kopierte die Nummer und schickte sie Mike per Textnachricht.

»Alles klar, ist angekommen. Jetzt bleib in der Nähe

deines Telefons, ich halte Rücksprache mit dem Big Boss und melde mich wieder.« Mike beendete das Gespräch.

Nick spürte die typische Euphorie der Jagd. Schon oft hatten sie in Fällen zum letzten Schlag ausgeholt, um Drogenringe zu sprengen oder hohe Tiere festzusetzen. Er musste dabei sein, wenn Lynettes Mörder gefasst wurde. Falls er nicht selbst auftauchte und nur eines seiner Werkzeuge benutzte, war das sogar noch wichtiger. Von den Agenten vor Ort hatte niemand Isaak Pope in Aktion erlebt.

Anna räusperte sich. »Und wo gedenkst du uns einzusetzen?« Die Frage kam zuckersüß, aber mit einem drohenden Unterton. »Du glaubst sicher nicht, dass ich hier brav rumsitze und abwarte, bis alles vorbei ist.«

»Ehrlich gesagt …«, hob er an.

»Nick Coleman«, sagte Anna und sah ihn aus zusammengekniffenen Augen an.

»… käme mir das nie in den Sinn.« Er räusperte sich. »Warten wir ab, wie Mike eingesetzt wird. Falls er das Team leitet, lässt sich vielleicht etwas machen.«

Nick wusste, dass es ab einem gewissen Moment recht zügig ging. Bis dahin dauerte es jedoch.

Er trank seinen Tee und genoss die Ruhe.

Anna tippte auf ihrem Smartphone Antworten für ihre Kollegen und den Chefredakteur. Mit etwas Glück konnte sie ihnen morgen die Schlagzeile liefern, dass Isaak Pope hinter allem steckte und das FBI ihn erwischt hatte.

Zane wühlte sich weiter durch die digitalen Unterlagen

aus Lynettes Cloud. »Viel mehr finde ich hier erst mal nicht«, sagte er zwei Stunden später. »Sie stand wohl selbst erst am Anfang der Suche. Als die Sache mit Natalie und Doktor Falsi herauskam, hat sie ihre Kontakte spielen lassen und gesucht. Aber erst Ted Hall hat den entscheidenden Hinweis gebracht.«

»Was ich nicht verstehe: Lynette hatte gerade herausgefunden, dass Pope der Unbekannte ist. Und direkt danach taucht er bei ihr auf und tötet sie.« Nick schüttelte den Kopf. »Das kann kein Zufall sein. Er muss gewusst haben, dass sie ihm näher kommt.«

Anna blickte von ihrem Smartphone auf. »Wenn Lynette bei Kollegen nachgefragt hat und einer von ihnen mit Pope zusammenarbeitet, dann könnte er es über ihn erfahren haben.«

»Oder es ist ihm gelungen, auf ihrem Laptop eine Überwachungssoftware zu installieren.« Zane griff nach der nächsten Dose Energydrink und nippte daran. »Das können wir im Nachhinein kaum noch rekonstruieren.«

Und glücklicherweise mussten sie das auch nicht. All die verschlungenen Wege nachzuvollziehen, die Lynette genommen hatte, war unmöglich.

Sie unterhielten sich, recherchierten und aßen etwas. Endlich einen Namen für den Unbekannten zu haben und dazu noch eine Strategie, ihn dingfest zu machen, gab ihnen den Schwung zurück, den sie dringend nötig hatten. Zane tippte mit neuer Leidenschaft auf seiner Tastatur, und manchmal stahl sich sogar ein Lächeln auf seine

Lippen. Nick summte einmal sogar gedankenverloren ein Lied, Anna selbst ertappte sich dabei, wie sie sich die Verhaftung von Pope ausmalte.

Ein inneres Feuer hatte sie ergriffen, das langsam an Intensität gewann. Es war kurz vor Mitternacht, als Nicks Smartphone klingelte.

»Wir haben das Go von oben«, sagte Mike, nachdem Nick das Gespräch erneut auf Lautsprecher gestellt hatte.

»Yes!«, rief Nick. »Da sag noch mal jemand, es geht nicht voran. Und, bist du involviert?«

»Deine Voraussage erweist sich als korrekt, ich bin Teamleiter bei der Vorortüberwachung. Es werden rings um das Areal Agenten postiert, einige von der Akademie als verwahrloste Obdachlose getarnt. Der Leiter der Taskforce setzt sich gerade mit Paige in Verbindung, um den richtigen Mann auszuwählen. Bis morgen früh sind wir so weit.«

Nun nahm das Vorhaben Fahrt auf.

»Muss ich mich alleine irgendwo auf die Lauer legen?«, fragte Nick.

»Du darfst mir *inoffiziell* in einem gemütlichen Wohnwagen Gesellschaft leisten«, erklärte Mike. »Der wird wohl normalerweise von einer Ärztin genutzt, die einmal im Monat nach den Obdachlosen sieht. In der übrigen Zeit steht er zwischen den Pappbehausungen und ist damit der perfekte Ort für eine Überwachung.«

»Wunderbar.«

Ein Räuspern erklang von rechts.

»Was Anna betrifft …«

»Ihr seid wirklich ganz schreckliche Freunde«, sagte Mike. »Dank euch bekomme ich graue Haare, bevor ich die vierzig erreiche. In den Wohnwagen kriege ich Anna nicht. Als Journalistin ist für sie alles tabu, was auf dem Gelände direkt geschieht. Falls da auch nur eine Kugel in unsere Richtung fliegt und jemand herausbekommt, dass ich einer Zivilistin Zutritt verschafft habe … No way.«

»Aber dein großes Genie hat eine Lösung gefunden?«, hakte Nick sofort nach.

»Wir beziehen außerdem mit einem Zweimannteam Position in einem Abrisshaus«, sprach Mike weiter. »Dort könnte sie sich dazusetzen. Natürlich darf nichts aufgezeichnet werden, jedes Gespräch ist ›Off the record‹, und es darf nichts dazu geschrieben werden. Das ist mein Ernst. Kein Wort.«

»Selbstverständlich«, stimmte Anna sofort zu. »Ich will einfach, dass der Mistkerl erledigt wird. Das ist keine berufliche Sache. Und ich weiß, was du dafür riskierst. Vielen Dank.«

»Schließlich wollen wir alle, dass es bald vorbei ist«, sagte Mike. »Ihr habt es verdient, dabei zu sein. Ich stürze mich wieder in die Vorbereitungen. In circa zweieinhalb Stunden bin ich bei euch in Chicago, in spätestens vier beziehen wir Position im Wohnwagen. Ab diesem Zeitpunkt sollte keine auffällige Bewegung mehr stattfinden. Ich habe mit Paige telefoniert. Sie soll den Umschlag kurz vor Sonnenaufgang an eine Pappbehausung kleben. Haltet euch also bereit.«

»Alles klar.«

Mike beendete die Verbindung.

»Und nach mir fragt niemand?«, warf Zane ein.

»Möchtest du etwa auch ins Getümmel?«, erkundigte sich Nick überrascht.

»Seid ihr irre? Keine Chance.« Zane schüttelte den Kopf. »Ich bleibe hier in meiner Festung der Einsamkeit und tippe vor mich hin. Es gibt noch ausreichend Akten von Lynette zu sichten. Und ich suche weiter nach Informationen über Isaak Pope. Falls die ihn nicht sofort kriegen, müssen wir Mike von Isaak Pope erzählen.«

In diese Richtung hatte Nick ebenfalls bereits gedacht. »Falls der eingesetzte Akademie-Agent nicht von Pope, sondern von einem seiner Werkzeuge geholt wird, bekommt Mike von mir noch vor Ort alle Infos zu dem Psychologen und kann sie weiterleiten. So oder so, die Schlinge um diesen Mistkerl wird sich spätestens morgen zuziehen.«

15. KAPITEL

13 Jahre zuvor

Samuel sah dem Deputy nach, der als Letzter das Haus verließ und die Tür hinter sich zuzog. Eine Weile stand er einfach nur da. Seine Muskeln schmerzten von seiner verkrampften Haltung, die sich selbst jetzt, nachdem er wieder allein mit seiner Mutter im Haus war, nicht lockerte.

Er hörte sie oben im Schlafzimmer wimmern. Seit sie aufgewacht war und vom tragischen Tod ihres Mannes erfahren hatte, weinte sie ununterbrochen. Während die Spurensicherung im Büro seines Vaters und an der eingeschlagenen Verandatür zugange gewesen war, hatte er bei ihr gesessen und versucht, sie zu beruhigen. Auch er hatte geweint, ohne genau sagen zu können, warum. Aus Wut, Panik, Stolz, Erleichterung? Trauer schloss er aus.

Endlich hatte er vor seinem Vater Stärke bewiesen. Sein Herz begann sofort wieder kräftiger zu schlagen, wenn er an den Ausdruck in dessen Augen dachte, als er realisierte, dass sein Sohn ihm in den letzten Zügen seines Lebens überlegen war. Nicht Samuel war schuld an seinem Tod, die Verantwortung trug sein Vater selbst. Er hatte ihn dazu getrieben.

Als die Rettungskräfte eingetroffen waren, hatte er bei dem Toten in dessen Blutlache gehockt und ihn in seinen Armen gehalten. In der offiziellen Version hatte er seinen Vater leblos am Boden liegend vorgefunden. Er hatte für seine blutbefleckte Kleidung und das Blut in seinem Gesicht schließlich eine Erklärung liefern müssen. Die Wange schluchzend auf einen übrigen Haarfetzen des Vaters gepresst, hatte er vermutlich einen herzzerreißenden Anblick geboten.

Seine Mom hatte das alles verändernde Ereignis in ihrem Alkoholrausch verschlafen. Erst nachdem er hochdramatisch heulend den Notruf gewählt und das Eintreffen der Rettungskräfte abgewartet hatte, war ein Sanitäter auf seine Bitte hin zu ihr ins Schlafzimmer gegangen. Er hatte sie mehrfach wach gerüttelt, bis sie endlich zu sich kam. Sie alle hatten ihm seine gespielte Verzweiflung abgenommen. Mrs. Dexter von der Theatergruppe könnte nicht stolzer auf seine Darbietung sein. Dabei sagte sie stets, ihm fehlte Talent, was die anderen in der Gruppe ihm nur allzu gern immer wieder unter die Nase rieben.

Doch heute war er über sich hinausgewachsen. Er war nicht der Schwächling, für den ihn alle hielten. Nicht mehr. Das, was er getan hatte, war eine Höchstleistung. Binnen wenigen Minuten hatte er einen Plan verinnerlicht, diesen durchgezogen und sie alle zum Narren gehalten.

Samuel streckte den Rücken durch und wandte sich langsam dem Arbeitszimmer seines Vaters zu. Die Spurensicherung hatte ein Absperrband vor die Tür geklebt, als Vorsichtsmaßnahme, falls sie noch einmal etwas prüfen mussten.

Er schmunzelte, seine Lider zuckten.

Sie würden nichts weiter finden, dafür hatte er gesorgt.

Sein Blick glitt zum Ende des Foyers, zu der unscheinbaren Tür, die in den Keller führte. Noch immer sah er den entsetzten Gesichtsausdruck des Junkies in seinem Geist vor sich. Zitternd am Boden kauernd, zu nah am Tatort, das Gesicht mit Blutsprenkeln von Samuels Vater benetzt. Überall war Blut.

Er allein wusste, was Samuel getan hatte, war unfreiwillig zum Zeugen geworden. Ihm blieb keine andere Wahl, als ihn aus dem Weg zu schaffen. Doch konnte er es rechtfertigen, ihn deshalb zu töten? Immerhin hatte er es diesem Mann zu verdanken, dass er den Mut gefunden hatte, seinen eigenen Vater zu ermorden – sich endlich von ihm zu befreien.

Zögernd ging er auf die Kellertür zu, legte die Hand auf die Klinke und hielt inne. Der Landstreicher war nicht viel älter als er, auch in ihm hauste eine verlorene Seele.

Kurz lauschte er nach dem Wimmern seiner Mutter. Er zog den Schlüssel von der Tür, schlüpfte hindurch und steckte ihn von innen wieder ins Schloss. Zwar lagerten hier unten ihre Weine, doch wenn er den Kühlschrank immer ausreichend befüllte, würde sie keinen Anlass haben, den Keller zu betreten.

Er schlich die Steinstufen hinab, durchquerte den ersten Raum mit den Waschmaschinen und dem Trockner.

Er musste daran denken, der Haushälterin noch heute ein Kündigungsschreiben zu schicken, musste jeden außer seiner Mutter und ihm von dem Haus fernhalten.

Im nächsten Raum war das Weinlager, wo sein Vater hinter dem Regal an der rechten Seite ein angrenzendes Zimmer verbarg, in dem er die Wertsachen der Familie aufbewahrte. Für den Fall eines Einbruches hatte er im Safe seines Arbeitszimmers nur etwas Bargeld deponiert. Die Wertpapiere, Aktien, Fonds, Schmuck und eine größere Geldsumme lagerten in einem zweiten Safe, in dem geheimen Raum.

Samuel klappte das schwere Regal mit den Weinflaschen wie eine Tür zur Seite und starrte auf eine zweite, die sich ihm nun offenbarte.

»Hallo?«, drang es durch die Tür zu ihm vor.

Der Junkie musste das Knarzen des Regals gehört haben. »Ist da jemand?« Die Stimme überschlug sich, war mehr ein Krächzen, geschwächt von der durchlittenen Pein. »Bitte, lass mich raus! Ich werde niemandem sagen, was passiert ist. Das schwöre ich.«

Samuel lehnte sich gegen die Brandschutztür und strich sanft an der Metallfläche hinab.

»Bitte! Ich kann doch gar nicht zur Polizei gehen. Bei denen wäre ich sofort der Verdächtige Nummer eins.« Ein gequältes Stöhnen war zu hören. »Dafür hast du gesorgt«, setzte er kaum hörbar nach.

Samuel kannte noch nicht einmal seinen Namen. Er legte das Ohr an die Tür, bildete sich ein, die schweren

Atemzüge des Fremden wahrzunehmen, der ihm bald ein Freund sein würde. Sein einziger Freund.

Durch die Tat waren sie unabänderlich miteinander verbunden. Der Junkie hatte alles ins Rollen gebracht. Samuel würde ihm auf ewig dafür dankbar sein.

Vorerst musste er noch abwarten, bis er sichergehen konnte, dass die Ermittler und die Spurensicherung nicht mehr für Nachfragen oder weitere Untersuchungen ungefragt hier aufkreuzten. Sie suchten nach dem Einbrecher, der Samuels Vater überfallen und mit einem Baseballschläger regelrecht hingerichtet hatte. Auf dem Schläger, der nach seinen Aussagen ihm gehörte und immer griffbereit im Flur gestanden hatte, würden sie natürlich auch Samuels Fingerabdrücke finden. Aber bevor er den Landstreicher in den Keller geführt hatte, hatte er ihm den Schläger in die Hände gedrückt. Es würden dessen Fingerabdrücke sein, die die Ermittler interessierten. Und er hatte ihn beruhigt, dass er keine Angst zu haben brauchte und er ihn rauslassen würde, sobald die Polizei weg war. Immerhin wollte er nur sein Bestes, und diese kleine Notlüge diente dazu, ihn nicht noch mehr zu stressen.

Er war da bereits in zu schlechter Verfassung gewesen, um Samuel noch gefährlich werden zu können. Der Mann hatte dringend einen nächsten Schuss gebraucht, und nun waren seitdem mindestens sechs Stunden vergangen. Er bedauerte, ihn nicht durch die Tür sehen zu können. Mittlerweile musste er schon auf Entzug sein, und

Samuel würde ihn nicht eher herauslassen, bis er die Entgiftung hinter sich hatte.

Letztlich mussten sie sich alle ihren Dämonen stellen, das hatte Samuel heute begriffen. Bei ihm war es sein Vater gewesen, bei dem Junkie waren es die Drogen. Sie beide waren vom selben Schlag, und heute begann ihr neues Leben.

Falls seine Fingerabdrücke bereits in einer Datenbank gespeichert waren und sich denen auf dem Schläger zuweisen ließen, würde Samuel als Sohn des Opfers davon erfahren, und sie schrieben den Junkie zur Fahndung aus. Dann konnte er sich sowieso nicht mehr auf der Straße blicken lassen und würde freiwillig bei ihm bleiben. Und falls es nicht so kam, würde er einen anderen Weg finden, um seinen neuen Freund für immer bei sich zu behalten.

16. KAPITEL

Anna saß auf einem leeren Bierkasten, Paige auf ausgelegtem Zeitungspapier auf dem Boden ihr gegenüber. In einer Tonne brannte Feuer und tauchte die bröckeligen Wände des Abrisshauses in sanftes Licht. Dennoch war dieser fensterlose Raum trostlos und kalt. Es roch nach Rauch.

Paige und sie waren in der Highschool enge Freundinnen gewesen, hatten sich jedoch mit der Zeit durch ihre unterschiedlichen Studienrichtungen und den fehlenden Kontakt aus den Augen verloren. Vor etwa zwei Stunden waren sie hier wieder aufeinandergetroffen und hatten sich mit einer herzlichen Umarmung begrüßt. Doch miteinander gesprochen hatten sie bisher kaum. Obwohl sie die Nacht durchmachten, war Anna hellwach. Zu groß war die Anspannung. Die Hilflosigkeit und Sorge um ihre Schützlinge war Paiges Miene deutlich anzusehen.

Sie pulte immerzu mit den Zeigefingern an der Nagelhaut ihrer Daumen und zog sich mit den Zähnen Hautfetzen von den Lippen. Ihre Haut war von den vielen Außeneinsätzen in der Kälte spröde und gerötet. Sie trug kein Make-up, hatte sich der Normalität ihrer Schützlinge längst angepasst. Das dunkelblonde, kurze Haar wirkte ungekämmt.

Paige sah auf ihre Armbanduhr und seufzte. »In einer Viertelstunde muss ich los«, flüsterte sie und betrachtete das Kuvert, das neben ihr auf dem Boden lag.

Anna wusste, dass sich darin ein Blatt Papier befand, auf das ihre alte Freundin den Namen eines Jungen geschrieben und somit quasi sein Todesurteil unterzeichnet hatte. Ihr blieb nur zu hoffen, dass die Taskforce und der Agent, der sich für den Schützling ausgab, das Unheil abwenden konnten. Eine Stunde vor Sonnenaufgang sollte sie den Umschlag bei dem alten Güterbahnhof an eine Behausung aus Karton kleben. Im Schutz der Dunkelheit, weshalb das Einsatzteam davon ausging, dass das Kuvert noch vor Tagesanbruch eingesammelt wurde.

»Machen Sie sich bereit«, forderte ein Mann der Taskforce Paige auf. Er hielt den Vorhang, der den Nachbarraum von ihrem abgrenzte, beiseite und nickte ihnen zu.

Paige machte keine Anstalten, wirkte wie erstarrt.

»Wir haben Sie genau im Blick und schreiten sofort ein, falls sich Ihnen jemand ungeplant nähert.«

Anna konnte nachempfinden, wie Paige sich fühlen musste. Sie war zum Spielball geworden, dem nächsten Zug Isaak Popes hilflos ausgesetzt.

Sie stand auf, ging die wenigen Schritte zu ihr, reichte ihr die Hand und half ihrer alten Freundin auf die Beine.

»Dank dir können wir den Kerl endlich drankriegen.«

Paige nickte zögernd. »Es muss klappen, bevor er Sandra etwas antut.«

Ohne Annas Hand loszulassen, bückte sie sich nach dem Kuvert und stopfte es in die Innentasche ihrer Jacke.

Sie folgten dem Special Agent in den Nebenraum, von dem aus Paige ins Treppenhaus gelangen konnte. Hier war es durch ein fehlendes Feuer eisig kalt und beinahe stockdunkel. Auf Höhe des fünften Stockwerkes pfiff der stürmische Wind durch die eingeschlagene Fensterscheibe.

Der Agent hockte sich vor dem Fenster neben seinen ebenfalls in Schwarz gekleideten Kollegen, der durch das Zielfernrohr eines auf einem Stativ befestigten Weitschussgewehrs spähte.

Vom Treppenhaus her waren ein gelegentliches Poltern und Stimmen zu hören. Nach ihrem Eintreffen hatte Paige Anna jedoch beruhigt, dass von den verwahrlosten Männern und Frauen, die hier übernachteten, keine Gefahr ausging. Sie rochen einen Cop schon wenige Schritte gegen den Wind und hatten ihre Anwesenheit sicherlich mitbekommen. Aber die meisten von ihnen hatten Berührungsängste mit der Justiz und würden sich allein zum Selbstschutz vor den bewaffneten Männern der Taskforce fernhalten.

»Ich glaube, ich schaff das nicht«, sagte Paige.

Anna sah zu den Agenten. »Würden Sie uns bitte einen kurzen Moment allein lassen?«

»Wir warten im Treppenhaus«, erwiderte einer, nickte seinem Kollegen auffordernd zu und verließ vor ihm den Raum.

Als sie die Tür hinter sich schlossen, drückte sie bestärkend Paiges Hand. »Selbstverständlich schaffst du das. Du hast dich noch nie von etwas unterkriegen lassen.«

Paige erwiderte nichts. Die Stille wurde jedoch von einer Sekunde auf die andere durch das Klingeln ihres Smartphones unterbrochen.

Sie zuckte spürbar zusammen und fischte es hektisch aus ihrer Jackentasche.

»Unbekannte Nummer«, sagte sie mit Blick auf das Display. Ihr Gesicht wirkte in dessen Schein leichenblass.

»Geh ran und schalte den Lautsprecher ein«, forderte Anna sie auf.

Paige zögerte.

»Schnell! Wenn er es ist, glaubt er sonst womöglich, dass etwas nicht stimmt.«

Als Paige mit ihrem Daumen auf das Lautsprechersymbol tippte, zitterte sie so sehr, dass Anna damit rechnete, dass sie es jeden Moment fallen ließ.

»Hallo?«, kam es ihr schwerfällig über die Lippen.

»Na, das hat ja gedauert«, erklang die von einem Vocoder verzerrte Stimme.

Anna bekam eine Gänsehaut. Sie nickte Paige zu. Das war *er*. Eindeutig.

»Ich … Ich bin schon unterwegs«, ließ Paige ihn wissen.

»Soso.« Ein Kratzen war zu hören. »Nun, den Weg kannst du dir sparen. Nenne mir einfach den Namen, den du aufgeschrieben hast. Ich finde, den Umschlag solltest du behalten, um immer vor Augen zu haben, wen du zum Tode verurteilt hast.«

Anna hatte das Gefühl, der Boden würde unter ihr nachgeben. Sie presste die Lippen zusammen und zwang sich, weiterhin zu schweigen.

Paige starrte sie aus weit aufgerissenen Augen an. Es war offensichtlich, dass sie nicht wusste, was sie nun tun sollte.

»Sie können sich sicherlich vorstellen, wie schwer es mir gefallen ist, einen Namen aufzuschreiben. Ihn auch noch auszusprechen, schaffe ich nicht.«

Gut, sie machte das gut. Anna hob den Daumen. Auf andere Weise konnte sie Paige jetzt nicht beistehen.

»Tttt … Hast du denn noch immer nicht verstanden, dass *ich* die Spielregeln aufstelle?« Er lachte blechern. »Du sagst mir jetzt den Namen, ansonsten wähle ich, schnappe mir aber gleich zwei auf einmal.«

Anna hielt sich die Hand vor den Mund. Die Wut kochte immer weiter in ihr hoch. Sie wollte Paige das Smartphone entreißen und Isaak Pope anbrüllen, dass ihm die Ohren klingelten.

Paige taumelte zurück, prallte mit dem Rücken gegen die Wand und glitt an dieser hinab. »Sie krankes Schwein!«

Wieder erklang dieses gehässige Lachen, das Anna inzwischen nur allzu vertraut war. Jedes Mal, wenn er sich überlegen fühlte, stieß er es aus. Wie sehr Anna es hasste. *Ihn* hasste.

»Genialität wird oft mit Krankheit assoziiert, weil sie den Unterlegenen Angst macht.«

»Sie halten sich für ein Genie, aber Sie sind ein … ein«, stieß Paige zwischen zusammengepressten Zähnen hervor.

Kurz herrschte Stille.

»Vorsicht, Miss Simpson. Wenn man mich reizt, werde ich leicht empfindlich. Die Letzte, die es hat darauf ankommen lassen, war Lynette McKenzie. Anna wird dir bestätigen, dass sie das ganz schnell mit ihrem Leben bezahlt hat.«

Ein Keuchen entwich ihr. Sie ballte die Hände zu Fäusten, spürte ihre Halsschlagader emsig pochen.

»Machen wir es also kurz«, fuhr er fort. »Im Grunde ist es mir völlig egal, ob du mir einen Namen nennst. Es ist deine Entscheidung, entweder stirbt dein Auserwählter oder eben an seiner Stelle zwei andere. Wenn du es nicht über die Lippen bringst, kann ihn mir auch gerne Anna verraten. Gib dein Smartphone einfach an sie weiter!«

Den letzten Satz spie er voller Verachtung aus.

Sie spürte Paiges Blick, während sie auf das beleuchtete Display starrte. Er wusste, dass sie hier war – wusste es wahrscheinlich schon die ganze Zeit. Anna schloss die Augen. Wie konnte das nur sein? Wie konnte er ihnen immer zwei Schritte voraus sein?

»Jetzt nimm endlich das Smartphone in die Hand, sonst werden aus zwei verwahrlosten Obdachlosen schnell drei«, brüllte er ungeduldig, sodass Paige ihr Handy erschrocken fallen ließ.

Anna war mit wenigen Schritten bei ihr und bückte sich danach. Sie konnten von Glück reden, dass der Aufprall die Verbindung nicht beendet hatte.

»Es muss ganz schön frustrierend für Sie sein, jetzt

meine Stimme zu hören«, sagte sie mit bemüht festem Ton. »Immerhin haben Sie sich sicher gewähnt, mir ein nasses Grab bereitet zu haben.«

»Spitzzüngig wie immer.« Er lachte abermals und brachte ihre gespielte Selbstbeherrschung gefährlich ins Wanken. »Du willst ihn mir also auch nicht nennen?«, fragte er, als sie ihre Antwort zu lange überdachte. »Weißt du, da du mich herauszufordern versuchst, ist es wohl an der Zeit, dir nochmals aufzuzeigen, dass *ich* die Zügel in der Hand halte. Am Ende zählt nur der Sieger, an den Spielverlauf erinnert sich keine Menschenseele.«

»Sie werden in Ihrer Verzweiflung ja fast schon zum Poeten«, stieß sie aus.

Am liebsten hätte sie ihm an den Kopf geworfen, dass sie nun seinen Namen kannten und sie ihm dichter auf den Fersen waren, als er glaubte. Sie musste ihre Wut unbedingt unter Kontrolle bekommen, um keinen Fehler zu machen.

Sie räusperte sich, tat, als würde sie mit sich ringen. »Der Name des Jungen ist Paul«, sagte sie schließlich betont zögerlich.

»Na also, das war doch gar nicht so schwer, oder? Ein guter Zeitpunkt, um die nächste Runde zu beginnen.«

»Spielen Sie die mal schön allein. Ich werde jetzt auflegen.«

»Wenn du das tust, sterben sie in der nächsten Sekunde«, sagte er hastig, bevor sie das Telefonat beenden konnte.

Verdammt. Was meinte er damit? In ihrem Magen begann es unheilvoll zu ziehen. Sie schwieg, gab ihm nicht die Genugtuung nachzufragen.

»Sieh aus dem Fenster«, befahl er. »Sonst verpasst du die ganze Show.«

Sie wandte sich langsam der zerbrochenen Fensterscheibe zu. Davor stand das auf einem Stativ befestigte Weitschussgewehr.

Annas Muskeln wollten ihr nicht gehorchen. Sie schleppte sich förmlich zum Fenster und lehnte sich Halt suchend gegen die raue Mauer. Sie fröstelte nicht nur wegen des durchpfeifenden Windes, ihr Innerstes schien gefroren.

»Hat es nicht etwas Faszinierendes, wie die alten Gleise im Mondlicht schimmern?«, fragte er.

Sie schluckte.

»Ich freue mich schon auf den Anblick, wenn die Schienen in einer Stunde im Licht der aufgehenden Sonne erglühen.«

Anna zuckte zusammen. Er war hier? Dieser Mistkerl war tatsächlich höchstpersönlich gekommen. Sie erschauderte erneut. Irgendetwas wollte er sich nicht entgehen lassen. Wo hielt er sich versteckt? Was hatte er vor?

»Bist du bereit?«, erkundigte er sich mit einem melodramatischen Tonfall.

»Nein.«

Da war es wieder, sein verhasstes Lachen.

»Ich gewähre dir einen Anruf, und du hast ab diesem Moment fünfzehn Minuten Zeit.«

Sie runzelte die Stirn. »Wen soll ich anrufen?«

»Du hast die Wahl zwischen Nick oder eurem Freund Mike Cohen. Sie beide befinden sich in dem Wohnwagen neben den Gleisen, und du hast jetzt nur noch vierzehneinhalb Minuten Zeit, einen von ihnen zu retten.«

Anna schnappte nach Luft, ihr Herz schien sich zu überschlagen.

»Oh, und bevor ich es vergesse. Ich bleibe natürlich über Paige Simpsons Smartphone in der Leitung. Ich werde hören, was du tust. Solltest du auch nur versuchen, die Männer in dem Wohnwagen zu warnen, oder den zwei Agenten im Treppenhaus einen Hinweis zu geben, fliegt er im selben Augenblick in die Luft.«

»Sie elender Bastard«, stieß Anna aus. Tränen schossen ihr in die Augen, ihr Kinn zitterte vor unterdrückter Wut.

»Noch vierzehn Minuten«, flüsterte er. »Ich freue mich schon auf das Feuerwerk. Die Uhr tickt.«

Anna tastete panisch nach ihrem Smartphone, während Isaak Popes verzerrte Stimme unheilvoll aus dem von Paige drang.

»Tik, tak, tik, tak ...«

17. KAPITEL

»Danke.« Nick nahm den Pappbecher entgegen, aus dem der Duft von Kaffee aufstieg und seine Müdigkeit verdrängte. In den normalen Geruch mischte sich eine unbekannte Note. Er runzelte die Stirn.

»Kürbis«, erklärte Mike. »Ich dachte, wir beginnen unsere Überwachung einmal mit ein wenig … Risiko.« Er rollte gespielt mit den Augen.

Nick lachte unweigerlich und spürte, wie seine Verkrampfung sich löste. »Spinner.« Er war Mike dankbar dafür. Sein bester Freund wusste einfach, was dieser Augenblick bedeutete. Nach Monaten der Angst, der Verfolgung und viel zu vielen Verlusten, standen sie jetzt kurz davor, Isaak Pope zu erwischen.

Dass er alle möglichen Gewürze zusammengesucht hatte, um in dem Wohnwagen mit der altersschwachen Kaffeemaschine irgendwelche Sondersorten aufzubrühen, gefiel Nick weniger. Er war, was Kaffee anging, Purist.

Offiziell bestand das FBI-Team aus drei Personen, Nick selbst war inoffiziell hier.

Mike war aufgrund seiner Kompetenz von Noriss

zähneknirschend als Teamleiter eingesetzt worden, die anderen beiden hatten ebenfalls jahrelange Erfahrung.

Nick hatte vorhin durch Zufall mitbekommen, dass die Agentin – Lana Sherman – mit ihrer Freundin telefoniert hatte, die allein zu Hause den Abend verbrachte. Es war um ihre Geburtstagsfeier gegangen. Ursprünglich hatte Lana dafür im kleinen Rahmen reinfeiern wollen, was jetzt bedauerlicherweise hier im Wohnwagen stattfand oder eben nicht. Sie hatten ihr gratuliert und mit Kaffee angestoßen. Einen so makabren Geburtstag würde sie wohl nie wieder feiern.

Ganz anders bei dem Agenten. Ali Singh entstammte einer Familie mit indischen Wurzeln und war stolz, zur ersten in Amerika geborenen Generation zu gehören. Er kam seinem Dienst mit Feuereifer nach.

Mike schlug Nick gegen den Arm. »Hör auf zu grübeln, trink deinen Kaffee und beobachte. Schließlich bist du deshalb hier. Erinnerst du dich?«

Er gab ein verärgertes Grunzen von sich und trank einen Schluck. Wenn es hart auf hart kam, hatten sie glücklicherweise sowieso nichts zu tun, das ganze Areal wimmelte von Einsatzkräften. Ihre Aufgabe war es, die eingehenden Funkmeldungen zu koordinieren und mit einem Fernglas abwechselnd das Gebiet im Blick zu behalten.

»Ich wäre jetzt so gerne dort draußen«, sagte Nick.

»Noriss lässt dich offiziell nicht einmal in die Nähe des Einsatzes«, kam es sofort von Mike. »Und du weißt, dass er damit ausnahmsweise recht hat. Würdest du den Unbekannten erschießen, hätte die Presse dich am Haken. Mit seinem letzten Atemzug würde er dein Leben final zur Hölle machen. Allein die Tatsache, dass du hier sitzt, könnte mir ernsthafte Probleme machen.«

»Schon klar«, sagte er seufzend. »Ich bleibe hier, bin still und freue mich am Ende leise.«

Mike lachte. »Von mir aus darfst du auch jubeln.«

»Ich bin dir auf jeden Fall sehr dankbar, das weißt du hoffentlich«, erklärte Nick. »Ohne dich hätten wir das alles nicht auf die Beine stellen können. In Detroit genauso.«

Mike starrte sinnierend vor sich hin. »Ich weiß noch, wie du damals losgestürmt bist, um dir in Washington die alte Harris-Akte anzusehen. Wer hätte gedacht, dass das Ganze noch einmal so ausartet. Dieser Kerl muss euch wirklich abgrundtief hassen.«

Bisher wusste Mike nicht, dass sie über Lynettes Unterlagen die Verbindung zu Isaak Pope hergestellt hatten. Sobald er in sicherem Gewahrsam war, konnten sie ihre Aufzeichnungen ebenfalls überstellen. Dann konnte der Staatsanwalt eine Anklage vorbereiten, die diesen Irren für den Rest seines Lebens hinter Gitter brachte.

»Ist Amelia sehr wütend?«, fragte Nick.

»Du meinst, weil ich erst in Detroit war, dann heute zu Hause angekommen bin und schließlich wieder ins Flugzeug steige und hier eine ganze Nacht herumsitze? Ach was, die freut sich total, wenn ich ständig weg bin.« Er schnaubte. »Aber ich konnte sie beruhigen. Vor dem Abflug habe ich Urlaub eingereicht. Vierzehn Tage am Stück und …« Er legte eine Pause ein. »Im Ausland. Damit nicht irgendein Notfall dazwischenkommt.«

»Wohin geht's?«

»Europa. Wir wollen eine Tour durch die ›Perfekten Drei‹ machen – so nennt Amelia sie. Paris, Berlin und London. Champs Élysées, Ku'damm und am Ende die Tower Bridge.«

»Klingt toll.«

»Und bei euch? Irgendwelche gemeinsamen Pläne? Eine Wohnung vielleicht?« Mike zwinkerte ihm zu.

»Seltsam, oder? Das sind alles so gewöhnliche Fragen … Wir haben noch kein einziges Mal über so etwas gesprochen. Ständig sind wir dabei, ums Überleben zu kämpfen, werden entführt oder – wie bei Roger und Zane – vergiftet.«

»Dann wird es Zeit«, sagte Mike. »In ein paar Stunden kannst du dir Gedanken darüber machen.«

Die Stichworte hatten genügt, dass Nick sich kurz seinen Fantasiebildern hingab. Ein Sonnenuntergang auf einem Balkon, Annas Lächeln, ein kühles Bier in der Hand, die Augen ins Grüne gerichtet.

Sein Smartphone vibrierte.

»Wenn man von der Teufelin spricht.« Mike grinste verschmitzt. »Mach nur.«

Nick nahm den Anruf entgegen. »Ist dir schon langweilig?«

»Ach, du weißt ja, wie das ist«, sagte Anna und räusperte sich.

»Alles okay?«

»Frosch im Hals.«

»Kommt Paige gleich? Hier stehen ein paar Agenten am Fenster und starren ungeduldig hinaus.« Er warf einen schnellen Blick auf die Uhr seines Smartphones und führte es dann zurück an sein Ohr. »Langsam sollte sie das Kuvert anbringen, oder nicht?«

»Sie ist noch hier«, sagte Anna zögerlich. »Weißt du, sie ist nicht gut drauf und glaubt, sie schafft das nicht.«

»Verstehe. Du brauchst meine Unterstützung. Hast du mich auf Lautsprecher gestellt?« Er nahm es, wie die meisten Menschen, sofort wahr, wenn die Hintergrundgeräusche eines Gesprächs anders waren als normalerweise.

»Ja«, sagte Anna gepresst. »Die zwei Agenten warten draußen und haben gesagt, dass sie in drei Minuten echt losmuss. Du kannst Paige sicher besser davon überzeugen, wie wichtig ihr Einsatz ist.«

»Paige, ich kann dir versichern, du musst dir keine Sorgen machen«, begann Nick. »Das Areal ist umzingelt, überall sind Spezialisten. Wir haben Scharfschützen postiert, und hier im Wohnwagen sind Mike, ich und zwei Kollegen dabei, alles zu überwachen. Du …«

»Ich kann das nicht«, hörte er Paige im Hintergrund sagen. »Ich kann das einfach nicht.«

»Kannst du vielleicht herkommen?«, schlug Anna vor. »Uns rennt die Zeit davon.«

Seltsam, er hatte seine alte Freundin früher nie so schüchtern erlebt. Die Sorge um ihre Schützlinge hatte sie definitiv an den Rand eines Nervenzusammenbruchs getrieben. Trotzdem konnte er nicht einfach so aus dem Wagen steigen.

»Hör zu, ich würde ja wirklich gerne, aber falls Po…, der Unbekannte, uns beobachtet, wäre das keine gute Idee.«

Gerade noch rechtzeitig war Nick eingefallen, dass er den Namen vor Mike und den anderen nicht benutzen konnte. Mittlerweile formte der Freund mit den Lippen bereits die Worte: »Was ist los?«

»Paige hat Lampenfieber. Ich regle das.«

Mike verstand und nickte. »Ich gebe es an das Team weiter, damit die sich nicht über die Verspätung wundern.«

»Ich gehe da nicht raus«, hörte Nick Paige sagen, bevor er wieder das Wort ergreifen konnte.

Er rieb sich müde die Augen. Ohne sie war der gesamte Ablauf gefährdet. Tauchte Paige nicht auf, würde Pope sofort merken, dass etwas nicht stimmte. Sie hatten ein wenig Pufferzeit, aber nicht viel. Ihm war nur allzu bewusst, dass es sich bei Pope um jemanden handelte, der jede Auffälligkeit umgehend registrierte. Nicht umsonst konnte er Menschen so perfekt manipulieren.

»Paige …«, setzte Nick noch einmal an.

»Ich kann das nicht«, sagte sie.

Es war seltsam. Er konnte spüren, dass Paige Angst hatte, und Annas Tonfall war drängend. Fast wirkte es, als sei auch sie verängstigt. Oder irrte er sich?

Nicks Puls schoss in die Höhe. Stimmte da etwas bei

den beiden nicht? »Einen Moment, ich schaue, was ich tun kann.« Er presste das Smartphone gegen seine Brust.

»Mike, kannst du kurz prüfen, ob bei den Frauen alles in Ordnung ist? Schnell.«

Der Freund wirkte sofort alarmiert.

»Nur zur Sicherheit.«

»Team Leader Delta an Team Bravo, ist bei euch alles in Ordnung?«, sprach Mike in ein Funkgerät.

»Team Leader Bravo an Team Leader Delta, wir warten noch. Miss Simpson hat wohl ein paar Probleme, Miss Jones versucht, sie zu beruhigen. Team Leader Bravo out.«

»Danke. Team Leader Delta out.«

Nick atmete auf. In Gedanken hatte er schon das Schlimmste befürchtet. Pope, der sich irgendwie Zugang verschafft hatte. Ein Pistolenlauf, der auf Anna und Paige gerichtet war. Er rief sich zur Ordnung. Diese Paranoia half niemandem, sie sahen Pope schon hinter jeder verdammten Ecke, als sei er allmächtig.

Er hob das Smartphone wieder ans Ohr. »Okay, hört zu, ich lasse vom Team prüfen, dass hier wirklich niemand herumschleicht und uns beobachtet. Wenn ich ein ›Clear‹ bekomme, sprechen wir gleich weiter.«

»Danke«, sagte Anna, klang aber nach wie vor besorgt.

»Ich rufe in einer Minute zurück. Paige, trink doch ein Glas Wasser und atme langsam ein und wieder aus, das hat mir früher auch geholfen.« Damit legte er auf.

»Das ist nicht dein Ernst«, sagte Mike.

»Leider doch«, erwiderte Nick. »Anna bekommt Paige

nicht dazu, das Zimmer zu verlassen. Du weißt, wie das ist.«

»Klar. Ich kann die Angst ja nachvollziehen. Vermutlich denkt sie, dass jemand nach drei Schritten auf sie schießt, aber dir ist bewusst, dass es ein Risiko ist.«

»Lass dir kurz bestätigen, dass da draußen nichts Ungewöhnliches vor sich geht.«

Mike machte einen Rundruf, und glücklicherweise kam eine Freigabe von allen Teams.

»Okay, aber beeile dich«, sagte Mike. »Sie muss den Umschlag rechtzeitig anbringen.«

Er nickte, verließ den Wohnwagen und rannte im Schutz der Dunkelheit zu dem Lagerhaus. Weiter vorn musste er die Gleise überqueren, doch vorerst hielt er sich im Schatten der Fassade in Richtung des Abrisshauses, in dem Paige auf ihren Einsatz wartete. Er wählte Annas Nummer.

»Ich bin auf dem Weg zu euch.«

»Wie weit bist du schon vom Wohnwagen entfernt?«, hakte sie sofort nach. Der Hall ihrer Stimme machte deutlich, dass sie ihr Smartphone wieder laut gestellt hatte. Bildete er sich das ein, oder hörte er im Hintergrund ein metallisches Lachen?

Er hielt abrupt inne. »Anna, was …?«

»Es tut mir so leid. Er wusste es die ganze Zeit, es ist eine Falle.«

»Ich verstehe nicht.«

»Aber Agent Coleman«, erklang nun die mit einem Vocoder verzerrte Stimme, die sich noch entfernter anhörte als die von Anna. »Ich dachte wirklich, Sie wären etwas schlauer. Was hier passiert, ist Ihre eigene Schuld. Lynette McKenzie hat wohl nicht ausgereicht.«

»Nein«, hauchte Nick. »Das kann nicht sein.«

»Ich hoffe, Sie haben sich von ihrem besten Freund verabschiedet.«

Die Worte hingen in der Luft wie eine Kugel in Zeitlupe, die in einer Sekunde währenden Ewigkeit gefangen war.

»Mike«, sagte Nick.

Ohne nachzudenken, kehrte er um. Er rannte auf den unbeleuchteten Wohnwagen zu, den er in der Ferne nur schemenhaft wahrnehmen konnte.

»Mike!!!!«

Eine Explosion zerriss den Wohnwagen. In einer Sekunde war er noch da, in der nächsten stieg eine Flammenzunge empor. Trümmer wirbelten durch die Luft, eine Druckwelle fegte Staub und Metallteilchen vor sich her. Nick wurde gegen eine der Streben der Überdachung geschleudert.

Ein stechender Schmerz breitete sich in seiner Schulter aus. Er fiel mit dem Gesicht voran in den Dreck. Dumpf drangen Schreie an sein Ohr, Feuer prasselte rund um die Stelle, an der der Wohnwagen vor einem Augenblick noch gestanden hatte. Er blickte noch einmal auf. Schattenhafte Silhouetten rannten umher, er konnte es nicht richtig sehen.

Alles verschwamm.

Bei seinem letzten klaren Gedanken sah er den grinsenden Mike vor sich, der ihm von Paris, Berlin und London berichtete.

Nick versank in einen dunklen Abgrund voller Schuld und Angst.

18. KAPITEL

13 Jahre zuvor – der Junkie

Irgendwann hatte er sich die dreckigen Klamotten im Wahn vom Leib gerissen, das T-Shirt war zerfetzt. Er hatte keine Ahnung, wo sein Mantel abgeblieben war, konnte sich gerade erst wieder daran erinnern, dass er überhaupt einen besessen hatte.

Seine Hände zitterten, die Krämpfe und der Schüttelfrost hatten glücklicherweise nachgelassen. Er wischte sich den Schweiß von den mit blauen Flecken übersäten Oberschenkeln. Immer wieder hatte er mit den Fäusten auf seine Beine eingeschlagen, um den Muskelkrämpfen zu trotzen. Anders hatte er sich in seinem Gefängnis – zum kalten Entzug gezwungen – nicht zu helfen gewusst.

In diesem Raum herrschte völliges Durcheinander. Ein Regal mit Sporttrophäen hatte er in einem Wutanfall umgerissen, Bilderrahmen mit Urkunden zerschlagen. Sein Blut haftete auf den Scherben, und kleine Schnitte brannten an seinen Fußsohlen, Unterschenkeln und Knien, ohne dass ihm sein Gedächtnis verriet, wann er sich verletzt hatte. Einen Tresor im Schrank hatte er kein Stück bewegen, geschweige denn öffnen können.

Als er ein Knacken hörte, rutschte er hastig bis in die hinterste Ecke des Raumes, presste sich gegen die Wand und starrte zur Tür. Er wusste nicht, ob es Albträume waren, in denen sich ihm immer wieder eine grauenvolle Fratze näherte. Oder halluzinierte er? Hatten ihm die Drogen über die Jahre den Verstand geraubt, und er war inzwischen zum Irren geworden? Im Grunde war er sich sogar unsicher, ob er jetzt gerade träumte oder wach war.

Es passierte nichts. Die Tür blieb zu, keine Fratze kam zum Vorschein.

Mühsam raffte er sich auf, stellte sich vor einen Eimer und urinierte hinein. Es war ein gutes Zeichen, dass er heute sein Ziel traf. Vielleicht hatte er die schlimmste Phase des Entzuges endlich überstanden.

Er wagte zu hoffen und hatte gleichzeitig Angst vor der Enttäuschung, falls er sich irrte. Mittlerweile war er am Ende seiner Kräfte, ein körperliches und seelisches Wrack. Obwohl sein Gefängniswärter ihm das Licht in einem Tag-Nacht-Rhythmus an- und ausschaltete, konnte er nicht sagen, wie viele Tage oder Wochen er bereits hier drinnen vor sich hinvegetierte.

Neben der Tür stand eine Schüssel mit sauberem Wasser, daneben ein Schwamm. Samuel kam mehrmals am Tag, um ihn zu waschen und ihm breiartiges Essen und etwas zum Trinken zu reichen. Anscheinend war ihm nicht entgangen, dass es ihm langsam besser ging, und er stellte ihn wohl vor die Aufgabe, es selbst einmal zu probieren.

Seine Beine begannen zu zittern. Er war zu schwach, um stehen zu bleiben. Kapitulierend sank er auf die Knie, tauchte den Schwamm in die mit Seifenwasser gefüllte Schüssel und wrang ihn über seiner Brust aus.

Seine Haut fühlte sich wund an, doch jede weitere Bewegung weckte mehr und mehr seine Lebensgeister.

Er war so mit sich selbst beschäftigt, dass er die Geräusche zu spät bemerkte. Er ließ den Schwamm erst fallen und kroch zurück, als der Schlüssel bereits herumgedreht wurde und die Tür sich im nächsten Augenblick einen Spaltbreit öffnete.

Hastig schloss er die Augen, kniff sie fast schon schmerzhaft zusammen. In den Ohren hörte er sein Blut rauschen. Dass er die Atmung angehalten hatte, merkte er erst, als er wieder Luft brauchte.

»Dir scheint es besser zu gehen.«

Er hatte das Knurren eines zähnefletschenden Monsters erwartet. Doch es war eine normale Stimme, die zu ihm sprach.

Blinzelnd öffnete er ein Auge und stieß erleichtert die Luft aus. Es war Samuel. Keine grässliche Fratze.

»Kannst du gehen?«, fragte er.

»Ich kann es versuchen.«

Samuel rieb sich die Nase. »Du brauchst mal eine richtige Dusche. Komm, ich helf dir.« Er streckte die Hand nach ihm aus. »Und dann versuchen wir es auch mal mit fester Nahrung.«

Er wusste nicht, was er von Samuel halten sollte.

Die Aussicht darauf, aus diesem stinkenden Loch herauszukommen, verlieh ihm jedoch weitere Kraft.

Schwankend kam er auf die Beine, hielt sich an der Wand fest, bis der Schwindel etwas verebbte. Langsam, Schritt für Schritt, verließ er hinter Samuel sein Gefängnis und folgte ihm durch einen weiteren Kellerraum.

Samuel passte sich seinem Tempo an, blieb immer wieder stehen und wartete auf ihn. Bei der Kellertreppe angekommen, fasste er ihn an Handgelenk und Ellenbogen, um ihn bei dem Aufstieg zu unterstützen. Trotzdem zuckte er unter der plötzlichen Berührung zusammen.

Im Foyer blieb er völlig außer Puste stehen, lehnte sich entkräftet gegen die Wand und reckte das Gesicht dem Tageslicht entgegen, das strahlend hell und wärmend durch die raumhohen Fenster fiel.

»Wir müssen leise sein«, sagte Samuel. »Meine Mom ist schon wieder dicht und hat sich gerade hingelegt. Ich will sie mit deiner Anwesenheit nicht gleich überfordern.«

Er nahm die Worte nur beiläufig wahr. Sein Blick haftete auf der Tür, die zu dem Arbeitszimmer führte, in dem er bei seinem Einbruch unerwartet auf den Hausbesitzer getroffen war. Das grausige Schauspiel, das er hatte mitansehen müssen, als der Sohn des Alten dazugestoßen war, würde er nie wieder aus dem Kopf kriegen. Bei der Erinnerung stöhnte er auf und sah Samuel an. Der Typ hatte seinen eigenen Vater ermordet.

»Mach dir keine Sorgen«, sagte dieser. »Ich hab das alles geregelt.« Samuel hob das Kinn und lächelte ihn an.